ハヤカワ文庫JA
<JA1466>

イン・ザ・ダスト

長沢　樹

早川書房
8615

目次

イン・ザ・ダスト

登場人物

■東都放送関係者

土方玲衣（ひじかたれい）…………「デルタＴＶ」の報道番組『デルタ・ブレイキング』企画統括デスク
羽生孝之（はぶたかゆき）…………外信部・海外素材著作権担当
柊凜々子（ひいらぎりりこ）………外信部・海外素材著作権担当デスク
北上貴史（きたがみたかし）…………『デルタ・ブレイキング』企画班担当プロデューサー
龍田修作（たつたしゅうさく）…………総務局業務企画室業務主査
富岡博（とみおかひろし）…………車輛部配車係、元ビデオエンジニア
青葉淑子（あおばとしこ）…………報道局次長

■警視庁

渡瀬敦子（わたせあつこ）…………刑事部捜査支援分析センター分析捜査三係係長
八幡俊介（やはたしゅんすけ）………分析捜査三係捜査主任
佐倉一彦（さくらかずひこ）…………分析捜査三係次席捜査主任
古崎誠（こざきまこと）…………分析捜査三係、銃器・薬物担当
日野郁（ひのかおる）…………分析捜査三係、ＩＴ分析担当
小山田圭太（おやまだけいた）………機動分析捜査二係係長
山根泰久（やまねやすひさ）…………殺人犯捜査九係係長
縣秋広（あがたあきひろ）…………第四強行犯捜査管理官
友田宏武（ともだひろたけ）…………殺人犯捜査九係捜査主任
宇田竜司（うだりゅうじ）…………池袋西署刑事課強行犯一係長
鈴木亨（すずきとおる）…………千葉県警八千代中央署刑事課強行犯係係長

■その他

立岡雅弘（たておかまさひろ）…………失踪した元東都放送報道局記者
来栖美奈（くるすみな）…………地下鉄八重洲東駅爆破事件の目撃者
黒澤清人（くろさわきよと）…………地下鉄八重洲東駅爆破事件の被害者。美奈の同級生
黒澤早苗（くろさわさなえ）…………清人の姉。弁護士
加野千明（かのちあき）…………美奈の同級生。フリージャーナリスト
及川一太（おいかわいちた）…………地下鉄八重洲東駅爆破事件の被疑者。理科教師
篠原規夫（しのはらのりお）…………越谷パチンコ店強盗殺人及び一家殺傷事件の被疑者。元九道会構成員
志賀直彦（しがなおひこ）…………越谷パチンコ店強盗殺人及び一家殺傷事件の被疑者。元居酒屋店員

残像　一九九七年

――立岡雅弘

東都放送報道局・経済部の立岡雅弘は、中央区日本橋の恵和証券本社前にいた。

中央通り沿いにある二十七階建ての威容。ここで午前十時半から社長と経営幹部の記者会見が開かれる予定になっていた。

九割九分、自主廃業の発表だ。

簿外債務の隠蔽と、「飛ばし」と呼ばれる、損失の子会社への付け替え。不正な利益供与と損失補塡。経営陣はすでに総退陣し、証取法違反の容疑で強制捜査を受けている。その過程で、不正の実務に関わった課長級の管理職二人が証言を飲み込んだまま自殺した。

バブル崩壊の象徴。

立岡は恵和証券担当だったが、その会見に出席するわけではない。

『タテさんは外に待機して、出社してくる恵和社員の声を拾ってください。経営陣のやり口に、絶対不満を持っていたはずです』

年下のデスクに、そう言われて送り出された。

午前八時過ぎ。エントランス前には、立岡と同じ役目を負った他社クルーが散見された。いずれも入社二、三年目の若造たちだ。

会見の受付は午前九時から。東都の本体クルーはそれに合わせて来るはずだ。

立岡の手には小型のデジタルカメラがあるだけ。JSP通信の社会部、政治部でキャリアを積み、東都放送に中途入社してきた自分へ含むところがあるのだろうが、経済部は不慣れだろうから、という言い分をいつまで続けるのか。

やがて、社員らしきスーツ姿がエントランスに向かい始め、他社クルーも動き出す。

仕事は仕事だ——立岡は右手でカメラを持ち、左手でマイクを差し出す。

——破綻となるようですが、どういう心境ですか？　社内の空気は？

カメラではなく、立岡自身に向けられる仮面のような表情。

『まずは社長の言葉を聞きたいと思います』

『今は成り行きを見守るだけです』

回答はあっても型通り。事前にそう応えろと指示されている可能性もある。

——仲間が亡くなったことには？

あえて、仲間と言った。途端に表情が強ばり、『失礼します』と振り切られる。

このリアクションだけでも、ニュースは成立するだろうし、デスクもこれ以上は求めないだろう。しかし、これで完結させるつもりはなかった。

報道には物語が必要だからだ。

個人、法人どちらでもかまわない。そこに至るまでの想いの集合体が。それがニュースの全体像を物語るのだ。

無計画な投資、不良債権の隠蔽、廃業に至る過程で、どれだけの人間が、どのような打算で行動したのか。あるいは悪と正義の狭間で懊悩したのか。すべては血が通った人間が考え、行動した積み重ねがもたらした結果だ。その埋もれた想いをサルベージし、事実と真実をつなぎ合わせていき、一つの大きな絵巻を紡ぎ上げる。それが記者の存在意義だ。

——命令に従っただけの中間管理職が、上の悪事を飲み込んで、命を落とす。それで納得できるんですか。

拒否されても食い下がる。三人、五人……。

『成長じゃなく、融資の暴飲暴食でしたよ。冷静な経営分析を放棄した報いです』

『昔あった、ええじゃないかみたいな感じでしたよ』

本音の一部＝物語の断片が垣間見えた。そして、警備員がやって来た。

「あなたどこの記者、苦情来てるよ」

「じゃあおとなしくしているよ」

正面エントランス前から歩道まで戻り、撮った映像をチェックしていると、目の前でタクシーが停まった。降りてきたのは、ジーンズに髪を逆立てた若者だった。報道番組部のＡＤだ。

「立岡さん、テープ回収っす！」

馴れ馴れしく声をかけてくる。立岡が黙ってミニＤＶテープを渡すと、ＡＤは腕を組んで本社ビルを見上げた。「荒れますかね、会見」

一丁前な態度だが、不快感はない。

「荒れた方がいい」

「謝るだけの新社長も、なんかかわいそうっすよね」

「早く行け。編集にどやされるぞ」

「ういす！」

ＡＤは敬礼してタクシーに乗り込むと、局へと戻っていった。あとは霞が関に移動して証券取引等監視委員会で記者レク。そこから日本橋にとんぼ返りして会見の内容を受けた形で、兜町近辺で街録。それは夕方のニュースに間に合えばいい。

カメラを肩にかけ、歩道の地下鉄入口へ向かう。

階段を降りかけたところで、スカートスーツの若い女性が足をもつらせながら駆け上がってきて倒れ込んだ。助けようと身をかがめたところで、次々とスーツ姿、制服姿が駆け上がってきた。各々が手やハンカチで口を覆い、慌てぶりが尋常ではなかった。

通りを挟んだ向かいにある入口からも、次々と人が吐き出されていた。

火事か——近くの交番の警官も通りに出てきた。見たところけが人はいない。立岡が手を差し出すと、女性は「大丈夫です」と立ち上がり、足早に立ち去った。

立岡はカメラにテープをぶち込み、録画ボタンを押すと、避難してくる人々を避けながら階段を駆け降りた。コンコースでは必死の形相で逃げてくる乗客たちと、誘導する職員の声が反響していた。そして、中央改札口の奥に灰色の煙が広がっているのが見えた。改札に向かって移動を始める。

「地下鉄大手町線八重洲東駅です。改札の向こうから煙が上がっているのが見えます」

立岡は実況を始めた。

「報道です」と声を張り上げ、改札を抜けたところで、火事ではないと直感した。床に点々と散らばっている血痕。人の波にさらわれないよう、壁を背にしてホームへと続く階段を下る。漂ってくる、花火のような臭い。

階段の途中で、男がうずくまっていた。

「大丈夫ですか」

激しく出血する右手を、左手で押さえていた。

「畜生、指が吹っ飛ばされた……」

駅員が下りてくるのが見えた。

「ここ、けが人です！」

立岡は叫び、再び男に視線を戻した。

「何があったんですか」

「爆発だよ……なにかが爆発した」

男の表情には、痛みより悔しさがにじみ出ていた。

駅員が駆け寄ってきて、傷口を押さえるよう、男に白いタオルを渡した。

立岡はそれを確認すると、ホームに降り立った。

灰色の煙。倒れた人々。介抱する人々。呆然とうずくまる人。動かない人。

カメラを構え直した瞬間、閃光とともに視界が爆(は)ぜた。

——来栖（くるす）美奈（みな）

押し出されるように降車すると、来栖美奈はホームの壁に身を寄せた。

大量の乗降客が交錯し、ホームは人があふれていた。憂鬱な月曜日。対面のホームにも電車が入構してきて、また人の波が吐き出される。

「来栖さんおはよう」

同じ制服が前に立っていた。長い黒髪と、手入れの行き届いたネクタイとスカート。となりのクラスの副級長——合同体育のとき何度か話しかけられた。確かチアキと呼ばれていた。

「おはよう」

とりあえず笑みを作り、挨拶を返した。そして、視線を落とした。

「誰か待ってるの?」

不思議なことに、彼女は来栖の前から動かなかった。優等生なのに。人気者なのに。そして、自分に向けられる、満ち足りた者だけが持つ余裕。

「うん、ちょっと」

「誰?　友だち?」

応えられない。早く行って――

「ごめん、わたし邪魔だった？」

狼狽を読み取ったのか、彼女は勝手に解釈し、「今からだとギリだよ。急いだ方がいいよ」と笑顔で小さく手を振ると、改札へ続く階段を上っていった。

始業の予鈴まで十分を切った。駅から学校まで早足で五分くらい。〝彼〟はいつもギリギリだった。

――間もなく、電車が参ります。

自動音声が流れた。乗り換えの列が動きだし、前への圧力も強まった。

全部消えてなくなればいいのに――ため息をついた瞬間、視界の端で何かが光り、衝撃が体を薙いだ。視界が反転し、天井が見えたと思ったら、人の壁が倒れ込んできた。

後頭部に衝撃を感じ、音が消えた。

天井の灰色。煙が広がり、細かな塵が舞うのが、スローモーションのように見えた。

体が動かなかった。目を閉じることが出来なかった。

ゆっくりと落ちてきた塵が眼球に張り付き、視界を奪った途端に、音が戻ってきた。

金切り声。助けて、痛い、と切迫した叫び。

覆い被さっていた何人かが起き上がり、圧迫感が和らぐが、動かない人もいた。

　また、大きな音がして、悲鳴が幾重にも交錯した。

　今すぐ逃げないと——動かない人の下から這い出て、起き上がった。目を擦り、塵を取ると、たくさんの人が、折り重なるように倒れていた。そして、床一面にバケツでぶちまけたような赤黒いまだら模様。

　救急車！　助けを呼べ！　みんな手伝って！

　何人かが、倒れている人を起こそうとしている。駆け下りてくる駅員。

　大変なことが起こっていることは自覚できたが、それ以上思考が進まない。

　対面のホームでも、大勢の人が慌てふためいて階段に向かっていた——そうだ、学校に行かないと。そう強く思い、歩き出そうとしたときだった。

　再び閃光と轟音。自分も悲鳴を上げた。人の波が無軌道に無秩序に広がった。バスタブからあふれたお湯のように押し流され、倒れた人に躓（つまず）き、あるいは血に足を滑らせ、何人も、何十人もホームから線路に転落していった。

　その時、電車のけたたましい警笛が響いてきた。

　——おい！　逃げるぞ！

　背後から呼ぶ声がした瞬間、背中に衝撃を感じた。逃げたい。美奈は強く強く思った。

足が滑った。体が支えられた。

その後何があったのか、どのくらい時間が経ったのか。

——大丈夫か、君！

最初、自分にかけられた声だとは思わなかった。

——君、君！

肩を叩かれ、顔を上げると、白いシャツの所々を赤く染めた男がのぞき込んでいた。腕章を付け、小脇にカメラを抱えていた。

「痛いところはないか？　早くここを出よう」

美奈は反射的にうなずき、「兜中学校です」と行かなければならない場所を告げた。しかし、足に力が入らず、立ち上がれなかった。

「無理か。じゃあ担ぐぞ」

男が背を向け、かがみ込む。「学校より前に病院だ」

美奈は必死でしがみついた。

階段を上る感覚。男の息づかいと体温、時々足を滑らせるが、転ばないように必死にバランスを取るのがわかった。この人も必死。それで、美奈自身も自分を保つことができた。

「爆発は何回起こった……無理に応えなくていいが」

爆発だったのだ。

「音は三回……」

応えた。助けてもらったお礼をしなければ。ただその思いで。

「そら、地上だ」

地面に下ろされ、「こっちにけが人がいるぞ。早く」と男が叫んだ。

騒然とした気配。あちこちで鳴り響くたくさんのサイレン。

「大丈夫かい？」

声をかけられ、目を開けると、制服の警察官がいた。

周囲を見渡したが、自分を担いでくれた男はいなかった。

第一章　日常業務

三月二十一日　土曜　2:43pm　——渡瀬敦子

タクシーは山手通りを横断し、東京オペラシティの裏手に出る。

渡瀬敦子はメガネを取り、手鏡でメイクを確認すると、「ここで」と運転手に告げ、再びメガネをかけた。

タクシーを降り、水道道路から一本路地に入ると、個人商店や飲食店が軒を連ねる通りに出た。不動通り商店街だ。背景には、西新宿の高層ビル群。

土曜の昼下がりで人通りも多い。

そんな日常に割り込んでいるのが、各所に立つ警察官と、物々しい捜査車輛の群れだ。

白昼の傷害事件。鋭利な刃物を使った凶行。犯人はいまだ逃走中。

『嫌な予感がする。申し訳ないが来てくれるか？』

一時間前、機動分析捜査二係を預かる小山田圭太から連絡があった。電話を取ったのはベッドの中だった。

『出動要請ですか？』

渡瀬が率いる警視庁捜査支援分析センター（SSBC）分析捜査三係は、神田神保町の宝飾店で発生した強盗致傷事件で捜査一課強盗犯捜査二係の支援に当たり、昨夜ようやく犯行グループの検挙に至った。その残務処理を終えたのが今朝六時過ぎで、帰宅は午前八時過ぎだった。

『個人的に助言と支援がほしい』

『でしたらわたし一人でいいですね』

三時間ほどしか眠れなかったが、シャワーを浴び、メイクをし直し、新たなパンツスーツを着用し、自分なりのリセットはした。

渡瀬は『分析捜査』の腕章を着用すると、あくびをかみ殺し、足を速める。

現場は渋谷区本町二丁目。商店街からさらに北に折れた細い路地沿いのアパートだ。目印の総菜店の脇にあるコインパーキングにSSBC機動分析捜査係のワンボックスを見つけた。小山田の指揮車だが、なかは無人。本人は現場にいるのだろう。

路地に入る手前で立ち止まり、周囲を観察する。趣向を凝らした幟（のぼり）と、ポップ。雰囲気はいわゆる〝地元の商店街〟だ。防犯カメラの数は十分だろう。人の流れは地元住民、周辺の勤務者らしき姿のほかに、場違いな小集団がいくつか。観光客だろうが、特徴的なのは、十代から二十代が中心で、高校生らしき制服のグループも散見された。それぞれに関連はなさそうだが、特定の店や道祖神の祠(ほこら)の前で群れ、スマホで撮影、あるいは自撮りしている。

封鎖された路地を覗く野次馬も観光客が多い。スマホは渡瀬にも向けられた。

——女の刑事だ。

そんな声が聞こえてきた。春休みか。渡瀬はこの特異な状況に留意しつつ路地に入った。両側には古い木造家屋と新旧のアパートが並んでいた。その中の一棟、木造モルタル二階建てアパートに黄色い規制テープが張られていた。

立哨(りっしょう)の制服警官に「分析捜査です」と告げ、テープを潜った。

午後〇時三十五分、この『クサカハイツ』一〇三号室で、男が血を流して倒れていると通報があった。

アパートは一階と二階にそれぞれ三部屋ずつ。外通路、外階段で、三方を住宅に囲まれていた。路地から見て手前が一〇一号室で、一〇三号室は一番奥になる。隣家のブロック塀が迫っていて、外からの見通しは悪い。通路はコンクリート製で、下足痕の採取はできなかったと推察する。

一〇三号室のドア前には、男が二人立っていた。片方は小山田。ブルゾン姿で、『SS

BC』のキャップを被ったいつもの姿だ。もう片方はシャツの上に鑑識の制服を、前を留めずに羽織った丸顔の男。柔和だが年季を感じさせる風貌。五十代半ばだろう。首にチェーン付きの眼鏡型拡大鏡を下げている。

渡瀬は立ち止まり、一礼する。

「おう、綺麗な嬢ちゃんを部下に持ったんだな、小山田」

男は腕章を一瞥し、言った。

「彼女は部下ではなく同僚です。助言をもらうために無理を言って来てもらったんすよ」

小山田は渡瀬に向き直った。「代々木中央署鑑識係の本澤(ほんざわ)さん。一応、おれの鑑識時代の恩師」

渡瀬も本澤の胸バッジを一瞥する。警部補。恩師ではあるが、今は小山田のほうが階級が上のようだ。

「分析捜査三係の渡瀬です」

「ブンセキのワタセ……聞いたことあるな。現場好きのお姫様だって」

物珍しげな視線が向けられた。

「好き嫌いではなく、情報収集と分析は現場を視なければできません。それに、姫と呼ばれる理由が理解できません」

「いやいや、そう聞いたって話だよ。気分を悪くしたならごめんよ。ただ個人的に呼ばれてきたんなら、職分は越えないでおいたほうがいいな」

「それは心得てますよ」

小山田は言った。

「それで被害者の身元と容態は？」

渡瀬のいきなりの質問に、本澤は面食らったように目を見開いた。「職分は越えませんが、助言する以上、情報は必要です」

「というわけなんです、本澤さん」

小山田が言い添えると、本澤は「それはそうだ」と頭に手を置いた。

「被害者は緊急手術中で、予断を許さない状態だな」

身につけていた運転免許証と通報者により、被害者は久我原一紀（くがはらかずき）、三十一歳と判明していた。渡瀬はその名に引っかかりを覚えたが、黙って本澤の説明を聞いた。

「久我原は警備会社勤務。主に夜勤担当で、今朝は五時退勤、六時頃の帰宅が、会社、隣室住人等によって確認されている。そのあと就寝したんだろうが、通報者が午前十一時半頃、被害者と電話で話している。通報者は、被害者の交際相手。犯行は電話から発見される午後〇時三十五分までの間。事件発生時間帯、ほかの部屋は無人。不審な物音、声、バイク等のエンジン音を聞いた者の報告もなし。目撃情報も現段階で有益な報告はない」

状況から、犯人は徒歩で逃走。代々木中央署は京王線初台、幡ヶ谷、地下鉄大江戸線西新宿五丁目駅に捜査員を配置し、不審者を捜索、地上でも二機捜が幹線道路から各種生活道路まで警戒しているが、犯人はまだその網にかかってはいないようだ。

「部屋を見ていいですか」

中ではまだ本澤の部下たちが仕事をしていた。

「玄関からのぞくくらいならいいよ」

渡瀬は玄関に入り、内部を見渡した。手前に四畳半ほどのキッチンがあり、バスとトイレが併設されている。その奥に八畳の部屋。壁に沿うように細いブルーシートの通路が敷かれていた。キッチンの中央には擦れ、形状が乱れた血溜りがあり、周辺にも点々と血痕が飛散していた。

「発見時の状態は」

「キッチン中央で、八畳間のほうに頭を向けて俯せに倒れていて、喉に刺創一カ所、腰の背骨部分に切創二カ所。いずれも片刃の刃物。防御創はなくて、まあ不意打だろうね」

しかし、被害者の頭部付近の床の血痕は少ない。

八畳間はパイプベッドと小さな洋箪笥、中央に小さなテーブルが置かれていて、手狭な印象だ。テーブルの上には発泡酒の空き缶、マンガ誌が乱雑に置かれている反面、隅には洗濯物が畳んで積まれていて、キッチン周りや、棚などは整理整頓がきちんとできていた。これは交際女性の手によるものか。

「部屋に物色された痕跡はなし。被害者の財布も中の現金もカードの類いも残っていた」

「受傷面に特徴などは。喉からの出血量が少ないようですが」

「発見時、凶器が刺さったままだったからな。喉の中央だ。俺も確認した。病院からの報告では喉の傷は致命的ではないと」

被害者の話になり、本澤の口許がわずかに引き締まる。「ダメージ、出血ともに大きかったのは腰の二カ所。喉とは別の凶器が使われた可能性が高いな」

「本澤さん自身が確認したというのは？」

救急隊員からの情報にしては妙に詳細だとは思っていた。

「近くで昼飯食っててな、無線聞いて駆けつけた。救急と同じタイミングでな」

本澤はポケットからスマホを取り出した。「被害者には悪いが撮影させてもらった。反則だが、凶悪事件だ。救急隊員が踏んづけた場所も把握しておきたかったしな」

穏やかな表情に隠された、非情な一面。あるいは職務に忠実なのか。

「見るかい？」

「お願いします」

動画が再生された。救急隊員を追うように部屋に入るカメラ。通報者だろう、動揺している若い女性。そして、俯せに倒れた男。シャツの腰部から激しい出血。横を向いた口からも少量の出血。

救急隊員が被害者のバイタルを確認している。『心拍微弱』『ショック状態』と声が聞こえてくる。生々しい命の現場だ。

カメラが被害者の傍らに向けられた。

「これが主な遺留物だね」

赤黒いシミが付着した薄いスカーフと、玄関の近くに血痕が付着した軍手がそれぞれ丸まって落ちていた。「布はシルクのスカーフ。軍手は量販品。どっちも押収済み」

被害者の腰部創傷面に止血の応急処理がなされ、横臥の状態で担架に乗せられる際に、喉に刺さった凶器が見えた。喉仏のやや下から刃の一部と柄が突き出ていた。

「特殊な形状のナイフですね」

「ちょっと待ってな」

本澤は別の画像を呼び出した。ナイフ単体の写真だった。病院で摘出されたものを撮影したようだ。

「刃渡り一〇センチのアウトドア用ナイフで、シースナイフと呼ばれているものだ。使い込まれていて、刃も何度も研がれた痕跡があった」

「販売ルートは苦労しそうですね」

何年前に購入されたのか現状見当もつかない。

「指紋は血のついたものがひとつ。おそらく被害者自身のもので、柄の小さなささくれに繊維片がついとった。繊維の形状は軍手とおんなじ。俺の目視ではね」

本澤は左手で拡大鏡を持ち上げた。「通報した女性によると、ナイフ、スカーフともに被害者の持ち物ではないそうだ」

被疑者が凶器を持参したのなら、計画的犯行だ。争うような声もなく、防御創もないならば、顔見知りの可能性が高い。部屋にも招き入れている。

「背中が別の凶器というのは？」

「創傷面の形状を見た限り、背中はハサミ状の刃物が使われた。スカーフの角には結んだ形跡。顔に巻いたんだろう。薄くて顔全体を覆っても前が見える。大きさから、上半身もある程度カバーできるだろう」

「飛沫が？」

「血の飛沫が全体的に染みていてね、ほかに血を拭(ぬぐ)ったような痕跡もあった」

「口の部分からは唾液、皮膚のDNAも採取できるかもしれませんね」

本澤はうなずくとスマホのディスプレイを被害者の動画に戻した。被害者が搬送された後も撮影されていた。とらえているのは、床に飛び散った血痕だ。

「捜査に当たって、こっちも大事だな。わかるかい？」

被害者を中心とし、血が飛び散った範囲、形状の分析。基礎だ。

「血痕の範囲……」

渡瀬は即答した。「小さいですね」

血痕の飛散範囲は狭く、男が倒れていた部分には認められなかった。頭部があった場所に少量こびりついているだけ。血痕は背中の傷によるものだ。血痕の飛散域が狭いのは、出血した時点で、中腰か倒れていたことを意味する。

「犯人はまず喉を刺し、倒れたところを背中に攻撃を加えた。先に喉を刺したのは、声を上げさせないため」

渡瀬はそう見立てた。意志が強く、冷静沈着。そんな犯人像が浮かぶ。意志は、殺意と同義だ。「スカーフは、大仕事をやるにあたり顔を覆うために使われたことになります」

「いい解答だ。俺もそう思うよ」

本澤は口許をほころばせた。「背中の裂傷からは背骨が見えていてね、まるで背骨を断ち切ろうとしたかのようだった」

　被害者が俯せに倒れたところ、馬乗りになり、ハサミ状の凶器を振り下ろすイメージが渡瀬の脳内で形作られた。

「スカーフに血痕があるなら、体にも多少なりとも返り血を浴びているはずです」

「だろうね。スカーフと軍手からはホシのＤＮＡが出るだろうが、残していったのは犯罪歴がないからだと踏んでる。証拠品を持ち歩くリスクと、残すリスクを天秤にかけたんだ」

　無理のない解釈だが、被疑者として特定された場合、有罪の決定的証拠になる。

「通報した交際相手は、動機について何か言っていますか？」

「今のところ、心当たりはないと言ってる」

「アリバイは？」

「勤務先が初台一丁目の不動産屋で、部屋を訪れる直前まで事務所にいたことが確認されている。久我原の部屋には、手作りの弁当を届けに来たそうだ」

　ならば、交際する以前の関係か親族間の問題か。いずれにしろ確固たる殺意は、周囲の人間関係に明確な痕跡を残す。

「どう読む」

小山田が意見を求めてきた。

「特徴的な凶器に、背中の特異な形状の切創は、犯人の何らかの意図が込められている可能性があります。強い恨みの象徴かそのアピールです。反面、犯行自体は合理的で秩序型です。犯人は感情をコントロールできる人物です。使われたナイフ、腰の創の形状は、犯人と被害者双方に縁が深いものと考えます」

腰を据えた捜査なら、それほど難しい事件とは思えないが、あくまでも目的は迅速に目撃情報、防犯カメラの映像を収集し、逃げ切る前に犯人を検挙、市民を安心させること。それが現場を所管する代々木中央署と二機捜、ＳＳＢＣに課せられた使命だった。

そして、機動分析捜査係の主務は防犯カメラの収集だ。特に小山田は現場の地理的状況と行動分析で被疑者の逃走経路を予測、特定方向に捜査員を集中投入するのが持ち味なのだが、渡瀬が呼ばれた意味は……。

「筋の読み方に迷いがあるのですか？」

「そういうこと」

本澤と別れ、ＳＳＢＣの指揮車輛に移動した。

渡瀬は乗車前に三係のサイバー情報分析担当、日野郁（ひのかおる）に、久我原の周辺を調べるようメッセージを送った。まだ寝ているかもしれないが、彼女なら通知に気づくはず。

後部座席に乗り込むと、助手席の小山田がノートパソコンのディスプレイを渡瀬に向けた。現場の周辺地図に、複数のカメラ型のアイコンが表示されていた。すでに散開している機動分析係の捜査員たちが、手に入れた動画データを次々と送ってきているのだ。アイコンは動画データを入手したカメラの位置であり、クリックで動画が再生される。

「現場路地を直接とらえているカメラはないんですね」

渡瀬は言ったが、路地に至るまでの要所は押さえている。アイコンは時間を追ってさらに増えていくだろう。

「でも犯人は必ずいずれかのカメラに映ってますね」

「空を飛ぶか地下に潜って移動しない限りはな」

状況から単独犯の公算が高い。そして、逃走は徒歩。

「そういえば、ここってこんなに観光客が来る場所なんですか？」

オペラシティ近辺ならまだわかるが、この商店街が有名な観光スポットとは思えない。

確かに活気があり、個性的な店も多いが。

「去年『花の名を』ってアニメ映画が流行ったのは知ってるか？」

「そういう映画がヒットしたことは知っています」

「その舞台の一部がこの辺をモデルにしていたようで、ファンの聖地みたいになってるそうだ」

その視点はなかった。よく見れば、アニメキャラクターの幟を立てた店もあった。午後三時を過ぎた今も、若い小集団がいる。彼らは異分子だが、どう解釈すればいいのか。

「地元の洋食屋とか喫茶もアニメに登場してて、ここんとこ繁盛しているらしい。制服姿は修学旅行生だ。つまりはだ、普段より人の目が多い状態で、犯行の条件が厳しくなっていたってことさ」

「それでもやったわけですね」

渡瀬はノートパソコンに向き直り、路地北側の出口から東西に伸びる生活道路、南側の商店街の、犯行時間帯の映像を検めてゆく。「人目の多さは、犯行の妨げにはならなかったのかも……」

返り血を処理するとしても、人を刃物で刺した直後に人目が多い通りを徒歩で移動するのは心理的障壁が高く、その緊張は表情や行動に必ず反映される。

「どうだ、単独行動者に不自然に顔を隠しているヤツはいない。何度も確認した。ホシは相当肝の据わったヤツなのか、一切の感情が備わっていないのか」

小山田は微細な表情や所作から、人の緊張や異変を見抜く訓練をしている。その目をもってしても、不審な動きをする者を見つけられない。それが迷いに繋がっているのだ。

「でしたら、初動の前提が間違っていますね」

「はっきり言うな、相変わらず」

現場の状況と遺留品。犯人の行動と、いくつかの先例事案、それに対応した心理状態を再度検証し、脳内で組み直す。

「犯人に制約を設ければ、いろいろ説明がつきます」

「どんな制約だ」

複数の遺留品から、犯人は計画性の割に犯行を隠す意思に乏しいと感じていた。つまるところ、犯行自体が最終目的で、逃亡は考えていない。

「時間的制約、行動的制約を条件に加えることで、犯人はグループである可能性も出てきます」

「複数犯なのか」

「単独犯行を疑う余地はありません。ただ、集団の一員です。集団に紛れれば、防犯カメラの目もごまかせると思います。街頭カメラも含めて、もう一度映像を見直しませんか」

警視庁管内で繁華街などを抱える警察署は、人が集まる場所に街頭防犯カメラの設置を進めている。映像は各警察署、警視庁に送られ、二十四時間体制で監視されている。

代々木中央署もJR代々木駅付近の繁華街、神宮外苑から代々木公園周辺、初台交差点を中心とした繁華街、オフィス街、甲州街道、環七に合わせて五十台ほどのカメラを設置していた。

「小集団を中心に調べるのか」

困惑と懐疑が入り交じった口調だった。

「人手が必要です。何組か戻しましょう」

渡瀬は、代々木中央署で腰を据えての映像解析を提案した。

「待った渡瀬。自信はどの程度だ？　その分析」

「自信は関係ありません。あらゆる可能性に対処するだけです」

「俺が張った網に穴を開けることになるが？」

「間違った判断での網打ちに意味はありますか？」

「痛いところ衝いてくるな」

「判断は小山田さんの仕事です」

小山田は呻きながら思案し、十秒後に結論を出した。

「二組、四人だ」

小山田は運転席に移り、無線で各所に散った部下に指示を出すと、車を発進させた。

代々木中央署には、数分で到着した。

すでに捜査員、職員たちが慌ただしく動き、捜査本部設置の準備に入っていた。

「やはり帳場が立つか」

小山田は気合いを入れるように、両手で腹を叩いた。「ま、俺たちは俺たちの仕事だ」

担当部署である生活安全課に事情を話し、渡瀬と小山田は、映像監視室に案内された。複数のモニターが並ぶ薄暗い部屋だ。そこにノートパソコンを持ち込み、並べる。

小山田に指名された四人の捜査員もやって来た。

「小山田さんの班は防犯カメラをお願いします。わたしは街頭カメラを」

渡瀬は予想される犯人の特徴を伝え、六人は作業に入った。時折、特徴が一致する人物をピックアップし、カメラの位置、時間帯をすり合わせ、犯行が可能か検討した。

そのさなか、バッグの中のタブレット端末が、着信音を発した。日野郁からだった。

《捜査関係資料に久我原一紀の名はなし。引き続き調べる》

現在、捜査班も本籍など通常の身元確定作業を行っているだろう。それで今のところ特異な情報は上がってきていない。だが「久我原」という姓、「一紀」の名に記憶があった。

《久我原と一紀は切り離していいかもしれません。裁判資料も当たってください》

そう指示を出し、作業に戻る。

無心で獲物を探す。そして、それが渡瀬の網膜に入り込んできた。

映像を停める。

「絞り込むとすれば、この集団です」

渡瀬はメインモニターに、その映像を表示させた。複数のカメラに映り、時間的にも犯行が可能と判断した小集団の一つだ。

「信じたくないな……」

小山田は唸ったが、ある程度想定はしていたようだ。

映っているのは、黒い詰め襟の少年たちだ。

「詰め襟のグループは確認できるだけで四つ。うち二組は同じ学校と思われます」

厚手の黒なら多少血を浴びてもわからない。だが、小山田は首を横に振った。

「おれも最初に注目はしたが、怨恨と計画的犯行という条件からは完全に圏外だ」

「いいえ、修学旅行の基本は計画行動です。一時間単位でどこでなにをするのか、決められています。その中に、グループごとの自由時間もあります。そこに犯行計画を組み込むことも十分考えられます」

集団の中の個だからこそ、時間と行動に制約が生じる。修学旅行という性格上、持ち物検査の可能性もある。そんなところに血痕付きのスカーフや軍手は持ち帰れない。処分するにも、同級生たちの目がある。だから置いていった。逆に言えばスカーフ、軍手ともにいつでも購入できる。犯行直前でも。

「納得しづらいんだがな」

「納得できるかどうかは問題ではありません。見るべきは犯行の機会です。血が目立たなければ、人混みへの心理的忌避感はいくらか緩和されます。探すべきは、グループの中で、犯行時間帯に一定時間姿を消す男子生徒です」

笑顔で、時に純朴そうな表情を見せる集団。地図やパンフレット、スマホを手に旅行を満喫している。

「恨みを晴らして、楽しい修学旅行を続行か？」

小山田はぼやいた。

渡瀬は黙々と作業を続け、三十分後ある人物を特定した。

「見つけました」

異分子を含んだ七人の小集団。黒の詰襟の男子が四人、セーラージャケットの女子が四人。渡瀬はモニターの生徒たち一人一人を指でなぞる。

犯行前の時間帯。その小集団は初台の東京オペラシティ付近にいた。

「オペラシティ前では、都会の圧迫感か不慣れな土地のせいか、七人は集団を形成しています。ただし、先頭の男子生徒は堂々としています。彼がこの集団を率いているリーダーです」

男子生徒はスマホを持ち、ガイド役のようだ。遠目でも好青年の雰囲気だ。

「商店街に入ると、この集団は一度ばらけます」

「どこの都市にもあるような商店街だからリラックスしたのか、好きなアニメの雰囲気に目移りしたのか」と小山田。

「彼らはこのあと三十分ほど集団としては、カメラから消えます。午前十一時四十五分頃からです」

渡瀬は時間ごとの画像をモニターに並べる。

「商店街のどこかで昼食を食べたと考えていいでしょう。その時、散開してどの店で食べようか探し回ったのか、混んでいて分散して食事をしたのか」

一部のカメラには、女子三人だけが映っていた。男子も二人連れ、単独行動の生徒が映っていたが、犯行時間帯の約二十分の間、リーダーの姿はどこにも映っていなかった。

「彼らが再び集団で姿を見せるのは、午後〇時二十七分、商店街のコンビニ。午後〇時四十二分の新国立劇場付近。リーダーに注目してください」

渡瀬は映像を進める。商店街までの〝リーダー〟は常に先頭だったが、商店街訪問以後は、先頭ではあるが集団から少し横にずれていた。

「わずかですが、午前より距離を取っています」

よほど注意しなければわからない差異だった。

「学生服に返り血を浴びているからか」

「そう考えられます。移動ルートこそ人目の多い通りですが、血痕に気づかれることを恐れた防衛意識も同時に働いています。おそらく無意識に」

「だが渡瀬、君の推論は土地鑑を無視してるな。東京に住んでいる人間でもややこしい場所だぞ、現場は。いくら地図やスマホを持っていたとしても、地方から出てきた未成年にあんな大胆な犯行が出来るか」

小山田が反論する。

「事前に住所がわかれば、地図アプリですぐわかります。最短の経路まで」

「道順を知っていることと、土地を知っていることは同じじゃないぞ。それに犯人はなぜ久我原の在宅を知った」

「久我原は犯人を迎え入れました。アポを取っていたと考えていいでしょう。現場も以前訪れたことがあるか、事前に下見をしていたのかもしれません」

渡瀬はモニターを指さした。「それに彼はグループの主導的立場にいるはずです。自由行動で行く場所を、意向通りに設定できる立場と見ていいでしょう。商店街がアニメの聖地になったのは偶然でしょうが、上手く利用したとも考えられます」

「殺人の犯行予定時間に合わせて、グループの日程を組んだというのか」

「現在のところ、それが矛盾のない流れです」

「ハサミ状の凶器は」

「修学旅行という特性上、持ち歩くことはないでしょう。いずれ現場近くから見つかります。購入は、犯行直前の可能性もあります。スカーフと同じです」

「直前に購入って、そんな印象に残るようなことを？」

「犯行さえ済めば、別にかまわないと思います」

渡瀬はノートパソコンの検索エンジンにワードを打ち込み、ディスプレイを小山田に向けた。旅行情報サイトだった。

「東京に修学旅行に来るのは、九州、北海道、東北、近畿の高校が多いようです。ただ、たとえ小さなナイフだとしても、固有の凶器を持参するとなると、飛行機で上京する距離は除外できます。あとはSNSをチェックして、東京に修学旅行に来ている学生を見つけ出すことです。運がよければ当該グループも、画像をアップしているかもしれません」

そこに日野からのメッセージが着信した。

《久我原一紀は八王子痴漢盗撮裁判の原告側証言者、関一紀と思われる》

渡瀬の記憶の糸がつながった。今から十年前の事件だった。

終電に近い、混雑する列車内で発生したありふれた痴漢事件。そこに盗撮が加わった。

被告は八王子市内に住む高校教師。関は犯行の目撃者として証言。原告本人の証言が採用されて一審、二審とも被告に有罪判決。しかし、上告審で逆転無罪となった裁判だ。

《久我原は、関の母方の姓。裁判中に両親が離婚、関一紀は久我原一紀になった》

——被告の情報を。

《元被告の趣味はキャンプ。判決から五年後に、交通事故で下半身不随。去年自殺》

——被害者の子供、縁戚は。

《元被告には息子が一人。当時六歳》

今は十六歳か。

起訴から上告審まで三年。〝被害者〟の女性は当時大学一年生だった。逮捕から裁判の過程で、被告の家庭、生活基盤、周囲との関係性が壊れたのは想像に難くない。

指紋も唾液等のＤＮＡもいずれ特定されるだろうが、一定の時間はかかる。そして、犯行後も修学旅行を続ける理由——

——原告女性は今どこに？

《今調べているけど情報がプロテクトされている。ちょいと強制力が必要かも》

早急に、原告女性の居所を確認する必要があった。そして、捜査上強力な権限を持つのは、特捜本部だ。

渡瀬はメッセージの内容を小山田班に告げる。

「ナイフは元被告の象徴です。おそらく所持品でしょう。背骨の破壊は、久我原を下半身不随にさせようと試みたのかもしれません。殺意の有無はわかりませんが、これでもう一人狙っている可能性が高まりました」

小山田も、四人の捜査員たちも言葉を失った。

「手を打った方がいいな。帳場にはもう主立った連中も来ているだろう」

渡瀬が立ち上がると、小山田が「待て」と制す。「あくまでも意見具申はおれの役目だ。君は勤務時間外。忘れるな」

「行きましょう」

特捜本部は代々木中央署四階の講堂に設置されていた。

すでにデスクやテーブル、大小のモニター、パソコン、コピー機等が運び込まれ、本部としての体裁は整っていた。各所では担当職員らが捜査会議の準備を進め、現場から戻り、会議資料を作っている捜査員もいた。引き継ぎなのか、機捜の姿もある。

ひな壇付近には、捜査一課、代々木中央署の幹部が集まり、ホワイトボードには事件概要や遺留品などが記されつつある。

最初に小山田と、小山田班の四名が入った。渡瀬は少し距離を空け、続いた。

「よう、苦戦しているな」

小山田に気づき、声をかけたのは第四強行犯捜査の縣（あがた）秋広（あきひろ）管理官だ。髪は整えられ、紺のスーツを着こなす姿は、金融系ビジネスマンのようだ。そのとなりにいる浅黒く目つきの鋭い男が、殺人犯捜査九係の山根（やまね）泰久（やすひさ）係長。

「被疑者を絞り込んだので、報告に上がりました」

小山田が声を上げると、ざわついていた講堂がシンと静まった。

「絞り込んだ？」

縣管理官が小首をかしげた。「初動は上手くいっていないと報告を受けているが？」

「当たりを付けたという意味です。速やかに所在を確認する必要があります」

「ちょっと待て、あれはなんだ」

柔らかな語り口の縣管理官とは対照的に、ドスのきいた声を放ったのは山根だった。視線は渡瀬に向けられていた。「ブンセキは呼んでないがな」

渡瀬は一礼して一歩下がる。

「えー、急を要するので！」

小山田が手をたたいて注目を集め、小山田班捜査員がノートパソコンとモニターをつなぐ。

「捜査会議を待たないのかい？」

縣管理官が涼やかな所作で時計を見る仕草をする。「もうすぐ一課長も来る」

「まず説明させてください。そのあとに判断を」

小山田は現場の状況と防犯カメラの分析から、被疑者を修学旅行生グループの一人に絞ったことを、収集した映像を適宜見せながら要領よく説明してゆく。当初、反発や困惑を見せていた捜査幹部も、久我原が十年前の痴漢盗撮裁判の原告側証人であり、その証言が一審、二審で採用され被告が有罪判決を受けたこと、去年被告が死亡したことを説明すると黙りこんだ。

「見たところ被疑者の遺留品やＤＮＡが豊富に揃っている。腰を据えれば確実に仕留められる。裁判の証人だったことは偶然かもしれない。拙速な捜査でミソを付ければ、マスコミに叩かれる」

縣管理官は静かに言った。

「確かにそうですが……」

小山田が言葉を詰まらせたところで、渡瀬が前に出た。本意ではなかったが、今は自分の言葉が必要だと判断した。

「分析捜査の渡瀬です」

一応名乗った。「小山田さんに請われ、個人的に支援に入りました。この筋を読んだのもわたしです。現状これが最適解です」

「だが貴様は部外者だ」

山根の硬質な反論。

「だから小山田さんに託したんです。ご説明の通り、犯人の目的は犯行の完遂であり、達成後に逮捕されることは考慮に入れていません。犯行のトリガーは元被告の死である可能性があります。事実被告とその家族は無実の罪で、人生を狂わされました。被告の息子は、このモニターに映っている少年とほぼ同年代です。一時的に有罪に追い込んだ証人を襲ったのなら、原告自身にも危険が及んでいると考えるのは自然です。それもきわめて近い未来に」

久我原が母方の姓を名乗ったのは、無罪判決後相応のバッシングを受け、ネット等で住所が特定され、生活に支障をきたしたからだ。それは、原告女性についても同じだ。

「原告女性には保護プログラムがかけられて、ある程度の強制力がなければ居所などの情報は開示されないでしょう。その力を持つのが特捜です。人の命がかかっています」

——空振りも多いだろう、ブンセキさん。

そんな声が聞こえてきた。

「原告女性が無事ならそれで不安が一つ払拭されます。今すぐ動くべきです。指紋もDNAも一日か二日で判明するでしょう。身元も一日あれば判明するでしょう。でも犯人はその一日があれば、十分犯行が果たせると計算したうえ、犯行に及んでいます」

「十年前は小学校低学年だろう」

縣管理官はさらに指摘する。

「だとしても、父親が警察に捕まり、起訴され、裁判にかけられました。その過程をつぶさに見ています。たしかに幼かったでしょうが、捜査のスピード感は知ったはずです。少年は数時間のうちに次の犯行に及ぶかもしれません。もう原告女性のもとに向かっているかもしれません。今のわたしには権限も責任もありません。動けるのは皆さんです。なんのための特捜ですか」

——何様だお前！

——出て行け、ばか野郎！

怒声。向けられる視線の大半が敵意、もしくは好奇であることは、この二年の現場経験でわかってきた。自分の言動が彼らのプライドを逆撫でするということも。

「でもな、彼女が言ってることさ、俺の勘とも重なるんだよな」

後方からのんびりとした声が響いてきた。本澤だった。「ほんと、スカーフも軍手も無造作に残していった感じなんよ。自然に無頓着に、最初からそれでいいって感じでさ」

「本澤さん、本気？」

縣管理官が確認すると、本澤は「本気も本気」と応えた。

「渡瀬を呼んだのは俺だ」

小山田が応えた。「責任はおれが……」

「いや、私ですね」

縣管理官だった。「原告女性の名はわかりますか」

「楠本亜季（くすもとあき）。現在二十八歳。少年を被疑者と仮定した場合、居住地は修学旅行というスケジュールの中で行ける範囲です」

——ホシは女性の住所を、どうやって知ったんだ。

声が上がったが、山根が「後回しでいい」と遮った。

「機捜はすぐ動けるようにしておいてくれ。まずは原告女性の居所、少年と高校の割り出しを。彼女の分析通りなら、相手は未成年です。急ぎますが、慎重に。いいですね！」

縣管理官が告げ、準備途上だった捜査本部が一斉に動き出した。

小山田が深く息を吐き、脱力したように近くのイスに腰を落とした。

「いつもながら、お前にはハラハラさせられるよ」

「今日は帰ります。お疲れ様でした」

渡瀬は頭を下げると、捜査本部をあとにした。

官舎に直帰し、寝直すつもりだった。明日の日曜は久しぶりにのんびりしよう。日野を食事に誘い、お礼をするのもいい。

代々木中央署を出て、タクシーに乗る。

警察官であること——激務で心身ともに削り取られるが、収入が安定し、身分は国が守ってくれ、平穏に暮らせる。

現場に出ない限りは。

対策はした。大学では社会心理、行動学を履修し、在学中に国家公務員Ⅱ種に合格。準キャリアとして警察庁に入庁、希望通り研究職として警察官人生をスタートできた。その後、行動科学分野の研究課程でアメリカに留学、ＦＢＩの研修に参加し、プロファイリングを学んだ。そして帰国後、科警研の分析官となった。

しかし二年前、ＳＳＢＣに分析捜査三係が新設された。分析官と優秀な現場捜査員を組み合わせた実働チーム。警察庁刑事局のとある幹部が長年温めていたようで、実験的に運用し、機能するようなら、刑事部の各部署に分析官を常駐させる構想もあると聞いた。

その中心となる分析官＝係長として白羽の矢が立ったのが、渡瀬だった。

悪夢の始まり。それまで現場といえば、警察大学校等の研修で、短期間交番と地方警察署に勤務しただけだ。それでも同僚、市民と相対することが苦痛で、胃痛や下痢に悩まされた。

係長拝命から二年。今は体も慣れ、心も多少は強くなったと思う。平穏な日常に戻るためには、的確な分析をして事件を早期解決に導く。それが最善策だとわかった。今日も心を殺し、言うべきことを言った。


目が覚めた。

暗灰色の天井――官舎だ。枕元のスマホの通知ランプが点滅していた。

《いつでもいい、電話くれ》と小山田からのメッセージが残っていた。

着信は午後十一時半。一時間前だ。

ぼんやりとした頭のまま、かけ直した。

『渡瀬か』

周囲が騒がしかった。居酒屋のようだ。『すまん、寝てたか』

「捜査会議は終わったのですね……」

『被疑者を無事逮捕した』

逮捕――「よかったです」

『何言ってるんだ、君のおかげだ』

電話を切ろうとした渡瀬に、興奮した声が浴びせられる。

山根の捜査班が、迅速に動いたという。

わずか十五分で、画像のグループが仙台新星高校の生徒と特定。宿泊先である、水道橋のホテルに捜査員を送りこんだ。

引率の職員が画像をみて、当該の生徒が、山村惇（やまむらじゅん）＝痴漢盗撮裁判の元被告、佐伯友則（さえきとものり）の長男、佐伯惇であることが確認された。彼の事情については一部の教師、職員しか知らなかったという。

『その佐伯君だがな、宿舎にいなくて帳場の全員が泡くってな』

捜査員の宿舎到着が午後七時四十分。夕食を終えたばかりで、午後十時の消灯までは自由時間だった。事件は伏せ、臨時の点呼をとったが、やはり佐伯惇の姿はなかった。部屋には荷物が残されていた。

一方で、楠本亜季の居所確認は、手続きに手間取ったが、午後八時過ぎ、埼玉県川越市に住んでいることが確認され、捜査員を向かわせた。同時に、埼玉県警にも協力を要請、楠本亜季の自宅周辺の警戒に当たってもらった。

『間一髪だったよ』

午後九時過ぎ、駆けつけた山根班捜査員が、JR川越駅近くの路上で、私服姿の佐伯惇を発見、職務質問した。

『バッグに電気工事用のハサミが入っていてな、ワイヤーとかモールを断ち切るでっかくて鋭いやつさ』

任意で事情を聞き、佐伯惇は久我原一紀を刺したことを認めた。さらに、楠本の仕事帰りを狙い、犯行に及ぶつもりだったという。

『宿舎の荷物の中に血の付いた学生服が残されていた』

久我原の背中をえぐった凶器は犯行前に近くの量販店で買い、犯行後は隣家の庭に放ったと供述。供述通り植え込みの中から、血痕付きの電気工事用ハサミが発見された。

『殺すつもりはなかったと言っている。単に下半身が動かなくなればと思ったようだ』

三年前、交通事故で佐伯友則は脊椎を損傷、下半身不随となった。飲酒運転だった。

——父と同じ苦しみを味わってほしかった。それだけです。予想より早く捕まって、少し悔しいです。

佐伯惇はそう言ったという。

『縣君が感謝し……』

渡瀬は小山田の声を最後まで聞かなかった。

スマホが手から滑り落ち、朝まで安眠した。

第二章　テロルの残像

七月十七日　金曜　4:21pm　――羽生孝之

「昨日まで使えていた素材が今日から使えないってどういうこと？」

土方玲衣はつま先で床を叩きながら、腰に手を当て、高圧的に見下ろしてきた。

「メールした通りです。午後の連絡メールで、ＣＮＢ素材について、去年四月一日以前の素材は原則使用禁止と通達が来ました。一時的な措置だと思いますけど」

外信部・海外素材著作権担当の羽生孝之は応えた。

夕方のニュース情報番組『イブニング・ダッシュ』のＯＡまで一時間を切り、報道フロアの喧噪が著作権デスクにも伝わってくる。

「嫌がらせ？」

指先でデスクをコツンと叩く。

「そんなわけないでしょう」

羽生はオンライン発注された外信素材使用申請を、デスクトップのディスプレイに表示させた。申請されているのは、ニューヨークの同時多発テロ、ロンドン地下鉄同時爆破テロなど、二十一世紀に入ってから欧米諸国で発生したテロ事件の映像素材、七十二件だ。

「ロイターとAPは従来通り使えて、CNBだけ使えないっておかしくない？」

「ええ、おかしいですね」

羽生の職務は、海外通信社から配信されてくるニュース映像の著作権管理だ。映像には様々な制約がある。有料か無料か、使用できる尺、期間——それを確認し、時には著作権者と使用条件を交渉し、各番組で使えるよう速やかに処理する。

CNBは米アトランタに拠点を置くニュース専門チャンネルで、東都放送とは提携関係にある。映像使用に関しては、ほかの海外通信社より簡便なのだ、本来は。

「納得できる理由がおありなんですよね」

慇懃無礼な口調は、頭に血が上ってきたサインだ。

「確認中です。詳細がわかるまで使用は控えてくれますか」

申請があったのは三十分前で、内容を確認後、CNB素材に関して連絡メールの内容を担当ADに返信したところ、担当ディレクターを飛び越して、申請した番組の企画統括デスクの土方が肩を怒らせてやって来たのだ。

「こっちはその素材が使えるか使えないかで、構成が変わるの。最悪企画がボツるの。時間がないの。放送日が迫ってるの」

「重々わかってますけど、こっちも寝耳に水で」

「寝耳に水のまま手をこまねいてるの？」

土方は威嚇するように顔を近づけていた。「外信部長のところに抗議に行く」

怠慢と驕慢を嫌い、全てに筋を通す通称〝鬼姫〟。

「待ってください、今うちのデスクが行ってます」

「にしても対処が遅い！　連絡メールから何時間経ってる？　わたしなら今頃全てを詳(つまび)らかにして、関係各所にきちんと連絡を回してるでしょうね。わたしがいなくなって弛(たる)んだとか？」

先月まで著作権担当デスクで、羽生の直接の上司だった土方はまくしたてる。「本当にわたしがすべてをクリアにしてさし上げましょうか」

午後四時七分、担当デスク＝羽生の現上司が、外信部長デスクから戻ってくるのが見えた。

「凛々子(りりこ)！」

土方が声をあげると、呼ばれたデスクは全速力で戻ってきた。

「姐さんなんすか⁉」

　柊凜々子は目を丸くした。

　以前は羽生の同僚だったが、土方の異動に伴い、デスクに昇格した。土方の一期後輩の二十九歳。初のデスク着任だが、金髪にパーカー、だぼだぼのデニムというスタイルは、ＡＤ時代から一貫して変わっていない。

「連絡メールの件、説明してくれる？」

「それが外信部長もなんか苦笑いでさ」

　凜々子は語学が堪能な帰国子女で、時に海外通信社と直接折衝もこなすが、敬語だけが不得意だ。

「契約の問題って話なんだけど、なんで今さらって感じ」

　凜々子は、先月まで土方が座っていた席に座って足を組んだ。「ＣＮＢとは長く提携関係にあるが、ネット配信に関しては厳密にルールを決めていない。グレーにしておかないで新たに交渉して契約を交わす必要がある……って局次長が突然言いだしたらしくて」

「ネットでの運用は現場レベルの申し合わせで、地上波と同じ条件での使用が認められていたはずだけど……」

　土方玲衣は七月一日付で「デルタＴＶ」の報道番組『デルタ・ブレイキング』の企画統

括デスクに着任していた。一年ぶりに制作の現場に戻ったのだ。

「デルタTV」は東都放送と、インターネット広告と動画配信、SNSサービスを展開する『GAMMAsquare』の共同出資によるインターネット・テレビ局で、去年四月一日に開局した。

ドラマ、映画、アニメ、ニュース、音楽、格闘技、各種スポーツなど二十を超えるチャンネルがあり、報道専門チャンネル『ニュース・デルタ』は、東都放送報道局が製作母体になっていた。従って、土方の所属も報道局のままだ。

「そういうの藪蛇って言う……」

羽生は思わず漏らした。

「というわけで、外信部は局次長のヤブヘビに従っただけのようです、姐さん」

凜々子は確実に〝藪蛇〟の意味をわかっていなかった。

「局次長って、青葉(あおば)さんか……」

羽生は独りごちた。同じく今期の異動で報道番組部長から報道局次長となった青葉淑子(としこ)。土方が、社会部の記者時代から何度となく衝突した上司でもあった。特に去年、都知事選の取材で都知事に不作法をし(正当な理由があった)、それが当時の青葉部長の逆鱗に触れ、記者から内勤である著作権デスクに異動となったのだ。

「まだわたしを逆恨みするか、昭和の遺物！」

土方は口を尖らせる。

だが、土方も青葉部長（当時）の処置に唯々諾々と従っていたわけではない。

去年の夏から冬にかけて発生した東京西部の連続放火殺人、埼玉の連続路上強盗殺人事件において、青葉部長の目を盗み――ただし根回しを完璧に行い、現場記者やデスク、部長クラスを味方につけた上で取材を進め、あまつさえ犯人を罠にかけ、事件のクライマックスでは青葉部長が指揮を執る衆院選開票特番に割り込み、被疑者逮捕の瞬間を現場中継で大展開した。視聴率的には、民放トップはおろかＮＨＫも抜く壮挙ではあったが、一人面白くなかったのが青葉部長だ。

――番組を穢された。

青葉部長は怒りに打ち震え、現場に望まれ、現場を望む土方に、さらに半年の内勤を課したのだ。

「理屈としては局次長が正しいんですけどね」

土方の反応を見るように、羽生は言った。「融通が利かないだけで」

「それで利根さんはなんて？」

土方は聞く。外信部長だ。

「トネは、関係各所と話すけど一日二日で元に戻すと言ってた。これオフレコね。特にアオバには」

凜々子は口許に人差し指を添えた。

「その言葉信じていいのね、凜々子」

「おす、外信部長の言葉なので、わたしに聞かないでくれますか」

「組織を生き抜くには正しい姿勢ね、凜々子。ただ、生き残りたかったら目上の人には〝さん〟か〝Sir〟をつけなさい」

土方はそう言い残すと、大股で歩き去り、廊下に消えた——と思ったら小走りで戻ってきて、羽生のデスクに両手をつき、有無を言わさぬ迫力で顔を近づけてきた。

「〝テロルの残像〟とかいうベタな企画押しつけられてんだけど、手伝う?」

日勤を終え、凜々子に業務を引き継ぎ、局を出たのは午後六時過ぎだった。

徒歩で虎ノ門に出て、地下一階にあるやきとん屋に入った。土曜のオフィス街だが、カウンターもテーブルもほぼ埋まっていた。

店内を見回していると、メッセージが着信した。《奥の右側》。炭火の香ばしい煙の中、無骨な木製テーブルの間を縫うと、奥の小さな二人掛けに土方の姿を見つけた。

「お疲れさまです」

羽生は、土方の向かいに座った。

「二人で会うの、久しぶりね」

「あまりいい記憶はないですけど」

羽生は壁のメニューを見上げた。テーブルにはグラスビールがあるだけだ。

「ここお通しないから、がっつり頼もうか。おなか空いた」

羽生は店員を呼び、グラスビールとサラダ、やきとんの盛り合わせなど適当に注文した。

先にビールが届き、グラスを合わせた。

土方も、リラックスした雰囲気で相対すれば、聡明で愛らしい女性なのだが——

「早速だけどさ」

土方がグラスを置き、バッグからクリアファイルを取り出した。

「手伝うとは言ってません」

「著作権デスクなんてヒマ持てあましてるだけでしょ、どうせ」

羽生はドキュメンタリー系のディレクターとして実績を重ね、去年秋、『イブニング・ダッシュ』の担当となった。そこで高額な違約金が発生するミスを犯し、当時の青葉報道番組部長により馘首（かくしゅ）されかけた。そこに土方が颯爽登場、瞬く間に事態を収束させ、羽生は失職を免れ、下僕となることを条件に、現職に収まった。

ちなみに凜々子も、セクハラしてきた上司の股間を蹴り上げて悶絶させ、番組を外れたところを土方に拾われた。

「また青葉さんに不興を買いますよ？」

「なんだ、羽生君もわたしが青葉さんに刃向かって、ネットに飛ばされたと思っている口？　地上波から都落ちとか下らない憐憫でも抱いてる？」

「都落ちとかいう部分以外は、その通りかと」

「ふん、地上波至上主義者は遠からず、ネットの波に呑まれるから。デルタはフロンティアよ」

異動してまだ三週間。どこにいようと土方は土方だ。

確かに『ニュース・デルタ』は、規制の少ないネットテレビに地上波キー局の取材力と機動力を持ち込んだが、報道局内ではまだ異端扱いだ。人事権者にどんな思惑があったにせよ、そこに〝異端〟の象徴、土方玲衣が加わったのは、極めて自然に思えた。

「それで〝テロルの残像〟なんだけど……」

土方はクリアファイルから企画書を取り出し、羽生の前に置いた。

「既成事実をつくろうとしてないすか」

「既成ではなく、もう事実」

「拾ってもらった恩義はもう果たしましたけど」

「実績を残せば、制作の現場に戻れるよ。わたしも後押しする」

「ずるいっすね、その言い方」

著作権デスクも重要な仕事だが、羽生自身〝現場〟に飢えているのも確かだ。

「一応読んでから考えます」

「読む必要はない。わたしが説明した方が早い」

羽生は企画書の表紙に目を落とす。

『テロルの残像・第一回　新世紀アメリカの蹉跌（さてつ）』

今日申請された素材は、これに使われるようだ。

『企画責任者・北上貴史（きたがみたかし）』

「北上さんですか」

「一応『デルタ・ブレイキング』のプロデューサーだし」

北上はプライムタイムの看板ニュース番組『ニュース・クロス』の企画統括デスクだったが、去年の一件で、青葉局次長から土方の共謀者と見なされていた。

「雁首並べて島流しというわけですか」

「そんなことは先が見えない愚か者のセリフね」

土方は企画書を指さした。「それでこれは北上氏の異動一発目。ネット配信初企画」『テロルの残像』は不定期シリーズとして企画されていて、〝新世紀アメリカの蹉跌〟はその第一回だという。

「確かにテロは増えてて普遍性はありますけど、なぜ今なんでしょう」

地上波、BS、CSなどで様々な視点から特集が組まれ、掘り下げられた題材だ。「特にイスラム関連のテロだったら、語り尽くされた感がありますね」

旧ソ連のアフガニスタン侵攻。抵抗のために形成されたイスラム武装組織アルカイダ。湾岸戦争。大国の駆け引き。中東の不安定化。アルカイダの反米化。同時多発テロ。イラク戦争。アラブの春。その反動。アルカイダから派生したＩＳ――

「置きに行ったように見えるでしょ。発案はミスターベタの北上氏だし。でもそれはニュースを見慣れた層の話」

地上波ニュース番組の視聴者層は主に六十代以上だ。「デルタの視聴者層は二十代から三十代がメイン」

「若い層に社会情勢、国際情勢を一から教えていくと」

「導くとか教えるという姿勢は反感しか生まない。まずはニュースというジャンルに興味を持ってもらう。それが大事だと思う」

土方は少しだけ肩をすくめる。「北上貴史のベタが、若い層には新鮮なの。これはわたしも想定外だった」

「だとしても難易度高くありません？　もっと身近なニュースの方がいいと思いますよ。就職とか、就職にからむ経済状況とか、選挙に行こうとか」

「でも北上貴史は、来た早々彼らの興味から一番遠いテロと思想を選んだ。意図的なのか天然なのかわからないけど。これまでも運で乗り切ってきた男だしね」

酷い言いぐさだと思ったが、去年の事件ではそのベタな発想が、事件解決の糸口となり、開票特番乱入につながったのだ。

「で、栄えある第一回はテロの中でも、ホームグロウン・テロリストとローンウルフ」

直接テロ組織と接触することなく、インターネット、SNSなどの情報で共鳴、感化されて自らの意思で動く、ネット時代に現れた新たなカテゴリのテロリストだ。

「ネット配信らしいと思いますね」

組織から遠く離れた場所、国で勝手に育ってゆく。ゆえに、ホームグロウン。勝手に思想に染まり、勝手に行動に出る。その際一人、もしくはごく少数で行動する。だから、ローンウルフ。アメリカとフランスで目立ち始めていて、その国で生まれ育った移民の二世、三世がテロリスト化するケースが大半だった。

「ネットが育てるテロリスト。これなら若年層も興味を持つ可能性がある。自分や自分の友達もそうなる可能性がある」

「でも、ホームグロウン・テロリズムも結構こすられてませんか」

「見せ方は変える。テロそのものとか背景よりも、感化の過程に重点を置きたい」

「それが北上さんの意図なんですか」

「まさか。こいつの中身はほとんど文学論よ」

土方は企画書に指先を落とす。「国際情勢に翻弄される無辜（むこ）の民が、過激思想に染められるみたいな。ほんとベタな割に予算と手間がかかる。だけどこれはあくまでも原案」

自分色に染めようというのだ。

「でも羽生君に関わってもらいたいのは、第二回のほう。まだ走り始めたばかりだけど」

「中東ですか」

「北上貴史が指定したのは、一九九七年の地下鉄八重洲東駅爆破テロ」

意表を突かれた。事件自体は羽生も知っていたが、一般的な知識だけだ。

地下鉄大手町線八重洲東駅のホームで爆弾三発が時間差で爆発し、死者二十四人、五十人以上の負傷者が出た、戦後最大のテロとも言われている。直接爆発に巻き込まれての死者は五人。残りの十九人は爆風と混乱の中、ホームから線路に落ち、入線してきた列車に轢かれた。事件発生時は朝のラッシュ時で、ホームは人で溢れかえっていたという。

「被疑者は三十三歳の男で、犯行後自宅アパートで自殺しているのが見つかった。でも遺書の情報はなく、動機は諸説あるけど、特定はされてない」

「OAはいつですか」

「未定。撮れ高次第かな」

放送日が差し迫っていないのに自分が呼ばれた理由——

「もしかして、何かトラブってます?」

探りを入れてみた。

「いい勘してるね」

土方はあっさりと認めた。「羽生君の危機回避能力に期待」

「回避が必要な危機があるんですね」

「ある意味、素材管理能力の危機ね。ま、北上貴史の妄想で終わるかもしれないけど」

「意味がわかりません」

「明日は夜勤でしょ。シフト入る前にスタッフルームに行って。北上貴史がいるから直接聞いて」

羽生のシフトまで把握済みだった。

「だったら利根部長と相談を……」

「もうナシはつけた。いいから早く食べろ」

土方玲衣の仕事に遺漏があるはずもない。

七月十八日　土曜　1:47pm　——渡瀬敦子

「服部幸作が林秀英を見つけた経緯が、説明不十分のように見えますが」

渡瀬は広げられた起訴状の一点に指を置くと、宇田竜司を見上げた。角張った大きな顔に、深い彫りの奥からの威圧的な眼光。池袋西署刑事課の強行犯一係長だ。

「私は、そうは、思いません、が」

宇田は一語一語に憤懣を込めて言い返してきた。

渡瀬は八幡俊介警部補を従え、刑事課のデスクを借りて、宇田と相対していた。課内にいる捜査員、職員の視線は冷ややかであり、何人かは聞き耳を立てていた。

渡瀬にとっては情報収集の一環だが、先方は粗探しととらえるようだ。

情報収集の対象は、先月に池袋西署管内で発生した『骨董店社長襲撃事件』。

確かに被疑者を現行犯逮捕、完落ちの状態で起訴に至った事件をほじくり返すのだ。相手も面白くないであろうことは、渡瀬も理解できたが。

「必要な調査です」

渡瀬は再度言った。「服部の聴取は、宇田係長自ら行ったと記録にはあります」

「ＳＳＢＣは人の仕事にケチを付けるのが仕事なのか、八幡よ」

宇田は視線を渡瀬から、となりにいる八幡にスライドさせた。

「ただの情報収集だと言っただろう」

八幡はイスに背を預け、コーヒーを手にリラックスした様子だ。浅黒い痩軀で、強行犯、盗犯を中心に現場で実績を積み上げてきたベテランだ。分析捜査三係の捜査主任であり、渡瀬の補佐役兼教育係でもあった。

宇田とは同期で、新宿署時代に同僚だった時期もあるという。

「それとも、ケチがつくようなぬるい仕事してたのか？　宇田よ」

「冗談きついよ、全く。起訴したての事件をほじくり返すのは、暴走とは言わんのか」

「この程度は日常茶飯事だ。安心しろ」

「それが褒め言葉でないことくらいは理解できるようになりました」

渡瀬が応えると、八幡は「な？」と、宇田に同情を求めた。

六月七日、住所不定無職の服部幸作・五十二歳が、骨董家具店を経営しているハヤシヒデフサ、本名林秀英（リン・シュウエイ）を豊島区池袋二丁目の路上で襲撃、鉄パイプで肩や背中、腹部などを数カ所殴打し、全治三週間のケガを負わせた。

服部は林と一緒にいた店員二人に取り押さえられ、駆けつけた警察官が現行犯逮捕した。目撃者、防犯カメラの映像から、服部の犯行は明白だった。

「怨恨による計画的犯行で単独犯。これは動かない」

宇田が釘を刺す。

「そこに問題はありません」

被害者となった林秀英は、詐欺と故買で五度の逮捕歴があった。骨董家具店社長ではあるが、裏では〝林原秀夫（はやしばらひでお）〟と名乗り、特殊詐欺グループを率いていた。五件の逮捕容疑のほかにも立証困難な余罪が多々あり、池袋西署の要警戒対象となっている。

服部の犯行動機は、二〇〇七年に林のグループによる特殊詐欺で母親が預金の大半を騙し取られ、自殺したことに対する仕返しだった。

『真面目で誠実な生き方をしてきた母でした』

その母親、服部澄江（すみえ）は夫を亡くした後、一人でたばこ店を切り盛りしており、所有していた土地の一部を売り、財産を息子に残すつもりだった。

一方、服部幸作は二十年間、神田の食料品の卸売業者に勤務。十年前に早期退職し、独立したが上手く行かず、母親から何度か金を借りていた。そのため、母親も特殊詐欺グループからの電話を疑わなかった。

母・澄江は断続的に合計七回。合わせて二千七百万円をだまし取られた。

息子に遺すはずの財産を失い、母親は遺書に謝罪の言葉を書き連ね、首をくった。

この特殊詐欺事件では十七人が被害に遭い、掛け子、受け子など五人が逮捕、起訴された。被害総額は七千万円余。だが組織の中核に迫ることはできなかった。林も逮捕はされたが、直接的な証拠はなく釈放、不起訴となっていた。

金はすでに消え、追跡は不能、賠償は履行されていない。

『復讐しか考えていませんでした。相手が死んでも仕方ないとも思っていました』

服部の食品卸売会社は結局破綻、実家と土地を売って負債の大半を返済したが、同時にすべてを失った。その後、日雇いの仕事を転々としていたという。

『知り合いが林原の情報をくれて、駅の反対側に足繁く通いましたよ』

服部は台東区上野に生活の拠点を置いていたが、大規模な炊き出しがある池袋にはたびたび足を運んでいたという。そして、池袋に腰を据え、わずか二週間で骨董家具店に出入りする林を見つけた。

「林の居場所を教えた仕事仲間が特定されていません」

起訴状には、『ヤマさんと呼ばれた秋田出身の男。檜山と名乗ることもあった』と記載されていて、複数の仕事仲間から、服部と檜山がハヤシバラという男の話をしていた、などと証言を得ていた。檜山も服部同様住所不定、路上生活をしていて、捜査側は檜山本人と接触できていなかった。

「ただ闇雲に池袋を彷徨って、二週間で林を見つけることができるんでしょうか」

渡瀬の言葉に、宇田は大袈裟に肩をすくめた。

「できたんだから、事実。本人も幸運だったと供述している。檜山本人は所在不明だが、十分な客観証言を得た。検事も納得した。何が不満なんだ」

宇田は時計に目を落とす。早く帰れというサインだ。

「偶然見つけた可能性も否定はできません。ただ……」

渡瀬はタブレット端末を取り出し、宇田の前に置いた。「ネットでいくら調べても、林の居所の情報はありません。骨董店と結びつく情報もありません。檜山は、どうやって林のことを知ったのでしょう」

「かつて林の関係人だった可能性はある。あるいは被害者の一人で、恨みを持っていたのかもしれない。だがヤツの実在は確認され、ヤツがハヤシバラの名を口にしていたことも、複数の証言を得ている」

現状、公判で服部幸作が否認に回ったとしても、証拠はそろい、有罪は覆らない。

「檜山が主導したという可能性は」

「憶測で捜査はしない。確実なのは、服部が自分の意志で林を襲撃したことだ」

当然の捜査をして、間違いは一切ない。それは渡瀬も理解していた。

「班長の興味は檜山ってことだ。どこまで檜山に突っ込んだのか、確認したいだけだ」

「起訴状がすべてだ」

「檜山本人は重要度が低いと判断して、捜索を打ち切った。現時点で追加の捜査は行っていない、という解釈で合っていますか？」

言った瞬間、宇田の口がへの字に曲がり鼻の穴が広がった。

「時々失礼なことを言うが、悪気はない」

八幡が苦笑気味にフォローした。

「車はひとまず置いて、歩きましょう」

池袋西署を辞し、歩道を西口公園方面に向かった。

「どこに行く」

「《マヤマ・アンティーク》です」

林が実質経営者と目されている骨董家具店だ。池袋二丁目までは、歩いて十分ほどだ。

「土曜の午後にいるか？」

「いなかったら、出直します」

マルイの脇から西口五差路を渡り、雑居ビルやオフィスビル、ラブホテルが建ち並ぶ一角を抜け、骨董家具店が入るビルの前に到着したタイミングで、乗用車が横付けされ、宇田が降り立った。

「胸騒ぎが的中したよ」

宇田は運転手に、待っていろと告げる。

「アポなしで事務所に押しかけるつもりだったのか」

「いれば幸いという程度でした」

渡瀬の返答に宇田は天を仰いだ。

「確認する」

宇田は数歩離れ、スマホを取り出すと、電話をかけた。それも三十秒ほどで終了する。

「事務所にいる。会ってもいいそうだ」

アンティークの調度と、シックな木製壁の事務所は、高級感に溢れていた。

「見てくださいよ、これ」

林秀英はネクタイを取り、シャツのボタンを上から外すと、渡瀬と八幡に左の肩口を見せた。直径十センチほどの範囲が赤紫色に変色していた。「頭のほうはなんとか避けて、かすっただけで済みましたけど、まともに当たってたら、考えただけで寒気がしますわ」

林秀英は祖父が中国遼寧省出身の三世だった。現在三十七歳。メタルフレームのメガネに、きちんとセットされた髪。シャツもネクタイも、一目見て上等なものだ。そして、めまぐるしく表情が変わり、口がよく動く。

「あと脇腹も殴られて、息が止まりましたよ。あいつ絶対野球経験者だね、きっちり脇を締めてフルスイングさ。サカモトに似た振りだったね」

林はバッティングフォームを再現してみせると、大げさに肩を押さえて痛がった。「ブクロは治安がわるくてね、お願いしますよ刑事さん」

「お前が言うか」

宇田が吐き捨てる。

「宇田さんたら、地面に転がって悶絶している私を見て半笑いだったんですよ。犯人よりひどい男ですわ」

林は笑顔を収め、シャツのボタンを留めると、イスに座り直した。「それで何の用ですか。裁判で証言でもするんですか？　わけわからない逆恨みで襲われていますしね。ヤツの悪辣ぶりを語るのは、吝かではないですよ」

「本部の分析官が話を聞きたいそうだ」

宇田の言葉に、林は「分析官様！　このお嬢さんが？」と大袈裟に驚いて見せた。

「服部はなぜあなたを見つけることができたんでしょう」

渡瀬は単刀直入に言った。確たる着地点は、渡瀬の中にもなかった。

「偶然見つけたってんだから、神だか悪魔が微笑んだと違いますか」

「檜山という人物に心当たりは」

「ない、とそこの人相の悪い刑事さんに五万回くらい言いましたけど」

「付きまとわれたという自覚はなかったんですか？」

「移動はだいたい車なんで、気づきませんよ」

骨董家具店が入ったテナントビル、自宅マンションでの車の乗降は地下駐車場で行う。倉庫と修理工場が埼玉県川口市にあり、日中は買い付けと回収、競売などで首都圏を車で移動していることが多い、と資料にはあった。

「店の名義は奥様です。よく見つけたと思いませんか」

「ああ、よく見つけたね」

「たとえばスタッフや知人に、情報を流した方がいるという想定は？」

ほんの一瞬だけだが、林から表情が消えた。瞬きの間に柔和な笑みに戻っていたが。

「さあ。あるいはブクロ西署の皆さんならあり得ますかね。なんだか目の敵にされているみたいなのでね」

宇田がふんと鼻を鳴らした。

「だいたい服部ってやつも、何度も母親から借金してたから、ころっと騙されたんでしょ。報道から得た知識ですがね」

林は口の端を歪め、同意を求めるように渡瀬、八幡、宇田の順で視線を投げかける。

「自分を省みず、思い込みで一方的に私に恨みを膨らませたんだ。よくいるでしょ、内容を調べも理解もせずに、ネットとかで人を叩きまくるヤツ。そんなヤカラの同類でしょ、服部という男は」

「だが確認はしただろう」

八幡の、ドスの利いた低い声。「子飼いが情報を漏らした可能性も」

「誰かなにか知っていないか、そりゃ確認しましたよ、スタッフと取引先に」

林は両手を広げる。「頼りにされていることを、改めて確認できましたけどね」

「偶然の一致で済ませられないのか」

ハンドルを握る八幡は言った。

「偶然と確信できれば、納得します」

『檜山の件、留意していただけますか』

一応宇田には言い残してきたが、期待していいものか……。

あらゆる事件の集積、分類、データ化は、喫緊の事件がない限り渡瀬の日常業務になっている。毎年多くの行方不明者、不審死、自殺者が出るが、その中の何割かが殺人だというデータもある。そんな事件を掘り起こし、共通項を探り、見えない犯罪をあぶり出すのも業務の一環だと渡瀬は考えていた。

その、小さな疑念を芽生えさせたのが、三ヶ月前の久我原一紀襲撃事件と、林秀英襲撃事件だった。

佐伯惇も服部と同様、すでに起訴され、公判に向けた準備が進められていた。本人も犯行を認め、事実を争う姿勢は皆無。警察には公判を維持するのに十分な証拠も揃っている。あと、必要なのは被害者久我原の証言だった。

検察、弁護側ともに久我原の回復を待つ中、今月に入り意思疎通が可能になった。

その検察側聴取の内容を手に入れたのが一昨日。

――事件のことはよく憶えていない。本当に山村君（佐伯惇）が犯人なのか？

――山村君とは何度か会ったが、亜季ちゃんのことを話したかどうか、確信が持てない。

佐伯惇はどうやって楠本亜季の居所を知ったのか。佐伯は久我原から聞いたと供述しているが、久我原から確認は取れていない。久我原のスマホ、勤務先のパソコンには楠本の居所を調べた形跡があったが、居所の情報を得られたどうかは不明だった。そして、楠本との間に通信、通話の記録はない。

楠本本人は久我原とは数年間連絡を取っていないと証言した。

林秀英襲撃事件も、同様のケースだったのだ。

渡瀬はさらに同種の事件がないか調べ、ひとつピックアップした。

二月、警視庁狛江署で受理した、脅迫を伴うストーカー事件だ。

告発したのは元アイドルの蝶野楓夏（ちょうのふうか）、本名・山野夏美（やまのなつみ）。以前同じグループだった女性につきまとわれ、脅迫や自宅に汚物や危険物が投げ込まれるなど、嫌がらせを受けていた。

蝶野楓夏は狛江署に被害届を出し、被疑者で元アイドルの雪野雪見（ゆきのゆきみ）は罪を認めた。

その後所属事務所などが仲介に入り、被害届は取り下げられ、示談が成立した。

厳密には、もう事件ではない。

この事案の発端は、四年前の殺害予告事件だった。蝶野楓夏は、インターネットの掲示板に匿名で、雪野雪見への誹謗中傷、殺害予告を書き込み、警察の聴取を受けていた。

『枕でセンター獲って、天狗になってて、醜いと思った。わたしたちがやってること、そんな安いのかと思うと許せなくて、現実を教えたかった』

四年前、蝶野楓夏はそう供述していた。犯行自体は無知とリテラシーの欠如によるもので、このときも所属事務所が間に入り、刑事告発には至らなかった。

蝶野楓夏は無期限謹慎処分。当然大バッシングも受けた。そして、雪野雪見もショックで芸能活動を停止した。

二月の事件は、その仕返し、という構図なのだが。

『雪見がなぜ実家の住所を知っていたのかわからない』

二月、蝶野楓夏は狛江署の聴取にそう話していた。

蝶野は現在実家暮らしで、その実家も最近になり引っ越していた。住所は所属事務所の担当者と母親の近親者、ごく近しい知人以外知らないはずだった。

共通項は過去の事件の仕返し。被害者の住所など、情報の入手先が不透明。

この分類キーで浮かび上がったのが——

●二月・蝶野楓夏脅迫ストーカー事件。

●三月・久我原一紀襲撃事件。
●六月・林秀英襲撃事件。

いずれも被疑者が特定され、罪を認め決着がついた、あるいは決着がつく事件ばかりだ。最優先の案件ではない。今更掘り返す理由も益もないと言われればそれまでだ。だが、どこか捨て置けなかった。

「で、情報収集は続けるのか?」

八幡が問いかけてきた。

「週明けに狛江署に行きましょう」

蝶野楓夏についての基礎情報が必要だった。

「で、また迷惑がられるわけだ」

「嫌なら一人で行きます」

「付き合うよ。ったくケツが軽い」

言った直後、八幡は小さく咳払いをした。「今のは活動的って意味だ。勘違いするな」

「わかっています」

同日　2:57pm ―― 羽生孝之

著作権デスクに荷物を置き、地下二階に下りた。エレベータホールの案内板を見て、かつてVTR倉庫だったエリアにたどり着いた。

壁に『DELTA・TV』のロゴ。広さは報道フロアに匹敵した。そこがリフォームされた上、パーティションで仕切られ、ドラマからバラエティー、報道など各チャンネルのスタッフルームが配置されていた。元倉庫らしく天井も高く、開放的だ。二十四時間年中無休。出入りするスタッフの年齢層は地上階より確実に若く、服装はカジュアルだ。

『ニュース・デルタ』の『デルタ・ブレイキング』はメインエントランスに近い一角で、デスクのシマが四列。合わせて四十席あまり。土曜の午後。今は若手の制作スタッフが数人いるだけだ。

北上は入口から一番奥のデスクでイスに背を預けていた。

「お疲れ様です」

「よう、夜勤前に済まないな」

北上は白い歯を見せ、立ちあがった。「向こうのテーブルでやろうか」

スタッフルームの一角に、大きな円卓が置かれた会議スペースがあった。卓上には、ノートパソコンや資料が乱雑に置かれていた。

羽生は傍らの事務イスに座った。

「ついにお天道さまも拝めない地の底に飛ばされてきたわけだ」

自嘲気味の言葉だが、表情は妙に明るい。彫りの深い面立ちと焼けた肌。ジムワークでバランスの取れた体型の四十二歳。現場では、無頼派の実力者と認識されていたが、土方は『要は有力な後ろ盾がいない、組織では吹けば飛ぶような存在』と評していた。

「予算は〝クロス〟の四分の一だが、自由裁量の幅が広くて俺の性に合っている。これは負け惜しみじゃないぞ」

北上は鷹揚さを見せつけるような笑顔を見せる。「ディレクターの質は玉石混淆だけどな」

「それで、トラブルって」

「妄想とか言ってなかったか、土方」

「言ってました、はっきりと」

「そうか、なら説明は簡単だ。妄想でも勘違いでもないことを証明し、速やかに〝失われた素材〟を見つけだして『テロルの残像』第二回のクオリティを担保しなければならない」

失われた素材——素材管理能力の危機。

「場所は覚えたよな。今後打ち合わせはここで行う。来て早々悪いが四階だ」

北上とともに本社四階の『映像アーカイブルーム』に向かった。東都放送が過去に放送した番組、取材した映像、通信社などから入手した膨大な量の映像素材がデータファイル化され、保管されている。

フロアの半分は、プレビュー用の端末ブースで、今は半数ほどが埋まっていた。貸出手続きはカウンターで行われ、その背後には図書館のような棚が並んでいた。

報道の過去素材は、アーカイブルームのファイルから、データが直接編集室に送られるが、外部での編集が多い情報やバラエティーに貸出す場合には、ディスクで対応する。

東都放送では、二年前からVTRで保管されていた映像素材を、順次デジタル変換していた。ただ、量が膨大であるため、その作業はいまだ完了していない。

「例の素材たのむ」

北上がカウンターで声をかけると、担当の男性がデスクトップを操作し、プリンターから吐き出された『プレビュー伝票』を北上に手渡した。

《19970423-024》とナンバリングされていた。

一九九七年、四月二十三日の二十四番目に収録された素材だ。

「説明する」

北上はプレビューブースに羽生を案内し、再生機に伝票のバーコードを読み込ませた。

モニターに素材リストが表示される。編集されたニュース映像ではなく、編集前の生の素材だ。モニターの前にイスを並べて座ると、北上は《大手町線八重洲東駅　爆破》のタイトルをクリックし、再生させる。

大きなビルの前でのインタビュー映像が映し出された。四：三の画角が時代を感じさせる。小型のデジタルカメラの映像だ。

「恵和証券の本社前だ。ここは飛ばしていい」

十五分ほど飛ばすと、激しく揺れながら、地下鉄駅の入口から階段を降りてゆくカットに切り替わった。

ニュースで幾度も幾度も使われた、羽生にも見覚えがある映像だ。逃げてくる利用客たちとすれ違ってゆく。恐怖と驚愕に呆然とした感情が入り交じった顔の群れ。

『たくさんの乗客が逃げてきています。前方には煙のようなものが見えます』

カメラは激しく揺れているが、実況する記者の声は冷静だった。

改札を抜け、ホームへと降りる階段には、手を負傷した男性がいた。

『畜生、指が吹っ飛ばされた』

『何があったんですか』

『爆発だよ……なにかが爆発した』

記者がホームに降り立つ。倒れた人、蠢く人、線路上からホームに這い上がろうとする人、とどまり救助に当たる乗客、泣き声と呻き、怒号と悲鳴。テレビでは断片的にしか伝えられなかった凄惨な現場だ。

『ホームで爆発があった模様です』

記者が実況を入れた瞬間、ホームの奥が発光し、直後に大きな破裂音がした。記者が転倒し、大波のように人々が動き始めた。そして、流れからはじき出された人々が、次々と狭いホームから線路へと落下してゆく。

メディアでは一切公開されていない、悪夢の瞬間だ。

「爆発直後のホームの映像を撮ったのは、うちのカメラだけだ。ほかに恵和にカメラクルーが来ていたが、入る前に警察に止められた」

『非常停止ボタン押したか!?』

誰かが叫び、しばし考え込んでいた駅員が、慌てて走り出した。しかし、すでに列車接近のシグナルが流れていた。

『電車が来る!』『早く上がれ!』

直後、列車がホームに入ってきた。

激しく画面が揺れ、カメラが横倒しになり、映像も九〇度回転した。そこで一度映像が途切れ、半秒ほど黒が挟まれたあと、ホームに入った列車が停止するところで映像が再開された。

『なんてこった……』

呆けたような記者の声の周囲からは、怒号と悲嘆の声。

満員の列車。開かない扉。ホームの惨状を目の当たりにし、乗客が騒ぎ始める。

『ドアを開けろ！』

『待て、パニックになる』

『車輛どけろ！　下に何人いると思う！』

怒鳴り合う駅職員。胸が重くなる映像だった。羽生はキャプションに目を落とした。

赤い『注』の印が捺され、《ホーム部分は使用禁止　遺体映像注意》と書かれていた。

カメラが動き出した。記者が手に持ち、避難を始めたのだ。その途中で記者が制服の少女に声をかけ、救出したところで北上は停止ボタンを押した。

「これまで出さなかった部分を使おうと思う。無論使用禁の部分は使わないが、ギリの線は狙う」

地上波で出せなかったものをネットで出す。確かにインパクトは強い。「だが映像が一部途切れているだろう」

途切れたのは、列車がホームに入って来た瞬間だ。カメラが倒れ、その衝撃で一時的に映像が途切れたように見えたが――

「実際は途切れてはいない。俺の記憶では、素材は途切れることなく一連だった。列車の入線部分も」

当時、放送事故防止のため、使用禁止の部分を省いた二次素材を作成し、それを各番組が使用していたという。過去の事件を振り返る番組も同様だ。

「これ、オリジナルじゃないんですか」

「これは二次素材のほうだ。それでアーカイブの連中と一緒にオリジナルを探したが、どこにもない」

「確かですか」

素材紛失は、放送局にとって由々しき事態だ。著作権上の問題として、管理上の問題として、報道機関の姿勢として。

「確かだ。俺はオリジナル映像ありきで、第二回の企画を立てた」

正直、この素材だけでもインパクトは十分だった。企画としても成立するが――

「俺はオリジナルにこだわる。あの日あの現場……の近くにいた者の一人として」

事件は十八年前。北上はまだ二十代半ばの新人だったはずだ。「俺は事件直前、これを撮った記者から取材テープを受け取っている。すぐに局に戻ってしまったことを、今でも後悔している」

「とにかく、紛失が事実なら、上に報告しないと」

「無論、するさ。同時に、消えた素材を探す」

これが、土方の言っていたやっかい事か……。

「まずは一緒に素材を作成した記者に事情を聞いた方がいいですね」

「ああ、立岡さんていう元経済部の記者なんだが……」

北上はディスプレイを指先で軽く叩いた。「連絡が取れない」

スタッフルームに戻ると、打ち合わせ用の円卓に土方がいた。

「おはよう、羽生君」

足を組み、自信満々の瞳。「どう？　消えた素材、消えた記者に挑む心構えは」

「大げさにするな。住所が変わっただけだ、おそらく」

北上は立ったまま、土方を見下ろす。

「あの素材で十分成立すると思うけど」

土方も、あの映像を見たのだ。

「局の姿勢として、素材の紛失を看過することはできないだろう。警察なら保管している物証を紛失するようなものだ」

「でもそれは制作の仕事じゃない」

「言いたいことはわかるが、お前には理解できまい」

「男のロマンとかいうヤツね。否定はしないけど、面倒なものね」

「局の倉庫にオリジナルテープが眠っていた……ってナレーションを入れたい。入れる限りは嘘はだめだ」

「入れることが前提ですか」

羽生は思わず聞いた。

「地上波でできないことをやる上で、外せん。譲れん」

「結局、青葉さんを見返したいんじゃ……」

言いかけた土方を、北上が「断じて違う」と遮った。

「素材の中抜けは妄想じゃないのね。爆発があって、映像が乱れたわけじゃなくて？」

「今朝、証拠を見つけた」

北上はデスクの抽斗から茶封筒を取り出すと、土方の前に置いた。

「なによ、これ」

「記憶だけに頼って、手をこまねいていたわけじゃないってことだ」

土方が袋の中身を取り出した。古びたＶＨＳテープだった。

「これがなんなの」

「十八年前のオフラインテープだ。Ｂ３の大倉庫から見つけてきた」

背のラベルには『報フロ・八重洲東駅爆破　Ｒ３』と書かれていた。

当時のオフライン編集＝長さや使うカットを確認するための仮編集は、ＶＨＳが使われていた。

「報フロって『報道フロントライン』ですか」

羽生の問いに、北上は「そうだ」とにやりと笑う。かつて、毎週日曜夜に放送していた報道番組だ。

「俺はこの事件の編集に関わってる。言っただろう」

東都放送は二〇〇三年に現在の神谷町局舎が完成し、赤坂の旧局舎から引っ越しが行われた。その際処分していいのか判断のつかない備品、資料は全て地下三階の大倉庫に収められたという。

「もしやと思って『フロントライン』の棚を調べたら、処分されずに残っていた」

オフラインテープは、繰り返し上書きして使われ、真っ先に処分されるはずなのだが。

「当時『フロントライン』の引っ越し隊長は俺だったからな。たぶん何かの予感があって、残しておいたんだろうな」

「著作権管理上、オフラインテープは放送後速やかに消去がルールだけど、ご存じ？」

前著作権担当デスクが言い放つ。確かに規定ではそうなっているが、仮編集がパソコンの編集ソフトで行われるようになった現在も、プレビューのために出力されたＵＳＢメモリやハードディスクの管理が緩いのは、当時とあまり変わっていない。

「倉庫にずっと眠ってたんだ。流出はしていない」

「結果論でしょ。規定違反に変わりないし」

土方の薄ら笑い。「自分のやった仕事はいつまでも残しておきたいタイプ？」

「否定はしない。さあ見てもらおうか」

北上は円卓の下から、ＶＨＳの再生デッキを取り出した。

「どこから持ってきたの、そんなもの」

「美術倉庫にないものはない。ちょいと借りてきた」

北上はアナログ端子と変換器を使い、モニターと接続、テープを入れた。

ノイズのあと、アーカイブルームで見た地下鉄八重洲東駅の模様が映しだされた。画質は悪いが、映像自体の劣化はほとんどなかった。

「同じ映像であることはわかるな」

「そうね」

土方は冷ややかに応えながらも、前のめりになる。

早送りせず、淡々と、目をそらすことなく、ホームの惨状を再度見てゆく。理由はわからないが、羽生の目には、デジタル化された映像よりも生々しく感じた。

そして、列車がホームに入ってくる。

「ここだ、よく見ておけ」

進入してきた列車は、急ブレーキをかけたが、止まったのは本来の停止位置のわずかに手前だった。北上は巻き戻し、もう一度列車の入線部分を再生した。

アーカイブルームの動画データと同じ箇所で黒が入ったがそれも一瞬で、列車が止まるまでの一連がきちんと映っていた。

「わかったか」

北上は停止ボタンを押した。「計算したら八秒間の映像が抜けていた。言葉も出ないか、土方」

「これは建前上、存在してはいけない映像ね。貴重だけど、放送に使うことはできない」

「だから、正式な保存映像を探すんだろう。これはあくまでもガイドだ」

「これがダビングされたのは？」

「事件の一週間後くらいだったな。報フロの特集のために」

「当時は簡単に使用禁止素材が持ち出せたの？」

「いや、報フロは特別に許可をもらった」

「少なくとも一九九七年四月の時点で、局内にこの映像はあったのね。それが今はない」

「間違って消去したとか」

　羽生が口を挟む。

「アーカイブルームのスタッフが？　でも、使用禁止素材を出すのは、アーカイブと報道それぞれの許可がいるし、上書きできないよう、テープの爪が折られている。それ以前にテープはデジタルデータと違って、画を消去して間を詰めることはできない。一度ダビングして、八秒間の映像を抜いた素材を新たに作ったことになる。これは間違えてできる作業じゃない」

　意図的に行われたということだ。

「なるほどね」

　不正の気配を嗅ぎ取ると、土方はスイッチを切り替える。

「作業も困難だぞ」

北上が映画の探偵のようにあごに手を添える。「テープを持ち出すことは物理的に可能だが、アーカイブルームには二十四時間複数のスタッフが常駐している。その目を盗んで作業することは、不可能に近い。データとディスク管理になった現在も、それは変わらん」

「じゃあ、不可能犯罪の謎を解く？」

「俺としては素材を見つけることが第一だ」

北上自身は素材優先で、犯人捜しにあまり興味はないようだ。

「もし不正なら、僕らだけで処理していい案件ではないと思いますけどね」

羽生は言った。過重労働やパワハラ、セクハラなど各種ハラスメント、不正問題に対応する部署としてコンプライアンス推進室があるが――

「存在してはいけない証拠をもとに、ばか正直にコンプライアンス推進室に通報するのは問題をややこしくするだけ」

土方の冷えた目。「通報は証拠を揃えてから」

「まずは立岡さんを探さないとな」

「それは今じゃなくていいと思う」

「どうして。立岡さんは当事者ですよね」

羽生が聞くと、土方は脱力したように円卓に肘をつき髪をかき上げた。

「今日アーカイブルームで見た素材はなに?」

「動画データですけど」

「局が使用禁止のオリジナルとして保管していた素材は何」

「……テープです」

「だったらデータ化の作業が行われたはずよね」

羽生は「あ……」と声を漏らした。

東都放送のアーカイブ映像のデジタル化作業だ。特にVTR映像の場合は、ダビングと同じ作業をしなければならない。

「もし誰かが意図的に消去したとして、通常業務の合間を縫ってこっそり消去するのが困難なら、デジタル化作業のときに行われた可能性がある」

北上を見ると、最初から知っていたかのように、したり顔でうなずいた。

「〝オリジナル〟テープをデジタル変換した担当者を当たることね」

作業は現在進行形。担当者は社内にいるのだ。とはいえ土曜。放送に関係のない事務作業は動かない。

「というわけで月曜から動くから、羽生君は夜勤明け後は一日ゆっくり休んで」

嫌な予感しかしなかった。

七月十九日　日曜　10:02pm　――東武墨田線普通列車

東武墨田線は曳舟と亀戸を結ぶ営業距離三・八キロの短い路線だ。線路は下町の住宅街の中を走っていて、曳舟を出ると、すぐにスカイツリーラインから枝分かれし、左へカーブを切りつつ、京成押上線の高架をくぐる。そこから先は、築年数を重ねた住宅や工場、低層のビルが触れ合わんばかりに迫る中を走る。それが亀戸に近づくにつれ、住宅の中に真新しいマンションや瀟洒（しょうしゃ）な戸建て、公園が現れてくる。

一駅目の香取神社を出ると亀戸方面に向け右にカーブを切り、二駅目の東立花の手前で、幹線道路である丸八通りと併走する。

東立花から線路は真っ直ぐ南下し、北十間川を渡り、蔵前橋通りと立体交差し、亀戸へと向かう。

この日の午後十時過ぎ、二両編成の普通列車は定刻通りに、東立花駅を出た。

左側の車窓は十階を超える中層のマンションが林立し、右側は一戸建てや小さな工場が密集する区間だ。今は夜の闇に沈んでいるが、昼間ならば見通しがいい場所だった。

運転士は速度を上げたが、およそ二十秒後、線路上に横たわる異物に気づいた。すぐにそれが人間であるとわかり、非常ブレーキを作動させた——が間に合わなかった。ヘッドライトに照らされた男の白い顔が、車体の下に消えていく。直後、衝突音と衝撃、何かに乗り上げるような振動があり、ゴリゴリと固いものが砕かれる音が続いた。

列車が停まると、運転士は動転しそうになる心を深呼吸で抑えながら、運転指令への連絡、防護無線発報など規定の手順を踏み、車内に異常事態を告げ、ハンディライトを手に車輛を降りた。勤続二十年を超えるベテランだったが、人を轢いたのは初めてだった。

車輛の下から、脚が見えていた。

肉体がどんな状態であろうと、生死を判断するのは医者だ。まずは〝救出〟が先決だ。

「大丈夫ですか」

一応声をかけた。腐敗物と排泄物が入り混じったようなひどい臭いが漂っていた。戻しそうになりながらも、運転士は足首を摑み、まずは男の脚だけを〝救出〟した。

なぜか、両膝と両足首にはガムテープが巻かれ、ロープがまとわりついていた。

第三章　灼けた鉄路

七月二十日　月曜　4:02pm　――渡瀬敦子

列車は定刻通りに東立花駅を出た。次の亀戸公園駅までは一直線だ。

渡瀬敦子は先頭車輛の一番前に立ち、窓の外に意識を集中した。

強い午後の日差し。線路から立ち上る陽炎。踏切を通過するとき、複数のカメラクルーや記者らしき姿が見えた。

しばらく進み、現場にさしかかる。鑑識の制服が、まだ何人か。遺体は朝までに回収されているが、線路やバラスト（砂利）に水がまかれ、血が洗い流された痕跡がまだ生々しい。近くにカラスが集まっているのは、血の臭い故（ゆえ）か。

運行は再開されているが、まだ線路周辺では、現場検証や地取りが行われていた。

現場の上を通過、次の亀戸公園で降り立った。

事件発生時周囲に目立った光源はなく、運転士もヘッドライトに照らされるまで被害者に気づかなかったという。

京島署は、早々に本件を殺人と断定した。

回収された足の膝と足首、手首、口にガムテープが巻き付けられ、足首にはロープがくくりつけられていた。さらに頭部に殴られたような腫れと裂傷が見つかったのだ。

死因は、全身挫滅。つまり、生きたまま轢き殺された。

初動捜査で不審車輛の情報が上がっていて、防犯カメラとNシステムで追跡捜査中だ。

入線してきた下り電車に乗り、東立花駅に戻った。

改札を出ると、駅前広場の日陰に男が二人、待っていた。

ひとりは八幡。そしてもう一人、京島署からの道案内役——

「また会いましたな」

ノーネクタイのシャツに、メッシュのハットを被った男。

「本澤さん？」

四ヶ月前、久我原一紀が襲われた事件で鑑識に当たった本澤だった。

「京島署に異動になりましてね」

目尻の皺が深くなる。「こっちが地元で、定年まで最後のお勤めはここでって希望が通ったんですが、着任早々これです」

「その割に喜々としているがな」

八幡が言った。「丸の内署時代に世話になった。腕と見立ては信用していい」

「何を偉そうに」

本澤は白い歯を見せた。「こっちでは刑事課の総務担当になったんですが、手を挙げて現場の一兵卒でやらせてもらうことになりましてね。一応鑑識の指導という立場ですが」

「首尾よく帳場に潜り込んだってことだ」

夜明けとともに捜査一課一個班が投入され、京島署内に『墨田区立花・東武墨田線男性殺害事件』の特別捜査本部が設置されていた。

ＳＳＢＣも小山田の機動分析捜査二係が出動、防犯カメラの映像の収集、分析に当たっているが――

「この時間に呼び出されるってことは、小山田が苦戦しているんだろうな。初台の時と同じで」

八幡はおかしそうに渡瀬に目配せしてきた。「まあ、小山田もいいタイミングで連絡をくれた」

「どういうことだ、ハタ」

「狛江署に到着する直前だった」

「意味がわからん」

「あくまでも発生事件が優先です」渡瀬は言った。「切り換えます。本澤さんの所見は」

「どうも嫌な感じがするな」

本澤がハットを取り、首元をあおぐ。「勝負を挑まれているみたいでな」

「この辺りの、日曜午後十時頃の人の流れはわかりますか」

東立花は、駅前の踏切とホームの端が接している小さな駅だ。今は帰宅の時間帯に入り、児童や中学、高校の制服姿が目立った。

事件の発生は午後十時すぎ。

「乗降客以外は、少ないね」

本澤が駅前のテナントビルを指さす。「そこのファミレスとコンビニ以外の店はほとんどが閉まる。駅前でそうなんだから、現場周辺は人通りもほとんどなくなるな」

渡瀬は踏切の中央に立ち、亀戸方向を見る。現場はここから四〇〇メートル先、東立花駅を出て、北十間川の鉄橋までにあるふたつの踏切のほぼ中間点だ。

「できれば、線路の上を歩いて行きたいのですが……」

渡瀬は腰に手を当て、呟く。

「それは……許可と手配に時間がな……」

「班長は時々おかしなことを言うが、独り言と割り切ると、さほど気にはならない」

八幡は返答に困っている本澤に助言した。

「そうは言ってもな、ハタよ」

「できることとできないことの判断はできます」

渡瀬は言い、丸八通りに出た。小村井の交差点で明治通りから分岐し、亀戸で京葉道路と交差、南砂へと抜けてゆく主要幹線道路で、交通量は多い。両側は築年数が浅そうな高層、中層マンションが建ち並び、その間に小さなオフィスビルや古くからある個人経営の事業所や商店などが点在している。反面、飲食店は少なく、それが夜になると人通りが途絶える要因なのだろう。

三人は歩道を南下した。建物の隙間から時折線路が見えるが、門扉を備えた建物も多く、この通りからの侵入にはリスクがあると感じた。

渡瀬は、最初の踏切がある路地に入った。主に歩行者と自転車のためのもので、幅は自動車一台がようやく渡れる程度。

踏切から亀戸方向を見ると、左側にマンション群が背を曝し、右側は新旧の戸建てや低層アパート、町工場が密集している。思いのほか住居と線路の距離が近い。だが事件発生時、線路は闇。犯行を察知するのは難しかったかもしれない。

「住民の構成は」

「昔からの人間もいるけど、最近は新しく越してきた人たちも増えたね」

本澤が応えた。

「新しい住人に敏感な雰囲気はありますか」

「最近はなくなってきたね。ただ、子供が多いし、近くに小学校と保育園があるから不審者には敏感だと思うね。署への相談もそのたぐいが多い」

京島署管内で、立花を含む向島地域は比較的治安がよく、侵入窃盗などは都内の他地域と比べても少ない。住民の防犯意識が高い証拠でもあった。

「ここと次の踏切の距離はどれくらいですか？」

「一八〇メートルくらいで、現場はここから八〇メートル先です」

二つの踏切の中間点付近。

「夜間見通すことは」

「無理だね」

渡瀬は「わかりました」と応え、踏切を渡り、今度は住宅街側の路地に入った。

丸八通りとは打って変わり、細い路地に住宅や小さな工場が密集している。

渡瀬は汗の浮いた鼻の頭をハンカチで軽く叩いた。

「川沿いの踏切へ向かってください。なるべく線路に近い道順で」

本澤が先頭に出て、路地に入った。路上で遊ぶ子供、工場前で作業する男性、買い物の時間帯もあってか、子供連れの女性や小さなバッグを提げた高齢女性ともすれ違う。本澤は親しげに声をかけていく。

立ち止まり、目を凝らすと、住宅と住宅の隙間から線路が見えた。建物と建物の間は数十センチ程度。住民に気づかれず生きた被害者を運び込むことは可能だろうか――

「一応、この辺の家と家の間、裏手には鑑識を入れさせたよ」

察したように本澤が言った。いまは採取した複数の指紋、下足痕、微物の鑑定に入っているという。

渡瀬は日陰に入り、タブレット端末に現場写真を呼び出した。

現場を見下ろす位置から広角で撮られたもので、線路とその両側の建物が同じフレームに収められた一枚だ。夜が明け、死体は既に収容された後だが、飛び散った大量の血痕が、現場の凄惨さを物語っていた。

「この写真はどこから撮ったのですか」

「そこだよ」

本澤が指さしたのは、二十メートルほど先の自動車修理工場だった。

くすんだスレート壁の工場。二階建てで、路地に面した棚にはオイルや工具、エンジンや駆動機構と思われる備品が無造作に置かれていた。中は四トン車が三台ほど並ぶスペースがあり、吹き抜けになっていた。二階部分の外周部に広いスチール製の足場が設えてあり、天井には小型のクレーンも設置されていた。今は軽自動車が一台、修理中のようだ。ほかにエンジンが分解された中型バイクが一台。

開け放たれたシャッターの脇にある、縁が錆びたブリキの看板に『熊田自工』と書かれていた。

「昔よくバイク直してもらった」

本澤は表情を緩ませた。「ここの二階から撮ったんだよ」

「キイチか」

奥から油染みの浮いたTシャツを着た男性が出てきた。「まだ捕まらんか」

白髪だが、肩周りはがっしりしていた。七十前後だろう。

「今朝始めたばかりだよ、おっちゃん」

本澤は無遠慮に応えた。「こちらは本部から来た渡瀬さんと八幡」

男性は熊田哲夫。ここの社長で、本澤とは旧知のようだ。

「キイチは昔、影の旅団つう暴走族やっててな、まさか警官になるとは思わなくてなあ」

「いいから二階借りるぞ！」

本澤は熊田を遮り、渡瀬と八幡を二階に案内した。

足場の幅は二メートルほどで、カッターや溶接などの器具が置かれ、線路側の窓が開け放たれていた。

渡瀬は窓から外を見下ろした。現場は十メートルほど亀戸側だ。

「位置関係がよくわかるだろう」

本澤が声をかけてきた。「現場を聞いてすぐぴんと来てね。若い連中にカメラ持ってこさせたんだ」

地元であることの強みか。現場の対面＝丸八通り側にはマンションがあった。一階が駐車場になっていて、その一部は線路側に面していた。

「被害者を車輛で運んだとしたら、あの駐車場が一番現場に近いな」

八幡が言い、渡瀬も「ですね」と応える。

「一件上がっている不審車輛の目撃情報は、あの駐車場からだよ。今は住民に事情を聞いて、防犯カメラを調べているところさ」

本澤が言い添えた。

マンションの北側にも小さなオフィスビルがあり、マンションと隣り合うように小さな駐車場を備えていた。

「行きましょうか」

熊田自工を辞し、亀戸側へ路地を抜けると、川沿いの道に出た。隅田川と旧中川を繋ぐ北十間川だ。護岸整備され、道幅は車が無理してすれ違える程度。踏切自体が鉄橋の袂(たもと)となっていた。

「川を渡ると一気に商業地区になりますね」

渡瀬の印象だ。対岸はJR亀戸駅を中心とした繁華街となってゆく。「犯人としても犯行場所を選ぶ上で、この川は重要な境界だったはずです」

踏切を渡り、新小原橋の高架脇を抜け、再び丸八通りの歩道に出て、北上する。

数十メートル歩き、高層マンションの前で立ち止まった。『トリスタン立花』という名称で十二階建て。となりのオフィスビルは、『浜口工務店』と看板が出ていた。駐車場はマンション側と工務店側が、ブロック塀で区切られていた。

マンションは一階にエントランスと駐車場がある造りで、丸八通り側にエントランスとロビー、線路側に駐車場が配置されていた。

「このマンションの駐車場に、住民のものでも、出入り業者のものでもないワンボックス

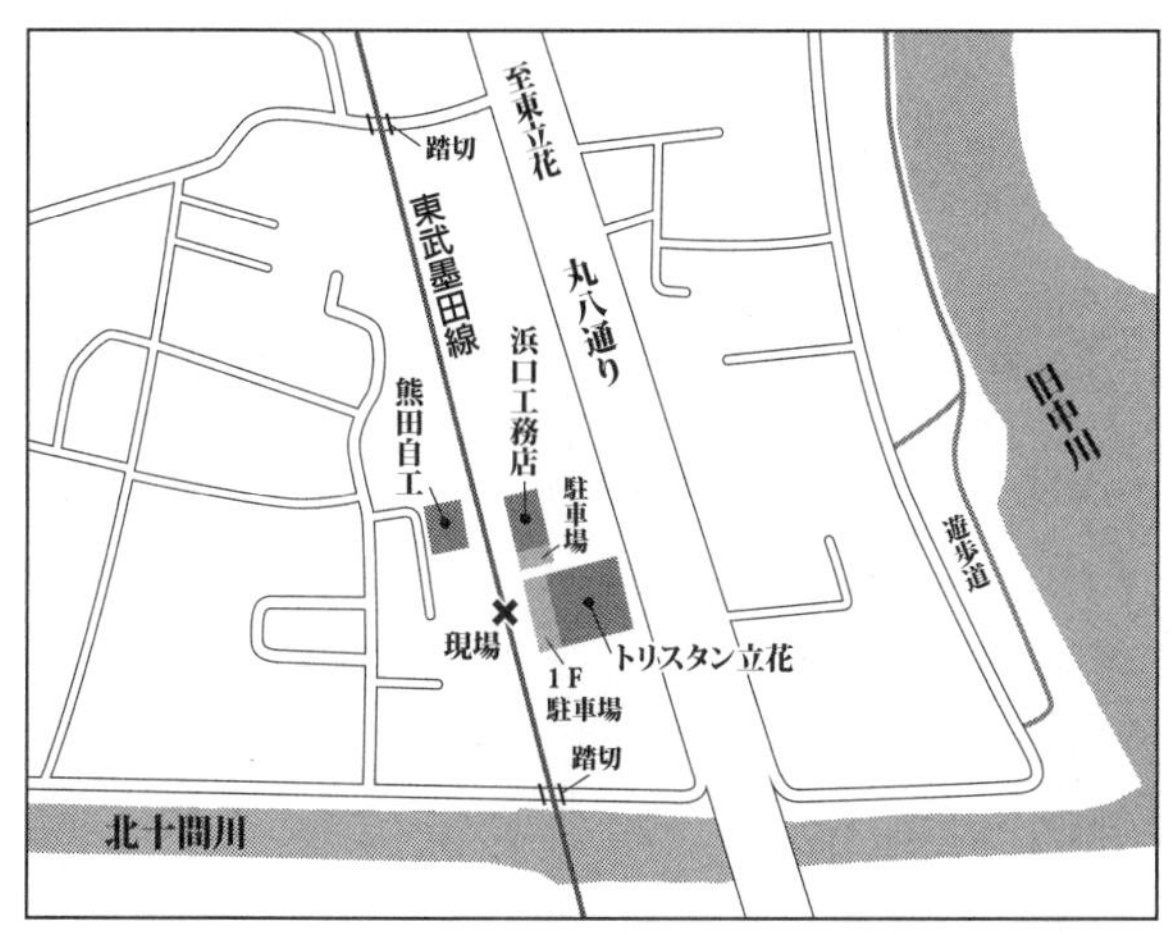
踏切
至東立花
東武墨田線
丸八通り
浜口工務店
熊田自工
駐車場
旧中川
遊歩道
現場
トリスタン立花
1F
駐車場
踏切
北十間川

が犯行時刻の十五分前に進入し、犯行五分後に出ているのが、玄関前の防犯カメラで確認されてますが」

初手はこの車輛の割り出しが主眼となるだろう。

「お邪魔します」

渡瀬は断りもなく、駐車場に入っていった。

「管理人に挨拶してきますわ」

本澤はエントランスへと向かった。

裏手に回ると、フラットな空間が広がった。駐車台数は二十ほどか。今も数台の乗用車が停まっていた。

「なるほど」と渡瀬が呟く。

線路が堤防の鉄橋に向け緩やかに上り勾配になっている関係で、現場付近は高さ二メートルほどの盛り土になっていて、その上に線路が敷かれていた。その向こうに住宅が立ち並んでいるが、ほとんどの窓はカーテンが閉められていた。

「見えてるのは二階の窓ですか……」

ここに限れば、一階の窓から線路上の目視は困難。裏手に回れば表の通りからも見えない。視点が違うだけで、こうも印象が違う――

「被害者を待機させるならここだろうな」

八幡が言いながら、駐車場を見渡す。「被害者を運び込む労力と、目撃のリスクを天秤にかけたか」

このマンションの駐車場は、『犯罪機会論』における、『監視性の低さ』を体現していた。目撃リスクが低ければ、犯罪の機会が増えるということだ。ただし、入念な下見がなければ、『監視性の低さ』は知ることができない。

「地元の人間か」

「否定する材料はありません」

渡瀬は応える。

本澤が戻ってきた。

「不審車輛がここにいる間、住民の出入りはなかったよ」

カメラはエントランス脇と、駐車場の入口に設置されていた。隠しカメラではなく、目立つ配置だ。

「ある種の犯罪者に、防犯カメラは抑止力にはなりません」

渡瀬は言い切る。目的を達成することが主眼で、その後の逮捕、懲罰を勘案しない、あるいは受け入れる覚悟の犯罪者は一定数いる。

四ヶ月前、久我原一紀を襲った佐伯惇のように。

「あるいは、映ってもかまわない車だったか」

八幡が指摘した。「車輛は特定できましたか」

「ナンバーは一週間前に五反田で盗難にあったもので、届け出済みだ。それで、こちらがその不審車輛」

本澤はスマホに防犯カメラの映像を呼び出し、渡瀬に見せた。

午後九時五十分過ぎ、やや古い型のワンボックスカーが進入してきて、一番線側に線路と並行する向きで停まった。太い柱のすぐ脇で、正規の駐車スペースではなかった。

「ドンキーだな」

八幡が目を細めた。「二〇〇五年型だが、今もかなりの数が走っているはずだ」

車体はグリーン。停まって一分経っても、人が降りてくることはなかった。カメラからも距離があり、車内はうかがえない。

「盗難届はナンバーだけなんですね」

渡瀬は確認する。

「ナンバーだけだな。ドンキー自体の盗難届は現在のところない」

「ナンバーを付け替えて犯行に及んだ可能性があるのですね」

これだけでも計画性の高さを物語っている。

渡瀬はこの映像を撮ったカメラの位置と、実際の位置関係を脳内でトレースする。そして、柱とワンボックスの位置に重要な意味があることに気づき、車輌通路をエントランス前まで戻った。

「……時々こういう意味不明の行動をするので……」

八幡が本澤に解説しながら、あとを追ってきた。「危険なことをしないか、とりあえず見守る」

渡瀬は意に介さず、エントランス脇から、柱と、柱と接触せんばかりに停められたワンボックスカーの映像をイメージしながら現場を観察する。今度は歩道に出て、現場を見据えたまま、工務店側にゆっくり移動する。工務店の駐車場には社用車らしきライトバンが停まっているが、線路側は空いていた。

渡瀬はタブレット端末の現場写真をスワイプしてゆく。

「どうした」

八幡がのぞき込んでくる。ディスプレイには、熊田自工の二階から撮った写真。

「ここを見てください」

渡瀬が指を指したのは、写真左隅、工務店の駐車場だった。

一番線路側のスペースに、大型のワンボックス車が停まっていた。

「この車は事件発生時もここに停まっていましたか」

渡瀬は写真を本澤に向けた。

「停まっていたよ。作業車で、日曜や休みの時は、この場所に停めておくそうだ」

「大きさは不審車輌と同じくらいですよね」

渡瀬はタブレット端末を、実際の風景と対比できるように、現場へ向けた。「柱の脇と、工務店の駐車場にワンボックスが一台ずつ停まっているとイメージして見てください」

本澤が目を細め、ディスプレイと実際の風景を見比べる。

「角度が違いすぎて……」

「なるほど、視点か」

八幡が気づいたようだ。

実際に車を停めて確認する必要があるが、マンションの柱と不審車輌、ブロック塀、そして、工務店の駐車場に停められたワンボックスが、線路上の遺体発見現場を巧妙に隠す位置にあった。

「丸八通りを通る車輌、もしくは人からは、現場がピンポイントで隠されて見えません」

「車輌は被害者を運ぶためじゃなくて、目隠しのために停めたのかい」

本澤が目を見開いた。

「おそらく両方です。被害者を運び、かつ停める場所を工夫することで、歩行者とエントランスの利用者から、現場を遮蔽したんです」

「緻密だね。逃げ切る気満々だな」

本澤の口許が引き締まる。

「工務店は住居兼用ですか？」

「いいや、オフィスだけだな。平日の深夜、土日の夜間は無人で、防犯カメラは事務所と駐車場にあるが、線路の方は向いてないね」

「慎重に目撃される機会を減らしておいて、派手な犯行に及ぶ意味だな」

八幡が勘所を突いた。

「被害者の体格はわかりますか」

渡瀬は聞く。身元はいまだ不明だが――

「身長は一八〇センチくらいで、体重も八〇キロほどだと推定されるな」

かなり大柄。生きた人間を縛り、線路上に放り出し、列車に轢かせるという犯行から、犯人はグループの可能性がきわめて高い。その中に、この現場の土地鑑があり、居住地か職場など、拠点が近在にある人物がいると推測できる。しかし、計画性が高く慎重な犯人が、拠点近くで犯罪を実行する例は非常に少ない。

「ここ一年くらいのスパンで、この周辺で小動物などの殺傷事案は報告されていますか」

「ないね。それは帳場でも確認してる」

弱者を無差別に狙う性質の事件ではないということだ。

現場視点での分析は組み上がった。あとは捜査本部へ赴き、集積された捜査情報を最終確認し、仕上げるだけだ。

《分析捜査のデスク設置完了》

捜査本部に先行していた日野郁からメッセージが届いた。


刑事課に戻る本澤と別れると、捜査本部が設置されている四階の第一会議室に向かった。特捜本部事件の支援など年に一度か二度なのだが、やはり気が滅入る。八幡とともに入室すると、最初に縣管理官と目が合った。

「ご苦労。よろしくな」

「分析捜査、渡瀬、着任しました」

渡瀬は事務的に一礼した。

担当は九係。山根係長も打ち合わせを中断して振り返った。

「ブンセキのデスクはそこだ」

捜査幹部が着座する雛壇前に、情報集積と検討のためのデスクが設けられているが、その後方にもうひとつデスクの〝島〟が出来ていて、日野が手を振っていた。次席捜査主任の佐倉一彦（さくらかずひこ）、銃器、薬物が専門の古崎誠（こざきまこと）もすでに着座している。

分析捜査三係勢揃い。八幡、佐倉がキャリア二十年を超えるベテラン。対して日野、古崎は三十を過ぎたばかりの気鋭だ。

今は大半の捜査員が炎天下の中、現場等各所に散り、残った捜査員は続々集まる情報を整理、分類していた。その中にノートパソコンに囲まれた小山田の姿もあった。防犯カメラ映像の分析中なのか、渡瀬には小さく手を挙げただけだ。

「初台の事案では世話になったね」

縣管理官が声をかけてくる。「二つめの犯行を未然に防げたのは、何よりだった。懐かしい事件がリバイバルされるなんておまけもついてね」

「管理官」

山根が小声で諫めるように言った。

「ああ、あくまでも久我原は被害者で、佐伯は加害者。仇討ちではなく、逆恨みなんだろ。大丈夫、公の場では言わないよ」

縣管理官は苦笑した。「それで、現場の印象はどうだった。ずいぶんと特殊だが」

「犯人の緻密さは感じますが、特殊かどうか判断するには、まだ情報が足りません」

「なるほど、特殊と決めつけたのは、我々の勇み足だったようだ」

縣管理官は小さく両手を広げた。「渡瀬君、君には特命班を率いてもらう。山根と相談の上、どんどん意見を上げてくれ」

「では、現時点の資料、情報を上げていただけますか」

「もう佐倉が根こそぎ持って行ったぞ。勝手に見ろ」

山根が言った。佐倉と古崎の前には、コピーされた資料が広げられていた。

渡瀬は分析捜査係のデスクにバッグを置き、ジャケットを脱ぐ。

八幡はイスに身を投げると、デスクに置かれていた扇子で首元をあおいだ。

「少し焼けたんじゃない」

日野が渡瀬にペットボトルのお茶を差し出した。

「夏なのに紺すか、暑くないすか班長」

古崎が軽口を叩く。ブラウスの色のことだ。

「透け下着でも見たいの？　はいセクハラ」

日野が拳骨で古崎の肩を叩く。

「コンプライアンスに報告しておこうか、古崎」

八幡が足を伸ばし、古崎のイスを蹴る。

「お前たちはもう少し緊張感を持て」

元特殊班（SIT）の佐倉が、生真面目に苦言を呈す。「八幡さんも」

口や態度が悪くとも、必要なときには力を発揮してくれる。渡瀬は彼らに全幅の信頼を置いていた。

「早速ですが、資料づくりをお願いできますか？」

「必要なものは」

佐倉が聞いてくる。

「ではワンボックスカーを二台、調達できませんか」

同日　7:11pm　——羽生孝之

夕方の『イブニング・ダッシュ』が終わり、報道フロアには、スタジオや副調整室からスタッフ、アナウンサーが三々五々集まってくる。

『反省会と報道連絡を行いまーす。編成卓前に集まってください』

編成デスクの声がスピーカーから流れる。夜の立会だ。報道フロアの隅に待機していた羽生も、その輪に加わった。

「揃いましたか」と確認の声が上がったところで、パタパタと忙しない足音が響いてきた。

「デルタ土方、ただ今到着しました！」

土方玲衣は小さな体を捻りながら記者たちの壁をすり抜けてくると、羽生のとなりに陣取った。

番組の反省と確認事項はすぐに済み、政治部、経済部の順に既報事案の動静、取材予定が告げられ、社会部の担当者がマイクを手に取る。

「社会部です。墨田線の殺しですが、警視庁が事件当時現場近くにいた不審車輛の映像を公開します。十九時半までには静止画三枚をサーバーにアップしますので、各番組使用の際は《警視庁提供》のクレジットを忘れずに」

——素材の詳細は、と輪の中から声があがる。

「映像は亀戸七丁目と九丁目の防犯カメラのもの。どれも通り沿いの駐車場と、コンビニの防犯カメラ。記帳しときます」

何人かがスマホの地図アプリを起動させた。

——千葉方面に逃げてるな。

「その素材、デルタも使えますよね！」

土方が手を挙げ、社会部のデスクを見つめる。『デルタ・ブレイキング』は午後九時から。地上波の看板ニュース番組『ニュース・クロス』は午後九時五十五分から。

「使用条件は地上波と同じでいいが……」

社会部デスクは、『ニュース・クロス』の担当者に視線を送る。「クロスより先に出すことになりますが、いいですか」

土方もあごをつんと上げ、『ニュース・クロス』担当者に挑発的な視線を向ける。

「いいんじゃない？　そっちがOA早いんだから」

担当者が応えると、「痛み入ります！」と土方は敬礼した。反発はなく、苦笑だけ。

その後外信部、ネット局、ウェザーと報告が続く。

「今日のトップはウチも墨田線の殺しね」

土方が囁く。「現場といい状況といい、一筋縄ではいかない犯人だと思わない？」

被害者を身動き取れない状態で線路に放置し、生きたまま電車に轢かせるという凄惨な事件だが、被害者の身元がわからず、捜査情報もほとんど出てきていない。

「ただ、北上貴史が地上波と同じことやろうとしてるから、午後の構成会議でひっくり返してやった。なんのためのデルタよ」

各局とも周辺住民のインタビューと、元刑事や犯罪学者の見立て、分析を現場の中継を交えて報じていた。事件発生から二十一時間、殺人と断定されてから十二時間あまり。

「でも別の視点を設定できるほど情報出てないですし」

「情報出てないからこそ、いろんなアプローチができるんでしょ。終わったら著作権デスクで作戦会議」

なんの作戦ですか——と聞くのは無駄な労力だ、彼女の場合。


「興味深い画像が届いたんだけど」

デスクに戻るなり、土方は声を弾ませ羽生にスマホを向けた。パンツスーツで髪の長い女性の画像——渡瀬敦子警部だった。

「京島署の玄関先で撮った。墨田線の殺しの帳場がある」

撮られたのは、午後五時過ぎ。現場に詰めている社会部の記者からだろう。

「それで興味持ったんですか」

土方は去年の連続放火殺人、連続路上強盗殺人事件で、分析官の渡瀬警部と連携し、犯人を追い詰めた。

「敦子の思考と行動はそのままで別の視点になる。それで、彼女の思考と行動を読めるのはわたしだけ」

端的に言えば、渡瀬警部を利用するということ。

土方と渡瀬警部は中学時代の同級生で、渡瀬警部が警察官になったのも、土方の影響だという。つかず離れず、絆なのか主従なのか、判然としない関係が、二人の間にはあった。

「で、取りあえずは僕が取材に当たればいいんですね」

覚悟はしていたが、著作権デスクの業務のほかに二つの企画を抱え込むことになる。

「そうね」

土方は躊躇(ちゅうちょ)することも悪びれることもなくうなずく。「それとテロル第二回の件、どうなってる？」

「JSP通信と、帝光社に連絡を入れて、返事待ちです」

立岡雅弘の東都放送入社前の所属先と、退社後の所属先だ。そこに現在の連絡先を問い合わせている。

「それだけ？」

土方が首をかしげる。

「あと立岡さんを知っている記者には何人か話を聞きましたが、詳しいことは誰も知りませんでした」

業務の合間に調べた限り、立岡は地下鉄八重洲東駅爆破事件の二年後、一九九九年に東都放送を退社していた。当時を知る記者やスタッフも少なかった。

「立岡雅弘は三年前に嘱託社員として東都に復帰して、去年の秋までアーカイブルームに所属していたんだけど」

初耳だった。土方は羽生の表情を見て、ため息をついた。

「いろいろ段取っておいて正解だった。これから会ってほしい人がいるんだけど、まずはその人と一緒に行動して」

土方から指令が下った。「わたしは戻るから、あとよろしく」

Ｔシャツにジャケット姿で、胸板の厚い男がアーカイブルームにやってきたのは午後七時五十七分。約束より三分早かった。

三十代後半か。大柄で、無精ひげが顔の下半分を覆い、視線は獲物を狙う猛禽のように爛々としている。耳を隠す長めの髪は徹夜明けのように乱れていた。

「呼び出した本人は不在か」

龍田修作（たつたしゅうさく）は不満げに言い捨てた。

「今日はもうＯＡの作業に入ってます」

「知ってるよ」

龍田は羽生のとなりに腰を下ろし、足を組んだ。「とりあえず見せてくれ」

羽生は、ディスクの八重洲東駅爆破テロ直後の映像を再生した。〝オリジナル〟のほうだ。次に後方に人がいないことを確認してから、USBメモリを接続し、デスクトップにVHS映像を画面再撮した動画を再生した。

「VHSのデジタル変換が出来ていません。とりあえずこれで」

龍田はうなずき、瞬きすることなく映像を眺めた。

「意図的に消去された可能性が濃厚だな。やったのは恐らく立岡」

「いきなり決めつけるのはどうかと」

「二〇一三年から去年までの二年間、アーカイブルームのデジタル化プロジェクトに携わっていた。そこで立岡は、VTRをディスク化する作業を監督していた」

嘱託社員としての勤務期間中だ。〝不可能犯罪〟は、あっさりと解かれた。作業は赤坂の旧社屋で行われていたため、立岡の復帰を知る者が少なかった、と龍田は説明した。

「不正の臭いだな。北上の強運は健在か」

その目がさらに妖しい光を放つ。

『何者ですか、龍田さんて』

会う前に土方に尋ねていた。

『総務局業務企画室の業務主査』

聞き慣れない部署だった。労働環境の調整が職務のように思えたが――

『総務局長直轄の秘密警察。簡単に言えば社内のトラブルバスター』

たとえばアナウンサーの不倫、出演者や芸能事務所とのトラブル、社員の暴力事案や取材情報の漏洩や横領、収賄贈賄など社内の不正、看過できない強度のハラスメントなどで、社の〝公式〟な調査が入る前に、まず投入されるのが『業務企画室』だという。

『龍田氏はその調査主任みたいな役回り。要はそれぞれの事案の情報を収集して、〝発表できる状態〟にまで事態を整理すること。つまり、コンプライアンス推進室に託す前の地ならしね。解決同然の形で託すの』

裏仕事であることは理解できた。

『たとえば不倫相手に因果を含めて納得させて必要以上騒がないようにしたり、ハラスメント野郎を改心させたり、コンプライアンス推進室が発表したあとに、ああだこうだと当事者が騒ぎ出さないよう事前に釘を刺しとくの。これに失敗すると、外部にリークされたり、週刊誌にすっぱ抜かれたりする』

外部スタッフが与り知らない、大企業の闇なのか――

『誤解しないでほしいのは、トラブルを起こした人に引導渡すことはあっても、揉み消しや隠蔽を目的とした組織じゃないこと。料理でいう下ごしらえ。おわかり？』

龍田も立岡同様、複数の通信社を渡り歩いた中途入社組で、経済部、政治部を経て現職に就いているという。

『キャリアのスタートは中央経済日報。その次が東京アーツ・エンタ社。それで政界財界芸能界と人脈がハンパない。だからわたしのほうから積極的にお友達になったの』

『報道にいたほうがいい人材じゃないですか』

『取材能力と調査能力は比例するから。事実、彼は嬉々として今の仕事をしてる』

「嘱託勤務時の登録された住所、電話番号ももう使われていない。どう考えても臭い」

龍田は言った。「探偵を使えばいいが番組の予算は限られている。ならば総務の予算を使えばいいと、鬼姫にご指名を受けた」

制作の現場に、公に出来ない予算は下りないが、この部署には公に出来ない調査の予算が下りる。土方の仕事には無駄と節操がない。

「土方がどう料理するか見物だが、まあ楽しもうか」

龍田の口許がわずかにゆがんだ。

デスクに戻り、夜勤業務を続けている間に、『デルタ・ブレイキング』が始まった。

ＭＣはタレントやフリージャーナリストが日替わりで務め、ＩＴメディア系を中心に様々な分野コメンテータが加わる。

今日のトップニュースは、墨田線の殺人だ。

地上波クソ食らえ、土方がひっくり返したという内容は——犯罪の専門家ではなく、鉄道マニアと鉄道評論家をゲストに呼び、〝なぜここなのか〟にテーマを絞っていた。

これが〝渡瀬警部の思考を読んだ〟土方の回答だ。

ネットらしく、コメント欄に鉄道マニアや撮り鉄と呼ばれる者たちの意見を募集し、リアルタイムで紹介、議論の材料として加えた。

《殺すだけなら、実行しやすい場所はほかにたくさんあるのに》

《路線が短いし、二両編成だし、迷惑かかるひとが少ないから説》

《でも、あそこは簡単に入り込めない。住居侵入しないと通り抜けられないし、入ったら入ったで、車輛に接触するくらい幅が狭い》

《さすがの撮り鉄も入らない場所》

《電車来るタイミングで蔵前橋通りの陸橋から落とせばいいんじゃね？　歩道もあるし》

気になる意見に、羽生はスマホで現場付近のマップを呼び出す。蔵前橋通りと墨田線は立体交差になっていて、墨田線の上に蔵前橋通りがあった。

《夜中は人が通らないし暗いから、男を運んで上から落とすのは可能だと思う》
《結構車通っているし、すぐ近くにマンションあるし、見られる危険はでかいと思うぞ》
《工夫は必要だと思うけど、確かにあの現場より全然いいと思う》
現場が、出入り困難な場所であることはわかった。
《あの現場自体が因縁の場所とか》
《いや、あそこで事故があったなんて聞いたことないし》
《ググった。あの場所で過去事故ないね》
脱線しがちで結論は出なかったが、なぜあそこが現場に選ばれたのか、鉄道マニアの観点からも不合理だということが浮き彫りとなった。

同日　10:03pm　――渡瀬敦子

午後九時半から始まった捜査会議で、渡瀬班の着任が告げられた。

「犯行の特殊性を鑑み、犯人像の分析、捜査方針に対する助言を担当してもらう」

山根が六十名を超える専従捜査員たちに発表した。ひな壇の末席に着座している渡瀬は、正面を向くふりをして、奥の壁をぼんやりと眺めていた。あからさまな敵意は少なくなったが、その分物珍しげで不躾な視線が増え、捜査員たちを正視できなかった。

地取り、身元特定、遺留品追跡、車輛追跡、鑑識等各担当班の報告と、情報の吟味が始まる。

被害者は身体的特徴から、三十代から四十代の男性。着衣はトランクスのみ。身分を示す物を身につけておらず、身元は不明。遺体は損傷が激しかったが、両膝、両足首、両手首をガムテープで厳重に固定され、身動きが取れない状態にあったことがわかっていた。頭部には殴られた痕跡があり、口はガムテープで塞がれ、口腔内にはハンカチが押し込められていた。ただし下顎部の損傷が激しく、歯形の一部が取れていなかった。

両脇と肩付近、足首にロープできつく縛られた跡があり、現場で見つかったロープと痕跡が一致した。ただし、ロープの件はマスコミには伏せてあった。

「レール接合部の金具にも、ロープが結び付けられていました。長さは一メートルほどで、切断面は押し千切られたようになっています。列車の車輪で断ち切られたものと推定します。そのロープですが、被害者の体に結び付けられていたものと同じです」

鑑識班が報告した。

「どう読む？」と縣管理官。

「被害者には肩や背中等に小さな擦過傷が複数認められたことから、身動きが出来ない状態で、線路上を引きずられ、その後ロープでレールに固定されたと考えます」

各所から呻き声が上がる。

さらに、線路沿いの住宅の裏手などから採取された複数の下足痕は、住民のものと判明した。

小山田が報告に立った。

「防犯カメラ解析班、小山田です。十九日事件発生直後、亀戸七丁目の総武線高架下駐車場の防犯カメラ及び、京葉道路亀戸九丁目交差点のコンビニの防犯カメラに、当該不審車輛と思われるドンキーが映っているのを確認しました」

よし、いいぞ、と声がいくつか上がった。

「不審車輛は丸八通りを南下、亀戸公園駅前交差点から脇道に入り、総武線高架を通過、亀戸七丁目付近で京葉道路に入り、市川方面か南砂方面に向かった可能性があります」

Nシステムは、と山根が促す。

「防犯カメラと同時刻にとらえた車輛と、盗難届のナンバーは合致していません」

「トリスタン立花に駐車した時点とナンバーが違うんだな」

「はい。ただし車種と年式、ボディカラーは一致しています」

逃走の際、ナンバーを付け替えたのだ。

「犯人はNシステムの存在を意識していると考えていいだろうね。最近はドラマや小説でもだいぶ有名になったようだし」

縣管理官が言った。「だから防犯カメラの追跡が重要になるか」

引き続き目撃者、不審者の情報、被害者につながる行方不明者届の捜査など、次々と方針が決まり、人員が割り当てられる。そして——

「最後に渡瀬、現時点での見解は？」

縣管理官に促され、渡瀬は立ちあがった。しわぶきさえなくなり、視線の集中を感じる。

「犯人は慎重に現場を選び、目撃されないようお膳立てをしています。その材料のひとつがトリスタン立花にやって来たドンキーです。注目すべきは、停められた場所です」

渡瀬はドンキー、駐車場の柱、ブロック塀、工務店の駐車場に停められたワンボックスが巧妙に丸八通り側からの視界を遮っていることを説明し、大型モニターに、再現映像を映し出した。

夕方、本澤の協力を得て、京島署の車輛を実際に不審車輛が停まっていた場所に置いて、撮影していた。撮影ポイントはマンションのエントランス付近、歩道など数カ所。いずれの地点からも、男性が轢かれた場所が車輛と柱に遮られ、見えないことが確認された。

ざわめきがさざ波のように広がる。

「線路上を隠すには、ワンボックスの車高が必要だったわけだ」

県管理官が言った。山根は静かにモニターを眺めている。

「計算の上、被害者の線路への搬入を隠せる場所が、あの現場だったとわたしは考えます。当然、犯人は工務店の車輛の動向も把握していたと思われます。従って、現場を離れたドンキーの行路も、偽装の可能性が高いと思われます」

――マエがあるヤツかもしれないな。

――ああ、俺たちの手の内をある程度知っているはずだ。

「大きな労力をかけ目撃リスクを慎重に消しながら被害者の体を拘束し、列車に轢かせた理由を説明できる犯行動機は、制裁、もしくはパフォーマンスです」

制裁は怨恨が土台となり、パフォーマンスは社会へのメッセージ、あるいは警察への挑戦。つまり強烈な自己顕示欲が加わる。

「今後、犯行声明かそれに類するものが出てくれば、被害者の選定にはさほど意味はないのかもしれません。なければ、個人的な恨みを晴らす、制裁です」

ただし、鉄道で轢き殺すこと自体がメッセージの場合もある。

「次に犯人像ですが、実行犯は最低三人程度。年齢層は十代後半から二十代前半で、全員男性か男性が中心。グループの中の少なくとも一人は現場に土地鑑がある人物です。リーダーは自身の欲求を優先する傾向にあり、学歴は高くないと推察します」

困惑の空気が広がった。

「君の説明だと、犯人はとんでもなく慎重で計算高く、頭が切れると聞こえたんだが」

縣管理官が、空気を代弁するかのように聞く。

「鉄道を使った轢殺です。単に殺すことが目的なら、非合理的で、かつ困難で危険を伴います。ですが、実行しました。この場所か殺害方法、あるいはその両方が絶対条件だったからと考えます。それを、発案したのはリーダーです」

「犯行グループを若年と設定した理由は」

山根が指摘する。

「我を押し通すのは独善性と衝動性、幼児性の現れです。家族や社会的地位など失うものがなければ、実行の欲求を後押しするでしょう。そこに慎重な策を施したのは、補佐役の人物です。おそらくリーダーと年齢が近く、強い信頼関係があります」

「発覚すればすべてを失う犯罪に、冷静な者が荷担するのか」

「リーダーに対する強い共感があると考えています。それが同年代と推察する理由です。偽装を施すのはリーダーを守るためでもあります」

「だが最近は若年でなくとも、失うものがなく捨て鉢になる者がいる」

山根はなおも食い下がる。長期間引きこもった者による犯行だ。

「確率の問題です。年齢が高く失うものがない人間は、統計的に行動力、グループとしてのつながりを伴っていません。そのような人物が凶悪犯罪を実行した例はいくつかありますが、いずれも秩序的ではありません」

「そこまでして轢殺にこだわった理由はどこにあるのか、君の分析では」

不意に久我原一紀襲撃事件の現場が脳裏をよぎる。

「犯人が、過去に鉄道の事故か事件に関係している可能性があります」

渡瀬は言葉を切り、「これは先例を鑑みた限りですが」

「犯行声明かそれに類するものは入っていないか」

縣管理官が確認すると、広報担当官が立ち上がる。

「首都新報にメールが三件、テレビ関東とTSBラジオに一件ずつ犯人を名乗る人物から電話がありましたが、話した内容が現場の状況と一致していません。明日再度確認しましょう」

「補足があります。分析日野です」

担当捜査員が座ったタイミングで日野が手を挙げ、立ち上がった。

「SNS等への自称犯人の投稿は、二十一時現在で八十九アカウント。うち八十二アカウントはわたしがやったと言うだけで、具体的な記述なし。残り七件も書き込み内容と現場の状況が一致していません」

堂々とした振る舞い、長身で凹凸のメリハリが利いたスカートスーツ姿は、男臭い本部でひときわ目立った。「引き続き監視します」

「よろしい」

縣管理官はうなずいた。「鉄道関連の事件事故の洗い出しは必要か、渡瀬」

——件数はどのくらいだ？

——自殺を加えたら件数は膨大だぞ。

「今は必要性を感じません。被害者の身元特定が急務です」

身元が割れれば、自ずと因果は絞り込める。「分析捜査班として、身元特定の支援に入りたいのですが」

身元特定班は、警視庁管内および首都圏の各県警に捜索願、行方不明の相談等の情報を照会、十分な歯型は取れていないが、歯科医師会にも照会を行っている。そのほか、暴力や拉致事件の目撃情報の収集も行っている。

「まずはネット上で未帰宅者、欠勤者、行方不明者、犯行予告、犯行報告等のワードを抽出し、分析します」

「だそうだ」

県管理官が、山根に視線を送る。

「異論ありません」

山根は応えた。


捜査会議散会後も、各担当班は個別の検討を続けた。顔が広い八幡、佐倉は早速身元特定班の輪に入り缶ビールを囲んだ。日野、古崎はノートパソコンの前から動かず、情報収集にかかっている。

渡瀬は彼らに「ほどほどに」と声をかけ、一人捜査本部をあとにした。

階下に降り、取調室の一室で待つ。

しばらくして足音が近づき、扉が開いた。

山根だった。

「なんだ」

後ろ手に扉を閉める。

「本件とは別件でうかがいたいことがあります」

「手短にしろ」

山根は手にしたコーヒーを机に置いた。

立ったまま向かい合う。

「佐伯惇の事件です」

一瞬の沈黙。「久我原の聴取が始まりましたが……」

今も代々木中央署が継続して処理に当たっている。

「それがどうした」

「佐伯がどうやって楠本の居所を知ったのか、明らかになってません」

「実際に佐伯は川越に行き、彼女を待ち伏せた。その事実は変わらない」

山根は無感情に言った。「佐伯の周辺捜査でも、協力者らしい人物は見当たらなかった。ならば供述通り、久我原からの情報を元に、楠本の居所を突き止めた。久我原の記憶が曖昧だが、公判に支障はないというのが検察の判断だ」

「追加の捜査は」

「ない。向こうも起訴事実は争わない。有罪は揺るがず、量刑の公判になる」

争われるのは、佐伯惇を巡る、犯行に至る事情だ。

当時十九歳の原告、楠本亜季が痴漢被害を訴え、つかんだのが佐伯友則の腕だった。金曜の終電に近い列車。混雑し酔客含みで騒々しくもあった車内。そして、佐伯友則が落とした携帯電話を拾ったと男が名乗り出た。それが関一紀＝久我原一紀だった。

それは確かに佐伯友則の携帯電話で、スカートの中を狙うように、ローアングルで撮影した楠本亜季の画像が記録されていた。

痴漢はしていない。撮影したのは自分ではない。佐伯友則は一貫して否認した。

佐伯友則は高校の物理教師で、女子バレー部の顧問でもあった。

女子選手を見る目がおかしかった、更衣室を盗撮していた——様々な噂がネットを駆け巡り、一家は誹謗中傷、嫌がらせを受けた。生活に支障をきたし、佐伯惇の母親と姉は親戚がいる群馬に居を移し、佐伯惇自身は父方の実家がある仙台市に移住した。

楠本亜季の証言は当初から曖昧で、細部に矛盾が生じ、弁護側の指摘と追及をうけたが、その都度訂正が行われた。しかし、携帯電話の画像が決定打となり有罪となった。

上告審では弁護団による、乗客の数、位置など細部まで再現した実験で、佐伯友則が立っていた位置から、携帯電話の画像と同じアングルで原告を撮影することが不可能であることが証明された。

佐伯友則は判決後、支援者が経営する運送会社に勤務したが、状況は変わらなかった。

無罪判決後も、佐伯友則は〝犯人〟のままだった。なぜ犯罪者を雇う——会社にも、嫌がらせや脅迫が相次いだ。

佐伯友則は酒に溺れ始め、仕事も休みがちになった。そして、酒を飲んだ状態で運転し、事故を起こした。自損事故だったが、佐伯友則は背骨を折り、同時に心も折れた。

少年・佐伯惇は父の介護、リハビリを手伝った。

ネットには、盗撮者は関一紀とする書き込みが多かったが、証拠はない。

『楠本と久我原のことだけを考えて生きてきました』

取調室の佐伯惇は、そう語った。

久我原は、自身のブログに裁判の記録を綴っていた。佐伯友則が最終的に無罪になったことで、自分の無力さを嘆き、楠本の無念さに憤り、司法の無情さを訴えていた。ブログはやがてSNSに移行、リプライには同情する声、激励も多々あったが、それ以上に久我原に対する誹謗中傷が渦巻いていた。

佐伯惇はSNSを通じ、偽名を使い〝ファン〟のひとりとして連絡を取り合っていた。そして、事件以前に数度、久我原と都内で会っていた。

楠本亜季の居場所は、久我原から聞いた――佐伯惇の供述。

「君がどう動こうと、事実認定は動かない。なにを考えている」

山根は渡瀬を見据える。

「動かすつもりはありません。データ収集と確認作業。日常業務の一環です」

「粗探しが日常か」

渡瀬は応えず、山根に一礼した。

「本事件に集中します」

渡瀬は京島署を出ると、徒歩五分ほどのビジネスホテルにチェックインした。フロントには自身が発送した着替えが届いていた。

部屋に入り、仕事用のバッグと着替えの入ったボストンバッグを置くと、ドレッサーの前で丁寧にメイクを落とした。

リセットの儀式。

服を脱ぎ、バスルームで、鏡の前に立つ。肌に張り付く赤黒い痣。眉間から左のこめかみ、首筋、肩から左の乳房の大部分を覆っている、生まれつき刻まれた呪いの刻印。夏でも濃い色のブラウスを着る理由。

指でなぞってゆく。これのせいで母から愛されず、妹から蔑まれた。化け物、悪魔、妖怪、ゾンビ――まだ父方の『草薙』という姓を名乗っていた幼少時から生きる居場所の大半を失った。

冷水のシャワーを浴びる。

小学校から、中学校。水泳の授業でも、痣は欠席の理由と認められなかった。今でも耳に残る、着替えの時のシャッター音。向けられた携帯電話と幾人かの忍び笑い。

忍耐は嫌がらせの尖鋭化を招いた。呼び出され、衣服をはぎ取られる。そのうち男子の前ですらも。

静かな日常を過ごしたかった。それだけだった。

首謀者は都議の長女。成績優秀な優等生。取り巻きの男女数名。

中学三年の夏、周到な準備をし、あえて一線を越えさせた。警察が現場を押さえたのも予定通りだった。

あとは弁護士とメディア、教室で見て見ぬふりをしてきた人たちが、首謀者たちを追い込み、未来を奪ってくれた。

押し込まれた車の天井、血走った男の目、下腹部の痛み——今でもフラッシュバックがあるが、不可侵な存在になれた。後悔はなかった。

くずおれそうになった心は玲衣が支えてくれた。

佐伯惇の場合は、そばにいてくれる人も、自らを守る手段もなかった。敵は実態のない無数の悪意だった。だから、自身の未来と引き替えに、状況を作り出した張本人に、私刑を下すことしか、生きる糧がなくなった。

シャワーを止め、髪と体を拭く。

自分も数ヶ月に及ぶ下準備で、彼女と彼の人生を破壊した。列車を使った大胆な犯行。あの現場からは、同種の決意、執念が感じられた。

残像　一九九七年

――来栖美奈

立派な斎場。参列している制服と喪服の群れ。

地下鉄八重洲東駅爆破事件から一週間が経っていた。

美奈は、いつにも増して透明だった。退院以来初めて、同級生たちに会ったが、声をかけてきたのは一人だけ。

『黒澤君、みんなが黒澤君のことを信頼していたよ。覚えてる？　文化祭の準備のこと。わたしたちは演劇をすることになって……でもわたしはみんなをまとめられなくて、どんどんセット作りや背景描きが遅れて、お芝居の練習も思うように進まなくて、諦めかけたとき、冗談を言ってみんなを笑わせてくれて……みんなをひとつにしてくれて……』

黒澤清人のクラスの副級長、あの朝ホームで声をかけてきた彼女が、遺影に向かって語りかけている。

名前も思い出した。加野千明。

『あのとき、わたしは同じホームにいたのに……』

同じホーム？　彼女は爆発前に階段を上っていった――『わたしは何もできずに、ただ……ただ怖くて、もう、本当にわけわかんなくなって……』

涙声で、普段使わない十四歳らしい言い回しで、ここぞというタイミングで言葉に詰まらせて。

大丈夫？　ホームの様子、大変だったよね。わたしもいたんだ。清人君、線路に落ちたんだって？　その瞬間見た？

今朝、彼女はアナウンサーのようによく動く口で質問してきた。

見なかった。倒れた人の下敷きになったから。そう応えると、彼女は気を落とさないでねと声をかけ、興味を失ったように離れていった。

『わたしたちは、清人君を忘れません……』

何も知らない同級生、保護者たちからすすり泣きの声が漏れてくる。そして、式は滞りなく終わり、出棺のために参列者たちがゾロゾロ外に出る。美奈もその波に紛れた。

口を結び前を向く黒澤清人の父親、泣き腫らした目の母親、俯く姉、祖父母、品が良さそうな親戚たち。

あの家族は、清人の本当の顔を知っているのだろうか。

門の外にたくさんの記者とカメラが来ていた。テレビや新聞は、毎日爆破テロのことを伝えているが、家族は美奈にテレビを見せないようにしていた。一昨日からは、カウンセラーのもとへ通い始めた。斎場から出るときは、先生の車に乗ることになっていた。

そろそろ裏手の駐車場に向かおうかと、一歩踏み出した瞬間、不意に肩を叩かれ「ひっ」と声をあげて、立ち竦(すく)んでしまった。

「ごめん、驚かせて」

清人の三歳年上の姉、黒澤早苗(さなえ)だった。長い髪を結び、物静かで優等生だというイメージしかない。

「加野さんから聞いた。同じホームにいたんだよね」

声が出なくて、ただうなずくことしかできなかった。

「ケガは大丈夫だったの？」

うなずく。

「そう……よかった」

静かで穏やかだが、力の入った口許で、悲しみの奔流をせき止めているのだと悟った。

「清人のことを聞きたくて。清人の最期……」

早苗は顔を寄せてきた。清人と同じ匂いがした。

「ごめんなさい……」

涙があふれ出てきた。あの日、美奈はホームで清人を待っていた。

「変なこと言ってごめんね。あなたは何も悪くない。つらいのも知ってる。でも、わたしも知りたいの」

清人の表の顔。成績は上々、社交的でスポーツもできる。当たり前のように級長に選ばれ、誰にでも笑顔で語りかけ、教師や大人からも信頼されている。

反面、自分には何もなかった。友達は少なく、勉強も不得意。小学生の頃は今よりも太っていて、時々男子にからかわれ、女子には傍観された。ただ、クラスには、美奈よりもおとなしい子がいて、主な標的はその子だった。その子はやがて、学校に来なくなった。なにもない人間はなぶり者にされる――だから、小六の春から走り始めた。食事の制限もした。学校ではひたすら小さくなり、透明になることを心がけた。

中学入学後は陸上部に入り、走ることに没頭した。自分は走る人なのだと。体も細くなり、記録も伸び始めると、今度は立ち止まることが怖くなった。もっと細く、もっと速く。休日も走った。食べ過ぎたと思った日には、吐いた。

そして中学一年の冬、清人に見つかった。

ランニングコース沿いにあるスーパーで、グミを万引きしたところを。

——常習犯だよな。

すべてが白くなった。いつから、知られていたのだろうか。

『陸上部、大会に出られなくなるね』

走る人でいられなくなる——恐怖が這い上がってきた。

物を盗み始めたのは中学に上がってから。小さな物でも、一つ盗むと呼吸が楽になった。走り続けることができた。

『黙っていてもいい』

条件は隷属だった。連れて行かれたのは、彼の曾祖父の家だった。曾祖母は亡くなり、曾祖父も入院していて、時々管理人が空気を入れ換えに来るだけ。

そこで彼は暴君となった。鎖から解き放たれた野獣のように。

彼には、狂喜と鬱屈が交互に現れた。

明らかに鬱の時は、ひたすら体を弄ばれた。罵られ、蔑まれ。泣いても謝っても許してもらえなかった。

躁状態の時は用意された数学や英語のテストをさせられた。有名私立のもので、まるでわからなかった。できなくて、嗤われた。ある日は、ピザやスナック菓子を無理矢理食べさせられた。吐くと、裸で掃除をさせられた。その姿で、また嗤われた。

週に一度の儀式になった。

回を重ね、わかったことは、彼の支配欲の強さと、時々顔を出す劣等感。

彼なりの事情があったのだろうが、自分にとっては地獄でしかなかった。

それなのにあの日、あのホーム。彼のほうから助けを求めてきた。

「残酷な要求してるのは自覚してる。今じゃなくていい。でも、いつか話せるようになったら教えてほしい。何年かかってもいい。でないとわたし……」

気がつくと、彼女も肩を震わせ、泣いていた。

彼女にとって、弟はどんな存在だったのだろう――

第四章　再遺棄

事件十日前　七月九日　木曜　――クナト

四方が暗い森の十字路に、コンビニが一軒、煌々と営業していた。

クナトは広い駐車場に自転車を乗り入れた。トラックが数台停まっていた。

空に星はなく、空気はじっとりと湿り、重い。自転車を降り、手の甲で粘ついた汗を拭った。午後十時を回っていた。

わずかに遅れてきたカナも、駐車場に入ってきて、コンビニの灯りに照らされる。

「早いよ、クナト」

カナも自転車を降り、汗を拭う。「マジでデイリー・セブンあったね」

カナはハンドルのホルダからスマホを取り外し、クナトの撮影を始めた。クナトも自身のスマホを取りだし、あの動画を確認した。

「ここだな、間違いないと思う」

動画のコンビニと、目の前のコンビニは同じ。

「えーと第二ポイント、森の中のコンビニ発見……」

カナがリポートしながら、コンビニを撮影する。語尾が震えた。「マジだったら、めちゃ怖いんだけど」

「本物だったら、再生数爆上げだな……」

クナトはスマホをしまうと、再び自転車に乗った。

クナトとカナは動画制作グループ『異界サイクリング』のメンバーで、制作した動画を動画投稿サイト『ムーヴチューン』にアップする、いわゆる『ムーヴチューバー』だ。

森は千葉県八千代市の郊外にあり、周辺にはゴルフコースや樹林公園、雑木林が点在していた。森の端では幹線道路が交差していて、その十字路にコンビニは位置していた。

クナトとカナはコンビニの駐車場を出ると、十字路を起点に、ゆっくりと道路を進んだ。特に道路標識、看板を注視する。時折車が通り過ぎ、木々を舐めてゆくヘッドライトが、森の深さ、黒さをより際立たせてゆく。

そして、彷徨うこと二十分。クナトが自転車を止めた。

「あれ見てみ」

幹線道路から一本入った、乗用車がかろうじて入れる程度の荒れた道。クナトが指し示す先には、『不法投棄禁止』の立て看板が、木の幹にくくりつけられていた。「第三ポイント、不法投棄の看板を見つけてしまいました！　やべえ展開」

恐怖が好奇心を凌駕したが、動画のために虚勢を張った。

「動画だと、この辺りから森の中に入っていったんだよね……。あの辺道みたいになってない？」

緊張を帯びたカナの声。下生えの一部が踏み固められたようになっていた。

「よっしゃ気合いじゃ！」

クナトは自転車を降り、道路の端に停めると、改めてカナが向けるスマホの前に立った。

「突入します！　果たして死体はあるのか」

そして、森に踏み込む。

動画はリポーターのクナトが先導し、撮影担当のカナが怖がるという役割が出来ていた。

頼りはそれぞれのサイクルヘルメットに取り付けられたライトだけ。道路から離れるにつれ、虫の音の密度が増してゆく。

「いいか、第四ポイントは赤いテレビだからな」

道の両側は、廃材や割れたプラスチック製品、タイヤ、錆びた自転車が投棄されていた。

カナとともに周囲を探し、舐めるように投棄物を撮っていると、ディスプレイ中を赤い何かがよぎった。その場所を肉眼で見直す。

赤いボディの箱型テレビが、草に埋もれていた。

クナトは「あった」と反射的に呟いたあと、動画用に「やべえ、マジでテレビあった」と自撮りにして言い直し、テレビの前で屈み込んだ。

「今、あの動画と同じテレビなのか確認してます」

クナトは何度も動画のテレビと眼前のテレビを見比べた。「どう考えても同じテレビなんだけど、これが!」

「もういい、十分、帰ろうよ」

カナは素なのか演技なのか区別がつかなくなっている。

「なんのためにここまで来たんだよ!」

クナトは、流れで不穏な空気を演出する。「動画だと、男が連れて行かれたの、この奥なんだぜ」

クナトは、テレビの上に目印として発光させたケミカルライトスティックを置き、道から外れ奥へと進んだ。灌木と下生えが、容赦なく肌を擦ってゆく。

「あそこ、なんか土が盛り上がってない?」

カナが一点を指さした。そこだけ下生えがなく、土が剝き出しになっていた。クナトも素に戻りかけていたが、呼吸を整え、表情を作った。

「えー、あそこ、不自然に土が盛り上がっているように見えるんだけど……」

明らかに誰かが地面を掘り返した痕跡だった。大きさも概ね人間一人分だ。

クナトはリュックを下ろし、キャンプ用の小型スコップを取り出した。ネタのつもりで持ってきたが、実際に使うとは思っていなかった。

「やばいす。動画の通り、ここに死体が埋まっているのでしょうか」

クナトは小型の三脚にスマホを載せ、自分が映るよう角度を調整すると、スコップを地面に突き刺した。カナも黙り、土を掘る音だけが記録されてゆく。

「周りより、土が柔らかい気がすんだけど」

穴は徐々に深くなってゆく。

一定の深さまで掘ると固い層に当たった。その固い層に沿って穴を広げ、その大きさが人ひとり分になった。なにもなかった。

時計のアラームが、午前〇時を知らせた。それが、タイミングだった。

「何も出ませんでした！」

「えー、じゃああの動画フェイク⁉　真夜中に千葉まできて、地面掘っただけって！」

「掘ったのは俺だ！」

クナトが入手したのは、男が拉致され、森の中に連れ込まれ、鈍器で頭を殴られ、首を絞められたあと、埋められる一部始終が記録された動画だった。

七月二十一日　火曜　1:28pm　——羽生孝之

土方は午前からVTR編集室に籠もりきりで、いまだ連絡はないが、『デルタ・ブレイキング』のスタッフルームは平常運転だ。

羽生は隅の打ち合わせスペースで『一時に一度戻ってくる』という土方を待っていた。Ｐ席の北上はネタの検討中なのか、チーフD、構成作家と話し込んだままだ。

フラットなフロアでは、トップニュース担当、特集担当、スポーツ担当など二十名を超えるスタッフたちが、今晩の放送という共通の目標に向け、一心に立ち働いている。キーボードに向かい既に構成台本を書き始めている者、リサーチや取材先の交渉のため、何本も電話をかけている者、カメラを持ち出立する者——羽生は焦りと羨望を感じた。

ホワイトボードには、『トップニュース』『特集』『Dウォッチャーズ』と各コーナーのタイトルがならび、その脇にネタ候補が書き込まれていた。

『トップニュース』については——

《列車殺人　デルタらしい切り口！》

「なによ、デルタらしい切り口って」

土方の声が響き、軽快な足音が近づいてくる。「待たせたね」

土方は資料をテーブルに置き、羽生の向かいに座る。

「羽生君、正式にテロル第二回の担当ディレクターの一人になったから、報告しとく」

「聞いてませんが」

「今言ったでしょ」

土方は意に介さない。「あくまでも補助。メインのディレクターがちゃんといるから」

「完全に、消えた素材の捜索係ですね」

「テロ素材のほとんどは海外素材だし、外信の羽生君が補佐に入るのは理にかなってる。消えた素材の捜索も同じ」

「第二回は国内でしょ」

「シリーズ全体の素材管理って利根さんにはお願いした。長いシリーズになりそうだからね、北上貴史の意気込みを見ると」

羽生は反論を放棄した。何を言おうと土方の有言実行と根回しは揺らぎもしない。「それとさっき龍田氏から連絡があった。立岡氏は実家に戻ってない。一年以上連絡もない」

群馬県高崎市にある立岡の実家には、兄夫婦と両親が住んでいるという。

「失踪ですか。なら警察に」

「いいえ、昔から帰ってくることも、連絡することも少なかったみたい。これが通常の状態。家族も積極的に探す気はないみたい」

「不和なんですか」

「そういうわけじゃない。仕事にのめり込むタイプ。東都の報道にいた時代は取材の方向性で上と何度か衝突してる。例の地下鉄爆破事件のね。それがこじれて、退社したみたい」

「糸が切れましたね」

「家族には一応、業務上連絡を取りたいと伝えた。実家に連絡があれば、こっちに知らせてくれる」

「でも連絡の可能性は少ないと」

「打てる手は打つ。それだけ。あとは地道に探す。今日は龍田氏と一緒に八重洲東駅爆破事件の素材をディスク化したときの作業記録を調べて。もうすぐ東京に戻ってくる」

「戻るって……」

「高崎から戻るってこと」

電話やメールでの接触ではなく、直接実家を訪れたのだ。

「元記者らしいよね」

そして、龍田には部外秘情報に触れる資格がある。「アーカイブの担当部署にはわたしの名前で連絡してある。企画内容を伝えて担当ディレクターが行って作業するんだから、こっちの意図を気取られることはない」

それが羽生を担当ディレクターに据えた理由――何から何まで周到だ。

「あくまでも確実な証拠が得られるまで、気取られてはいけないと」

「不正に荷担するわけじゃない。下調べよ。で、立岡氏の作業記録は赤坂旧館のライブラリー」

当然、こちらのシフトは把握しているだろうが、一応――

「日勤はどうします」

「凜々子には二時間早く出社するように言ってあるから、十五時で交代……」

土方が言葉の途中でなにかに気づき、視線をそらした。

北上が若いディレクターのデスクに張りついていた。

「いいネタ転がってた？」

土方が北上に声をかけた。

「安達(あだち)が妙な動画を見つけた」

ネット上の奇妙な画像や動画、人物を紹介する『Dウォッチャーズ』の担当だ。

「珍しいね、ウォッチャーズでこんなに入れ込むなんて」

土方が立ち上がり、北上の脇からディスプレイをのぞき込む。「ネタはベタなのに」

ホワイトボードを見ると『Dウォッチャーズ』のネタ候補に《肝試しのニューウェイブ》《独創的なやつ》と北上の筆跡で書かれていた。

「さあ安達君、もう一度再生して」

土方が促した。『ムーヴチューン』の動画だった。タイトルは《変な動画に振り回されて千葉まで行って、真夜中に森の中で穴掘ってきた件》。

深夜に大学生がサイクリングしながら、死体を探しに行くという内容で、探検半分肝試し半分のような動画だった。映像は臨場感があり、編集もそれなりに体裁が整っていたが、案内役の男と撮影している女性の、どこか空回り気味のリポートが痛々しく、緊張感を削いでいた。

「拾い動画を元に、場所を突き止めて行ってみたって動画なんですけど」

安達が説明する。アップされたのは昨日で、再生回数は九十五。制作は『異界サイクリング』というグループで、自転車で心霊スポットや廃墟に行くのがコンセプトのようだ。開設されて日も浅く、チャンネルの動画総数は十に満たない。登録者も三百人に届いておらず、人気チャンネルにはほど遠い。

動画は十五分ほどだったが、安達は要所だけを再生した。

「元動画に映っていた看板とかコンビニを頼りに現地まで行ったみたいです」

「その元動画は？　拾い動画って言ってる」

土方が聞く。

「それが見つからなくて」

リポーターの男が、〝元動画〟が再生されているスマホをカメラに向けたが、ディスプレイの部分はぼかされていた。ただ、男が脅され、追い立てられるように森の中を歩かされているのは、うっすらとわかった。

「安達がないって言うなら、少なくとも検索可能な領域に転がっていないってことだ」

北上がしたり顔で言う。「元動画自体がフェイクで、これ全部やらせの可能性もあるが、どう思う土方」

「穴掘っているとき、男の子も女の子もテンションおかしかったね」

「やっぱりそう思ったか」

土方の同意で北上の口調がわずかに熱を帯びる。「わざとらしいんじゃない。恐怖をごまかそうとしていたんだな。これが演技だとしたら相当のもんだ」

「少なくとも彼らは、掘り返すまでは元動画を信じてた?」

「俺はそう判断した」

北上の嗅覚には、必ず相応の知見と根拠があった。

動画によると、現場は《千葉県八千代市某所》。

「十日くらい前に印旛沼の近くで死体が見つかっている。安達、素材検索だ」

安達が素材サーバにアクセスし、素早いタッチでキーボードを叩く。

二件ヒットした。

七月十日と十二日。いずれも社会部が取材に出ていた。十日のキャプションは《千葉・八千代市・新川で変死体。現場雑感・鑑識動き・発見者インタビュー》、十二日は《千葉・八千代市変死体は市川市の男性。男性の写真接写・自宅雑感・自宅近所インタビュー》。

「社会部が出稿してるね」

土方がとなりのデスクの端末を使い、原稿を呼び出した。十日の第一報と、十二日の遺体身元判明の原稿だ。

遺体は十日の早朝、犬の散歩をしていた近所の男性が見つけた。現場は、千葉県八千代市保品の新川の河川敷で、遺体は草むらの中に放置されていて、下半身が水に浸かった状態だったという。財布や身分証など身元を示す物を所持しておらず、千葉県警は死体遺棄事件として捜査を開始。

十二日の原稿では、被害者が会社員の高橋陽介、二十六歳で、今月五日の退勤後から行方がわからなくなっていたこと、顔に殴られた痕、首には絞められた痕があり、死因が窒息死であること、発見時で死後数日経過し、殺人の線が濃厚なこと、財布に現金がなく、別の場所で殺害され運ばれてきた可能性が高いことが書かれていた。

「強盗殺人の線もあるが、続報がないってことは、まだ未解決だ」

北上が言った。「現在まで有力な手掛かりがないから、社会部も報じていない」

「共同通信が十三日に《強盗殺人の可能性を視野に捜査》って記事出してる」

土方はさらに、社会部の取材メモ一覧にアクセスする。七月十三日分にヒットがあった。

取材だけで原稿化されていない情報だ。

《八千代市の変死体・二十六歳男性。歯が一部欠損。鼻腔と口腔内に土》

「歯が折れたのは殴られたからだろうけど……」

土方が思案しつつ言う。「仮に彼らが拾った動画と同一人物だと考えると」

「一度埋められて、掘り返されたと思ってます？」

羽生は思案顔の土方に言った。

「動画と遺体の状態を強引に組み合わせたらね。嫌な流れ」

「安達、マップだ」

北上は指示する。「彼らが穴掘った場所と、遺体発見現場にマーク」

程なく安達の端末にマップが表示された。死体発見現場と、動画が撮影された森は、直線距離で三キロほど。

「ネタはこれで行こう」と北上。

「まずアップ主にコンタクトして。アポ取れたら誰か行かせる」

すかさず土方がさらなる指示を出す。再生回数は百に満たない。この動画を八千代の死体遺棄事件と結びつけたのは、現時点で北上だけだろう。

「社会部には？」と羽生。

「元動画の真偽を確認してからで十分」

北上の前に土方が応えた。目には邪悪な光。土方は土方で、北上と社会部に主導権を渡す気はないようだ。「動けるよね、羽生君」

当然、そうなると思っていた。

「このあと龍田さんと赤坂ですが？」

「アポが取れたら考える。まずは予定通りに動いて」

その予定も土方が一方的に決めたものなのだが。

午後五時をまわった。東都放送赤坂旧館地下二階、アーカイブ分室は冷房が効きすぎ、寒さすら感じた。

「立岡さんの作業日、月曜と水曜が多いですね」

作業開始二時間にして、ようやく法則性が読めてきた。

羽生と龍田が座る作業デスクの背後には、図書館のように何列もの巨大なスチールラックがあり、東都放送五十五年分の映像アーカイブ――その一部が納められている。そして、そのＶＴＲをデジタルデータ化するためのデッキと収録機が壁際に並んでいた。今日はデータ化作業はなく、無人だ。

「俺は月曜、君は水曜を当たってくれ」

龍田が即断した。曜日を絞るだけで、作業効率が上がり、立岡の名が出てくる頻度が上がった。そして――

「見つけた」

龍田が顔を上げた。「《１９９７０４２３-０２４》の作業記録だ」

地下鉄八重洲東駅爆破事件のオリジナルテープ――羽生はキャスター付きのイスを滑らせ、ディスプレイをのぞき込んだ。

「基本、監督者とオペレーターの二人で作業するはずだが、立岡が一人でやっている」

「一人作業の記録、結構ありましたよ」

「俺のほうにも結構あった。常態化していたんだろうな。これはこれで問題だが……」

作業量に対する人員の問題か。「チェックはさすがに二人体制が守られているな」

立岡の作業記録には、もう一人の監督者の名が記されている。

作業日は去年の十月二十一日。作業状態は、《完了》。ノイズなど映像上の不備は、《無し》。元素材の所在は《廃棄済》。

証拠はもう存在しない。北上が残しておいた、画質が悪くかつ存在してはいけないVHS以外は。

「クロの線がきわめて濃厚だな」

ダブルチェックに当たった監督者の名は、金崎功。

龍田がキーボードを叩き、金崎の情報を引き出した。

「シニアパートナーで、今は情報編集の業務運用にいるな」

定年後も、嘱託として局の仕事を続けているのだ。

そこに土方からメッセージが着信した。

《異界サイクリングのメンバーと連絡が付いた。アップした動画の使用許可を得た上で、

会うことも同意した》

先方の電話番号と名前、八千代市で発見された高橋陽介の写真数枚が添付されていた。

「土方さんから次の仕事の指示が来ました」

先方の指定は、四谷で午後六時半。今は午後五時五十分。赤坂見附駅から地下鉄で一駅だが、駅まで少し距離がある。

「金崎には俺が会ってくる、君は君の仕事をしろ」

地上に出ると、JR四ツ谷駅前は帰宅ラッシュのさなかだった。羽生は首筋をしたたる汗を拭きながら新宿通りを渡り、先方の姿を探した。

すぐに、四谷見附の交差点に面した歩道に目印のロードバイクを見つけた。脇にはサイクリングウェアの男が立っていた。

彼が工藤尚人のようだ。

「工藤さん？　連絡した羽生です」

歩み寄り、挨拶を交わした。

「工藤です。動画ではクナトと名乗っています」

工藤は頬をわずかに引き攣らせていた。短髪で上半身は引き締まり、足は筋肉質だった。

「事件の記事は見てくれた？」

土方は彼に、八千代の死体遺棄事件の記事を読むよう伝えていた。

「見ました。実は本物の事件の可能性も考えて、アップするのを少し待っていたんですけど、気づきませんでした」

工藤は弁解するように言った。遺体発見のニュースは大きく報じられず、続報もほとんどなかった。見逃していてもおかしくはない。

「もし、動画が事件に関係していたら、どうなるんですか」

「警察に通報することになる。もちろん、捜査に協力することにもね」

「ですよね。でも……」

彼が気にしているのは、動画の入手方法だろう。

「入手方法に問題があるなら、そこは考慮する。まずは動画を確認させてくれるか」

歩道の端に移動すると、工藤はぎこちない手つきでスマホを操作し、動画を呼び出した。

動画が再生されているスマホのディスプレイを、さらにスマホで撮った映像だった。

自動車の車内から映像は始まっていた。ワンボックスのようだ。

後部の荷室に手足を縛られた男が転がっていた。頭には袋が被せられていて、顔は見えない。単調なエンジン音に、時折呻き声が混じっている。

カメラが動き、車窓を映し出す。窓が開いていて外が見えた。夜だった。街灯のない暗い道。林道のようで、黒い樹木が流れる中、時折工場のような建物、標識や看板、カーブミラーが過ぎてゆく。赤信号で停止した場所では、森に囲まれたコンビニが映っていた。

カットが変わると、懐中電灯の光の中、結束バンドで後ろ手に縛られ森の中を歩く男の後ろ姿と、時折男の背中を蹴って、前に進ませる足だけが映っていた。少なくとも拉致された男と、蹴る人物、撮影している人物がいると思われた。

またカットが変わった。地面に転がった男が、懐中電灯で照らされていた。被せられていた袋は取られ、顔が見えていた。泥で汚れ、口には猿ぐつわのようにガムテープが巻き付けられ、恐怖に表情をゆがめている男。

高橋陽介に見えた。確証は持てないが、似ている。

男の頭に二度、三度とシャベルが振り下ろされた。男は尻もちをつき、身をよじって芋虫のように逃げようとするが、踏みつけられ、顔面を殴打された。その苦悶と絶望の表情は、演技には見えなかった。

「フェイクですよね」

工藤の声は震えていた。

画面に黒衣でフードを被り、シャベルを持った人物がフレームインしてきた。黒い人物はシャベルを投げ捨てると、男に馬乗りになり首を絞め始めた――ように見えた。

フードの人物の背中に遮られ、直接首を絞めている手元も被害者の顔も見えない。男は身を捩り不自由な足をばたつかせて抵抗したが、それも次第に弱々しくなり、止んだ。

また、カットが変わり、映像は穴の底に横たえられた男に、土が被せられてゆく場面になり、それも数十秒で終わった。

全て合わせても十分に満たなかった。

首を絞められる男の顔が直接見えなかったところに、フェイクの余地があるが――

「八千代の事件の被害者だと思う」

羽生が告げると、工藤は焦点を失った目で、路面に視線を落とした。

「元の動画の持ち主は？　ネットに転がってないことは確認した」

「わかりません。盗撮……しました」

工藤は虚脱気味だ。動画の日付は、七月六日午後六時八分。記事によると、高橋が行方不明になったのが五日の午後六時以降。この時期、午後七時を越えなければ暗くはならない。ならば犯行は五日の夜だ。

「どこで撮ったの」

「マックです。落合の。となりに座ってた男が、テーブルにスマホを置きっぱなしにして席を立ったんです。トイレだと思うんですけど、動画が再生されたままになってて」

確かにこの内容なら、目を引くだろう。

「動画の登録者を増やしたくて焦ってたというか、それでつい……」

工藤は置かれたスマホの動画を自分のスマホで撮影。撮り終えた直後に男が戻ってきて、店を出ていったという。

「男の人相は？」

「帽子を被ってた男くらいとしか……意識して見ないようにしていたんで」

「痩せているとか太っているとか」

「太ってはいませんでした。身長は……わかりません」

警察の捜査になれば、防犯カメラの解析が行われるだろう。

「工藤君、今夜時間ある？」

「大丈夫ですけど、一応……」

罪の意識と不安からなのか、口の端がわずかに痙攣した。

「通報の前に現場に案内してほしい。足代はこっちで持つ。それで特定したら通報する」

土方ならこう言うだろう。通報が遅れたのではない、ガセネタかどうか、現場まで足を運び、しっかり確認をした。誤報で警察の皆さんに迷惑をかけないように、と。

「今からですか……」

工藤の顔に、怯えが戻る。

「こんな経験めったにないだろう。僕なら動画のネタにするけどな」

羽生は工藤の肩を強く叩いた。ギブアンドテイク。土方の流儀だ。「この動画を盗撮したのも、犯罪の臭いを感じたからだろう？　もし実際の事件なら、犯人に迫る証拠を得たことになる。盗撮ではない。君が取った行動は犯罪の察知だよ」

これも土方流の詭弁だった。ああ、毒されてきている――

《当該動画に映った人物は高橋で間違いないと思います。今から現場に向かい最終確認します。その上で必要があれば警察に通報します》

工藤が有料駐輪場に自転車を預けている間、羽生はメールに提供された元動画を添付し、土方に送信した。本物なら、動画自体を放送に乗せることは難しいだろう。ならばそれ以外の素材のインパクトが重要になる――それはつまり、今から自分が行う取材映像だ。

「今このときから同行取材になる。いいね」

羽生は工藤を促し、ＪＲ四ツ谷駅に向かった。

同日　6:32pm　――渡瀬敦子

車輛追跡班のテーブルにデスクトップが二台並べられ、幹部たちが集まっていた。

「小山田班、繋がりました」

二つのキーボードを前にしている日野が言った。「右のディスプレイです」

『指揮車小山田。まもなく草加市に入る』

映ったのは、フロントガラス越しの道路だ。助手席からの映像で、車はさほど密集していない住宅街を進んでいた。

映像は小山田の胸に取り付けられたボディカメラのものだ。

『ちゃんと映っているか？』

「映像、音声ともに良好」

日野が応える。小山田班は朝から防犯カメラの映像を収集し、車輛追跡班とともにドンキーの逃走経路を追っていた。

『まもなく現場に到着する』

小山田は告げた。

午後二時までに、ドンキーが南砂から清砂大橋を渡り、江戸川区西葛西、小岩を抜けているのが複数の防犯カメラから確認されていた。さらに付け替えられたあとのナンバーも映っていて、改めてNシステムでも追ったが、そこで足取りが途切れていた。

小山田の要請で、渡瀬はマップ上に、マニアが作成し、ネットに出回っているNシステムの位置をプロットし、それを極力避けるという条件で、逃走路を予測した。

そのルートを中心に小山田班が展開、葛飾区東金町、埼玉県八潮市大瀬で、相次いで当該ドンキーの映像を見つけるに至った。八潮で記録された時間は十九日午後十一時二十分で、時間的に矛盾はなかった。

渡瀬は埼玉県警に車輌の不法投棄や違法駐車等の通報がないか照会にかけ、勝手に駐車された持ち主不明のワンボックスがヒットした。

場所は草加市柿木。八潮市の捕捉地点から北にほぼ六キロの中川沿いにあるリサイクル工場の駐車場で、渡瀬の予測の範囲内だった。通報は昨日の午前十一時半。

車種はオリオン自動車のドンキー、二〇〇五年型。色は緑。

これを受け、小山田が現場へ急行していた。鑑識も現地に向かっている。

外環道の高架をくぐると住宅の数が減り、ガソリンスタンドや中古車販売店、工場などが増えてきた。浄水場脇を右折し、川沿いの道に出ると、運送会社や自動車関係の事業所が点在していた。住宅は少なく、夜になると人通りが途絶えることは容易に想像できた。

車が路肩に寄った。前方には制服の警官が手を振っていた。

『現着した』

小山田と捜査員二人は降車。制服警官に案内された駐車場は未舗装で、河川敷に隣接していた。そして、軽ワゴンや乗用車が数台並ぶ中、緑のドンキーがリアを向けていた。

『年式は同じですね。二〇〇五年型。ナンバーは取り外されています』

制服警官が言った。

『この通りに防犯カメラはありますか』と小山田。

「比較します」

『工場のほうにはあるけど、こっち側にはないですね』

日野はとなりのディスプレイに、現時点で入手できている犯行車輛の画像を表示させた。

「小山田さん、車体をよく見せて」

『ちょっと待てよ……』

小山田が画角を調整するように、体の角度を変える。

「比較の対象はバックミラーとサイドミラー、ホイールの形状だ」

山根の指示通りに、小山田のカメラが、ドンキーを映しとってゆく。

「似ているね、極めて」

縣管理官の言葉に、周囲の幹部たちがうなずいた。「まもなく鑑識が到着する。とりあえず、現場保存を」

この犯人が致命的な証拠を残しているとは思えないが、今は小山田と鑑識を信頼するしかなかった。

着信通知が鳴り、日野が「身元特定班からも着信」と手を挙げた。「先方から写真が届きました。左のディスプレイに出します」

写真が表示されると、「おお」と低い声が上がる。

ガレージに一人立つ男。三十代半ばに見える。ジーンズに革ジャン姿で、中型バイクを背にしていた。バイクと比して大柄だとわかる。短めの癖毛に、あごひげ。

「もう一枚あります」

日野は一枚目と並べるように、二枚目の画像を表示させる。

ポロシャツ姿で立つ姿。仕事の最中なのか、オフィスらしき場所で撮られたものだ。あごひげはなく、眼鏡をかけていた。

「こっちも似ているね」

縣管理官の声にも余裕が出てきた。

「髪質と量は一致とみてかまわないでしょう」

身元特定班を仕切る友田宏武（ともだひろたけ）警部補が応えた。山根班の捜査主任だ。

午後一時までに行方不明者の問い合わせ電話が二件、警視庁の情報提供フォームに十六件の情報提供があった。身元特定班は信憑性も含め、確認作業に当たっていた。

だが、明確な進展があったのは、分析捜査係が進めていたネット解析だった。

ワードフィルタを用いて《誰かに尾けられている》、《狙われている》といった投稿をしているアカウントを抽出、それぞれの過去投稿を分析し、明らかに強迫観念にとらわれたものや常軌を逸している内容のアカウント、事件以降の投稿があったアカウントを排除、それで抽出されたアカウントのフォロワー、リプライなどを解析した。

そして、午後四時過ぎにとあるアカウントに投稿された、《これを見たら至急連絡ちょうだい》とのリプライを見つけた。

そのアカウント名は、『在処』。

プロフィールに『スクラップD・編集人』と書かれていた。『スクラップD』は、輸入家具や中古家具、骨董品や雑貨の情報やカタログを扱うキュレーションサイトで、『三光メディア出版』が運営していた。三光メディア出版に電話を入れると、打ち合わせに出席せず、連絡が取れないライターが一人いるという。

名は岸朗。

特徴を聞いたところ、身長一八〇センチを越える男性だという。

現時点まで身元特定班の確認作業はいずれも空振り。ネット解析での抽出も、被害者の特徴に類似しているのがこの一件だけということもあり、渡瀬は佐倉と古崎をその編集部に急行させていた。

渡瀬のスマホに着信があった。「佐倉から着信です」と渡瀬は声をかけ、スマホをスピーカーにして通話ボタンをタップする。

『編集部で一通り話は聞けた』

生真面目な声が響いてくる。『在処は岸朗で間違いない。三十七歳。外部ライターで毎週月曜に企画会議があるが、昨日は来なかったそうだ』

渡瀬は気づく。「在処」＝「アリカ」は「アキラ」＝ＡＫＩＲＡを逆から読んだものだ。

『携帯電話は電源が入っておらず不通。メールにも反応なし。連絡を請うＳＮＳへの書込みは、編集部員だった。用件は報酬の支払いについて。一日二日連絡が取れないこと自体はよくあることのようだ』

写真を提供したのは、編集部だった。

「体格以外に身体的特徴はなにか言っていませんか」

『口の右下にホクロ。盲腸の手術痕があるそうだ』

山根が目配せし、友田が小さくうなずいた。下顎部の損傷でホクロの確認は出来ないが、解剖所見に盲腸の手術痕は記載されていた。

「山根だ。狙われているという主旨の投稿をしているが、編集部は把握していたのか」

『親しい編集スタッフは知っていたようですが、岸本人は、いつものことだと話していたそうです。SNSに書くこと自体が牽制だと』

「過去にもあったんだな」

『詳細は知らないようでした』

「岸は個人的な情報発信サイトを持っています」

渡瀬は補足し、タブレット端末を縣管理官と山根に向けた。

『深窓の真相』と題されたブログと、『実事QZ』と題されたSNSサイトだ。

代議士、官僚、大企業の不正、注目度の高い凶悪事件、事故の背景、著名人と裏社会の関係など、人の興味を引きそうな記事が網羅されていた。

双方のプロフィールは、武蔵野国際大学卒・フリージャーナリスト。『深窓の真相』は三年前から更新が止まっていたが、同時期に『実事QZ』が立ち上げられていて、移行したものと思われた。

「知る人ぞ知るサイトだが、妄想の割合も多いぜ」

捜査員の一人が言った。「きちんと調べて的を射ている部分もないわけではないが、基本、反体制的で扇動的な内容だ」

「敵を作る可能性があるということだね」

縣管理官が言った。「その編集部と、岸個人のサイトのつながりは」

『直接はありません。ライターの仕事も、募集に応じて採用されました』

「ＤＮＡ採取を」

山根が指示する。

『今から自宅に向かうところです。スタッフの一人が同行します』

自宅は北区浮間四丁目のマンション。編集部は外神田三丁目。この時間なら一時間以上見た方がいいだろう。

『管理会社と実家の両親に許諾を得ています』

「本澤さんも行ってくれるか」

山根の要請に、本澤が「おうさ」と応えた。鑑識係を急行させる段階ではないが、専門職に毛髪や指紋、ＤＮＡが付着した物品を採取させる必要があった。

「佐倉、現地で本澤さんと合流してくれ。身元特定に必要な備品をいくつか持ち帰れ」

『わかりました。向かいます』

「じゃあ道具持って、若い衆を連れていきますわ」

本澤が二度、三度と腰を回した。「現場鑑識は、初台の時以来ですわ」

本部の空気は、岸朗に傾いていた。

「正確には大学は中退。記者経験は実話系週刊誌で三年ほどだね」

岸朗の情報を収集している日野が、ディスプレイを見たまま報告をする。『深窓』時代に名誉毀損の訴訟が三回。いずれも記事の内容に関してで、すべての訴訟で記事の間違いを認めて謝罪、賠償もしている」

民事でのトラブルはあるが、刑事事件はなし。

「持論を声高に叫ぶタイプだけど、ぐうの音も出ない証拠を突き出されて事実誤認を指摘されると、きっちり謝る。視野狭窄猪突猛進型だけど、根は真面目って感じか」

元記事は他のメディア引用で、そこに岸朗独自の視点や追加取材を加え、〝メディアで報じられない〟裏側を暴くという体裁だ。

「記事に悪意は感じない。自分が信じた〝真実〟に真っ直ぐ突き進むタイプかもね。その〝真実〟に矛盾する証言、事実があると様々な解釈とレトリックを駆使して〝真実〟へつながるよう軌道修正する。本人は解釈のつもりかもしれないけど、曲解のレベルだと思う。ただの切り貼りサイトでもないところは評価するけど、そこにトラブルも生まれる」

それがサイバー犯罪対策課で、ネット追跡と分析を専門としてきた日野の見解だった。

程なく佐倉、古崎と本澤の合流が伝えられ、古崎がビデオ通話をつないできた。

日野が雛壇のメインモニターに映像をつないだ。

不動産管理会社が鍵を開け、佐倉を先頭に部屋に入り灯りが点る。キッチンと仕事部屋らしい、デスクトップと書架が置かれた部屋。そして寝室。間取りは2K。

『特に争った様子も荒らされた形跡もないね』

本澤が伝えてきた。『物自体が少ない』

部屋の隅に置かれた段ボール箱に、多くの書籍が収められていた。まるでミニマリストのような室内だ。

『流しに洗った食器と……ゴミはちゃんと分別されてまとめてあるな』

「誰かと一緒に暮らしていた痕跡は」

山根の問いに『ないですね』と即答してきた。

『歯ブラシとヘアブラシを拝借して……ドアノブから指紋採って帰ります』

同日　8:04pm　——羽生孝之

最寄りである八千代緑が丘駅に降り立ったのは、午後八時過ぎだった。都内から帰宅する通勤客とともに、改札を出る。大型マンション群にショッピングモールが併設された、郊外型の駅だ。

そこからタクシーに乗った。ロータリーを出て、北へ向から県道に入ると、数分で住宅の灯が疎らになり、夜の闇に塗りつぶされた空間が増えてきた。

森に入ると、すぐに右手にコンビニが見えた。動画にもあった、森の中の十字路だ。

「ここから歩きます」

タクシーを駐車場に入れてもらい、降車した。

地図で見る限り南北に一キロ、東西に数百メートルの雑木林だ。

工藤に懐中電灯を渡すと、羽生はカメラに小型のライトを装着した。

「ここからだと、歩いて十分くらいだと思います」

羽生と工藤は、腕や首筋に虫除けをスプレーすると、カメラを回し、森を貫く道路を歩き出す。コンビニの灯りが後方に消えると、闇の中に取り残された。道の両側から鬱蒼と迫る木々の影。さらに、虫の襲撃以前に、日中の残熱と湿気を含んだ空気が肌にまとわりつき、すぐに汗が噴き出した。

十分ほど歩くと、幹線道路をそれ、舗装されていない小径に入った。

緩くカーブし、道は森の奥へと続いている。轍（わだち）があることから、奥に畑か菜園があるのかもしれない。

「目印の場所です」

三十メートルほど入ったところで、工藤が立ち止まった。懐中電灯が向けられた場所には、動画にもあった赤いテレビが、半ば土に埋もれていた。

「行きます」

工藤の先導で、道なき森に足を踏み入れた。迷わず進む背中。仕事用の靴がみるみる汚れてゆく。そして、小径を外れて五分、わずかに開け、空が見える場所に出た。

「ここです」

三メートルほど先に、地面を掘り返した跡があった。

羽生は、動画と目の前の痕跡を見比べた。周囲の木々の並び、下生えの配置、痕跡の形が動画と同じだった。

「とりあえず、これ以上近づかないことにしよう」

羽生は工藤に伝え、土方にメッセージを送った。

《現場を確認。動画と同一の場所でした》

午後九時十二分。『デルタ・ブレイキング』の放送が始まっている時間帯だが——

《然るべき確認作業のあと通報して。このネタ差し込むから。段取りはしてある。今から向かう》

わずか十秒での返信。

ネタを差し込む――まさか中継機材持参で、放送中に一報を入れるつもりなのだろうか。

だが、さすがにそれは無理だと思い直す。警察が来て、動画を確認し、それが高橋陽介と確認されなければ、報道はできない。明日の放送に差し込むという意味なのだろう――羽生は〝然るべき確認作業〟として、警察が入る前の現場を様々なサイズ、角度で撮影し、工藤に対し、ここに至る経緯を聞いた。

走る車輛の窓から見えた工場の看板がまず第一のヒントになったという。全体は映っていなかったが、コマ送りで『……営業所』『〇四七……』の部分がかろうじて判別できた。〇四七は電話の局番だ。千葉市、船橋市、市川市、浦安市、鎌ヶ谷市、八千代市などのエリアであることがわかり、そこからグーグルマップとストリートビューを使って森を探し、森の中のコンビニを見つけた。残りのヒントは『不法投棄禁止』の立て看板と『赤いテレビ』だった。

「よし、通報しよう」

羽生は県道まで戻ると、一一〇番ではなく、捜査本部がある八千代中央署に直通電話を入れた。

『はい八千代中央署』

気だるそうな声が返ってきた。当直だろう。

「東都放送報道局の羽生と申します。高橋陽介さん殺害事件について、情報提供がありま
す。捜査本部の方をお願いします」

三分ほど待たされ、鈴木と名乗る男が電話口に出た。

『情報提供とは？』

探るような低い声だ。

「まずは動画を送らせてください。高橋陽介さんが殺害される場面と思しき動画を、視聴者から提供されました」

メールアドレスを聞き、動画を送信した。

先方が受け取り、動画を見ている間、沈黙が続く。そして——

『情報提供感謝します。場所はどこですか』

「今、現場にいます」

羽生は住所を告げた。「県道沿いに情報提供者とともに立っています」

赤色灯とヘッドライトの一群がやって来たのは、通報から十五分後だった。羽生は手を振り、小径の入口へと誘導した。

先頭車輛から降りてきた四十代半ばに見える男が、八千代中央署刑事課強行犯係の鈴木係長だった。追って県警捜査一課がやって来るという。

挨拶を交わし、工藤を紹介し、事情を説明したあと「取材しますよ、当然」と告げ、捜査員と鑑識係を現場まで案内した。

ライトや機材が運び込まれ、森の中での鑑識作業が始まった。

「動画の男性は高橋さんとよく似ていると思うのですが、断定でいいですか?」

羽生は鈴木に聞いた。

「顔はよく似ている。それ以上でも以下でもない」

「動画を再撮した日時と、高橋さんが姿を消した日時は矛盾しませんよね」

「矛盾しないというだけだ」

「感触はどの程度ですか」

「感触じゃ捜査はできない」

さすがに口が堅い。

「あまり近づくなよ」

鈴木は釘を刺すと、掘り返された痕跡がある場所へと向かった。

やがて県警捜査一課も合流し、工藤の事情聴取も始まった。羽生はその様子もカメラに収めた。

午後十時半過ぎ、土方から電話の着信。

『明日のトップはこれで決まり。社会部のクルーもそっちに向かったけど、羽生君が撮った映像はウチが先出しだからね』

前日も徹夜に近かったはずだが、土方の声は覇気に満ちていた。『で、どこにいんのよ！』

「土方さんこそどこにいるんすか！」

『警察車輛いっぱい停まっているけど入口がわからない！』

すでに小径の入口付近にいるようだ。話す前に動くのか、話しながら動くのか——

「すぐ行きます」

走って小径の出口まで出ると、土方がＰキャス＝携行型ＴＶ中継システムを背負った安達を引き連れ、路肩に仁王立ちしていた。

「案内して」

「現場は道から外れていますよ」

土方は七分丈のパンツに、パンプスだ。

「わかってるから」

そう言った土方だったが、歩き出した途端、靴が汚れた、虫に刺されたなど散々わめいた。だがそれも、現場を見るまでだ。

「東都放送報道です！」

土方が高らかに宣言し、安達は返事も待たず機材バッグからカメラを取りだし、ハンドマイクと音声回線用のイヤフォンを土方に手渡した。

「中継ですか？」

「中継よ」

「今からですか」

「今から」

「県警の人に話を聞きましたが、まだ断定ではないって」

午後十一時の番組終了まではあと二十分ほど。

「素人の肝試し動画が、実際の事件の現場を見つけたのかもしれない。その一点だけでネタになる。現段階で高橋陽介の事件のことには一切触れない」

「中継の予定時刻は十時五十二分。五十分にCM予定なんで、そこで音声チェックです」

安達が告げた。CMまであと七分だ。

羽生は「了解」と応え、聴取から解放され戻ってきた工藤を、土方に紹介した。

「決断してくれてありがとう。これは正しいこと。気に病む必要はないから」

土方は、羽生には見せたことのない優しげな表情で、緊張気味の工藤に声をかけた。

「おれ、出るんですか」

「中継には出ない。でもそれが終わったあと取材させて」

羽生は大急ぎで『デルタ・ブレイキング』の副調整室にコーディネーションラインをつないだ。

『羽生か、ご苦労だな』

北上の声だった。『画は来ているぞ』

「北上さん自らコーディネーションですか」

『土方が担当者を連れて行ったからな』

「大変なことになりましたね」

『なにか遺留品は出たか？』

「わかりません。鑑識の作業も始まったばかりですし」

『こっちは車種の特定を始めている』

「車種って、車は映っていませんが」

『車は外見だけで見分けるんじゃない』

内装か——カメラが被害者から窓の外に移るとき、一瞬車内が映っていた。静止しなければわからないが、運転席のインパネが映っていれば、重要な手がかりとなる。

『警察もすでに車輛の特定に動いているさ。さあ、やろうぜ』

北上の声は高揚していた。彼にとっては地上波を出し抜きたいの一点かもしれないが。

羽生は土方、安達と話す内容とカメラワークを打ち合わせる。

「で、社会部のクルーはいつ来るんですか？　一緒かと思ってましたけど」

「遅いのが悪い。まあ、こっちが出発して三十分くらい経ってから場所教えてあげたってのもあるけど。車中、北上貴史との打ち合わせが思いのほか伸びちゃってね」

確信犯——土方と北上の悪の連携だ。「見つけてきたのはウチなんだから文句は言わせない」

『CM入ったぞ』

北上が声をかけてきた。『音声チェックだ』

土方がマイクに語りかけ、程なくマイナスワン＝スタジオMCだけの音声も、土方のイヤフォンに届いていることが確認された。

『CM明けて、MCが一言ふってドンだ』

土方は口の中でコメントを整理し、鑑識作業が背景になる位置に移動した。

そして、CMが終わった。

『もうすぐ……おっし行け！』

北上が告げ、羽生が土方に合図を出す。

「動画制作グループが、肝試しで訪れた場所が、何らかの事件の現場だったのでしょうか」

報道記者らしいキリリと締まった表情と第一声だった。「背後では今まさに、警察の現場検証が行われています」

工藤がアップした動画のタイトルを変え伝えた。

「ここで発見されたのは、土を掘り返した跡でした。番組スタッフが情報提供者と接触、一緒に確認したところ、事件性が高いと判断、通報となりました」

土方は、事件性を鑑み、動画はチャンネルごと削除していると説明した。

「警察は県内の事件、行方不明者と関係があるかどうか、調べる方針です」

土方は締め、中継は終わった。

その後、明日の放送用に現場の様子を撮影、工藤に対し土方が改めて、ここを見つけた経緯をインタビューし、最後に被害者が高橋陽介と想定したリポートを収録する。

「彼らが入手した動画では、この場所で被害者の高橋さんと見られる男性が、暴行を受け、殺害されたとみられる様子が映しだされていました」

数パターン撮ったところで、社会部のクルーが姿を現した。土方は「こっちです」と、悪魔の本性を完璧に隠し、深刻そうな顔で手をふった。

押っ取り刀で準備を始める社会部クルーを横目に、土方が工藤を呼び寄せた。

「遅くまでごめんね。警察の聴取は終わり？」

「後日、改めてするそうです」

「じゃあ今日は帰っていいのね」

土方はタクシーチケットを工藤に手渡した。「羽生君、送ってあげて」

工藤を連れてコンビニまで戻り、タクシーを呼び、送り出した。そのままコンビニで飲料と夜食を買い、現場に戻ると、空気が騒然としていた。

「何があったんですか」

腕を組んで、掘り返し跡を見据える土方に聞く。

「歯が見つかったって。殴られてたでしょ」

社会部の情報メモに、歯の欠損が記されていた。埋められるときに、口から吐き出されたのだろうか。「人間の歯。鑑識の人を問い詰めたら認めた。もう実況も撮った」

動画の男が高橋陽介である可能性がより高まったのだ。

「朝から県警は本腰入れるね。たぶん捜査本部の体制も強化される」

高橋陽介はここで一度暴行され、埋められたが、再び掘り起こされ遺棄された。最初に北上の解釈を聞いたときは強引なこじつけに聞こえたが、その公算がより高まったのだ。

土方のスマホに電話が着信した。話しぶりで相手が北上だとわかった。

「……じゃあ資料送って」

電話を切り、振り返った。「やっぱり北上貴史は持っているかもしれない」

同日　10:55pm　——ジュン

大小の凹凸が刻まれたロッカー。時々息切れを起こす蛍光灯。塗装が剥げかけた古い冷蔵庫が、異音を発し始めた。黴(かび)臭さにはもう慣れた。

「脇甘過ぎ……」

ジュンはスマホのディスプレイに目を落としたまま呟き、発泡酒の残りを飲み干した。細心の注意を払っていても、神に愛されていなければ、綻びは生じる。

そのネットニュース番組が伝えているのは、『千葉まで行って、真夜中に森の中で穴掘ってきた件』というタイトルの投稿動画だ。

肝試しに行って人を埋めたような痕跡を見つけたという内容だったが、リポートしている人物はカットされ、声はボイスチェンジャーで変えられていた。

制作側は、信憑性が高いとして、映像と音声にエフェクトをかけたのだろう。今日その現場に警察の捜査が入ったという。

現場中継を見ると、明らかに〝相棒〟が処分を行った場所だった。

あの動画が外部に漏れた可能性が高い。

ジュンがこの番組を視聴したのは偶然だが、動画が外部に漏れたのは偶然ではない。すべて〝相棒〟の失策、不注意、過失……つまり天然のせいだ。殺人であっても、その性格は変わらないようだ。

ジュンは当該の投稿動画を探したが、すでにチャンネルごと削除されていた。〝相棒〟は動画を制作した連中を消すと言い出しかねないが、それは制止しなければならない。ネットの海に流れ出た以上、いずれ誰かが見つけ、拡散される。制作者を消す意味はない。

自分の仕事は、綻びを修復すること。綻びを未然に防ぐこと。

缶を棄て、ロッカーを開け、着替えを取り出す。

手足はだるいが、頭は冴えていた。

まずはこれが致命的ミスなのか否か、立て直し可能なのか、或いは逆に利用できないか検証する。場合によっては計画の変更も視野に入れる。焦りはない。むしろ考え、計算することが楽しかった。

ジュンは着替えを済ませると、職場をあとにした。

残像　二〇〇四年

――黒澤早苗

よく晴れて、暖かい風が吹く日曜日。もう葉桜の季節だった。

そろそろ時間か――黒澤早苗はエントランスを出て、門の前で彼女を待った。

隅田川のほとりにある地区開発センター。会議室やイベントホール、教室や図書室等を備え、地区の催しやカルチャー教室が開かれる真新しい施設だ。建物の間には、桜の木に囲まれた中庭があった。

来栖美奈は時間通りにやって来た。

地味なカーディガンに、デニムのパンツ。日差しを避ける帽子。

「お久しぶりです」

美奈は立ち止まり、丁寧に頭を下げた。

「固いよ美奈ちゃん。ボランティアだと思わないで、自分が楽しむの」

美奈を中庭へと案内した。

芝生の上では、十人ほどの少年と少女、その保護者らしき大人が数人、遊んでいた。ミニサッカーをするグループもあれば、談笑する中学生らしい女の子たち、ただただ携帯ゲームに熱中している少年もいる。共通点は、みんなリラックスしていること。

美奈が大きく息を吸いこんだ。

犯罪被害者とその家族たちの交流会だ。

中央にはウッドテーブルと大型のバーベキュー用コンロが置かれ、パンツスーツの上にエプロンを着けた女性と、保護者らしい女性が食材と格闘していた。

「最上さん、美奈さんです」

早苗は声をかけた。「こちら最上さん。わたしがいろいろお世話になっている弁護士さんで、この会を主催している団体の理事」

「来栖美奈です」

また美奈は生真面目な姿勢で頭を下げる。

「こんにちは美奈さん。早速だけど野菜切ってくれる?」

「はい」

美奈は早苗とともに持ってきたエプロンを着け、すみの手洗い場で手を洗った。

「最上さんのほかに、カウンセラーと社会福祉士も来ているから、困ったことも相談できるけど、基本楽しむための会だから」

「はい」

応える美奈の目に憂いは感じられない。

早苗は大学時代から犯罪被害者たちを支援する活動をしていて、それは美奈も知っていた。その美奈が、就職を機に手伝いたいと申し出てくれた。

事件から七年。彼女の中で何かしらの変化が起こりつつあるのだろうか。

テーブルに戻ると、美奈は二十数人分の肉と野菜を手際よく切り分けてゆく。季節のこと、料理の失敗談、旦那への愚痴など、会話が飛び交う。最初は固かった美奈も、話しかけられるたびに、笑みを浮かべるようになった。

早苗は早苗で、一口大になった肉と野菜に串を打ってゆく。

「早苗さんは相変わらず串刺し専門なのね」

最上の恒例のネタだ。

「その道を究めようと思っていますので」

早苗がそう返し、串を手に忍者のように身構えると、美奈も笑ってくれた。そう、ここは構えることなんかない。ただ、楽しむ場所。

とはいえ、自分は楽しんでいるのだろうか――早苗は自問する。

未曾有の事件を経験し、『裁き』について、深く考えるようになった。

最初は犯人への裁きについてだった。だが、犯人は警察の手が届く前に、自ら命を絶った。なぜ事件を起こしたのか語らぬまま。

自分を罰した。逃げた。謀殺された。様々な説が語られた。だから、知りたいと思った。なぜ犯人が生まれ、被害者が生まれるのか。何が人を犯罪者に、そして被害者に変えてしまうのか。

それで、法曹の世界を志すようになった。今は法学部を卒業し、法科大学院に籍を置く傍ら、犯罪被害者の支援グループでボランティアを続けている。

環境に負けずに真っ直ぐ生きようとする人もいれば、道を踏み外す人もいる。時に、被害者が加害者になることも。

来栖美奈は、真っ直ぐ生きていた。

都立高校、短大を卒業、この春就職した。実家の取引先の関連企業だというが、入社試験と面接を受け、成績も上位だったという。

清人の葬儀の時の約束――彼女はまだ何も話してくれない。こちらの一方的な押しつけだから、彼女に応える義務も謂われもない。

まだ肌に残る清人の体温——知りたかった。死んだ弟の最期。そして清人にとって、美奈がどんな存在だったのか。

曾祖父の家に入ってゆく清人と美奈の姿。

清人はなぜ死ななければならなかったのか。清人は、神に裁かれたのか。

第五章　共通項

七月二十二日　水曜　0:09am　――渡瀬敦子

「夏の特捜は汗臭い」

日野がそっと耳打ちしてきた。「特に夜」

各班の報告が終わり、捜査会議は半ば休会状態で、各班が個別に今日の成果を検討していた。渡瀬も雛壇から分析捜査のデスクに戻っていた。

八幡はイスに背を預け目を閉じ、佐倉は生真面目に捜査資料を読み返し、古崎は岸朗が関わったサイトを見ている。

端末のデジタル表示が、午前〇時十分になると同時に、急くような足音とともに友田が入室してきて、雛壇の縣管理官にメモを渡した。

示し合わせたように一同が静まりかえり、縣管理官に注目した。

「被害者は岸朗、三十七歳と断定。指紋が一致し、両親が顔を確認した」

県管理官がメモを読み上げる。「それと、草加で見つかったドンキーの後部荷室から岸朗の指紋が見つかった」

空気が熱気を孕み、密度が上がった。

ただ、運転席、助手席に関してはシート及びハンドル、フロントパネル、ドアノブ等から指紋の検出なし。塵など微物もごくわずかで、清掃された形跡があるという。

「鑑識は当該ドンキーを精査、車輛追跡班はドンキーの出所と所有者を探し出せ」

山根の言葉に、車輛追跡班の気合いの入った返事。

「岸の交友関係、周辺だが、報告がある者は」

佐倉が手を挙げ、立ち上がった。

「同僚によれば、岸は頻繁に引っ越しを繰り返していました。三光メディア出版『スクラップD』のライターとなったのが三年前。そこから四回、住所変更がありました」

それが簡素な部屋の意味だ。

「編集部によると、おおよそ八ヶ月ごとです」

「理由は」と山根。

「本人は用心のためと語っていたようです。編集部の経理担当にも、個人情報の管理を徹底するよう、引っ越しのたびに申し入れていたようです」

「それは、過去の訴訟に関連してのことか」

「同僚によると、自分は恨みを買う仕事をしていると語ることもあったようです」

「これまでに襲われたことは」

「岸が届け出た記録はありません」

日野が確認した事実だ。「同僚にも、直接的な被害を受けたというような話はしていません。被害妄想的だった等の話もありましたが、それは同僚の主観です」

「訴訟があった事件というのは」

「最初は、二〇〇五年のクラウンミートによる牛肉の産地偽装と賞味期限偽装事件で、同社下請けの食肉加工業者を、無関係であるにもかかわらず、『深窓の真相』で偽装に荷担したと報じて提訴されています。現在その記事は削除。謝罪だけが残っている状態です」

二番目が、二〇〇八年の柏市ストーカー殺人未遂事件。全身七カ所を刺され、一時心肺停止となった被害女性が、接近禁止を言い渡されていた被疑者と事件数日前に面会していて、親しげだったと写真付きで報じ、被害女性側にも隙があったと結論づけた。しかしその写真の女性が別人と判明、被害者の家族から提訴された。

「三番目は、二〇〇九年の越谷のパチンコ店強盗殺人及び一家殺傷事件」

淡く、ざわめきが起こった。

――あれか、ひどい事件だったな。

――確か人質の女子高生がその家の長女と同級生でな……。

二人組の男がパチンコ店の景品交換所を襲い、女性店員を殺害して金を奪って逃走中に女子高校生を拉致し、その後民家に立て籠もり、その家の世帯主夫婦と長女を殺害、次女に重傷を負わせた事件だ。

渡瀬にも印象深い事件で、科警研時代、研究のため捜査資料を読み漁り、現場も視察した。

渡瀬は犠牲者の名を、当時の年齢とともに資料の余白に書いた。

《死亡・玉田恵子（39）、山中研二（48）、山中祥子（45）、山中涼水（17）、重傷・山中彩水（11）》

犯人は侵入した民家で警察の追跡をやり過ごすつもりだったらしいが、解放された女子高校生が通報して、警察が駆けつけ、立て籠もりとなった。結果、逃げ切れず自暴自棄になったのか、一家を殺傷、長女には性的暴行も加えられていた。そして、次女はそのすべてを目の当たりにした。

「訴訟は、殺害された世帯主、山中研二と妻の妹、つまり義理の妹の不倫について。これが事実無根と認められました」

――そんなの事件と関係ないだろう。

「記事では、世帯主と義理の妹の不倫が、犯人たちを家に入れるに至った遠因となっていると報じ、殺害された長女にも責任の一端があったとしています。提訴は妻の妹から。不倫ではなく、仕事上の相談で、第三者を交え数度会っていたと認定されました」

――なぜ旦那の不倫が、長女の行動に繋がるんだ。説明になっていないぞ。

拉致された女子高校生は、犯人に脅迫され、一時退避先として山中家に案内させられ、友人だった涼水に扉を開けさせたのだ。そこで解放はされたが、自分の行動が一家殺傷に繋がったと思い、心身ともに深い傷を負った。

「記事によると、不倫により夫婦関係は冷え切り、妻と妹の関係も険悪、そんな家庭環境に嫌気が差し、長女は放課後もなかなか帰宅せず、繁華街や友人宅を転々としていた。事件当日も、友人が訪ねてきたから、これ幸いと家を出ようと、外をよく確認もせず玄関を開けた、という論旨です。長女が外出がちだったのは事実ですが、のちに交際相手がいたことがわかっています」

ただ、警察、検察からは女子高校生の責任を問う声はなく、大手メディアも、彼女が扉を開けさせたことについては、犯人の脅迫によるところを強調していた。

「渡瀬、所見は?」と縣管理官。

「当初と変わりません。物事の優先順位、取捨選択がはっきりと見える人物が関わっています。記事に関連して不利益を被ったことが動機に繋がった可能性もあると思います。現状の捜査方針に、異論はありません」

渡瀬が言うと、縣管理官はうなずいた。

「岸の資料については友田班に引き継げ。各自鑑識及びブンセキの所見を参考に、捜査に当たってくれ。散会！」

山根が締め、友田が起立と敬礼を号令した。

分析捜査係は、引き続きデスクに残った。

《岸朗の友人が地下鉄八重洲東駅爆破事件で負傷。ただし裏付けるものなし》

鉄道による事件・事故の関連で、日野が掘り起こしたネタだ。事件の研究サイトに、古いブログのウェブ魚拓が残っていた。それが〝在処〟によるものだった。

ブログによると、〝在処〟は大学の友人が負傷したことにより、事件と犯人に興味を持ち、事件の情報を集め始めた。それが雑誌編集部での仕事、個人ニュースサイトを開設する動機になったという。

「明日はこの事実関係の確認作業になるな」

司会役の佐倉が言った。「おれと古崎で担当しよう」

これは列車を介した共通項と言えるのか――ただ、動機はどうあれ被害者と犯行車輛が判明し、捜査は勢いづくだろう。数日中にも被疑者にたどり着くかもしれない。

「在処、もしくは岸朗は見つけられた？」

渡瀬は日野に確認する。

「少なくとも三光メディア出版のウェブ編集部の個人情報管理は徹底されていたみたいで、ネット情報だけで岸の自宅住所を特定することは出来なかった」

通常で検索できる範囲でという意味だ。「それに、彼のことを注目したり監視しているアカウントもサイトもない。完全な被害妄想というか、自意識過剰というか」

交友関係の捜査次第で、すぐに被疑者が判明する可能性はある。だが、あれだけ繊細で大がかりな舞台設定をする被疑者が、交友関係に痕跡を残すだろうか。

考えるのは、一人の方がいい。あとを八幡と佐倉に託し、渡瀬はホテルに戻った。

エアコンをドライにし、タブレット端末を起動させた。

地下鉄八重洲東駅爆破事件。

被疑者は及川一太（おいかわいちた）。当時三十三歳。埼玉県川口市にある私立中学の理科教師だった。

警視庁の合同捜査本部は、目撃情報と防犯カメラの映像から及川を割り出し、練馬区にあるアパートを急襲した。

だが、及川は室内で首を吊って死んでいた。死後三日程度と推定された。

遺体の足もとには、『チリハチョウ』と走り書きされたメモが落ちていた。

部屋からは、八重洲東駅で発見されたものと同型の起爆装置、設計図らしい図面、起爆装置の材料と見られるコイルやワイヤが発見された。

起爆装置は単純で、安全ピンが抜かれた状態で、安全レバーにナイロン製の紐を巻き付け固定。ナイロン紐には電池とつながった電熱コイルが巻き付けてあり、ナイロン紐が焼き切れて、安全レバーが解放された時点で爆発する仕組みだった。スイッチはオルゴールのような機構で、電池側のスイッチとつながった紐が巻き取られ、電源がオンになる。

警察による実験で、設計図通りに時限装置を製作、起動スイッチを入れてから十分三十秒程度で爆発することがわかった。

そこから犯行時間を割り出し、再度防犯カメラの映像を精査、及川が向かい合う二つのホームの三カ所に爆弾を仕掛け、列車に乗り次の駅で降車、爆弾の爆発後に八重洲東駅に引き返していたことが確認された。つまりホームに落ちた十数人を轢死させた列車に乗っていたのだ。

さらに、及川は自身のホームページを持っていた。開設は一九九五年。日本のインターネット普及率が一割以下だった時代だ。

『反資本主義・脱支配体現者連絡会』

そこには権力者・資本家による無知な民衆からの搾取、経済格差、経済が起因の戦争、紛争などを糾弾し、国民に闘争を呼びかけ、現行の社会制度を破壊するよう扇動する言葉が並べられていた。

それが本事件を「テロ」とも呼ぶ要因となっていた。

利益追求により破綻し、国民の血税が投入された恵和証券は、及川の標的たり得た。廃業発表の日に、多くの恵和証券社員が利用する八重洲東駅に爆弾を仕掛ける意味もあった。しかし、犯行声明はおろか、事件前日にホームページは閉鎖されていて、恵和証券に対する書き込みやメモ等も発見されなかった。

警察によるデータ復旧で、ホームページの内容が明らかになったが、その論調は形骸的かつ新味のないものであり、警察はこの政治的主張を、個人的動機に箔を付け、正当化するためのものと判断した。

及川に関しては、事件後様々な角度から取材、検証されていた。

及川一太の父は電機メーカーの技術者、母は製薬メーカーの管理職。親族も技術者や経営者が多かった。

『圧力で教師になっただけ。それでも連中には不満みたいだけどね』

及川はそう知人に漏らしたことがあるという。

教師としての評価も芳しくなかった。熱意がない、授業がわかりにくい、声が小さい。職歴もそれを反映したもので、川口市の中学に採用される前は、私立高校の物理教師として各地を転々としていた。下関、倉敷、浜松、新潟。多くは、素行不良による解雇や自主退職だった。及川一族の面汚し、不良債権、無能——及川一太は、親族からは厄介者扱いをされていた。それが反権威、ひいては反資本主義思想へ繋がったとも見られていた。

マスコミは扇動的に『テロ』という言葉を使ったが、警察は、及川の単独犯と断定し、テロとは認定しなかった。

及川の死後、捜査の焦点は手榴弾の入手経路だった。警視庁の矛先は、北九州に本拠を置く広域指定暴力団『九道会』に向けられた。

当時から中国経由の武器密輸ルートを持っていると噂されていた。

そして事件から一ヶ月後、福岡県警により、九道会系宇和組の構成員四人が逮捕された。その構成員は及川に手榴弾を売ったことを自供した。

及川の動機はわかっていない。

——事件を起こすことで、家族親族に罪を背負わせ、復讐した。

——及川は他国の工作員だった。

——警察による自作自演で、及川は犯人に仕立て上げられ、殺された。

様々な説が巷間を騒がせたが、暴力団構成員の逮捕、被疑者死亡による書類送検で、事件は一応の終息を見た。

岸朗が地下鉄八重洲東駅爆破事件に触れたのは、『深窓の真相』で一度だけ。

やはり、逆張りだった。

《容疑者の及川一太は事件以前、複数回にわたって、混雑したショッピングモールや駅で突然興奮状態になって暴れたり失神し、救急搬送されていた。ここで提示したいのは、パニック障害の可能性だ。そんな彼が、混雑の極みである朝の八重洲東駅で、三個もの爆弾を冷静に仕掛けることが出来るだろうか》

書かれたのは二〇〇二年。だが警察は事件以前の及川の言動を徹底的に洗い、専門家を交えて精査、心神耗弱や精神疾患はなかったと結論づけている。事件当日、防犯カメラに映った及川の行動を見ても、終始冷静で迷いはなかったという。

警察の結論は、実験だ。突然のトラブルに対して、群衆がどう動くのか確認するためのもの。

人が『群』となった状況での動きをシミュレートする群衆行動解析は、渡瀬も履修した。

突発性のトラブルの場合、群の行動には『逃げる』『取り囲む』『滞留する』等のパターンが発現する。及川は複数回、様々なパターンでトラブルを起こし、データを採集したと見られていた。渡瀬も同じ見解だ。

及川の〝奇行〟つまり実験は、事件の少なくとも一年以上前から始まっていた。

警察はすべての情報を開示するわけではない。世間にすべてを理解させるほどの情報が流れないこともある。だから、時に憶測が真実のように語られる。

岸朗の場合はどうだ。

自分が信じた真実に合わせるための歪曲した解釈と論理、少ない証拠やサンプルで一気に結論へと飛躍する。心理学的に、この傾向が顕著な人は、被害妄想に繋がりやすい。

シャワーを浴び、髪を乾かし、Tシャツに手を伸ばしたときだった。ベッドの枕元に置いたタブレット端末にメールが着信した。

土方玲衣からだった。

早くも嗅ぎつけたのかと思ったが、メールの件名は『千葉の殺しで気になる展開!?』となっていて、動画と画像のデータが添付されていた。

Tシャツを脇に置き、メールを開いた。

《今、千葉県警が十日に高橋陽介の遺体が発見された事件に関連して、八千代市内の雑木林で現場検証をしている。動画データを見て》

八千代市の殺人死体遺棄事件。渡瀬も日常業務としてチェックはしていた。

添付された動画を再生した。

男が拉致、暴行され、殺害される動画だった。口許を手で強く覆い、フラッシュバックする十五年前の記憶を腹の奥に押し戻した。

次の動画は、この動画を元に場所を特定し、現場を探索する内容だった。

さらに動画制作グループが、元動画を入手した経緯も書かれていた。

《さらに我がスタッフは、内装から車種の特定を試みたんだけど》

確かに縛られた男から、窓の外へカメラが動いたが、車内は暗く内装までよくわからなかった。だが、添付されていた画像は、カメラが通り過ぎるほんの一瞬をとらえ、さらに明るく鮮明に加工されていた。

《フロントのパネルの一部が映っていて、これが決め手。車種はオリオン自動車のドンキーシリーズ。レジスターの位置と形状、グローブボックスの形状が一致》

しかし、ドンキーは人気車種で、旧型も含め首都圏で一万台以上走っている。

メールには、動画のほかに画像ファイルも添付されていた。

《もう一枚の画像は、窓からの風景を静止画処理したもの》

データを開くと、カーブミラーを通過する一瞬を切り取ったものだった。

そこには車体の一部が写っていた。これも画像を明るく、鮮明に加工してある。

車体はグリーンだった。

ドンキーの売れ筋はホワイト、ブラック、シルバーで、グリーンはそう多くない。

《千葉県警も朝には車種割り出すでしょうけど、そっちの事件に興味持つかな？　もしもの時の保険のための一応注意喚起ね》

また玲衣が何かをつかみ、仕掛けてきた——渡瀬は急いで髪を乾かすと、Tシャツではなく仕事用のパンツスーツを身につけ、再び京島署へ向かった。


午前一時を過ぎていた。八幡ら四人は引き上げたようだが、捜査本部にはまだ数人が残っていた。

雛壇前の情報デスクで、山根が捜査資料を挟んで友田と向かい合っていた。

「気が早いな、もう出社か」

山根が気づいた。

「情報提供がありました」

渡瀬は山根の前にタブレット端末を置くと、玲衣からのメールを呼び出した。

「情報提供者は、東都放送報道局の土方玲衣。千葉の殺人死体遺棄事件での不審車輌についての情報です」

「千葉の殺しだと？　なんの関係が」

「まずはこれを見てください」

渡瀬が事情を説明しつつ動画を再生すると、山根と友田の表情が変わった。

「これは本物か」

「まだ断定はされていませんが、千葉県警がこの動画を元に動いています」

今も現場検証が続いていると伝えた。

「最近この手のフェイク動画は多いだろう。いちいち反応してられるか」

友田が顔を上げた。獲物を狙うコヨーテのような静かかつ鋭い視線。三十九歳。交通課のひき逃げ捜査で頭角を現し、所轄刑事課転属後、各警察署の強行犯捜査係、捜査一課で実績を積み上げてきた男だ。鑑識やインターネットへの造詣も深いと聞いていた。

「東都の報道は、使われた車輛を内装からドンキーと判断しています」

根拠となった画像を表示させると、友田がディスプレイに顔を寄せた。

「確かにインパネの形状はドンキーに似ているが……交通部のデータベースに照会をかけますか、班長」

山根は友田の問いかけに応えず、ディスプレイを凝視した。

「遺体発見はいつだ」

「十日です。千葉県警は強盗殺人として捜査しています」

渡瀬は、動画制作グループが元動画を入手した経緯を説明した。「八千代の現場を視ておきたいのですが」

「千葉の事件と繋がっていると考えているのか」

「それも含め、感触を探ってきます」

「夜が明けて、ある程度情報が揃ってからでも遅くはないと思うが?」

「できれば現場が温かいうちに」

仮に岸朗の事件と関連しているのなら、現場に共通項が埋もれている可能性があった。

「だが八幡以下、君の部下もしこたま飲んでいる頃合いだ。誰が運転する」

「一人で行きます」

「ペーパーだから、運転させるなと八幡から言われているんだが」

「待ってください」

渡瀬は《今から誰か運転できますか》と分析捜査係内のグループメールに送信した。

《立候補》と日野が返信してきた。

「日野と行きます」

渡瀬は顔を上げた。

「なら本澤さんも拾っていけ。鑑識の目も必要だろう。もう帰ったが家は近くだ」

現場は鬱蒼とした雑木林の中だった。

闇の中煌々と光るコンビニを過ぎると、道路沿いに千葉県警の車列が見えてきた。日野は車を路肩に寄せると、その最後尾に停めた。

降車すると、左手の木々の間から、わずかに光が漏れていた。

「川口浩探検隊か……靴汚れそう」

日野がぼやきながら後部荷室から懐中電灯を三本取りだし、渡瀬と本澤に手渡した。空気は蒸し暑く、すぐに汗がにじんできた。

「防犯カメラは期待できないな、こりゃ」

本澤が周囲を懐中電灯で照らした。

「コンビニも入口が道路から離れていましたね」

敷地こそ県道に面していたが、駐車場が広く、入口の防犯カメラが通りをカバーできていない可能性があった。

未舗装の小径の入口は封鎖されていた。近隣住民なのか、野次馬の姿もあった。

渡瀬は立哨の制服警官に身分を明かし、奥へと進んだ。途中から道を外れ、道なき道を進むこと数分、開けた場所に出た。現場だ。

「警視庁の渡瀬です」

制服警官の一人に声をかけた。

「少々お待ちください」

制服警官は場を離れると、シャツに汗と泥汚れを染みこませた男を連れて戻ってきた。

「どうもご苦労様です」

男は警戒気味に頭を下げた。

「連絡した渡瀬です」

渡瀬に続き、本澤、日野も挨拶する。

「八千代中央署の鈴木です」

渡瀬は情報提供を受けた旨を伝えた。

「もしかして土方って女性ですか」

「そうです。面識があるもので」

現場にはカメラマンらしき男性の姿があったが、土方の姿はなかった。

「しかし、なぜ警視庁さんに連絡を?」

「動画を解析し、使われた車輌がドンキーの可能性が高いと考えたからでしょう」

鈴木の視線が、一瞬渡瀬から外れた。

「墨田線の殺しで緑のドンキーが使われた可能性が濃厚なんです」

「墨田線の……」

鈴木は口許を強ばらせた。不審車輌としてマスコミには公表していたが、彼は知らなかったようだ。

「こちらへ」

現場へ案内された。

穴は痕跡の縁に沿って、数十センチほどの深さまで掘られていた。脇に敷かれたブルーシートには掘り返された土が移され、鑑識係が数人、遺留物がないか調べていた。

穴の周辺の雑木林には幾つもの光源が散開していた。これも遺留物の捜索だろう。

「足跡(ゲソ)は難しそうですな」

本澤が周囲の土の状態を一瞥する。渡瀬はすぐに地元気象台のデータベースにアクセスした。

「首都圏はこの二週間で、まとまった雨が二回降っていますね。八千代市では、局地的な豪雨も何度か発生しています」

「確かにゲソのほうは芳しくないですが、先ほど掘り返した土から人の歯が出ました」

鈴木が言うと、本澤が「おお」と唸った。

「高橋陽介の口腔内には土が入り込んでいて、歯が欠損していましたね」

「ええ、すでに土のサンプルとともに本部へ運びました」

簡易的に歯形が照合され、その後は科捜研に移されるだろう。

高橋陽介の殺人死体遺棄事件捜査本部の〝筋〟は流しの強盗。

現状、金銭や人間関係にトラブルはなく、過去に関しても殺しに関係するような事実は出てきていないからだという。

「過去に逮捕歴があったようですね」

車中、情報を収集した。高橋陽介は、脅迫と不法侵入で、略式の罰金刑を受けていた。

「ええ、関係者を調べましたが、無関係と判断しました」

「拉致の場所に関しては」

「勤務先に近い場所だと考えています」

高橋陽介の自宅は、市川市大野町二丁目にあるアパートだが、五日の夕方以降、最寄りの市川大野駅の防犯カメラに、彼の姿は映っていなかった。

勤務先は、同じ市川市内の総武線本八幡駅に近い総合給食センターで、近くには繁華街かのトラブルに巻き込まれたと考えています」

「高橋は仕事が終わったあと、近くで食事をして帰ることが多かったようで、そこで何らかのトラブルに巻き込まれたと考えています」

突発的なトラブルなら、無秩序型の犯行。だが再遺棄した理由は——

「掘り返して、改めて河川敷に棄てたのなら、被害者の体か着衣に、犯人に繋がる証拠があったんですかね。それにあとから気づいたとか」

本澤が言った。「動画が本物という前提ですがね」

「でしたら証拠だけ取って埋め戻せばいいと思います」

渡瀬は応える。「被害者の皮膚に犯人の血やDNAが検出できるものが付着していて、それを消すために川まで運び洗うという行為も不自然です」

「水に浸かっていたのは下半身だけで、着衣には乱れた痕跡はありませんでした。皮膚も頭部と顔面の損傷以外、何も」

鈴木が補足した。死後数日経った皮膚を擦れば、剝がれ落ちるなど痕跡は必ず残る。

「こうなった以上、殺害動画の流出がわかって、とりあえず場所変えたとかですかね」

本澤は言ったが、鈴木は首を横に振った。

「聞き込みの結果、八日頃から臭いがしたという証言もありまして」

「そうか、学生たちが林の中に入ったのは九日だったか」

「要するに、よくわからないということです」

鈴木が目頭を揉みつつ言った。

「少し、この辺りを見て回ってきます」

渡瀬は小径の入口までゆっくりと戻った。目立ったのは不法投棄された家電製品や、金属屑、自転車やプラスチックゴミだ。小径は軽トラックなら数十メートル入れそうだ。

「不法投棄が多いでしょ、ここ」

声をかけられた。

振り返ると、土方玲衣がいた。

「来ると思った」

投光器の薄明かりの中、薄く笑みを浮かべている。「ごめんね、敦子の安眠邪魔して」

渡瀬はわずかな葛藤のあと——

「情報……ありがとう」

「どう？　動画と現場見た感じ」

返答はせず、親指を強く握り、気を静める。

「不法投棄関係の通報、多いみたいよここ。県道沿いは目立つからあんまり無いけど、一本入っただけでこれだから」

要するに知る人ぞ知る、不法投棄スポットだということ。

「警察も地元の商工会と協力して、重点的に取り締まっているけどイタチごっこ。去年は八千代市近郊の零細工場の従業員とか連座して社長とか、運送業者の運転手とか常務とか、なんだかんだで五人が検挙されてる」

鈴木と野次馬に取材をかけたのだろうが、この程度の情報は、すぐに入手できる。

「あ、これは別に話を円滑に進めるための材料であって、恩を売ろうって気はないから」

そんな渡瀬の警戒も、玲衣は見抜いている……。

「年に一度不法投棄ゴミの回収が行われるけど、使われるのは税金と協賛金。地元の商工会はこの近辺に防犯カメラの設置を進めているけど、管理体制と予算で協議が停滞中で、実現には至っていない」

「そうなんだ」と十五年前の口調で反応してしまう。

「だから、ネットで調べてわかるような場所ではないんだよね。不法投棄のニュースはあったけど、投棄を警戒して場所は八千代市内とぼかしてあったし」

犯人は一見さんではなく、以前からここを知る人物。小径から道を外れた遺棄場所に迷いなく被害者を連れて行ったのは、訪れたのが一度や二度ではなく、この場所を熟知していたから。常習的な不法投棄者、あるいはそれを取り締まり警戒する側の双方――それだけで捜査対象は絞られる。

「でもさ、不法投棄禁止の看板と不法に棄てられたテレビが事件を掘り起こしたのなら、皮肉な結果だよね」

動画の撮影はある種の記念行為と分類される。不法投棄の物品等が、場所特定の重要な目印になることにも無頓着だ。仮に事件が繋がっているとするなら、この現場は欲求に従順なリーダーの主導か。しかも計算され尽くした列車殺人以前の犯行になる。

「あ、今列車殺人との共通点を考えたね」

「違うから！」

「ああ、そう」と素っ気ない反応。完全に読まれている――

「高橋陽介には逮捕歴があるけど、その辺で被害者同士に共通点とかない？」

「憶測でものを言わないで」

「敦子はどう思った？　二つの現場を比べて」

渡瀬は首を横に振る。

「見比べるために現場見に来たんでしょ」

「言うわけないでしょ」

この返答も、玲衣にとっては肯定だ。

「わたしは、墨田区の現場とよく似ていると思った」

挑戦的な視線。「森に囲まれた空間と、ビルに囲まれた空間。その空間は普段人の目に触れることはないけど、やっていることは派手。動画が外に漏れたのはアクシデントかもしれないけど、でも動画って見るためにに撮るものだよね。だからどちらも大枠で劇場型」

意地でも応えない渡瀬に、玲衣は少女のようにフフッと笑った。

「最後に大きな情報あげる。元動画は落合のマックで盗撮された。早稲田通り沿いの」

玲衣は元動画入手の経緯を説明した。「その元動画の持ち主は、確実に防犯カメラに映ってる。調べてよ」

——機材積み終わりました。

県道のほうからスタッフらしき男性が呼びかけてきた。

「下僕が呼びに来たから、帰るね」

男性は羽生孝之で、渡瀬に気づくと会釈した。

「わたしは被害者の共通点に興味がある。身元の発表が楽しみ。じゃ」

颯爽とした後ろ姿が闇に消え、直後に「なんで水たまり!? 靴が！」と悲嘆の声が聞こえてきた。

捜査本部に戻ると、日野とともに資料を作成、明け方に一時間ほど仮眠をとり、午前八時半からの捜査会議に臨んだ。

岸朗の身元判明を受け、新たな編制と捜査方針が確認されたが――

「千葉県八千代市の殺人死体遺棄事件で、緑のドンキーが使われた可能性が出てきました」

渡瀬の報告が、意気上がる捜査員たちを困惑させた。

渡瀬はそんな空気をよそに、動画と画像を交えて、淡々と八千代市の事件の概要を説明する。車種特定に使われた画像は、玲衣から送られた画像と同じ手法で、改めて動画から抽出し加工、鮮明化していた。

「つまりは、昨日見つかったドンキーと同じじってわけだ」

縣管理官の口調は軽かったが、目許はわずかに強ばっている。「その動画の信憑性は」

「十分ほど前に、現場から見つかった歯が高橋陽介の歯形と一致したと、八千代中央署から連絡が来ました」

鈴木からのメールだった。

――二つの事件が関連しているのか？

――じゃあこれまでの分析はなんだ。

「車種の一致は、偶然の可能性もある」

ざわめく場を、山根が静めた。「当然の疑問だが、諸君らはこのままの方針で捜査を続けてくれ。関連性についての確認はブンセキが行う」

「十代後半から二十代前半のグループ、少なくともそのうちひとりが墨田区立花の現場近くを拠点としていて、リーダーの教育程度は高くないという犯人像の分析はどうなる？」

縣管理官が聞いてきた。

「八千代の現場を見て、多少情報交換をしてきましたが、基本的には変わりません」

「何を以てそう判断した」と山根。

「八千代市の現場においては、埋めて遺棄する現場の選定には計画性を感じますが、掘り返して河川敷に再遺棄するという部分に、無秩序が先行している印象です。岸朗殺害班犯におけるリーダーの性格と大きな差異はありません。今はそれだけです」

「それで、新たにすべきことは？」

「速やかに高橋陽介の指紋、血液、ＤＮＡ等のデータを取り寄せ、ドンキーを再度調べることです。それと――」

渡瀬は、元動画が落合のファストフード店で撮影された事を伝えた。「元動画の盗撮は六日の十八時過ぎ、落合のマックで行われました。元動画の所有者が防犯カメラに映っているはずです」

同日　9:22am　――羽生孝之

広い報道フロアの中央、編成デスクを囲むように集合した各出稿部二十余名の視線が、羽生に集中していた。

「ですから」

羽生は、手にしたスマホのメッセージを確認する。「千葉県八千代市の雑木林から見つかった歯が、十日に遺体で発見された高橋陽介のものと一致したと、『デルタ・ブレイキング』土方デスクから連絡が来ました。捜査関係者からの話とクレジットして使えるとのことです」

久々に居心地の悪い、朝の報道立会だ。

「誰の言質だ」

編成デスクが厳しい目つきで聞いてくる。

「八千代中央署刑事課の強行犯係長です。鈴木さんという名前です」

――鬼姫のことだ、情報提供の見返りを要求したんだろう。

昨夜の土方の中継後、民放含めメディア各局は躍起になって現場を探し、駆けつけたのは朝方だった。映像素材としては、東都放送が断然先行していたが、今朝のニュースの段階では、土方が中継した以上の情報は出せなかった。

裏が取れない限り、高橋陽介の事件には触れない。工藤が入手した元動画はおろか、彼らの探索動画に関しても、今後は使用禁止。それが現時点での取り決めだった。

「元動画は使用禁止として、彼らの探索の動画まで使用禁止ってのはどうですかね。許可自体は得られていますが」

編成デスクが、後方に陣取る社会部長に判断を求めた。

「公開は凍結です。素材も共有しないこと」

社会部長が応える前に、凛とした女性の声が遮った。

報道局次長の青葉淑子だった。

「犯人がそれを見た可能性がある以上、報道局としては、取材協力者の安全を守る上で、動画の公開は絶対になりません。制作グループの名称も動画チャンネルのことも言及は控えてください」

取り付く島もない断定口調だ。

「もうネットでその辺の情報は出回っていますが」

デジタル追跡班の担当者が言った。「割と情報は正確で……」

「ネットはネットです」

青葉局次長はまたも遮った。「東都放送の情報で、犯人が学生を襲いでもしたら、責任は誰が取るんですか。常識です」

――出たよ、と誰かの囁き。

「では歯の件、速報入れますか」

編成デスクが聞く。この時間、朝の情報番組が放送中だ。

「所轄の一捜査員だけの言葉では足りません。せめて県警幹部の言質も取ってからです」

――鬼姫がいたら修羅場だったな。

土方本人は、羽生とともに午前三時頃に帰社し、撮ったばかりの素材を仮編集すると、明け方に帰宅した。昼のネタ会議までには出社してくるだろうが。

『異界サイクリング』の動画が使えない件、高橋陽介の歯について、もう一段階より強度のある裏取りが求められることは、土方の予想通りだった。その上で口止めされていることがひとつあった。

列車殺人で使われた車輌と、高橋陽介を運んだ車輌の、車種、年式、色が一致していることだ。報道局では、元動画自体を部外秘としていて、社会部のデスクなど数人しか見ていない。その上暴行から殺害のインパクトが強すぎ、ほんの一瞬しか映っていない車輛の内装から、車種を特定するという発想には、まだ至っていない。

『青葉さんが何を言っても夜までには状況が変わる』

帰り際、土方は言っていた。『敦子なら、今日中に車について答えを出すと思うから準備しておいて』

準備と言っても、することは海外素材著作権デスクの日勤業務であり、デスクに戻り粛々とこなした。

昼ニュースで、土中から見つかった歯と、高橋陽介の歯形が一致したことが伝えられた。そして、昼の立会終わりでデスクに戻ると、予定より四時間早く凜々子が来ていた。

「強制交代ですか」

「だよん」

相変わらずスマホから顔を上げようとしない。「姐さんが、デルタのスタッフルームに来てって」

「今?」

「今」

凜々子も凜々子で、羽生の穴を埋めるべく連日昼から入り、夜勤までこなしている。

「大変すね、お互い」

地下二階に下り、『デルタ・ブレイキング』のスタッフルームを訪れると、打ち合わせテーブルに土方の姿があった。メイクの乗りもよく、疲れた様子は一切ない。

「ね、青葉さんが足かせ付けてきたでしょ」

土方はせわしなく動くスタッフたちを横目に、得意げだ。「一応県警の鑑識にも噛んで含ませておいてよかった」

歯形照合の件について、土方は鈴木のほかに現場にいた鑑識の主任に対しても、恩着せがましく情報提供を約束させていたのだ。

ホワイトボードには、土方の筆跡で必要な要素とテーマ、スタジオ構成が書かれていた。

『殺人動画の謎！　千葉の殺人被害者か』

ゲスト候補は、オーソドックスに元刑事の犯罪ジャーナリストと、ネット動画に詳しいライターの二人。VTRのメイン素材は、工藤と現場に向かい、警察の現場検証まで密着した羽生の取材映像だ。

「編集のことは心配しないで。ウチの手練れが担当する。工藤君が映っている部分は、今回全カット。羽生君の実況とわたしのリポートが中心になる」

「立会の感触ですが、異界サイクリングの動画はこの先もNGが解けない感じです。青葉

「一応だけど、犯人が動画を視聴したことを前提として、工藤君の身元を割ることができるかどうか試した」

そして、土方らしい抜け目なさだ。『異界サイクリング』チャンネルには、グループのHPのURLが張られていたけど、メンバーの名は全て愛称で、個人情報は書かれていなかった。ただ、愛称でSNSを洗ったら、梶谷夏美という女性の画像が出てきたから、速攻で削除してもらった」

探索動画で『カナ』と呼ばれていた女性だろう。

「あと、これ今のうちに頭にたたき込んでおいて」

土方が紙資料を羽生の前に置いた。「事件の追加資料ね」

記者の取材メモを出力したものだった。

被害者・高橋陽介。二十六歳。住所は千葉県市川市大野町二-××シラサワハイツ二〇一。本籍は埼玉県吉川市大字吉川。

勤務先は千葉県市川市南八幡の小久保給食サービス。市内の企業や公共施設、介護施設などへの食事を提供する業者で、高橋はそこで調理、ウェブ管理、配達の仕事をしていた。
記者は同僚を取材していて、仕事については勤勉で真面目であり、トラブルも皆無。ただし、多少酒好きで、巷の事件やスキャンダルなどには、義憤を募らせるタイプだったという。個人でSNSをやってはいたが、大半の投稿はバイクによるツーリングの画像、動画だった。

「高橋には逮捕歴がある」

土方が囁く。その際に採取した指紋で、遺体が高橋陽介であったことが判明したようだ。

県警一課長レクのメモも添付されていた。

Q・身元は何でわかった?

A・指紋と親族の確認。

Q・指紋は、前歴があったから?

A・そういうことになる。

《二〇〇九年、埼玉県内の女性保護施設職員への脅迫と、施設内への侵入で逮捕》と記者があとから書き加えていた。

Q・その逮捕事案と事件は関係があるのか。

A・捜査中だ。

Q・事件関係者に話は聞いた？

A・聞いたが関係なしと判断した。

Q・ほかにトラブルは？

A・所持していたスマホ、パソコンも調べたが、トラブルにつながるような書き込みなどはなかった。


それで、県警の判断が、行きずりの強盗殺人に傾いたのだ。

「打ち合わせの時間です」

水曜班のチーフDが、土方と北上にも声をかけてきた。

ネタは決まっている。構成と担当の確認だ。

「トップは千葉の殺人。VTRは、羽生Dが撮ってきた密着映像を中心に構成、スタジオは事件の経緯と、最新情報。犯行をVTRに収める犯人の心理と目的、動画が警察に渡ったことで、捜査がどう進展するのか」

チーフDが説明したところで、「注意事項がある」と北上が立ち上がった。

「VTR、スタジオともに制作グループの存在は表に出すな」

――ネットじゃまつりなのに。

幾人かのディレクターがぼやいた。

「中継を入れます」

チーフDが続ける。「場所は八千代市の掘り返し現場」

各担当が振り分けられたところで、報道連絡デスクが手を挙げた。

「社会部から速報メモが入った。列車殺人身元判明、不審車輛発見。ニュース班で共有します」

羽生のアドレスにもメモが転送されてきた。

被害者は岸朗。三十七歳。職業はウェブライター。指紋が一致し、両親が顔を確認。現在DNA鑑定も進行中。発見された車輛、ドンキーから岸朗の指紋。車輛発見場所は埼玉県草加市柿木。

「草加にはヘリ飛ぶ。一報は『情報ひるズ』番組内」

連絡デスクが補足した。チーフDが意見を求めるように北上を見た。各メディアは一斉に岸朗の経歴や交友関係、トラブルなどを調べ始めるだろう。当然夕方の『イブニング・ダッシュ』もトップにこのネタを持ってくるはずだ。

「基本線このままだ」

北上は応えた。「岸朗の件は、頭でストレートニュース。枠は三分もあればいい」

高橋陽介の事件は『デルタ・ブレイキング』の独自ネタだ。当然そうなる――が。

「敦子は岸と高橋の接点、共通点を調べるはず」

土方が耳打ちしてきた。「動向見張らないとね」

「土方は何かあるか」

「中継もう一カ所入れていい？」

「草加ですか」

チーフDが聞き返す。

「まさか。場所は警察署前」

「八千代中央署ですか」

「京島署のほう。列車殺人の警戒」

「頭でストレート。それ以上は掘らないぞ」

北上が釘を刺してくる。

「何かあったら速報って感じで、基本待機と情報収集だけ。押さえだと思って。わたしが行くから」

「なら回線を空けておく」

北上も意図を汲んだようだ。

「一部のスタッフは知っていると思うけど、列車殺人と八千代の殺人で、同じ車輛が使われた可能性が出てきてる。警察が確認に動いているはずだから、ニュース担当者は注意しておいてね」

土方が全スタッフに注意喚起した。

「このことは、放送まで口外するな。上の報道にもだ。責任は俺にある。わかったか」

北上も大見得切って念を押した。土方と北上の悪の連携その二だ。

「それで、中継まで僕はなにを？」

当然自分が同行するものと考えていた。夜勤は別の誰かを充てるだろう。

「龍田氏のサポートに夜勤もあるでしょ。休めるうちに休んでおいて。中継は安達君連れてく」

このバランス感覚が、土方の土方たるゆえんだ。

同日　0:12pm　――渡瀬敦子

「貧乏くじだったかもしれん」

ハンドルを握る八幡が言った。

「書類に埋もれるのはごめんだと言ったのは八幡さんです」

渡瀬は応える。

「だから判断を間違えたかもしれないと、自省している」

フロントガラスには、午後の陽光が容赦なく照りつけていた。「少なくとも資料庫は冷房が効いている」

佐倉と古崎は、本部資料庫で地下鉄八重洲東駅爆破事件の資料を漁り、岸朗の痕跡を探している。補助的な作業だが、起訴時に列車を凶器に使った理由の説明が必要になる。

車は東京環状道路から県道二六三号に入る。

千葉県八千代市は京成本線、東葉高速線沿線に住宅団地が建ち並ぶ、いわゆるベッドタウンだが、新川沿いの遺体発見現場は中心街から北東におよそ五キロの、畑と雑木林に囲まれた一帯だった。

前方に新川が見え始め、その手前に釣具店の看板があった。八幡がハンドルを切り、釣具店の広い駐車場に車を入れた。すでに千葉県警の車輛が数台停まっていて、木陰に鈴木係長が立っていた。

降車し、鈴木に八幡を紹介し、挨拶を交わす。

「岸朗の資料は、今朝データでいただきました」

鈴木は言った。「今朝からざっと高橋のスマホとパソコンを洗い直していますが、今のところ岸との関係を示すものは出ていません」

渡瀬は新川を見遣った。現場はここから百メートルほど先の河川敷だった。

空が広く、風景は横長。住宅は直射日光を避けるかのように、雑木林に寄り添っている。

「早速行きますか」

駐車場を出て川辺に出る。新しく整備された県道に、新しい橋。

「これが新吾桑橋、向こうが吾桑橋です」

数十メートル下流に赤い橋が見えた。「遺体は向こうの吾桑橋の下で見つかりました」

下流の通りに並行するように、新たな県道と新たな橋が整備されたのだ。

川沿いの小径を歩き、吾桑橋の袂に至ると、テレビ局らしいカメラクルーと、記者らしい姿が、こちらの様子をうかがっているのが見えた。

「今日になってまた増えてね。近づいてきたら追い返しますよ」

吾桑橋は旧道にかかる小さな古い橋だ。幅は狭く欄干は低い。旧道に沿っては、小規模な住宅街が広がっていた。

鈴木は数メートルほど橋の上を進み、立ち止まると、下方の河川敷を指さした。

「状況から、犯人は車で遺体を運んできて、ここから投げ落としたと思われます」

夏草に覆われた河川敷。「ワンボックスなら、スライドドアを開けて、車から直接投げ落とすことも可能でしょう」

遺体は上流側——印旛沼側の河川敷に横たわっていた。遺体の周囲に発見者以外の足跡はなく、成長した夏草も、発見者が倒した部分以外は、倒された形跡はなかった。それが投げ落としたという推測の根拠となっていた。

渡瀬は欄干に肘を乗せ、下を覗き込んだ。

「草がすごくてよく見えないでしょう」

鈴木は言った。「発見者が気づいたのも、臭いですよ」

夏場は強くはないが常に川下に向かって風が吹いているという。

河川敷は幅十メートルほどで、落差は五メートル強。遺体にもその高さから落ちたであろう死後損傷があった。

どこか、既視感を覚えた。

渡瀬はタブレット端末で地図を確認する。橋を渡ると印西市だ。

「車輌のほとんどは新しい方の橋を通るね。ここは地元の人だけ」

「なぜわざわざ旧道の橋から棄てたのか」

八幡が周囲を見渡す。「こっちの橋のほうが住宅に近いようだが」

「新吾桑橋のほうには、歩道がついていましてね」

鈴木が応えた。「死体を一度車から降ろし、改めて投げ落とす手間がかかるし、割と交通量も多いんですよ。ここなら徐行しながら直接落とせますからね」

八幡は「なるほど」とうなずいた。「住宅が近くとも車から出ない分、姿を見られるリスクは減らせるというわけか」

マップを見ると、新川沿いにサイクリングロードがあり、吾桑橋を経由し、印旛沼を一周するコースが整備されていた。

「サイクリングの人は多いのですか?」

「主に週末ですね。平日はあまり……」

鈴木がなにかに気づき、目配せをした。シャツの腕をまくった若い男が歩み寄ってきた。

「お疲れ様です、鈴木さん」

顔見知りのようだ。「新情報で再捜査ですよね。目撃者は出ていますか。関係者のアリバイも改めて調べられますね」

「俺とは違う部署がやってるし、詳しいことはわからんよ」

離れた場所にいるカメラクルーが、こちらの様子をうかがっていた。

「どうですか、感触は」

「まだ途中だし、俺がやってるわけじゃないし、わからんよ」

実際、目撃情報は厳しいだろう。近辺にはコンビニも街灯もなく、深夜に人が出歩くよ

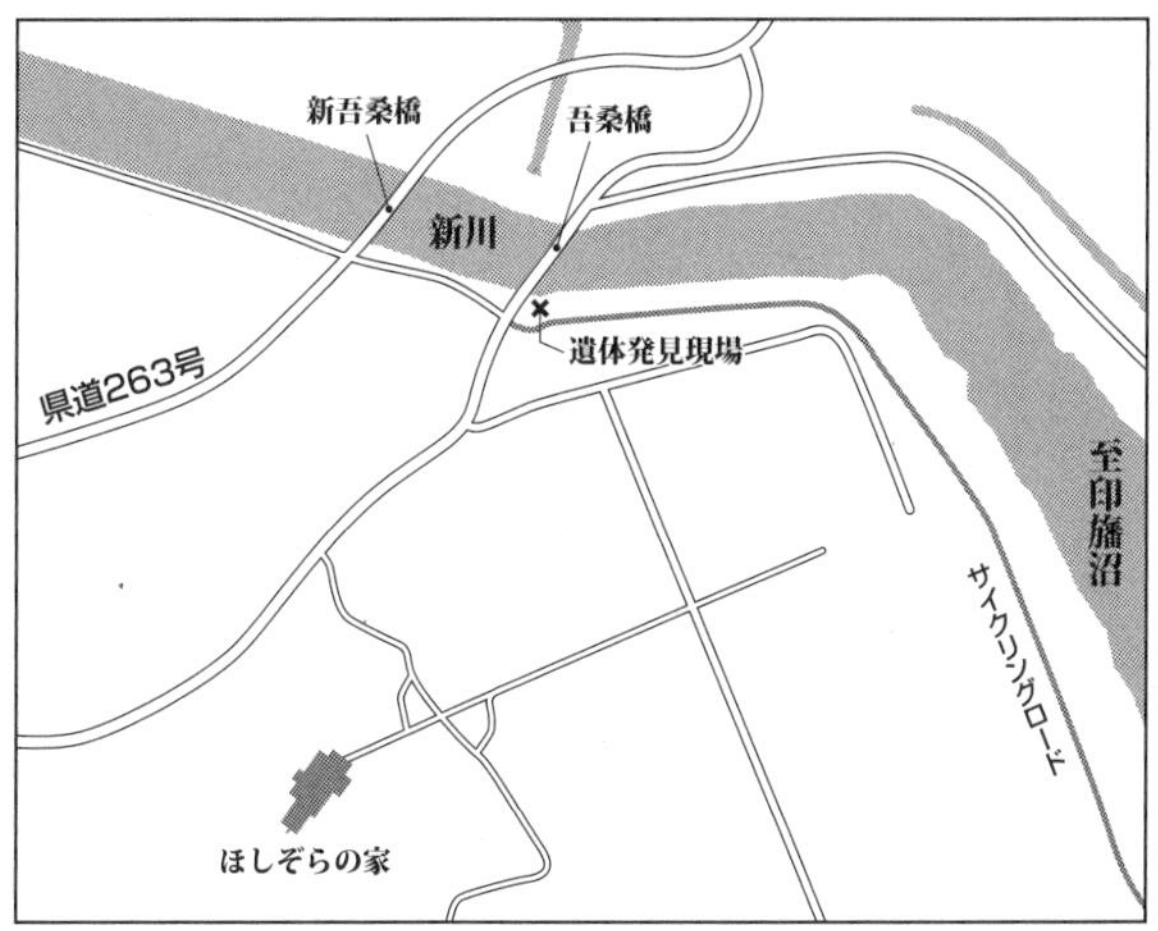

新吾桑橋
吾桑橋
新川
遺体発見現場
県道263号
印旛沼
サイクリングロード
ほしぞらの家

うな場所でもない。

「そちらは新戦力の方ですね。私、千葉新報の者です」

記者は渡瀬と八幡を、県警本部の捜査員と勘違いしているようだった。列車殺人との関係性はまだマスコミには漏れていない。

「仕事熱心なのはわかるが、今日は近づくなよ。夜改めてレクやるから。でないと今後の対応に支障が出るかもな。ほかの連中にも言っといてくれ」

記者は渡瀬と八幡を再度一瞥し、カメラクルーへ両手で×印をすると、会釈して住宅街へと歩いていった。

「防犯カメラの映像は、成果が出ていますか?」

渡瀬は記者たちとの距離を確認し、鈴木に聞く。

「八日の未明に桑納からここまでの道中にあるガソリンスタンドのカメラに、ドンキーらしい車が映っておりました」

捜査本部は今朝から、遺体が掘り返された現場から、遺棄地点までのあらゆるルートの防犯カメラを調べていた。結果、遺体の遺棄は七月八日、午前二時過ぎと推定された。

ガソリンスタンドの位置をマップで確認すると、桑納とここのほぼ中間点だった。グーグルのルート検索機能を使うと、ガソリンスタンドは最短距離のルート上にあった。

「動画のドンキーのインパネにカーナビは確認できていなかったよな」

八幡が確認し、渡瀬は「映っていません」と応えた。

「スマホによるナビゲーションも考えられますが、犯人側にこの辺りの土地鑑があったとも考えられます」

「我々も一応、この道をよく使う運送業者、配達業者も当たっています」

渡瀬は住宅街のほうへ歩いてみた。ほとんどが一戸建てで、多くは門と塀、庭を備えていた。雑木林の間には菜園も点在し、のどかな郊外という形容がよく当てはまった。

飲食店や商店、工場や企業の事業所もなく、一番近いコンビニまで一キロ以上。半径数キロ圏内に鉄道の駅もない。交通手段が完全に車主体となる地域だ。

一本路地に入ってみると、住宅はすぐに途切れ、畑が広がった。

「常時訪れるのは郵便と宅配。この時期だと電器店も……ほらクーラーの調整で」

鈴木が説明する。「ただ、宅配も電器店も、この辺の人とはみんな顔見知りで、犯行に関わっているなんてのは考えにくくてね」

死体遺棄がここである理由——最初の壁となる命題だ。

「運送業者と、ゴルフ場への出入り業者なら、土地鑑の条件に合うかもしれませんね」

渡瀬はスマホに目を落とす。半径数キロ圏内に、十カ所近いゴルフ場があった。

「それも別の班を充てています」と鈴木。

「でしょうな。経験上こういう事件は、小さな積み重ねがものを言う」

八幡がハンカチで額の汗を拭った。「それにしても暑い。水分補給が必要だ」

飲料の自動販売機も見当たらない。

「自動販売機なら、こちらに」

鈴木が脇道に入り、数十メートルほど先にある小さな雑木林を指さした。

「市の施設があるんですよ」

道路脇に『八千代市　ほしぞらの家』という小さな看板が立っていた。

雑木林の入口に小さな門があり、中に入るとログハウスのような木造の二階建てが二棟並んでいた。裏手のようで、建物の反対側から複数の子供の声が響いてきている。

「夏休みだから、どこかの小学校が林間学校に来ているのかもしれませんね。正面はこっちです」

鈴木は言いながら、建物を回り込み、渡瀬と八幡を正面に案内した。

正面エントランスの脇に、自動販売機が並んでいた。施設の先には広い芝生の広場があり、子供たちがサッカーをしていた。

「今日は少年サッカーの練習ですね」

鈴木が目を細める。「地取りの作戦会議とトイレは、ここを使わせてもらっています」

八幡は自動販売機でスポーツドリンクを買い、木陰のベンチに腰掛けた。

渡瀬は、周辺図が描かれた案内板を見つけた。

三階建て大型ログハウスが二棟と、多目的広場、バーベキュー場があり、印旛沼の親水公園、自然公園まで歩いて三十分程度。自転車のレンタルもできるようだ。

「大学のスポーツ競技部や、企業研修の合宿所としても使われます。遊覧ボートにも乗れるし、カヌーもできる。あとは天体観測部や愛好会も」

「天体観測ですか」

「ええ、近くに街もないですし、空も広いでしょう。天体望遠鏡の貸出もやってましてね、夜は綺麗ですよ」

「それで、ほしぞらの家ですか」

「天体観測会は、一年中行われているようです」

「七月八日は」

遺棄現場までは数分で行けそうだ。

「調査中ですが、夏の星を見る会が開かれていたのは確認しています。七夕の夜でしたからね。会場はこの広場でしたが、午後十時半には解散になっています」

渡瀬は子供たちの邪魔にならないよう、広場を回り込んだ。

「当日の参加者は七十二人。大盛況でしたね」

鈴木らの捜査班は、すでにそこまで確認したのだ。

反対側の端まで行ってみると、遠目に赤に塗られた吾桑橋の欄干が見えた。

「今は見えますが、夜になるとまったく見えません。車が通ればわかりますが、見えるのはヘッドライトだけです」

「当日、ここに宿泊したグループなどは」

「イベントの運営スタッフが宿泊していたようです」

「それは天体観測の？」

「ええ。遠方から来て、その日に帰れない参加者もいました。それとカヌー関係ですね。カヌーは早朝からやる場合もありますので。事務所で確認しますか」

事務所を訪ねると、職員が「お疲れ様です」と声をかけてきた。

「利用者のリスト、もう一度見せていただけませんか」

「まだ応接のテーブルの上にありますよ」

鈴木は礼を言うと、渡瀬と八幡を伴って応接室へと入った。

県警捜査員が精査したあとだろうが、渡瀬は七月七日、八日の欄を見た。

『七夕・天の川を見る会』が催されていて、スケジュール台帳には七十二人の参加者と十人のスタッフの名前が記入されていた。

主催は千葉修徳大学理工学部で、八千代市が後援していた。

「この日の様子を記録した写真、映像も提供を受けています」

鈴木は言った。「どう考えても八十人以上が参加していましたが」

スタッフは千葉修徳大の学生と学校職員、市の職員で、ボランティアが数名。参加者は個人のほかに、中学、高校の天体観測部、愛好会、NPO法人などが名を連ねていた。

「記録にない人は、飛び入りしてきた近所の住民です。あと、近くのキャンプ場からも何人か来ていたみたいですね」

八千代中央署の捜査本部はリストの参加者を含め、百人近い人たちに不審者、不審車輛を目撃しなかったか、聞き取りを開始している。

「今のところ有益な目撃情報はありません」

これは結果が出るまで、待つしかなかった。

渡瀬は礼を言ってログハウスを出ると、畑の中の道を選びながら吾桑橋の袂に戻った。

「吾桑橋と周辺に街灯がない以上、やはり夜間の目撃はなかなか難しいですね」

渡瀬は改めて吾桑橋の上に立ち、河川敷とその周辺を見渡す。「でも、やはり住宅との近さが精神的な圧迫にはなります。夜間のイベントも行われていますし」

「地元の天体イベントなど、知っているほうが珍しいだろう。犯人は住宅からの目撃リスクよりも、新道の交通量の多さをリスクと考えた。それはそれで自然だと思うが」

「住宅と交通量の条件が合致するなら、ほかの場所でもいいはずです」

渡瀬は自問するように言った。それ以前に、掘り返した意味、同じ場所に再遺棄しなかった理由が必要だ。それを無秩序の極みと解釈するなら、列車殺人で分析したリーダーの資質がそのまま現れている。

渡瀬は、タブレット端末を動画撮影モードにして、様々な角度から遺棄現場を撮影した。その中途で、メールの着信があった。

同時に八幡のスマホも振動していた。

「山根の班が仕事をしたようだ」

《ドンキーの出所が判明》

素っ気ない文面の次に、『山木産業』という社名と住所が書かれていた。埼玉県朝霞市だ。盗難車は盗難車ではあったが、特殊なケースだった。

「行くか？　埼玉」

「報告を待ちます」

渡瀬はスマホをしまった。

「そういうところはドライだな」

自分は現場から、被疑者と被害者の声を拾う——それだけ。

残像　二〇〇八年

――志賀直彦(しがなおひこ)

小雨が降ってきたことに気づき、志賀直彦はテント生地の庇(ひさし)を通りのほうに一メートルほど引っ張り出した。

「兄ちゃん気が利くね」

常連客の一人が声をかけてきた。

埼玉県川口市の路地裏。朝の通勤時間帯だが、この店にはまだ十人ほどの酔客がいた。酒を出し、イカやソーセージを炙り、酔客を起こし、時に吐瀉物を掃除する毎日。現状に不満はなかったが、慢性的な息苦しさは胸の奥底にたまり続けていた。

「今日ぐらい来るんじゃねえか?」

常連が時間を気にしだした。

その男は週に数回、午前九時になるとやって来た。

酔えば絡む。話を聞いてやっても、無視しても怒る。時に暴れる。たちの悪い客だった。通報されて、連行されていっても、数日するとまたやって来る。狭い路地に面した立ち飲み屋に出入り禁止もくそもない。

刺激するな。触るな。反論するな、と店長には言い含められていた。歩く理不尽。暴力沙汰で何度も服役しているという。元ヤクザという噂もあった。

――ヤクザからも放り出された中途半端な男だよ。

常連客はそう話した。

そして、シノハラが来た。身長は一八〇以上あるだろう。ラグビー選手のような体格に丸々とせり出た腹。無精ひげに焦点の定まらない細い目。脂の染みた作業着を肩に引っかけ、足を引きずりながら歩く。彼を見て数人が背を丸めて帰った。

シノハラにストレートの焼酎を出すと、いつものように目を合わせないようにうつむき、空いたテーブルを拭き、酒を補充し、仕入れリストを確認する。店長は厨房から出てこない。シノハラはつまみを食べることなく、ひたすら安い焼酎を流し込む。

そして、いつものように酔ったシノハラが絡み出した。

この日の標的は志賀だった。話は聞いてやったが、吐き出されるのは怨嗟の言葉だけだ。自分だけが不幸、自分だけが理不尽な目に遭っている。視野狭窄でクソ短絡の典型。呑ませることで口をふさごうと、次から次へと焼酎を注いだ。

シノハラはいつもより早く酔いに沈んだ。一時の沈黙。潰れたか――と思ったが、聞いたことのない身の上話を始めた。

「ここに来る前は北九州にいた……」

昔北九州でヤクザをやっていた。すばらしい兄貴分に出会った。腕っ節も強く度胸もあり、頭も切れた。組を大きくするために、無茶をやった。抗争の中で、何度も死を覚悟した。どこまでが本当で、どこまでが脚色なのか。

急成長に、敵はおろか身内からも警戒された。嫉妬された。警察の強硬的な締め付けが始まった。微罪で次々と幹部が捕まっていった。

そして、兄貴分がシロウトさんに武器を売ったとして、逮捕された。自分も一緒に破門となった。懲役から戻れば、出世できる。すぐ幹部になれる。そう聞かされていたが、裏切られた。切り捨てられた。


気がつくとシノハラに馬乗りになり、顔を殴りつけていた。

シノハラは抵抗らしい抵抗もなく鼻血を流し、派手に胃液と焼酎を吐き出した。

「やめや兄ちゃん！　死んでしまう！」

羽交い締めにされ、シノハラの上から引きずり下ろされた。

慌てふためいた店長の顔。集まってきた野次馬。シノハラは咳き込むと、また血の混じった焼酎を吐き出した。救急車のサイレン。駆けつける制服警官。組み伏せられ、手錠をかけられた。

取調官には、シノハラのせいで親父が指をなくし、職をなくしたとは話した。

父は優秀な旋盤工で、小さいが工場を経営していた。下町の名工と地元新聞に紹介されたこともあったが、一九九七年四月、商談のために降り立った八重洲東駅で爆破事件に巻き込まれ、右手の中指と人差し指を失った。

当時のニュースを覚えていた。爆破事件の犯人は、北九州の暴力団員から手榴弾を買ったと。それが目の前のシノハラと重なった瞬間、わけがわからなくなった。

旋盤を扱えなくなった父に、経営者としての才覚はなかった。工場はそのまま人手に渡り、指とともに父は存在価値も失った。

残ったのは借金だけ。

価値を失った父は、職人気質（かたぎ）が変異し、家庭にとって害悪でしかなくなった。志賀は中学卒業後に働きにでたが、出来ることは限られていた。返済で生活が逼迫する中、違法ドラッグの販売に手を出した。何度か逮捕され、短期の実刑も喰らったが、それでもこつこつ働くより実入りはよかった。心機一転しようにも、元犯罪者に出来ること、許される仕事は限られていた。それでまたクスリに手を出した。

時給八百九十円の立ち飲み屋のバイト。それも店長の理解と好意でありつけた仕事。裏切ってしまったが。

留置場に一晩泊まり、取り調べ二日目と思ったが、そのまま釈放となった。

俺が悪かった。ヤツを罰しないでくれ。シラフに戻ったシノハラがそう言ったという。

シノハラについては鼻に骨折もなく、軽傷で済んだと告げられた。

工事現場で警備員をしているとき、シノハラとばったり出会った。

謝罪を受けてから、なんとなく呑み仲間となった。彼が直接手榴弾を仕入れ、売ったわけではないのだ。

シラフのシノハラは夢を追う中、信じた者に裏切られ、心が削られた男だった。眼前の現実を見たくなくて、酒に逃げているだけ。

俺たちは武器など売っていない。売ったことにされただけだ。県警と取引をして、勾留中の幹部たちを釈放させるために俺たちが身代わりとなった。

ならば、誰が犯人に手榴弾を売ったのだ。

どんなに調べても、県警と暴力団が取引したという報道などないし、話したシノハラも酔っていて、それが真実なのか確認のしようがない。

そしてある日、目に精気を満たしたシノハラがやって来た。

かつての仲間が集まり、兄貴分が組を再興することになったという。

——一人一千万ずつ持ち寄るんだ。

シノハラは興奮を隠すことなく言った。

第六章　費用対効果

七月二十二日　水曜　2:05pm　――羽生孝之

総務局・業務企画室は総務部の広いフロアの片隅を、天井まで届きそうなパーティションで区切った一角だった。デスクは五脚あるが、龍田のデスク以外は綺麗に片付いた状態で、誰もいなかった。

『業務企画室のメンバーは室長の龍田氏以外は非常勤。各部署に、そこの一員として潜り込んでるの。だからスパイと言われる』

つい十分前、土方に聞かされ、羽生は話半分にとらえていた。

『元々各部署にいる適任者が指名されて、時々手伝うとも言えますよね』

事実、羽生が今その立場だ。

『そう言い換えることもできるけど、こっちが軸足の人もいる』

「総勢五人の小所帯だが、全員がここに勢揃いすることはあまりない」

龍田が無愛想に説明し、奥の別室に羽生と土方を案内した。『業務企画会議室』とプレートが貼られていた。

内部は大型のテーブルが一脚とホワイトボード、テレビモニターが一台とシンプルだが、簡素なオフィスと違い、壁の圧迫感が重々しかった。

「完全防音」

土方が人差し指を立てた。「で、立岡氏の家はどうだった？」

土方は勝手知ったるように手近なイスに座った。

「もう別の住人が入っていて、管理会社も転居先は知らなかった」

龍田も向かいに座り、羽生も土方のとなりに陣取った。

「家族に住民票を調べてもらったが、動いていないことがわかった。SNSはやっていない。社に登録していた携帯電話は解約され、給与振込口座も閉鎖されていた」

SNSの解析と給与振込先の口座、携帯電話の料金請求先は、住所を割る常套手段だが、その道は閉ざされているということだ。

「金崎氏の証言は？」

「八重洲東駅ホームの素材を処理したことは覚えていた。映像も見ているが、特に不審を抱くこともなく確認印を捺している」

「オリジナルを知らないんだから、その答えしかないだろうね。つまり成果なし」

「立岡の嫌疑が強まった。それが成果だ」

龍田はテーブルの上を指さした。「今はこっちがメインだ」

出力された経理記録の束が幾つも置かれていた。

「立岡が東都に在籍中に提出した書類、申請した交通費、宿泊先、取材先のデータだ。彼と親しかった者から聞き取りも行っている。これで立ち回り先の予測ができる」

報道業務部に保管されている量は膨大なはずだが、業務企画室はこの小所帯でやってのけたのだ。

「社内で唯一費用対効果を考えなくていい部署の面目躍如だよね」

土方も皮肉を込めて言う。

「これで立岡が継続的に足を運んでいた場所がわかった。資料のコピーはするな。見たことも人には言うな」

「らじゃ」

土方は応え、書類を手に取った。

立岡は記者だった一九九七年から一九九九年、アーカイブルーム所属の二〇一二年から去年、二〇一四年まで、地下鉄八重洲東駅爆破事件関連の取材に出ていたことが、かつての同僚の証言、交通費の立て替え請求書によってはっきりしていた。

行き先は日本橋。

一九九八年以降、今日に至るまで、事件発生日の四月二十一日には駅にて追悼式典が行われ、遺族会が声明を出していた。

「東都復帰後も、アーカイブルーム所属にもかかわらず取材に出ている。これは社会部の要請だ。だが行き先は現場ではなく、日本橋のみ。追悼式典の取材は社会部が行っている」

「日本橋の理由は？」

土方が聞く。

「立岡独自のパイプだ」

マスコミは基本、遺族会以外に接触はしないが――「立岡は被害者の一人と個人的な信頼で繋がっている。これが原稿」

龍田は原稿を土方と羽生の前に置いた。

『被害者の一人、Aさんは「いまでもあの瞬間を思い出します。煙や塵が舞う中、大勢の人が逃げ惑う姿を。忘れたいのにいまでも忘れられません」と話しています』

去年の四月二十一日の原稿の一節だ。

「今年は、その被害者からのコメントはもらっていない」

立岡が退社したからだ。

「被害者Aさんは日本橋にいるのね」

日本橋の取材は一九九七年に四回、九八年、九九年に五回ずつ。復帰後は二〇一二年に二回、一三年に二回、一四年に四回。

「取材対象者は来栖美奈」

龍田は言った。「事件では左腕と右足首に軽い打撲を負った。元素材にあった、立岡が背負って救助した当時の女子中学生だ」

「東都から離れていた時期は？」

「帝光社時代にも、彼女と会っていた」

龍田は、週刊誌の誌面をコピーしたものを羽生と土方の前に置いた。数年分の立岡の記名記事だ。「東都退社後は、『週刊クレイズ・マガジン』の記者を八年、『デジタル・クレイズ』で二年」

若者向けの総合情報誌だ。いくつかの記名記事のコピーがあった。

「地下鉄爆破事件の記事を定期的に書いているね」

《犯行に使われた中国製手榴弾は〝輸出用〟　中国黒社会幹部が証言》

《手榴弾密輸は朝鮮半島→ロシアルート　九道会は関与せず》

従来の報道とは違う内容だ。

「あまり話題にならなかった説だ」

龍田が言った。

「確か、九道会の構成員が犯人に手榴弾を売って逮捕されたんですよね」

「立岡はこのロシアルートのニュースを出すかどうか上ともめて、東都を退社した」

龍田は当時の同僚＝矢矧社会部長を含む数人からも証言も得ているという。「何度も新潟に足を運んで取材したらしいが、九道会構成員の逮捕後だったから、当然却下だった」

羽生はもう一度記事に目を落とした。

犯行で使われた手榴弾は、同じ中国製だが、『中国黒社会幹部』によると、警察が公開した破片の形状から、北朝鮮に輸出されるタイプのもので、九道会の扱い品ではなく、北朝鮮から豆満江のロシア国境を越え、ウラジオストク、新潟港経由で日本に入るルートがあるという。さらに、立岡の取材で、及川一太にそれを購入する機会があったことなどが書かれていた。

記事には手榴弾の写真が二枚並べられ、それぞれ『中国製手榴弾』『中国製輸出用手榴弾』とキャプションされていた。

羽生にはどちらも同じに見えたが、解説によると部品の一部の形状が微妙に違うという。

《事件の一年前、犯人・及川一太は新潟市内の中学校に勤務していた》

「立岡は憶測で記事にはしない」

龍田が断定的な口調で言った。「……と、矢刎さんは言っていたな」

「とにかく、職場を移っても、来栖美奈と会っていたことは確かなのね」

龍田は「そうだ」とうなずく。

「ただ、来栖は立岡以外の取材を全て断っている」

「今回は事情が違う。報道目的の取材でもない」

「その通り。両親を説得し、アポは取った」

ここにも悪魔同士の阿吽の連携があった。

「羽生君、一応カメラ持って行って」

「いいっすけど、事件動いたらどうします？」

「何のためにわたしが局に残ると思う？」

聞くまでもないことだった。


人形町で、地下鉄を降りた。

元素材の中で、立岡に背負われていた中学生、来栖美奈は現在三十二歳。越中島にある倉庫会社の営業部で、冷凍商品管理部門の営業事務をしているという。

「仕事の傍ら、犯罪被害者の生活支援を行うNPO法人で、非常勤スタッフをしている。名称は《アマリリスの庭》」

来栖美奈は被害者の会に名を連ねてはいないが、個人的に人を救済する道を歩んでいるようだ。

人形町通りに出て、一本路地に入ると、中小のビルの狭間に築数十年を経ていそうな古い戸建て住宅が並んでいた。玄関先の鉢植えやプランターが、下町情緒を醸し出している。

その中の一軒が『来栖商店』だった。酒類の卸売りをしていて、顧客は周辺の飲食店。古くからある、地元密着型の店だ。一階が事務所兼倉庫で、二階が住居になっている。経営者は二代目で、来栖美奈の父親だ。従業員は経理担当の妻のほかに、営業兼配送の社員が二人いるだけだ。

ガレージのような倉庫に、配送用のバイクが停められ、酒やビールのプラスチックケースが積まれていた。事務所は奥まった一角にあった。

応対に出たのは、来栖多恵(たえ)。来栖美奈の母親だった。挨拶を交わし、名刺を交換する。

「総務の方ですか」

多恵は珍しげに名刺に目を落とした。

「ごめんね、社長は出ているから、わたしでいい？」

事務所は来栖多恵一人で、社長で夫の来栖時雄と二人の従業員は、配送に出ているという。小さな応接スペースに案内され、お茶を出される。多恵は作業服に店名の入ったキャップを被った、気っ風のよい女性だった。

「立岡さんのことね」

多恵が羽生と龍田の向かいに座る。

「ええ、去年弊社を退職されたのですが、取材に関する書類に不備がありまして、本人に確認するために連絡を取りたいのですが、退職後に電話番号を変え、引っ越しをされたようで、心当たりがないか関係先に連絡を取っているんです」

龍田は一呼吸置くと――「取材以外にもこちらにうかがっていたようですが」

初耳だったが、これは駆け引きだろう。個人的信頼は、取材だけでは生まれないと踏んだのだ。

「そうですね。取材よりもお見舞いに近かったような気がします。去年の秋ごろでしたか、退職のご挨拶に来ていただきました」

日時は伝票にはなかった。取材と見舞いをきっちりと分けていたようだ。

「その際に、引っ越しをされるといったようなことは」

「言ってなかったですね……」

多恵の視線が泳ぐ。なにか含むところがあるようだ。

「では連絡先も」

「ええ、聞いていません」

「立岡さんは毎年来られていたんですね」

多恵は、立岡が毎年四月二十一日に、ここを訪れていたと話した。だが交通費の伝票は二十一日以外にもあった。

「今年の四月二十一日にもこちらに？」

「いいえ」

多恵は首を横に振る。「今年はいらっしゃらなかったですね」

「ここには来なかった、ということですね」

多恵は「そうですが」と語尾を濁した。

龍田も羽生と同じ結論に至ったようだが、話を急がなかった。沈黙を埋めるように、立岡が退職まで局のアーカイブ整理の仕事をしていたこと、それが重要な仕事であり、監督者としてすぐれていたことなど、世間話のように話した。

「立岡は、事前にご連絡してからお会いしていましたか」

「ええ、毎回必ず電話してこられ、こちらの都合を聞いて下さいまして……」

ここに電話をするのは、四月二十一日の訪問時だけ。含むところがあるのは、外で立岡と来栖美奈が会っていることを知っているため。多恵の表情でそう推察できた。

「美奈さんは、立岡の所在を知っていますでしょうか」

龍田はあえてそこを突くことなく聞いた。

「どうでしょう。美奈に聞いてみないとちょっと……」

多恵は、自宅以外で美奈と立岡が会っていたことを暗に認めた。

「ご本人には会って大丈夫ですか」

「取材でないのなら」

龍田は悪魔の仮面を封印し、深々と頭を下げた。

江東冷凍冷蔵システムは、四階建ての社屋に冷凍倉庫と冷蔵倉庫、トラックステーションを備えた物流会社だった。

営業部を訪ね、龍田が、取材ではないこと、彼女を担当していた記者の書類の不備について、直球で説明した。

「来栖はいま取引先との打ち合わせで外に出ています。まもなく戻ると思うのですが」

近しい同僚と上司は、彼女が十八年前の八重洲東駅爆破事件の被害者の一人であることを知っていた。そして、その話題には極力触れないように、気を遣っていた。

――本人も過去のことは話さないので。

――知らない従業員も多いので。

晴れた日は自転車で通勤。勤務態度は真面目。入社後すぐに自動車とフォークリフトの免許を取得し、本来の営業事務以外の仕事も熱心に覚えたという。有給休暇は積極的に使い、《アマリリスの庭》の活動に参加していて、会社もそれを認めていた。

――確かに腫れ物扱いだったけど、それは本人も自覚していてね。

同僚と深く交流はしないが、会社の飲み会、福利厚生イベント、取引先との会食にはきちんと参加していたという。

十数分後、来栖美奈が帰ってきた。上から連絡を受けていたのだろう、応接室に入ってきた彼女の表情は硬く、警戒感に満ち満ちていた。

「突然押しかけて申し訳ありません」

龍田は、穏やかな口調で言い、頭を下げた。

ブラウスの上に、社名ロゴの入った作業着。目鼻立ちは整っていたが、メイクも薄く、全体的に地味な印象を受けた。

「立岡さんの件ですが……」

すぐに本題に入り、立岡が自宅を引き払い、関係各所はおろか実家にも連絡を入れていないことを告げ、立ち寄り先に心当たりはないか聞いた。

「わたしは何も……」

来栖美奈はテーブルに視線を落とした。

「昨年の秋に、何度か会っていますね。こちらに記録があります」

「会社を、退職されるというので……ご挨拶に」

一句一句、慎重に言葉を選んでいるようだ。

「三度もですか」

十一月十九日、二十一日、二十二日。

「取材についての相談もしたので。立岡さん以外はお断りしているので、今後どうしたらいいのかと」

龍田は「そうですか」と、深入りすることはない。

「記者を引退するとは言っていませんでしたか?」

「ただ、退社すると……」

「不正に関わっている可能性もあります。それを確認したいのです」

被せるように龍田が言うと、彼女の口の端が小さく痙攣したように見えた。「今年の四月は、お会いになりましたか」

来栖美奈は「いえ」と、やはり視線を合わせることなく、一度だけ首を横に振った。

「そうですか……」

明らかな落胆とため息を織り交ぜた口調に、羽生も思わず顔を上げた。役者だ——「では、何かお心当たりがありましたら、名刺の携帯電話に連絡頂けますか」

江東冷凍冷蔵システムを辞し、タクシーに乗る。

「諦めるの早かったですね」

羽生は言った。

「目的を達成したからだ」

「明らかになにかを隠している感じでしたね」

「反応したのは、不正という言葉にのみだ」

龍田は低声で即答した。「種はまいた。責任感の強い彼女なら、近く何らかの情報を提供してくれる」

帰社は午後五時過ぎだった。羽生は一階エントランスで龍田と別れ、『デルタ・ブレイキング』スタッフルーム前のロビーで土方と合流した。

空いたテーブルで、手書きのメモを出し、結果を報告した。

「立岡氏と来栖美奈の十八年か。こっちの方がよほど〝テロルの残像〟ね」

土方は満足げにうなずいた。「こっちは敦子の動向をつかんだ」

土方はスマホを取り出し、ディスプレイを羽生に向けてきた。

青空の下に立つ渡瀬警部だった。となりには鈴木係長もいた。

「高橋陽介の遺体発見現場」

遠くから望遠で撮ったような画像だった。

「いつの間に」

「千葉新報の下僕に確認させた。丹念に現場を見て回ってたみたい」

今朝から改めて千葉県警の捜査員が複数入っているという。犯行と再遺棄の日時がはっきりして、再度目撃者を探しているのだろう。

「丹念に現場見てるってことは、列車殺人と同一犯であることを見越しているってこと。敦子は二つの現場の共通項を探してる」

「僕はどうしましょうか」

「北上貴史のＶＨＳをデジタル化して。なにが起こっているのか克明にわかるように。あの目聡い北上貴史がなにも気づかなかったくらいだから、極力鮮明に」

「存在してはいけない映像を、どうやって作業させますか」

ＶＨＳのデジタル変換は、専用の機材を使う。外部業者に依頼するにしても、映像がどぎつすぎる。それ以前に、素材を許可なく外部に持ち出すことはできない。

「龍田氏がやってくれる。あってはならない映像が見つかった。規定違反だから、調査のためにデジタル化は必要でしょ。まさに業務企画室の仕事！」

「北上さんが処分されるじゃないですか」

「残しておいた方が悪い」

「でしょうね」と応えるしかない。

「消された部分になにがあるのか、一ミリでも近づきたくない？　場合によってはテロルの第二回、こっちに変更かも」

また、土方の謎の野望が鎌首をもたげてきた。「結果次第じゃ東都もケガするかもしれないけど、ま、うちはデルタだしいいか」

さらに、報道局を敵に回すようなことも考えている——

「改めて感じるでしょ……北上貴史の悪魔的な引きの強さ」

土方は北上以上に悪魔的な笑みを浮かべた。

同日　5:01pm　――渡瀬敦子

釣具店の駐車場に戻ったところで、新たな情報が入った。

ドンキーの荷室に付着していた指紋の一つが高橋陽介のものと一致。さらに荷室内から見つかった微量の土、高橋陽介の口腔、鼻腔内にあった土と、掘り返し現場の土の組成が一致した。

鈴木が苦笑した。「引き続きのおつきあいになりそうだ」

「参りましたね」

緑のドンキーは、七月八日に高橋陽介を雑木林から新川河川敷まで運び、七月十九日に岸朗を線路脇まで運んだことになる。

渡瀬はタブレット端末を取り出し情報を整理する。

「グリーンのドンキーには、抹消登録の記録がありました。車種、年式、内装、特徴も全て一致します」

鈴木がうなずく。

登録抹消車。それが盗難届が出ていない理由であり、車輛から犯人にたどり着けない理由でもあった。工藤尚人の動画から車種と年式が特定できたことで、陸運局での絞り込みが容易になったのだ。

当該ドンキーは『一時抹消登録』の手続きが行われていた。再登録が前提の廃車手続きで、車がスクラップになることはない。

「車のオーナーは山木浩介。元プロサッカー選手です」

日野から届いているデータを、読み上げる。「元ゴールキーパーで、J1、J2合わせて七つのチームを渡り歩いた選手です。引退後にコーチの資格を取って、去年から単身カンボジアに渡ってクラブチームの監督をしています。契約は三年。現地の山木氏本人とも連絡が取れたようです。管理がずさんで申し訳ないと話していたそうです」

カンボジアにいる三年間、使わない車を一時的に抹消登録し、自動車税がかからないようにし、帰国後再び登録して、使うつもりだったという。

山木は実家が営む産廃処理業者『山木産業』の敷地の端に、一時抹消登録したドンキーを保管していたというが――

「ドンキーは日常業務の邪魔にならないように、敷地の隅にある廃材置き場に停めていて、こちらの捜査班が接触するまで、盗難に気づいていなかったようです」

犯人グループは、〝廃車〟と盗んだナンバープレートで犯行車輛を仕立て上げたのだ。

資材センターは和光富士見バイパス沿いにあり、郊外の運送業者や機械工業、スクラップ業者などの事業所や工場が点在している地域だった。

「バイパスから見れば、スクラップ前の廃車が並んでいるようにも見えたという従業員の証言もあります。防犯カメラは事業所の周辺のみで、ドンキーが置かれていた場所にはなかったようです」

「埼玉の現場と、この辺の事情にも詳しいとなると、絞り込めそうですがね」

鈴木は言った。「たとえば建設関連、運送業に従事しているとか。山木産業が関係先である可能性も考慮に入れた方がいいと思うね」

「すでに動いています。何かわかりましたら情報共有させていただきます。では、高橋陽介の資料をいただけますか」

鈴木の手続きで資料を受信した渡瀬は、日野に転送したあと、しばらく読み込みと事実確認に没頭した。

特筆されるのは、逮捕歴だ。脅迫と民間女性保護施設への不法侵入で罰金刑を受けていることは知っていたが、その相手は藤井珠代。

資料には、篠原規夫の妹とあった。

篠原規夫は、知人の志賀直彦とともに越谷パチンコ店強盗殺人及び一家殺傷事件を引き起こした。篠原は黙秘。志賀は強盗と一家監禁の罪は認めたものの、殺人は否認。しかし、二〇一一年、ともに一審で死刑判決が出た。

篠原は控訴せず、死刑が確定。志賀は控訴したものの、拘置所内で自分の衣服を使って首をくくり、自殺した。

篠原は今も、東京拘置所で死刑執行を待っている。

日野からメッセージの着信があった。

《志賀直彦の父親は、地下鉄八重洲東駅爆破事件で負傷》

《篠原規夫は、地下鉄八重洲東駅爆破事件において、手榴弾を売ったとして逮捕、起訴された元九道会構成員。ただし篠原自身は証拠不十分で不起訴》

《この組み合わせは、当時少し話題になった》

志賀家は、父親の負傷を切っ掛けに生活が崩壊。篠原とその仲間も、及川に手榴弾を売ったばかりに組を破門され、人生が狂わされた。

事件は繋がっているが、それは関係性ではなく因果で。

藤井珠代。彼女も事件後、夫からＤＶを受けるようになっていた。それ以前に、凶悪犯の親族として中傷、嫌がらせ等を受けていた。施設に入ったのは、支援団体の勧めと手続きで、その時点で彼女は自殺未遂を数度繰り返していた。

高橋陽介は三度にわたり、藤井珠代と会わせろと職員に要求。応対に出た職員への脅迫、そして、四度目の訪問時に強引に侵入し、通報された。

「高橋が会わせろと施設に直接要求したのは四回ですが、訪れたのは十回以上です」

鈴木が説明を加えた。「施設の前で大声でわめき、藤井珠代が何者なのか吹聴して、藤井自身別の施設に移らざるを得なくなったようです」

「高橋と事件の関係は？」

「篠原と志賀が逃げる際拉致した女性の交際相手です」

高橋陽介とその女性は、高校時代の同級生だったという。

「身勝手な思い込みとねじ曲がった正義感で、関係者に迷惑をかけていたんです。篠原は犯行前、事業に失敗した妹、珠代の借金を肩代わりしていた。そのために金が必要だった。事件の原因を作ったのは、藤井珠代だと高橋は主張していましたが、事実無根でした」

事業とは小さなカフェの経営で、確かに開店資金で親族から借金をしていたが、開店したばかりで、その時点で経営に赤字はなかったという。

「志賀の供述で、篠原はかつての兄貴分らと組の再興を計画、そのために金が必要だったことがわかっています」

組の再興資金の調達が、犯行の動機と認定されていた。

「高橋はなにを根拠に、藤井珠代を脅迫したんですか」

「当時、そんな報道もありましたからね。怪しげな記事を信じたんだと思います」

日野はすでに岸朗のサイトを精査している。

岸朗の記事が高橋陽介を突き動かしたのなら、記事を介して、二人の関係性が生じる。

「たとえば、越谷の事件関係者は調べていますか」

高橋陽介は加害者家族に執拗に接触を試みていたのだ。恨みを買ってもおかしくはない。

「藤井珠代を含め、篠原の関係者、志賀の関係者の周辺は洗いました」

千葉県警は、高橋失踪時の加害者側関係者の足取りを確認したという。特に篠原と志賀の両親、兄弟は賠償金支払いのため、生活への負担が大きい。

「藤井珠代は現在大阪市内在住で、事件前から今日に至るまで、大阪市を出ていないことが確認されています。志賀の実弟も都内の職場にいたことが確認されました。二人とも稼ぎの大半を賠償に充てています。年老いた両親も似たようなものでした」

全員の動向とアリバイが確認されたのだ。

「引き続き、事件関係者をケアしておいた方がいいと思います」

「彼らの中に被疑者がいると？」

「いえ、被害者側の関係者の身の安全も含めて、注意が必要だと思うんです」

俄然、越谷の事件の存在感が大きくなった。そして、岸朗、高橋陽介の行動を鑑みるとむしろ注目すべきは被害者側関係者となる。まだ直感の段階だが。

「注意って、監視ですか。関係者だけでも十数人いますが」

鈴木は冗談と思ったのか、強ばったような笑みを浮かべる。

「お願いします」

渡瀬は一礼した。「今日はもう失礼します」

京島署の周辺にマスコミの姿は少なかった。

裏手の第二駐車場に車を入れ、通用口から署に入った。

八幡に先に行くよう言い、トイレに寄った。手を洗い、顔をチェックし、汗で崩れた部分をスポンジで直した。

玲衣は岸朗の事件と高橋陽介の事件が繋がっていることを前提に動いてくるだろうか。

二つの事件に同じドンキーが使われている可能性を把握している報道機関は、今のところ彼女たちだけだ。高橋陽介の痕跡が確認できたら……。

否。

彼女はそんなにばかではない——

犯人側は事件の連続性を隠そうと偽装している可能性が高い。すなわち、公表しマスコミが報道すること自体が、犯人をあぶり出す罠として使うことができる。彼女は必ずそこに気づく。そして渡瀬の仕事を邪魔することはない。

つまるところ、今後も千葉県警と密に連絡を取り合い、情報の扱いについても共通認識のもと共有することが重要になる。

午後七時を過ぎ、捜査本部には捜査員たちが戻り始めていた。

分析捜査のデスクには、佐倉と古崎が戻っていた。八幡もペットボトルのお茶を手に席について、五人が顔をつきあわせた。

「例のマックの防犯カメラ映像、来てるよ」

小山田班が人員を割き、今朝から動いていた。

店内と出口に設置された二つのカメラがとらえた映像。黒いTシャツに、ハーフパンツ。野球帽を目深に被り、うつむいた男。鼻から下しか映っていないが、十代から二十代と推定できた。

小山田班は、この男が店を出てからの足取りも追っていた。

「店を出たあとの移動は、自転車。早稲田通りを高田馬場方面に走行してたけど、小滝橋付近で路地に入って、高田馬場三丁目付近で見失ってる」

住宅街のカメラのない一角に入ったようだ。

「範囲を広げて調べた方がいい」

渡瀬は言った。「追えるところまで」

「小山田さんとこ、草加も調べてるから手が足りないよ」

「所長に増員頼みます」

「その前に縣さんに諮れ」

八幡が釘を刺した。

「そうですね。それが先でしたね」

渡瀬は小さく息を吐く。「佐倉さん、岸について報告を」

「負傷者名簿、事情聴取の名簿に岸朗の名はなかった」

当時、警察は被害者を含め、駅職員や利用者など七千人以上から事情を聞いていた。

「しんどかったっす」と古崎がぼやいた。

「ただ、岸朗の友人だったという伊本(いもと)某の聴取記録はあった」

彼女は、爆破直後に八重洲東駅に入線してきた列車に乗っていた。二十人近くを轢き殺した列車に。「かなりショックを受け、精神的に参っていたと記録がある」

日野がネットから掘り起こした情報が裏付けられた。

「この出来事が岸朗をジャーナリストとやらに変えたんだろう？」

八幡が言う。「繋がりと言えば繋がりだ」

「高橋が関係していたことは？」

「高橋は当時小学生で、所沢市内の小学校に通っていたことがわかったが、直接的な繋がりはない」

佐倉が応えた。

なぜ鉄道だったのか——高橋陽介の事件との関連が判明しても、その部分は重要だった。

「むしろ篠原と志賀のほうが、関係が濃いし」

古崎が言った。「奇妙なコンビだよな。何があったかわからないけど」

現状、とても殺人の動機になるとは思えない。このまま十八年前の事件の線を進んでいいのか、判断が難しい。

「班長に頼まれた削除記事だけど」

日野が報告する。「転載記事があった。転載元は岸のサイトのＵＲＬだったから間違いないと思う」

《動機は妹の借金？　犯人、篠原規夫の真実》とタイトルが付けられていた。

篠原規夫の妹、藤井珠代が事業で失敗し、多額の借金を作ってしまった——鈴木の説明と同じ内容だった。完全な誤認記事だ。

「このクソ記事を読んで、高橋は突撃してしまったんだな」

古崎が言い、「記事を読んだかどうかは憶測に過ぎん。先走るな」と佐倉が釘を刺した。

「でもこの記事に関しては、岸のオリジナル。ほかのサイトは、岸の記事からの引用」

日野が言った。「少なくとも、岸に事実無根の記事を書かれ、高橋がその記事を読んで藤井珠代に害を為そうと突撃したのなら、二人を殺す動機にならない？」

「藤井珠代のアリバイは千葉県警が確認しています」

渡瀬は言った。「ほかの縁者も同様です。皆さん、必死に賠償責任を果たそうとしています」

岸朗も事実の解釈、論理の構築に問題があったにしろ報じた記事に関しては誠実だった。だから間違いは認め、謝罪もした。

「とりあえず事実関係まとめた」

日野が地下鉄八重洲東駅爆破事件、越谷パチンコ店強盗殺人事件及び一家殺傷事件の共通点、事実を列記し、共有した。

渡瀬のタブレット端末にも表示された。

【分類　一九九七年　地下鉄八重洲東駅爆破事件】
●岸朗は、地下鉄八重洲東駅爆破事件に友人が巻き込まれたことが切っ掛けでジャーナリストを志す。
●越谷一家殺傷事件の犯人篠原規夫は、本事件の犯人及川一太に手榴弾を売ったグループのメンバー。不起訴だったが、この事件が切っ掛けで破門。確定死刑囚。
●同、志賀直彦は負傷者の息子。父親はその負傷が元で職を失い、生活が崩壊。拘置所内で自殺。
●高橋陽介は当時小学生。無関係？

【分類　二〇〇九年　埼玉県越谷パチ強殺＆一家殺傷事件】
●岸朗は事件について取材、犯人、篠原規夫の妹、藤井珠代の借金が犯行の切っ掛けとの記事を発表し、後に削除した。事実誤認。
●同、殺害された山中研二が妻の妹と不倫関係にあったこと、それが原因で夫婦関係は冷め切っていて、それが長女が犯人を家に入れた遠因になったとした記事を発表。提訴され、削除。謝罪。

★記事を介すると、岸と高橋はつながる↓動機？

●高橋陽介は、藤井珠代が保護されている施設を何度も訪れ、脅迫的行為（岸朗の記事を読んで行動に出た可能性）。

●高橋陽介は山中家のドアを開けさせた女性の交際相手だった。

●千葉県警は、高橋陽介失踪時の加害者側関係者のアリバイ等捜査。犯行に関与している兆候なし。

足もとに置いたバッグの中からかすかに通知音がした。個人用のスマホだ。取り出すと、玲衣からのメッセージが届いていた。《重要》のアイコンが点滅していた。膝の上でそっと開いた。

《房総新聞デジタルが車輛の発見と高橋の痕跡のこと伝えてる。一般の人が見ても何とも思わないだろうけど、犯人が気づいたらやばくない？》

タブレット端末で房総新聞のウェブサイトにアクセスした。

当該の記事があった。アップは二時間前。《捜査関係者によると》との注釈が付いていた。千葉県警から漏れたのだ。

渡瀬は、縣管理官と山根がいるデスクに向かった。

「情報が漏れています」

周囲にも聞こえるよう声を張り、タブレット端末を二人の前に置いた。「房総新聞です」

縣管理官と山根が記事をのぞき込む。

「仮に連続殺人で、犯人がまだ誰かを殺す計画を持っていて、この記事に気づいたら、計画を早める可能性があります」

あちこちで、捜査員が房総新聞のサイトを見始めた。

「抗議しとこうか」

縣管理官が言う。

「抗議の前に防がなければなりません」

「防ぐって、誰を守る」

「今のところ、岸と高橋の共通点は二〇〇九年の越谷の一家殺傷事件です」

――なんだそれは。

「捜査会議で説明する予定でした」

渡瀬は概略を説明した。

「千葉県警には先ほどすべての事件関係者に目を配るように要請しましたが、改めて安否確認をした方がいいと思います。場合によっては保護も必要かと」

——論拠が希薄だ。

——ただの妄想だろう。

「可能性を潰す作業です。Nシステムを避けている以上、警察の動きには注意を払っていると考えられます。犯人グループが気づいた前提での行動が必要です」

用意周到な一面も持つ犯人グループが、最善手を選択しない理由はない。

「千葉に電話する」

縣管理官は事務デスクの電話を手に取った。そして、挨拶もそこそこに協議が始まる。

「……すぐに安否確認を。それに情報は逐一こちらへお願いします」

縣管理官は電話を切ると、冷えた視線を渡瀬に向けてきた。「先方の帳場は関係者に人を張りつけろなどとは聞いていないと言っていた」

「強行犯係長に伝えました」

「君が真剣に伝えなかったのか、向こうが真剣に受け止めなかったのか」

渡瀬は一瞬天を仰ぎ、小さく息を吐いた。認識の違い、意志統一の不徹底。

千葉県警にとって、岸朗の事件との関連は寝耳に水で、現時点で結びつける論拠も不確定。越谷一家殺傷事件との関連も、加害者側関係者のアリバイが確認された時点で、彼らにとって重要案件ではなくなっていた。

「念を入れて伝えるべきでした」

鈴木は岸朗殺害の捜査状況も、ほとんど知らなかった。それは高橋陽介の事件に集中していた証左であり、自分が所属する捜査本部の状況を勘案して上に伝えなかったのだろう。

「関係者のリストを送ってもらいます」


県管理官の正式要請で、千葉県警が加害者側、被害者側問わず事件関係者の安否所在確認を始めて、一時間が経とうとしていた。

現時点で電話が通じない、メッセージの返信がないなど、安否確認ができない者が四人いた。仕事、食事などのタイミングですぐに応答できない、あるいは心情面で応答したくない場合もあるだろう。少し待てば応答がある可能性もある。

ただの空騒ぎで千葉県警に借りを作ることを危ぶむ声もあったが、渡瀬にとっては些事だった。

「五人目だ」

携帯電話を手にした別の捜査員が声を上げた。「家族が電話してもメッセージを送っても現時点で返事なし。名前はナラハシ・アン」

ホワイトボードに『奈良橋杏』と書き足された。

高橋陽介の元交際相手の名だった。

「住所は府中市白糸台一丁目、アストリア府中二〇三号」

捜査本部の端末に、顔写真とともに奈良橋杏の情報が共有された。

前髪を下ろしたショート。眉を隠し、わずかにカメラのレンズから視線を外していた。

地味な面立ちだ。

《奈良橋杏は現在二十五歳。越谷一家殺傷事件では、パチンコ景品交換所を襲った犯人グループが逃走の際に拉致した人物。住宅に立て籠もるまで一時的に人質。拉致の際受傷。当時の名は窪田杏》

「彼女が高橋陽介の元交際者です」

渡瀬が告げた。

——一時共犯と騒がれた女性だな。

——高橋と繋がったか。

《奈良橋杏の実家には、現在姉夫婦が居住。姉の姓名は窪田桐子。桐子、杏の両親は、三年前と五年前にそれぞれ病没。窪田は父方の姓で、奈良橋は母親の旧姓。事件を機に、杏

は奈良橋の姓を名乗るようになった。神奈川の短大を中退後、美容関係の専門学校に進学、卒業後にエステサロンに就職》

姓を変えたのは、共犯という誤報が拡散し、生活に影響が出たからだろう。

《勤務先・フェイス&ボディエステ・プエスタ・デル・ソル》

恵比寿に本店を置くエステサロングループで都内に七店舗を展開。

《エステティシャンはシフトや指名等により複数の店舗を掛け持つ。奈良橋はアシスタントで、フェイシャルとボディのマッサージ、ケア担当》

「今日の勤務先がわかった」

ホットラインの受話器を持つ捜査員が手を挙げた。「奈良橋は、今日明大前店の早番。三十分前に退勤」

エステサロンの住所は世田谷区松原――奈良橋杏の居住先は東京都府中市白糸台一丁目。寄り道をしなければ、京王線で一本だ。居住先の最寄りは多磨霊園駅、もしくは武蔵野台駅。どちらも住宅街の小さな駅だ。動線を考えると、多磨霊園駅か。

千葉県警がまだ人を配していないのなら、こちらの方が近い。

「安否確認と同時に、すぐに捜索体制が取れる規模での出動が望ましいと思います」

――また大量動員か。

聞き飽きた。だが、捜査本部に戻った捜査員がまだ半数に満たないのも事実。

「分析が出ます」

「だとしても限界があるだろう」

縣管理官は応えた。

「規模は関係ありません。出られるだけ出してください」

費用対効果――時と場合によってそれを無視できるのがお役所だ。

「まずは府中署に出てもらっては」

山根が冷静に進言した。「安否確認だけなら、府中署だけで十分。不測の事態への対応はブンセキを中心としたチームが当たる。それでどうでしょうか」

「捜索、追跡の必要性が生じた場合はわたしが指揮を執ります」

渡瀬は告げた。

「ブンセキを含めた前線に十人、後方支援と予備に十人でどう？」

人員配置担当班長が提案してきた。実質それが現有戦力のすべてだ。

「空振りの場合、君を擁護できないぞ」

縣管理官は周囲に聞こえないよう、小声で言った。

「経験済みです。空振りのほうが心が楽です」

渡瀬はバッグにタブレット端末を突っ込み、肩にかけた。

同日　8:12pm　――ジュン

型落ちのワンボックスは、〝Nシステムマップ〟に沿って、警察の〝眼〟を避けるように東京中心部を迂回しつつ、西に向かっている。

ここ数日は、仕事中も意識してニュースを検索していた。ワードは《八千代》《殺人》《高橋陽介》。

夕方、房総新聞のウェブサイトに『犯行車輌発見　被害者の遺棄に使用か』との見出しを発見した。内容は高橋陽介を運んだと思われる車輌が発見されたこと。車内から高橋陽介の指紋や痕跡が発見されたことが書かれていた。ただし、車種や発見場所についての記述はなかった。

確認すべきことがあった。

公衆電話があるコンビニまで行く時間はなかった。ジュンはカートを押したまま倉庫の隅に移動し、相棒に連絡を入れた。

『高橋を拉致ったときに使った車は？』

『ドンキーだけど。廃車だからばれてへんで』

相棒の、危機感のない声。

『岸のときのドンキーと同じ？』

『そやけど』

無自覚に同じ車輛を使ったのだ。彼らしい緊張感のなさというか、脳天気さというか。

一番は、意思統一を徹底しなかった自分の責任だ。

警視庁はドンキーの行方を追っていた。ドンキーが発見されるのも、そこから岸朗の痕跡が見つかるのも、想定の範囲内だった。

しかし、報道は高橋陽介の痕跡発見。

『聞いてないよ。車は複数用意しておけと言ったのに』

『そうぽんぽん廃車は見つからんて。でも、ジュンが困っとんなら悪かった』

理解すれば素直に謝るのは、彼の長所だ。

ドンキーを発見したのは警視庁だ。しかし、報じたのは千葉のローカル紙。おそらく千葉県警が痕跡発見の情報を新聞社に伝えたのだ。それが意味するところは、すでに警視庁と千葉県警が連携していて、岸と高橋の事件が繋がっていると認識している——

『今晩、次を決行する』

相棒に告げた。相棒は不平や疑問を口にすることなく了承した。動画の流出に関して、自分の迂闊さを反省してくれた。動画を盗んだ連中を処分することの無意味さも理解してくれた。聡明ではないが、きちんと説明すれば納得してくれる賢明さは持っていた。

当初の予定より決行が一日二日早まっただけ。これも想定の範囲内――

清瀬市付近から進路を南へ変える。

《準備完了。急なんだよ、バーカ》

〝世話人〟からのメッセージがアップされた。ジュンは苦笑すると、シートに背を預ける。

エンジンは快調だ。廃車をレストアして、偽のナンバープレートを装着するのは相棒の仕事だ。脳天気ではあるが、この技術だけは一級品だ。

ハンドルを握る相棒の横顔に迷いはない。

時間を調整しながら、甲州街道に近い待機地点で車を停めた。調布基地跡地運動広場に隣接したスタジアム通りで、路肩には休憩なのかトラックやワンボックスが多数停車していた。

「ここで待機やな」

相棒が小声で言い、車は減速、静かに身を休める車列に加わった。

「プランBやな、ジュン」

「ああ」と応える。

決行日時によって、いくつかのプランを用意していた。

標的の行動、日常の動線は把握していた。今日のシフトは不明だが、仕事後はどこにも寄らず、遅くとも午後十時前には最寄り駅に到着する。平日ならイレギュラーの可能性も低いだろう。

スマホを持った手元を照らす淡い街灯の光。ゆっくりと進む時間。

そして、スマホのディスプレイが光った。

監視担当の世話人からメッセージが入った。

《駅出た。誰かと電話しながら歩いてる》

相棒の肩を叩き、「駅を出た」と告げると後部座席に移動した。

直後にエンジンが掛かり、車が動き出す。

世話人には、防犯カメラ対策のため、標的と同じルートを通らず、報告ごとに先回りしてポイントだけ告げるよう徹底していた。

「五分半」と相棒に念を押す。

標的が駅から家に着くまでの平均時間だ。

「わかってる」

東京スタジアムの脇から甲州街道に出ると交差点を直進、飛田給方面に進み、ハンドルを右に切り住宅街に入る。細い路地や一方通行が複雑に絡み合う一帯だが、相棒は迷うことなく右に左にハンドルを切り、住宅の谷間を縫い進む。やがて道は上り勾配になる。

重要なのはタイミングだった。

《お家まであと三十秒。人はいない》

GOだ。

「あと三十秒。やる」

ジュンは深呼吸を一つすると、手袋を装着した。傍らには砂をつめた二リットルサイズのペットボトル。

ヘッドライトの先に、若い女性の後ろ姿が浮かび上がった。スマホを耳に当てている。会話に夢中なのか、背後から近づく車に注意は向けられていない。

女性が五叉路に至ったところで、相棒が速度を落とした。その先には駐車場があり、十分なスペースが確保されている。

一定速度で走り、ブレーキ痕は残さない。ジュンはそっとスライドドアを開け、ペットボトルを手に身を乗り出し、距離を計る。

そして、女性が駐車場にさしかかり、その脇をすぎる瞬間、ペットボトルで後頭部に一撃を食らわせた。膝から力が抜け、崩れ落ちる寸前に女性の脇に手を入れ、車に引き摺り込んだ。バッグは肩に引っかかったまま。スマホもペットボトルも車内に落ちた。

「いいよ、出して」

ジュンはドアを閉めた。相棒は慌てることなく、ゆっくりと速度を上げてゆく。

女性は呻き声を上げてはいるが、抵抗は弱い。

「騒いだり暴れたりしたら殺します」

背後から裸絞めの要領で頸動脈を絞めながら、耳元でそっと囁いた。彼女の全身の筋肉が硬直するのを、衣服越しに感じた。

「殴ったのは謝ります。少し誘拐にご協力ください。ことが済めばすぐ解放します。あの時みたいに」

力を少し込めると、女性はすぐに落ちた。

「うそばっかやな、ジュン」

相棒が前を見たまま言った。

「人は希望を持たせると従順になるんだよ」

ジュンは応えながら彼女の口にタオルハンカチを含ませ、ガムテープを巻いて塞ぐ。両手首を後ろ手に、結束バンドで縛る。同じく両足首も。

「うその希望な。ジュンは残酷や」

希望か——

ともあれ、奈良橋杏の拉致には成功した。

第七章　オーディエンス

七月二十二日　水曜　9:21pm　――渡瀬敦子

首都高速4号線信濃町付近で、奈良橋杏の自宅の呼び鈴を鳴らしたが、反応がないと連絡が入った。灯りも点いていないという。

府中署は現時点で自宅と多磨霊園駅、武蔵野台駅にも捜査員を張りつけていた。

「自宅に反応はないそうです」

渡瀬はハンドルを握る八幡に告げ、ちらりと後方を見遣った。

佐倉と古崎が乗るワンボックスと、その後方に京島署の車輛二台が続いている。さらに『プエスタ・デル・ソル明大前店』にも別班が向かっていた。

情報ハブとなっている日野からのメッセージが着信する。

《奈良橋杏の退社時の服装は、白のブラウス、ブラウンのタイトスカート。ブラウンのハンドバッグ》

《明大前駅の改札を通るのを、同時刻退社の同僚が目撃。八時十分過ぎ》

駅から真っ直ぐ自宅に向かったのなら八時四十分前後に多磨霊園駅に着く計算だ。駅から自宅までは徒歩五分程度。とっくに帰宅していてもいい時間だった。

渡瀬は山根に電話を入れた。

「府中署に防犯カメラの映像の確認をお願いしてください。多磨霊園と武蔵野台の改札です。八時四十分前後に彼女が映っていないか」

『手配しよう』

西新宿のジャンクションを通過する。流れはスムーズで、八〇キロ以上の速度が出ているが、それでも前に進まないもどかしさを覚えた。

次々と奈良橋杏を取り巻く情報が着信する。

《勤務態度は真面目。仕事の後はすぐに帰宅する傾向》

「府中からも十人以上出てる。空振りだったら、またわがまま姫と呼ばれるな」

八幡が口許だけで笑った。

だが、稲城で一般道に下りたところで――

『午後八時四十五分、多磨霊園駅を出る奈良橋杏らしき姿を確認』

府中署捜査員からの直通連絡だった。

「付近の飲食店等に彼女がいないか確認してください。我々もまもなく到着します」

奈良橋杏は、多磨霊園駅と自宅の間で姿を消した——時刻は午後十時になろうとしていた。奈良橋杏が最後に確認されてから一時間十五分。

渡瀬は大きく息を吸い、吐いた。


多磨霊園駅前に到着したのは、午後十時八分だった。

個人用アドレスにメッセージが着信していることに気づいた。

《どこにいる？　何してる？》

土方玲衣からだったが、無視し、指揮車を駅近くのパーキングに入れた。佐倉、本澤の車輛も到着し、捜査員たちが降り立った。

まだ夜の浅い時間だったが、人通りは多くない。

待っていた府中署員は二人。当直の人員だろう。年嵩のほうが長尾(ながお)と名乗った。

「手分けして周辺の飲食店を当たっています。今のところ目撃情報はありません」

長尾は、メモを手に淡々と報告する。「先ほどアストリア府中の一〇三号の住人に話を聞けまして、真上、つまり二〇三号に住人は戻っていないようだとの証言を得ました」

時折、足音や生活音でトラブルが報告されるマンションだという。

「物件の管理会社へ連絡は」

渡瀬が聞くと、長尾は腕時計に目を落とした。

「済んでいますが、到着まであと十五分ほどかかります。担当者が帰宅していたようで」

捜査本部が親族へ連絡、状況を伝えた上で、要請を受けたという形を取っていた。

「マル対の素性は」

長尾が聞いてきた。現状、参考人の安否確認としか伝えていなかったが、渡瀬らの人数と物々しさに、それ以上のことを感じ取ったのだろう。

「拉致された可能性を考えています」

「なるほど」

長尾の表情が引き締まる。

「まずは駅からアストリア府中までの動線に沿って、目撃情報を探しましょう。佐倉主任、指揮を執ってください」

渡瀬と八幡を除いた八名が四班に分かれ、長尾の助言でエリアを決め、散ってゆく。

渡瀬はタブレット端末で、周辺の地理を素早く頭にたたき込む。駅からアストリア府中までの動線にスーパーや飲食店はない。気になる点は——

「駅からアストリア府中に向かう中間点に踏切がありますね」

「それが何か」

「防犯カメラは調べましたか」

長尾は初めて気づいたように目を見開き、息を吸い込んだ。

「すぐに手配します。まだ鉄道会社にうちの署員が残っているはずです」

駅を出た時刻はわかっている。自ずと探す時間帯は絞られる。

時間を追うごとに一人、二人と周辺飲食店等を確認していた府中署員が戻ってきたが、奈良橋杏の目撃情報はなかった。

五分後、長尾のスマホが振動した。

「防犯カメラの件です」

長尾はスマホをスピーカーにした。

『小柳町一丁目の防犯カメラに奈良橋杏らしき女性。時間は午後八時四十七分』

駅を出て真っ直ぐ自宅に向かったのだ。これで、踏切から自宅マンションまでの区間で消息を絶ったことが確実となった。

「分析の渡瀬です。彼女が通った前後の時間に、踏切を通過した車輛はありますか。できれば車種とナンバーも」

『確認します』との返答のあと、しばし沈黙が続く。そして——

『奈良橋杏の踏切通過の三十秒後、シルバーのワンボックスが踏切を通過。同二分三十秒後にセダンタイプ。三分後に軽ワゴン。ナンバーは暗くて確認できません』

「自宅までの距離を考えれば、本命はシルバーのワンボックスだな」

八幡が言った。「タイミングといい、拉致なら被害者の行動パターンを把握していたことになる」

「映像を送っていただけますか」

渡瀬はアドレスを伝えた。二分とかからず渡瀬のタブレット端末にも映像が共有された。

「グランウィンドだな」

八幡が言い、長尾も「ですね」とうなずいた。エース重工のワンボックスだ。用途、性能、大きさともにドンキーとほぼ同じ。

運転席は暗く乗員の判別はできなかったが、渡瀬がその場で映像を明るく加工し、拡大すると、ナンバーが判別できた。

渡瀬は指揮車の無線マイクを引っ張り出す。

「佐倉さん、古崎君、本澤さん、不審車輛が停まっていなかったか確認してください。シルバーのグランウィンド。ナンバーは……」

ナンバーを告げると、了解の声が重なる。

『こっちもナンバー照会始めた』

日野からメッセージが入った。ストリートビューで、踏切からアストリア府中までの路地を表示させる。路地は狭かった。幅は車が譲り合ってようやくすれ違える程度。両側は住宅。

「グランウィンドだと拉致は難しいと感じますね」

車幅の問題だ。拉致するスペースがなく、下手をして門扉や住宅に体が当たれば、音がして住民が気づくリスクもあった。

「いえ、その先に開けた場所があります」

長尾がディスプレイを指さした。「アストリア府中の手前に五叉路があります」

「八幡さん、車を」

「歩いた方が早い」と長尾。

「八幡さんは、ここで待機を」

渡瀬は即断し、長尾の案内で駅北口から線路沿いの道を進む。人通りはないが、踏切までは駅から見通すことができた。二百メートルほど直進後右折し、奈良橋杏が通過した踏切を渡る。両側に迫る壁や軒先が、ストリートビューで見るより、圧迫感を覚えた。住宅は築年数が浅そうな白やベージュ系の一戸建てが大半だ。

一軒一軒訪ねて回る佐倉指揮下の捜査員を横目に見ながら、路地を進む。

「この辺りの犯罪件数は」

「侵入窃盗、路上強盗などは希で、今年はまだゼロです。防犯意識は高く、新しい物件には防犯カメラが設置されている場合がありますが……ここです」

長尾の言った通り、数十メートル進むと左手が開けた。変形の五叉路で、合流部分の一角に駐車場があり、十分なスペースがあった。住宅の間隔も広く、見通しも利くが、街灯はなく、闇の部分が広かった。

「あの白い壁がアストリア府中です」

長尾が指さす先、およそ三十メートルの地点に白い二階建てが見えた。

「確かにここなら拉致は可能ですね、手際さえよければ」

「ですが、幹線道路への直接的な抜け道もなく、東側は西武多摩川線の線路で閉ざされています。通るのは配達などの業務車を除くと住人の車輛だけです。見知らぬ車が長時間停まっていれば、不審に思うはずです」

待ち伏せが困難なら、追尾し、タイミングを計っての拉致となる。ならばグランウィンドが犯行車輛の可能性が高い。この現場の下調べも済んでいたのだろう。

「拉致した場合、車輛はどこへ抜けますか」

マップを見る限り、周辺は細い路地が蛇行している。

「武蔵野台方面に抜ける踏切ですが、幅は乗用車一台分のうえ、その先に路地がさらに狭くなっている部分があります。グランウィンドで抜けるのは、ややリスクがあるでしょう。大事を取るなら、北か西です」

もう一度防犯カメラ担当に踏切の映像を確認してもらい、グランウィンドが引き返していないことを確認した。ならば、西だ。踏切を通らずに西に抜ける道は二本しかない。踏切方面から目撃者捜しをしている捜査員たちが、五叉路周辺に姿を見せはじめた。

渡瀬は集合をかけ、改めて五叉路に面した住宅に不審者、不審車輛の目撃者はいないか当たるよう指示した。

そして、本澤を呼び止めた。

「鑑識が必要になるかもしれません」

「この駐車場かな」

本澤も察しがいい。

「拉致と確定したら、本澤さんは鑑識を要請して監督を」

やがて、踏切方向からヘッドライトがやって来て、駐車場に入った。側面に『光エステート武蔵野台』と書かれたバンだ。

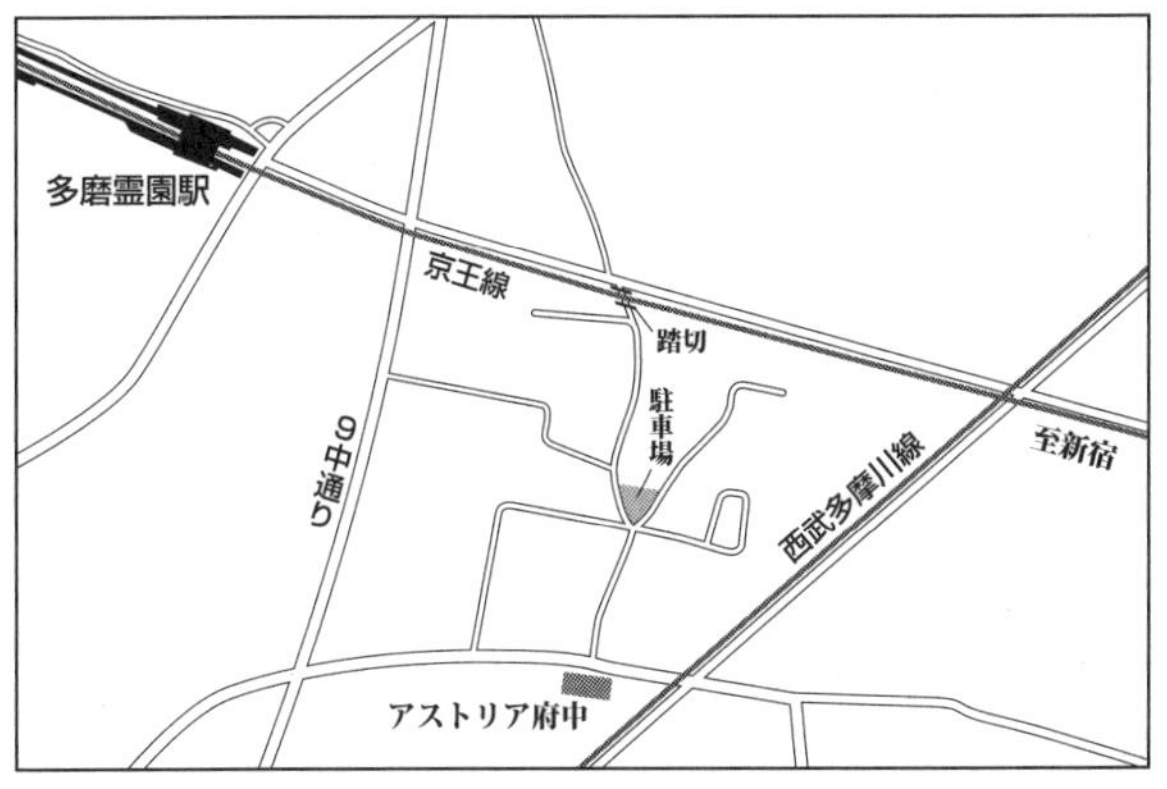

多磨霊園駅
京王線
踏切
駐車場
9中通り
至新宿
西武多摩川線
アストリア府中

セカンドバッグを手にした白シャツの男が降車した。三十前後か、物々しい雰囲気に、目を白黒させている。

「府中署です」

長尾が声をかけた。「二〇三号室の住人の親族から安否確認の要請が出ています。エントランスにうちの捜査員がいますので彼らと確認をお願いします」

「わかりました」

男は緊張した面持ちで応え、アストリア府中へと向かった。

多数の捜査員たちの動きに気づいたのだろう、住民が外に出てきていた。

――何があったの。

――この先のマンションに住む女性の行方がわからなくなって、捜しているんです。

捜査員たちはその一人一人に話を聞いてゆく。

その最中、渡瀬のスマホが振動した。日野からの直通電話だった。

『奈良橋杏と踏切通過時刻に電話をしていた女性が見つかった。エステサロンの同僚』

その同僚は夏期休暇を取るために、奈良橋杏にシフトの交代など相談していたという。

『通話記録は午後八時四十六分から。二分ほど話したら突然切れて、リダイヤルしても繋がらなかったって。こっちは今Nシステムでナンバーを追っかけ始めた。三機捜とも情報共有、小山田班もそっちに向かってる』

多摩地区を担当する第三機動捜査隊も動き出した。捜査本部も拉致濃厚と判断したのだ。

――アストリア府中二〇三号室に奈良橋杏の姿なし。帰宅した形跡なし。

――不審人物、不審者の目撃情報なし。

――町内にグランウィンドの所有者なし。セダンと軽ワゴンは住人の所有車と判明。

次々と報告が上がり、事態は拉致に限りなく近づいていく。

千葉県警は、越谷の事件の加害者側関係者に一度捜査の手を伸ばした。しかし、奈良橋杏は完全に被害者側だ。高橋と関係があるとはいえ、彼女が拉致される理由はどこに……。

小山田から着信が入り、思考が中断された。

『稲城下りたところだ。どうする』

「お疲れのところ、もうひと仕事お願いします」

草加から戻ったばかりなのだ。「中央道付近に待機お願いします」

『グランウィンドの前足はいいのか』

今は、拉致に至るまでの経路は二の次だ。警察の捜査状況を知り、予定を早めた以上、犯人グループが拉致した人間を監禁する可能性は低い。今夜中に、やる。小山田班の機動力は、攻めに使うべきだ。

『Nヒット待ちか』

「そうです……が、どこかでナンバーを付け替えると思います」

『そうなるとウチの出番か。早さ勝負になるな』

府中に到着して一時間が経とうとしていた。

『Nヒット。位置情報を送った』

警視庁からの無線は、五分後だった。

渡瀬のタブレット端末に表示されたマップに、グランウィンドのナンバーをとらえたNシステム路上端末の位置が反映された。

《府中市是政・新小金井街道・20：55》

《稲城市矢野口・府中街道・21：03》

ヒットは二件。奈良橋杏を拉致後、多摩川を渡り、稲城市から府中街道に入り、矢野口を通過し、神奈川県の川崎方面に向かったのだ。

渡瀬は、Nシステム路上端末の設置個所を全て表示させた。重要なのは、通過地点よりも、通過していない地点だ。

現場とアストリア府中周辺の保全を長尾ら府中署に任せ、渡瀬は呼び寄せておいた指揮車に乗り込んだ。

「まずは矢野口に向かう」

八幡の声とともに、車がゆっくりと動き出す。各車輛からも出発の無線が入った。陣容は捜査本部の車輛四台。小山田班が三台。そこに三機捜の車輛が加わる。

渡瀬はネット上にあるNシステムマップにアクセスした。主要幹線道路はオービスと併設されていることが多く見つけやすいが、簡易型のものは電柱に設置されているケースが大半で、判別が難しい。マニアによる〝Nシステムマップ〟の精度は六割から七割といったところか。

渡瀬はマニアサイトをベースに、犯人の走行経路を予測、無線のマイクを手に取った。

「渡瀬から、追跡全車に通達。グランウィンドは、二時間前に川崎市多摩区内を通過しましたが、その後Nヒットが途絶えています。多摩区内に留まっているか、ナンバーを付け替えたのか、二つの可能性が考えられます。ここから先は防犯カメラを軸に追跡します」

犯人グループは計画を早めた以上、スピードを重視するはずだ。技巧で裏をかくより、単純にNシステムを避けるだけと予測する。従って考慮すべきは、Nシステム未設置の経路。

「小山田班は三隊に分かれ、読売ランド駅付近、向ヶ丘遊園駅周辺、登戸駅周辺の防犯カ

メラを当たってください。機捜各車輛も三隊に分かれ、小山田さんの動きと連動してグラ
ンウィンドの目撃情報を集めてください」

緩やかな横G。南多摩の交差点を左折、府中街道に入ったようだ。

渡瀬は捜査本部へのホットラインをつなぐ。

「渡瀬です、多摩川にかかる橋を監視してください」

犯人の行き先の予測に重要なのは、これまでの現場選択の法則性だ。

そして、川を渡った意味——

墨田区立花の線路上、八千代市桑納の雑木林、同新川河川敷の現場画像を呼び出す。何
枚も何枚も。スワイプしてゆく。

「指揮車はどうする」

「京王稲田堤駅付近に待機お願いします」

指示した三地点からほぼ等距離の場所だ。

——機捜３１４、府中街道Ｎヒット地点到着。

——稲城Ｎヒット地点到着。

——機動分析小山田、仕事にかかる。

次々と入る無線は、八幡が処理してゆく。

どこかに共通点がある――渡瀬は各現場の写真を呼び出し、脳内で検証してゆく。スワイプ。またスワイプ。連続する画像で脳を刺激し、潜在意識に刺激を与える。

そして、三枚の画像が残った。

墨田区の熊田自工の二階から撮った現場。

八千代市の雑木林の掘り返し跡。

吾桑橋の上から撮った、新川河川敷の再遺棄現場。

熊田自工と吾桑橋に関しては、現場を見下ろし、位置関係が立体的にわかるアングルだ。墨田区が計算され尽くした現場であることに対し、八千代市の雑木林の殺害現場、再遺棄された新川河川敷は、あまりにも無造作で無防備な印象だ。

なぜ高橋陽介は掘り返された。なぜあの河川敷に棄てられた。なぜ岸朗は、あの場所で列車に轢き殺されなければならなかった。

『でも動画って見るために撮るものだよね。だからどちらも大枠で劇場型』

玲衣の声が蘇った。

動画は別種――中指が勝手に雑木林の画像を棄てた。

残ったのは、熊田自工から撮った画像と、吾桑橋から撮った画像だ。

自分の無意識に問いかける。なぜ自分は雑木林の画像を棄てた？

逃走経路、土地鑑＝犯人の関係先、被害者の関係先、アイコンとしての現場……自問、自答、自問、自答。

『大枠で劇場型』

第一条件は高低差。

そして、多摩区周辺は低山など起伏が激しい地形だ。

ならば犯人の目的地はこの周辺か。

渡瀬はマップを呼び出すと、多摩区周辺で〝相応しい現場〟を探し始めた。航空写真を3Dにし、高低差がわかりやすいよう、鳥瞰図のように角度を調整する。

まず気づくことは、生田付近から高津区にかけて広がる高台だ。条件を満たす個所が少なからずある。しかし、高台と谷間というような大きな高低差は必要ない。

指揮車が待機場所に到着し、停車した。

断続的に入る無線の音声。

『当該車輛らしきグランウィンド、ヒットした』

小山田班捜査員の声で我に返った。『ナンバーは違うが』

ナンバーが付け替えられたようだ。

「場所と時間をもう一度」

八幡が冷静に聞き返した。

『津久井道西生田付近、通り沿いのコンビニのカメラ。時間は二十二時二十六分。登戸方面に走行。ナンバーは……』

新たなナンバーが告げられる。

『警視庁了解』『三機捜了解』と無線音声が交錯する。

コンビニの位置は、読売ランド駅前からおよそ五百メートルの地点だ。通過時間は午後十一時三十二分。

「通常十五分で行ける経路を一時間半かけているな」

「ナンバーの付け替えと、時間調整ですね」

あるいは舞台設定のための時間——津久井道は小田急小田原線の線路と並行していた。

轢殺も考慮に入れ、小田急線の線路沿いを丹念に見てゆく。

津久井道ともつれ合うように五反田川が流れ、道路と川の南側に線路。線路の両側には生活道路が並行していて、住宅が並んでいた。ただし線路側に玄関がある。住宅が背中合わせの墨田区立花とは条件が違い、目撃リスクが高すぎる。

が、時間的にも条件的にも、生田周辺の可能性が高い。

そして、今優先すべきは、精度より時間。予測した現場を選択し、マイクを手に取った。

「機捜は、次の三地点に急行し、奈良橋杏を探してください」

線路の上にかかる生田大橋。生田駅からわずか二百メートル。住宅密集地に近いが、橋の北側には広めの空き地がある。この時間、闇が広く覆う空間だ。問題は空き地の北端にある生田交番だが、闇の広さに比べてあまりにも小さい。

「まずは生田八丁目、生田大橋北側の空き地周辺」

次は同じく線路上。小田急線と五反田川がほぼ並行し、その上を道路が立体交差している。交差地点には『根岸陸橋』と記されていた。

「枡形四丁目××、根岸陸橋付近」

航空写真を拡大すると、陸橋の交差地点下に、塀に囲まれた資材置き場があった。津久井道から一本入った場所で、周辺二十メートル圏内に住宅はない。

『上道と下道があるが？』

機捜隊長から問い合わせが来る。

「両方にお願いします」

周辺に住宅は少ないが――「下道には建設会社、石材会社の事業所があります。塀の内側も注意して見てください」

次は生田駅から南へおよそ一キロの地点にある市の浄水場。広大な敷地。その南側にある道路と斜面。わずかだが斜面の下に、住宅がまばらな一角と空き地があった。

「次は長沢一丁目××、川崎市浄水センター南側付近」

マップだけでは、路上に車を停めるスペースがないように見えるが、航空写真なら、浄水センターの車輌用の門の前に車寄せがあることがわかる。夜なら見えづらいだろう。

「奈良橋杏がいる場合、実行犯も近くにいる可能性もあります。注意願います」

この三カ所に被害者がいないのなら、見立ての違いだ。それは、奈良橋杏の死にほかならない。判断することの重圧。実際に向き合うと胃に加え肺や膀胱まで締め付けられるようだ。

だが、人命を考えるなら――

「それと、派手にサイレンを鳴らしてください」

『三機捜了解』

機捜の車輌が改めて三カ所に散っていった。

機捜から連絡が入ったのは、十分後だった。

『機捜312、根岸陸橋下、石材店の資材置き場において、石の下敷きになった若い女性を発見。多量の出血。意識なし。救急とレスキューを要請した』

同日　9:18pm　——羽生孝之

スマホのディスプレイでは、『デルタ・ブレイキング』の放送が始まっていた。サブとスタジオは繁忙の極みだろうが、著作権デスクは静かなものだ。

トップは高橋陽介殺人事件の現場リポート。羽生が取材したデルタの独占映像だ。このまま午後十一時に仕事を終え、何事もなく帰宅し、六時間以上眠りたい。

だが、土方からのメールでそのささやかな希望は打ち砕かれた。

《京島署から車輛が出動した》

画像が添付されていた。開くと、〝ＳＳＢＣ〟と側面に小さく書かれたワンボックスが写っていた。背景は京島署の駐車場だ。窓の奥に、長い髪の女性らしきシルエット。渡瀬警部だ。

羽生が画像を確認するタイミングを計ったかのように、電話が着信した。

『敦子が動いた。京島署から出たのは敦子の車含めて四台だけ』

土方は中継対応のため、京島署にいる。『敦子を追う』

「中継どうするんですか」

『安達君を残してある』

「僕は何を」

『中継機材とカメラ持って、わたしと合流して』

土方は身ひとつでタクシーに飛び乗ったのだ。今度はデスクの電話が鳴った。内線だ。

『もうすぐ車を用意できるよ、羽生ちゃん』

車輛部配車係の富岡だった。『ついでに俺も行くけどな』

《車は見失ったけど、永福は通過した感じ》

追跡中の土方からメッセージが入る。《とりあえず高井戸で下りて様子見る》

東都放送を出たロケ車は首都高の霞が関入口に向かっていた。機材は連絡を受けた北上が用立ててくれた。

「相変わらずだねえ、姫も」

ハンドルを握る富岡は上機嫌だ。「とりあえず俺たちも高井戸まで高速で行くか」

取材部VE（ビデオエンジニア）として三十年、数多くの現場を踏み、カメラデスクを経て、定年までの二年を車輛部の配車係で過ごしている。それでも現場が忘れられず、去年の事件でも、配車業務を放り出し、土方に〝非公式〟に協力、犯人を追い詰める一部始終をカメラにとらえた。

連絡が途絶えたまま、高井戸で高速を下り、東八道路に入った。

《高井戸下りました》と土方にメッセージを送る。

《こっちは甲州街道をゆっくり進んでる》

そして、午後十時二十八分、凜々子からのメールが着信した。

《夜の住宅街に警察官大集合の投稿》

SNSのURLが貼られていた。投稿は二件。それぞれ別の人物によるものだ。

――深夜に車とおっさんたちが大集合。警察みたいなんだけど。

凜々子はSNS追跡による現場特定が担当のようだ。この短時間で、富岡と凜々子を機能的に利用するなど、実に土方らしい。

SNSの写真には、深夜の住宅街に集まる男たちの集団が写しだされていた。アングルや露出が甘かったが、広めのサイズで異様な雰囲気は伝わってきた。

――人相の悪い男たちの中に美人発見！　不審者を捜しているみたい。

写真は暗くてわかりにくかったが、男たちのシルエットの間から見えるスラリとした立ち姿は、紛れもなく渡瀬警部のものだった。

ただし、どちらの投稿も、府中市内であることしかわからない。

この先はどう探すか、と思っているうちに、SNSにリプライがついた。

——ＦＦ外からすみません。うちの近くみたいだけどどの辺ですか？

近所の住民らしいアカウントからだった。

——白糸台のほうです。多摩川線の線路の近く。

直後、土方から着信があった。反応が早すぎる。

『見た？　凜々子が特定した。府中市白糸台に急行』

あのリプライは凜々子の——

「府中市白糸台です」

「姫の仕事は早いな」

位置的には甲州街道の土方の車が近い。

凜々子が接触中のアカウントでは、会話が続いていた。

——不審者ってなんですか。何があったんですか？

凜々子のリプライ。

——若い女の子が行方不明だと聞いた。それで不審者探しているって。

若い女性が行方不明。渡瀬警部が京島署の捜査員を引き連れて、現場に向かった。墨田区と千葉県八千代市の殺人事件に関連する動きだろうか。

《若い女性ってのが気になるね》

土方からメッセージが入る。《被害者の関連なのか、犯人側の関係者なのか。敦子の分析による予測がからんでいるかもね。何かつかんだことは確か》
《行方不明者の身元を割りますか》と返信する。
《知りたいのは敦子が何を考えているのか》
凜々子のSNSのほうは、動きが止まった。新たな投稿もなかったが、凜々子は十分な仕事を果たした。

《まもなく現着》と土方に送信する。

羽生の車も、東八道路から人見街道を経て、調布方面へ向かっていた。

《現場を見つけた。白糸台一丁目××番付近。五叉路のとこ》

土方から返信がきた。《もうタクシー放したから早く来て！》

すぐにマップで位置を確認し、富岡に告げた。

両側に藪が迫る細い路地と小さな踏切を抜け、現場に到着したのは、五分後だった。五叉路に面した駐車場の隅に車を停め、羽生はカメラを持って降りた。

小柄な姿がずんずんと迫ってきた。

「お疲れ様、富岡さん」

「よう姫。見たところ、集団て感じじゃないな」

周辺には制服警官が二、三人確認できたが、渡瀬警部の姿もＳＳＢＣのワンボックスも見当たらなかった。

「移動したみたい。何人かにインタビューの約束取り付けてあるから」

土方の言葉を受け、羽生は慌ててマイクの準備を始める。

「富岡さんはいつでも動けるようにスタンバイお願いね」

「わかってるさ、姫」

警官がこちらを見ていた。「この辺停められないから、その辺流してるよ」

心得ているのだろう、富岡は車を出し、テールランプが路地の奥に消える。

「行き先は凜々子が探るから、まずは必要な素材を集める」

土方が小声で言った。

「よくこんな短時間で現場見つけましたね」

土方にマイクを渡しながら聞いた。

「ちゃんと画像見た？」

凜々子が送ってきた、ＳＮＳの画像だろう――「この駐車場と鉄塔からすぐ割り出せたんだけど」

土方が指さす方向には、送電線と巨大な鉄塔のシルエット。

「写っていたんですね」

「いちいち指摘はしないけど……行こうか」

取材を開始する。

――突然警察がやって来て……十人以上いたかな。不審な車とか、不審な人を見なかったか聞かれました。

――ほらあの白い壁が見えているでしょ。あそこに警察の人が出入りしていましたよ。

順調に証言が集まる。住民の話を総合すると、行方不明になった女性はアストリア府中という、二階建てのマンションの住人らしかった。名前は不明。

一通りインタビューを終え、羽生はカメラに照明を取り付けると、現場周辺とアストリア府中の様子を撮影した。

「……どう考えても、スクランブル態勢じゃないですか」

土方は土方で、撮影する羽生の横でスマホに語りかけている。相手は捜査一課長だ。

「……参考人て。こっちは現場にいるんですから。若い女性が行方不明なんでしょ……ちょっと連絡が取れないだけ？　そんなんで二十人からの捜査員をよこすんですか。警視庁はいつからそんなに親切になったんですか」

もう十分ほども食い下がっている。

「拉致された可能性があるんですよね。高橋さんも岸さんも拉致されたあと殺されたんですものね……そうですか？　わかりました。また電話します」

土方は口をとがらせ、電話を切った。

「最後まではぐらかした。あのおっさん、いつもはヒントくれるのに」

「人の命が掛かっているんだと思います」

「それな」

土方が指をさしてきた。「そんなの電話の途中からわかってたわ」

時計を見ると、午前〇時を過ぎていた。

マンション前から五叉路に戻り、素材チェックのため駐車場に足を踏み入れようとした瞬間に、「ちょっと入らないでくれないか」と五十代に見える男性に止められた。

私服だったが、雰囲気で警察官だとわかった。

土方と羽生は、男から二十メートルほど距離を取った路上で待機した。

「駐車場に入れないっていうことは、警察はここが拉致現場と踏んでいるのね」

土方に迷いはない。「多磨霊園の駅を利用してて、あのマンションが自宅だとすると、拉致が実行できそうなのがこの駐車場の辺りだけ」

わずかな情報と状況で、そこまで読む土方には、毎度ながら舌を巻く。

「敦子が移動したのは情報をつかんだから。緊急を要する何か。思い当たるのは、行方不明の女性の所在くらいしかないけど……」

「どうします？」

「今はがんばれ凜々子と念を送って」

十分、十五分。男は相変わらず駐車場の守人のままだ。若い警官が声をかけるとき「ホンザワ」と呼んでいるのがかすかに聞こえた。

汗が耳の裏側から、首筋にかけて流れてゆく。土方はじっと動かない。

そして――羽生と土方のスマホが、同時に着信通知の音を奏でた。取り出し、確認する所作がほぼシンクロする。凜々子からだった。

《事件覚知（かくち）。派手にパトカーや救急車のサイレンの音がしているらしい》

複数のSNSアカウントがリンクされていた。

《夜中にサイレン鳴りまくり、何があった!?》

アカウントのプロフィールを見ると、川崎市多摩区とあった。

写真が添付されていた。やや距離があるが、暗闇の中、川べりの一角に赤色灯をつけた車輛が集まっているのがわかる。周囲は工場か倉庫のような建物が目立ち、住宅街ではないように見えた。

《近所にパトカーが集まってきている。救急車もいる》

《サイレン、浄水場の辺りで止まった》

生田周辺の広い地域でサイレンが鳴っている印象だ。

「場所が絞れていない感じですね」

「いいえ、救急車とセットのところが肝心。凜々子はそこを見逃さない」

――ＦＦ外から失礼します。ウチの前もたくさんパトカーが通っていったんですけど、これどこですか？

さっそく凜々子が食いついた。救急車の投稿をしたアカウントだった。

「富岡さん呼んで」

土方が小声で指示してくる間にも、会話は進んでいる。

――根岸陸橋の下辺りです。

――ウチは生田のほうだったので。

凜々子は素早く地図を見て、話を合わせたようだ。

「川崎市多摩区。生田駅と向ヶ丘遊園駅の中間くらいか」

多磨霊園駅前で富岡と合流し、一路神奈川へ向かう。

スマホでマップを呼び出し、位置を確認する。周囲に住宅はあるが、幹線道路と小田急線の線路、川に挟まれた一角は、工場や倉庫が並んでいた。

「陸橋の辺りね」

土方が早くもストリートビューで、現地を特定していた。ＳＮＳに投稿された写真と、建物の様子や立体交差の位置関係から割り出したのだろう。

「これだけ派手に動いていたら、いずれほかのところも事件を覚知するね。ま、ウチが一番乗りだけど」

車は多摩川を渡ると、府中街道を東へと向かった。

十五分ほどで車は右折、車窓の外の様子ががらりと変わった。明らかに建物の上層階や屋根の上を走っている。高架か。

「もうすぐ根岸陸橋だよ」

富岡がカーナビを見ながら言った。通りは一度谷間のような地形を抜け、また風景が高架のものになる。そして、〝空中〟で道路が交差した。左手に線路と川が見えた。その線路と川は高架の下を潜り右へと続いている。

「ちょっと！」

土方が声をあげる。左の下方に見える建物の壁を、一瞬赤い光が舐めていった。「下だよ富岡！」

土方が窓を開け、首を出す。

「危ないっすよ！」「根岸陸橋って言っただろ！」

羽生と富岡の声が重なる。だが、陸橋は自動車専用道で、歩道もなければ停めることもできない。

「この真下だから！　Uターン！」

「無理言うなさ！」

交差点を抜けしばらく進み、下道に降りることができたが、現場は川と線路の向こうになってしまった。

「もう一度陸橋に戻るか、姫」

「戻っても大回りになる。ここで降りる！」

土方がスマホを見たまま応えた。「陸橋に歩道橋がついてる。歩いて川を渡れる」

「じゃあ俺は向こうに車回しとくよ」

土方と羽生は、カメラとマイクだけを持って、降り立った、

歩道は高架沿いに設置されていて、自転車用のスロープもあった。

線路の上を通り、川の上に差し掛かる。マップによれば五反田川という名だ。川の両岸

の道には、警察車輌が列を成して停まっていた。

人が集まっている一角があった。ＳＮＳの写真と同じ場所。『若葉石材加工』の資材置き場だ。

「あそこね」

土方は欄干に寄り掛かり、見下ろす。「救急車はもういない。何があったかは……」

「どう考えても重大事件でしょう、あの雰囲気」

川を渡れば、現場の真上。絶好の撮影ポイントだ。「歩道橋通ってきて、逆に幸運でしたね」

羽生はカメラを現場に向ける。

「なんなの君ら」

前方から、警官らしき肩幅の広い男が、行く手を阻むようにやって来た。

「東都放送報道局です」

土方が応えた。「今、腕章つけますから」

「ここから先は立ち入り禁止だ」

「現場は下ですよね」

「だがダメだ」

「被害者の安否は」

土方は、不自然さなど微塵も感じさせずにカマをかける。

「いいから近づくな」

羽生はマップの距離測定機能で、改めて現場へ接近する経路を調べる。この歩道橋を渡れない場合、近くの橋を利用したとしても、迂回路はおよそ一キロだった。線路と川が、ほんの三十メートルほどの距離を分断していた。

「仕方ない、迂回しましょ」

来た道を戻る途中、土方が「敦子がいた」とつぶやいた。

羽生は立ち止まり、現場を見下ろす。

「違う、歩道橋の上」

振り返り、目をこらすと長い髪のシルエットが見えた。

「渡瀬警部も、現場を見下ろしたかったんすかね」

「ほら、同じアングル」

土方がスマホを向けてきた。橋の上から、河川敷を見下ろす渡瀬警部の画像だ。

「これで、行方不明の女性が一連の殺しに関係していることがわかった」

闇の中、土方の顔に、笑みの陰影が刻まれる。「撮っといてね、できるだけ多く」

土方は野次馬たちを指した。

七月二十三日　木曜　1:09am　——渡瀬敦子

——名前言えるかな！

——がんばって！

彼女を囲み、声をかける救急隊員、レスキュー隊員。その間から見える薄く開いた目。眼球はなにも見つめず、動かない。黒く広がった血の絨毯の中に投げ出された手足。

そして、彼女の体にのしかかり、めり込んだ直径数十センチの円柱形の石。

——早く石どかせないか。

——下手にどかすと大出血する可能性がある。

機捜隊員と救急隊員の応酬。

別の救急隊員がありったけの止血帯を準備し、囲む捜査員たちも腕まくりし、石を取り除く準備を進めていく。

肩を叩かれ、音と視界と汗ばんだ肌の感覚が戻ってきた。

「間に合いませんでした」

あと十分、いや五分判断が速ければ——

「そう考えるのは早計じゃないか？」

八幡は静かに言った。「まだ命はつないでいる」

彼女からの距離は五メートルほど。これ以上近づけなかった。

「すべきことをしたらどうだ、班長」

八幡に言われ、深呼吸を二度三度繰り返し、乱れた感情をリセットする。

まずは地形と被害者の周辺状況の確認だ。

五反田川と津久井道に挟まれた一角にある、ブロック塀に囲まれた資材置き場。場内には事業所らしい建物があるが、プレハブの簡易なものだ。車輌入口は、津久井道側に一つ。五反田川に面した川に一つ。ブロック塀に沿うように、庭用の飾り石や石灯籠、墓石用らしき石板、大小の石像などが置き並べられていた。

そして、資材置き場の西側には壁のようにそそり立つ根岸陸橋の巨大な軀体。陸橋には、寄り添うように歩道橋が併設され、小田急線の線路、五反田川、津久井道をまたいでいた。長さは目測で一五〇メートル以上。

――止血の準備いいぞ。

――ようし、持ち上げるぞ。

横目で確認する――それぞれが数十キロもありそうな石が、レスキュー隊員、捜査員たちによって彼女の上から除かれてゆく。誰もが血にまみれていた。

——すぐ病院に連れて行くぞ！

救急隊員がストレッチャーに彼女を乗せる。

数人がかりでないと運べない石を、どうやって女性の上に？

女性から十メートルほど離れた場所にフォークリフトが停まっていた。

荷物を載せる「フォーク」の部分に、捜査員たちが取り除いた石の三倍はある円柱形の石が載せられていた。

彼女が救急車に収容された。そこで、嗚咽にも似た吐息が喉を鳴らした。

「鑑識は苦労するぞ、こりゃ」

あえてだろう、八幡がぼやくように言った。彼女が運ばれたあとには、踏み荒らされた血だまりが残った。ただ、これは彼女の命を救うため。

「助かればそれでいいです」

けたたましいサイレンとともに、救急車が眼前を走り抜けてゆく。

息をつくまもなく、救助に携わっていた男が二人、歩み寄ってきた。ポロシャツに野球帽というラフな格好のほうは三機捜の班長の一人、永田(ながた)だ。

「責任者の方？」

もう一人、白シャツの胸と袖に血を付けた男が声をかけてきた。

「警視庁ＳＳＢＣの渡瀬です」

一礼し応えた。

「どうも、多摩南署の村中（むらなか）です。あなたは、町田の」

刑事課の当直責任者だった。「最大限協力させてもらいます」

去年、町田市と神奈川県相模原市をまたいで発生した連続通り魔事件で、渡瀬の捜査班は神奈川県警と協力し、捜査に当たった。結果的に渡瀬の指示で動いた神奈川県警捜査員が被疑者を逮捕、手柄を神奈川に渡す形になった渡瀬は、警視庁側の一部捜査幹部に不興を買った。

向こうが意気に感じているのなら話は早い。

「顔を見た限り被害者は奈良橋杏だ」

永田が言った。

「容態は」

「意識は微弱で呼びかけには応じない。何よりも出血がひどい。発見時、目隠しと猿ぐつわをされた状態で、両手首と足首に結束バンド。体の上には、クソ重たい円柱の石が三個。上から落とされたようで、目視であばらと骨盤、右肩付近に開放骨折が三ヵ所。救急隊によると、内臓も損傷している可能性が高い」

「フォークリフトで石を落とすことは可能なのですか」

渡瀬は聞く。パレットを持ち上げ、運ぶというイメージしかない。

「フォークの部分は傾斜が変えられます。円柱なら、下に向ければ転がって落ちるでしょうね」

村中が応えた。「エンジンはまだ温かかった。つまりトドメを刺す前に賊どもは逃げたことになります」

そして、まだ遠くへは行っていない。

「緊配かけましょう」

村中は前のめりに言った。「ウチのシマで起きたことですからね」

「お願いします。それと、周辺のタクシー会社にも不審者情報を通達してください」

渡瀬は分析した被疑者の特徴を告げた。

村中が動き出し、犯人追跡の第二ラウンドが始まった。

渡瀬は陸橋に併設されている歩道橋に上ると、現場を見下ろした。

すでに鑑識による検証が始まっていた

神奈川県警の緊配エリアは多摩区、麻生区、宮前区一帯。幹線道路の要所には検問が敷かれ、多数の生活道路、路地にも捜査車輛が展開した。

これに合わせ、警視庁も稲城市一帯に検問態勢を敷き、首都高を含めた多摩川河口から青梅にいたる三十一ヵ所の車輛通行可能な橋の監視を決めた。

三機捜の過半と佐倉、古崎、京島署の隊は、多摩地域にある橋を割り当てられ、都内へ引き返した。多摩川に近い各警察署の応援も得るという。

小山田班は根岸陸橋を起点に、周辺の防犯カメラを調べ始めているが、深夜だけにコンビニなど調査対象は限られる。そして、いまだ有益な情報はない。

現場も五反田川と小田急線の線路が一帯を南北に分断し、石材店は根岸陸橋の真横にあたり、周囲からの視界が悪い。目撃者は期待できないだろう。

八幡が階段を上ってきた。

「靴にカバーを付けていますか」

渡瀬は声をかけた。

「付けてるよ」

「手すりには触らず、ブルーシートの上を移動してください」

歩道橋の上にも、鑑識を入れてほしいと村中には伝えていた。

「ここに犯人がいたのか」

「わかりません。手すりの指紋と通路の微物採取をお願いしました」

「ドンキーの指紋と照合か」

ドンキーからは岸朗、高橋陽介以外の複数の前歴のない指紋が採取されていた。

「打てる手を打つだけです」

「何を見つけたい」

「観察者、もしくは観客の痕跡です」

「観客だと？」

八幡は顎を引き、渡瀬を見据える。「そう解釈をした筋道は見えんが、その観客の存在が班長をここに呼んだのか」

岸朗の殺害現場、高橋陽介の発見現場の共通点。

あらゆる理由を検討し、排除し、残ったのが二枚の画像だった。

熊田自工の二階から撮影した写真。そして、吾桑橋の上から河川敷を見下ろした写真。

「こんな風に現場を見下ろせる場所があるかどうか。つまり観客席があるかどうかで、現場を分類しました」

「誰かに見せるための犯行だというのか」

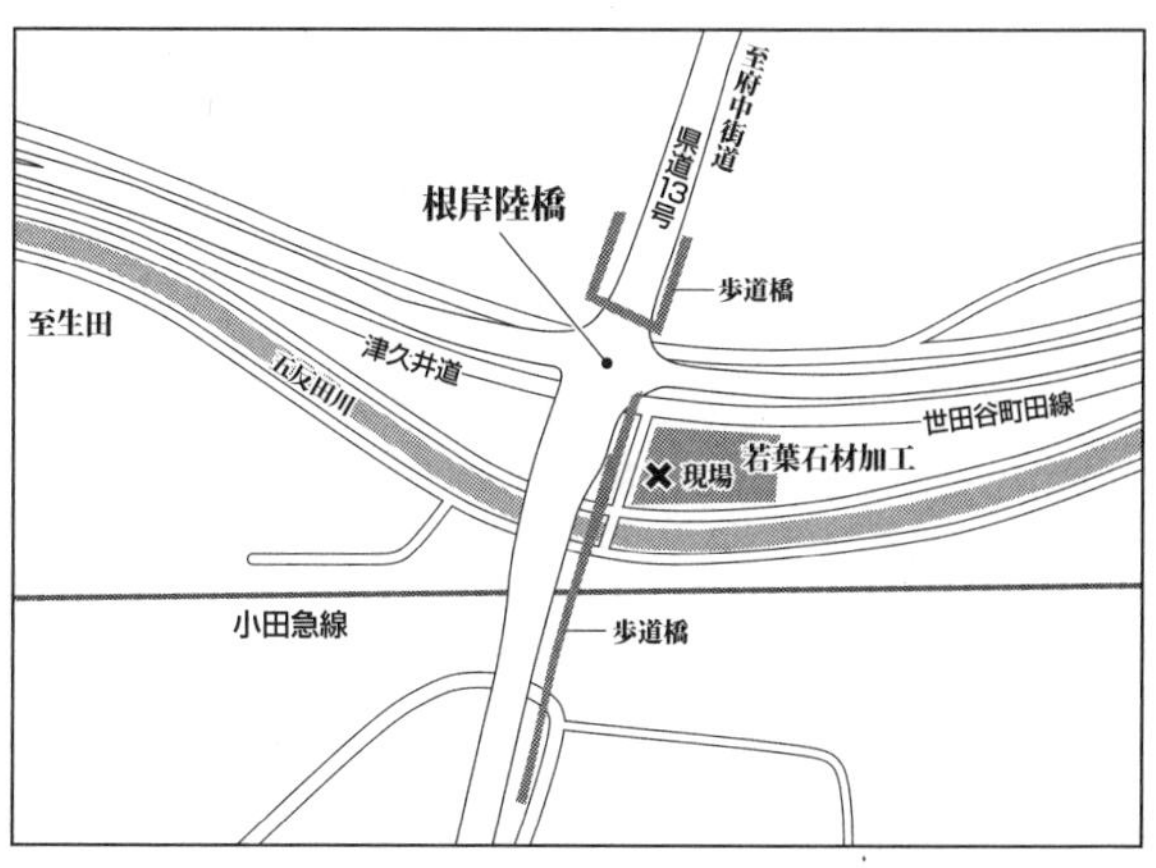
至府中街道
県道13号
根岸陸橋
歩道橋
至生田
津久井道
五反田川
世田谷町田線
若葉石材加工
✖現場
小田急線
歩道橋

劇場型、と玲衣は言ったが、文字通り現場は『劇場』だったと渡瀬は結論づけた。

「観客とは誰だ。社会全体か。マスコミか」

「特定の集団、もしくは個人だと思います」

「ならば岸朗の事件の観客席はどこだ」

渡瀬はスマホの画像を、八幡に提示した。熊田自工の二階から現場を撮ったもの。自らも熊田自工の二階から、肉眼で確認した。

「こういう写真を撮ることができて、人に見られない場所です」

条件を満たすエリアはきわめて小さく、特定に時間はかからないだろう。

村中が鑑識係を引き連れて、階段を上ってきた。

「ここですか」

「犯人グループのひとりが、ここで見張りをしていた可能性があります。髪の毛や繊維片など微物採取は入念にお願いします」

鑑識係が仕事に取りかかると、歩道橋の上を誰かが近づいてくるのが見えた。長身の男性と、小柄な女性らしきシルエット。

「追い返してきます」

村中が人影に向かった。

標的は見えていた。事件の根底に越谷一家殺傷事件があるのなら、観客の第一候補は、藤井珠代。だが、彼女は大阪を離れていない。

そして、奈良橋杏が標的となった意味。

「やはり、越谷の関連か」

八幡が言う。「だがたとえ復讐だとしても、六年経った今やる意味は何だ」

それは渡瀬の疑問でもあった。

「わかりません、今は」

渡瀬と八幡は、鑑識と入れ替わりに、歩道橋から通りに降り、状況を捜査本部に伝えた。

「現場の指揮権は神奈川に渡すな」

縣管理官に厳命された。

「わかりました」と応えるのが、警視庁捜査員としての正解であることは理解していた。夜が明ければ、神奈川県警とも捜査体制の協議が必要となるだろう。今指揮権を渡さないことが、その際の交渉に有利に働くのかもしれない。

あとは一課長なり刑事部長なり、上が処理する問題だ。

指揮車を八幡に任せ、五反田川を渡った。現場が黒い丘を背に、投光器の光で浮かび上がっている。線路と川の間には道路しかなく、周辺住民の目は遠い。多少重機の音がしたとしても、津久井道と陸橋上の県道一三号の交通音でかき消される可能性もある。

巧妙に選ばれたと感じざるを得ない場所だった。

観客はどのような思いでこんな惨たらしいショーを観たのだろう——

川沿いを歩き、様々な角度、距離で現場を観察したあと、橋まで戻ってきたところで「敦子」と呼び止められた。

やはり玲衣と羽生。いつものコンビだった。

「顔見に来たよ」

玲衣も羽生も、なぜか汗まみれだった。「夜討ちでもしようと思ったら、府中経由でこんなところまで連れてこられたわ」

府中経由……京島署から追ってきたのだ。

「勝手についてきたくせに」

その行動力、情報分析能力に空恐ろしさを感じつつも、昔の口調で返してしまう。

「あの塀の内側が現場ね。中のぞいていい？」

「だめ」

「橋渡るのは？」

「むり」

「あ、そう。じゃあここから狙って」

羽生が反応し、川越しに現場の撮影を始める。望遠で狙っているようだ。

「それと……」

玲衣は羽生の背中を見ながら言う。「随分と歩道橋に興味があるみたいじゃない」

「現場を見ていただけ」

「だったらなんで歩道橋に鑑識入れるの？　現場第一主義の敦子さん」

相変わらず、最短距離で勘所を突いてくる。

立ち去ることも、追い返すこともできたが、そうしないのは、玲衣への無意識の依存と自己分析していた。玲衣の考えを知りたいと――

「そういえばさ」

玲衣がスマホのディスプレイを向けてきた。新川河川敷の現場写真だった。ただしニュースサイトのものだ。「ここによく似ているね。敦子もずっと橋の上から現場見下ろしていたみたいだし、そこがポイントってわけね」

観察されていた――あの現場に彼女の協力者が？

「じゃあ墨田区の現場にも、これと同じような条件の場所があったということね」

うなずきかけた自分を抑えた。しかし、玲衣はその一瞬の動揺を見逃さなかった。

「心当たりはあるみたいね」

「フォークリフトの上に……」

カメラのファインダを覗いていた羽生が声を上げ、会話が中断された。「丸い柱みたいなのが載ってますね」

「見せて」

玲衣がファインダを覗く。「柱かな。なるほど、歩道橋の上から見る場合に、邪魔しない位置にあるね、フォークリフト」

位置関係の意味も、この短時間で理解したようだ。

「石で殺そうとしてた？」

玲衣が振り返り聞いてくる。「犯人の演出？　電車使ったみたいに」

「女性の容態はどうなんですか」

羽生の落ち着いた言葉に、「息はあります。出血はひどいですが」と反射的に応えてしまった。

「いくつか石は落とされてたってことね。儀式か拷問か。派手にサイレンを鳴らしていたのは、女性を救うためね、敦子」

土方の論理構築の瞬発力に圧倒される。「やっぱり現在進行形で犯罪が進行していたのね。それで、犯人はとどめを刺せずに女性は命をつないだ」

「違う。わたしの判断と分析が遅れて……」

「判断ミスしてたら女性は死んでた。それだけ」

土方はわざとらしく周囲を見回す。「当然犯人は近くにいるだろうし、緊配はかかっているだろうし、朝までに決着って感じ？」

「楽観はしてない」

「でもここでのんびりしてるってことは……」

玲衣は思案顔になる。そして——「敦子自身は、観客側から攻めるとか」

正鵠を射ていた。

「わたしにはなにしてほしい？」

ギブ・アンド・テイク。

「列車殺人との関連を報じてほしくない。しばらくは」

「関連があると認めたな。いいよ」

今のところ警察以外で岸朗と高橋陽介のつながりを知っているのは、玲衣のところだけ。情報管理も玲衣なら問題ない。

「でも、高橋と岸の関係、ほかが嗅ぎつけるのも時間の問題だと思う」

「二十四時間でいい」

「すごい自信ね。で、殺されかけた女性は何者?」

「被害者は奈良橋杏。二〇〇九年の越谷のパチンコ店強盗殺人と一家殺傷の被害者の一人」

「犯人が逃げる途中で拉致した女性ね。高橋、岸との関係は?」

「奈良橋は高橋の元交際相手。ただ、事件当時関係は終わってた。高橋が一方的に思いを募らせていたって情報もある」

「観客という観点なら……」

思わせぶりな口調。「関係者の動き、もう一度洗い直さないとね。日時をシフトして」

玲衣も同じ考えを持っていた。〝観客〟の存在を重視するなら、アリバイの確認は、高橋の失踪・殺害時ではなく、再遺棄の時点で行うべきなのだと。


午前三時をもって、渡瀬は八幡とともに多摩南署が用意した会議室に移動し、臨時の指揮所とした。

警視庁、神奈川県警双方のパソコンが持ち込まれ、情報共有用のメールグループを立ち上げる。警視庁側の指揮権は渡瀬。前線には村中のチーム、三機捜永田隊。臨時指揮所内では、多摩南署の刑事課長との協議で、逃走した容疑者を追う態勢が整った。

そして午前三時半、小山田班が東生田のコンビニの防犯カメラから、店舗前を通過するシルバーのグランウィンドをとらえた。撮影された時間は、三機捜が現場の石材店に現着した二十分後。時間的に矛盾はなかった。

神奈川県警の緊急配備は、警視庁のそれより動員規模が大きく、多摩区、宮前区の主要道路、生活道路までほぼ押さえていた。この時間までに見つからないのなら、グランウィンドはこのエリアから出ていない可能性が高かった。

そして、午前五時二十八分、神奈川県警捜査員が宮前区平三丁目で、グランウィンドを発見した。一帯は生田緑地の東端で、山を切り拓いた住宅街だった。

停められていたのは雑木林に面した駐車場で、キーは差されたままだった。ナンバーは小山田班が最後に確認したもので、ナンバープレートには付け替えられた痕跡があった。後部座席からはガムテープと結束バンド、砂が詰められたペットボトルが発見された。

臨時指揮所及び捜査本部は、これを犯行車輛と断定した。

警視庁は橋の監視を解除、友田率いる応援部隊が橋を渡り、多摩南署に到着した。

臨時指揮所入りした友田は仏頂面ながらも、口の端にわずかに笑みを浮かべ「派手にかましてくれたな」と第一声を浴びせてきた。

一時間後、小山田はさらなる結果を出した。

東生田四丁目県道に面した駐車場に設置されたカメラに、不審な男が映っていた。撮影されたのは午前一時半過ぎ。防犯カメラに映ったグランウィンドが、発見場所に停車し、運転者が徒歩で戻ってくる時間と矛盾がなかった。

街灯の薄明かりの中、歩道を横切ってゆく男。急ぎ、動きに余裕がないような印象だ。そして、モニターの中の男が、一瞬カメラの方を向いた。街灯に照らされ、陰影を帯びた顔は、二十代の若者に見えた。

早朝の臨時指揮所で、気勢が上がる。

「映像を拡大して、顔の鮮明化が必要です」

渡瀬は捜査本部に向けて提案した。「それと、科捜研にお願いして、ファストフード店の不審者と〝歩容認証〟の鑑定にかけてください。できるだけ早く」

AIを駆使し、所作の特徴、歩き方で個人を特定するシステムだ。結果も即座に出る。

「歩容の一致が見られたらすぐにでも画像を公開すべきです」

『なら、連中をたたき起こそうか』

縣管理官は応えてきた。これで不審者を追い詰める手はすべて打てた。

「それと、指揮の交代をお願いします」

横にいる友田にそっと「お願いできますか」と囁く。

「手柄はもらっていいんだな」

友田が半ば驚きながらも、小声で返してくる。

「詰めは不得意ですので」

ここからは組織の力が物を言う。友田のほうが的確な指揮ができるはずだ。

『よし友田、引き継いでくれ』

縣管理官が告げてきた。『ご苦労だった、渡瀬』

友田と引き継ぎを終え、本澤、鈴木に然るべき要請をし、渡瀬は帰途についた。

第八章　アマリリスの庭

七月二十三日　木曜　9:02am　——羽生孝之

龍田とは、無人の総務局業務企画室で合流した。

「大変だったようだな、鬼姫のお伴は」

フォーマルなジャケットに、髭を剃り、髪はセットしてある。

「慣れています」

午前五時の『モーニングトップ』で、土方が現場から中継で事件概要を伝えた。女性拉致殺害未遂事件の一報は、東都が完全に独走していた。

その後やって来た社会部のクルーと交代し、土方は「昼まで絶対連絡するな」と言い残し帰宅、羽生は帰社し仮眠室で二時間ほど眠った。

「例のVHSの動画データが上がってきた」

防音会議室に通された。テーブルにノートパソコンが置かれていた。門外不出、他言無用の素材だ。「いろいろ補正したが、元の画質がアレだから、これが限界だ」

再生された動画は元のＶＨＳよりいくらか鮮明になっていた。

避難する人々で混乱の極みにあるホーム。その端に映っているのが、階段へと殺到する人々。アーカイブにはない、列車が入線してくる八秒間。血だまりを踏んだのか、足を滑らせ、ホームへ転落する人も確認できた。ただ、個々の顔は判別できない。

「服装の違いはわかるようになっただろう」

言われてみればそうだが、服装がわかったところで個人が判別できなければ意味は――

そこで羽生は気づいた。

「制服ですか！」

混乱の中、見え隠れする制服。立岡が背負った少女＝来栖美奈が着ていたものだ。粒子は粗いが色味とデザインで判別できた。

同じ色味の制服を着た人物が、もう一人。

「だがこれじゃ足りない。サザンソニックで試作中のＡＩ画像解析ソフトにかけて、さらに鮮明化する」

東都放送の放送用サーバーシステムを開発した大手電子機器メーカーだが、ＡＩを使った映像加工技術などどこにも発表されていない。「これがスペック通りなら、立岡が消去した部分が、ほぼオリジナルに近い画質で再現できるはずだ」

「どこにそんな伝が……」

「聞いたら後戻りできなくなるが、説明が必要か」

サーバーシステムの導入の際、開発メーカーの選定に、政治家も巻き込んで、多くの金と欲望が渦巻いたとかなんとか様々な噂はあったが――

「必要ありません」

「さて、この映像ありきで会うわけだが」

これから、龍田がアポを取った人物と会うことになっていた。

加野千明というジャーナリストだ。元テレビ横浜アナウンサーで、同局の報道記者を経て、三年前にフリージャーナリストとなった。そして何よりも一九九七年、地下鉄八重洲東駅爆破事件の現場に居合わせた。犠牲者の一人、黒澤清人の同級生でもあり、あの日、ホームにいた兜中学の生徒三人のうちの一人。

「立岡は事件発生直後、断続的に彼女を取材している」

東都記者時代の立岡による加野千明に関連した出稿は三度。「ただし、帝光社に移ってからは、彼女に対する取材はしていない」

東都放送で保存されている加野千明のアーカイブ映像で、最も古いものは二〇〇二年の追悼式典だった。兜中学代表のような立場で、しばしばメディアに登場する。

「もう一人の制服が加野千明なら、立岡が抜き取った八秒間に何があったかわかるかもしれないな。俺たちの本筋とは関係ないが」

神谷町から地下鉄に乗り、JR恵比寿駅に近いカフェで加野千明と相対したのは、午前九時三十分過ぎだった。

「お忙しいところ時間を取っていただき、ありがとうございます」

挨拶を交わし、名刺を交換した。十時半から渋谷で出版社との打ち合わせがあるという。

「こちらこそ、わざわざ来ていただいて申し訳ありません」

居丈高でも謙(へりくだ)ってもいないナチュラルな所作と洗練された笑み。フォーマルなスカートスーツ。鼻筋が通り、切れ長の目は理知的だが、視線の奥にわずかだが野心的な――土方と同種の色が見えたような気がした。

五年前には八重洲東駅爆弾テロ事件に関する著書『0819』を上梓した。タイトルは最初の爆発があった時刻だ。羽生も、インプットとして『0819』は読んでいた。

自身の体験のほかに、事件現場に居合わせた被害者、捜査関係者、及川一太の関係者を継続取材し、事件後、彼らが辿った人生も追ったノンフィクションだ。

『なぜあの場所であの事件が起こったのか伝えていくのが、わたしの使命だとも思っています』

売名のため、事件を利用している。彼女に対しては、賛同と同数の批判があった。

それでも彼女は、揺るがない。

『罵詈雑言も歓迎します。みなさんが仰る通り、売名行為です。ただし加野千明の、ではなく〝地下鉄八重洲東駅爆破事件〟のです。事件を風化させないためにも、みなさんの叱咤激励をお願いします』

フリー転身後はテレビ、ネットメディア、紙媒体を問わず、犯罪被害者やその家族、友人、関係者にスポットを当てた取材活動をしていた。記事を読む限り、犯罪には厳罰を、という論調だ。報道記者時代に政界財界にパイプを作り、さらには与党推薦で都議選出馬の噂もあった。

「著書を読みましたが、黒澤さんの家族と、来栖美奈さんと長く交流されているんですね」

だが龍田は、著書と事件の話から入った。

「取材では〝同級生のAさん〟としていますから、公言はしないでくださいね」

「心得ています」

著書の軸は、長男清人を失った黒澤家との長期にわたる交流と取材だ。

事件後、黒澤清人の姉は法と犯罪について考えを深め、法を学び、弁護士となった。同時に犯罪被害者を支援するNPO法人のスタッフとなり、弟のそばにいて負傷した〝同級生のAさん〟＝来栖美奈の心のケアを続け、彼女の進学や就職に心砕いたことが書かれていた。

「交流と言いますけど、正直、支え合っているというのが偽らざる心情です。わたしだって、ショック受けているんですから、こう見えても」

加野は爆発直前のホームで、美奈と言葉を交わしていた。

「来栖さんには直接取材していないようですね、著書を読む限り」

龍田は直言した。羽生にそのような印象はなかったが、あるいは出版社に確認したのか？

「ええ、拒否されましたので」

加野はあっさりと認めた。大学時代に所属した『ジャーナリズム研究会』の活動の一環で、美奈に話を聞きたいと一度連絡を取ったという。

「大学を卒業したあとも、何度も連絡を取ろうと思ったんですが、彼女の思いを考えると実行できませんでした。この臆病さが偽善や売名と叩かれる部分なんでしょうね」

「では彼女の情報はどこから？」

「主に、黒澤早苗さんから。あとは支援団体関連の筋から」

「なるほど。それで立岡の件ですが、不正の疑いがあることは先日お伝えした通りです」

龍田が本題に移り、加野も仕切り直しのように一度肩と表情筋の力を抜いた。

「昨年ですが、秋頃に立岡が退職の挨拶にうかがったと思いますが」

龍田は既定事実のように語った。ブラフか、確かな記録があるのか。

加野はバッグからシステム手帳を取りだし、中を検める。龍田は黙って待った。

「退職のご挨拶は十二月十二日ですね。事務所まで足を運んでいただいて」

「確かその前にも」

「十一月二十日ですね」

立岡が映像の一部を消去したと思われる時期だ。この件で立岡が美奈に会ったのは十一月十九日と二十一日と二十二日。その間に加野とも会っていようだ。

協力関係。何らかの情報を共有した可能性がある。

「立岡さんは何を話しました？」

「しばらく充電してから再始動すると」

「どこかに旅行するとか、転居するとか、そのようなことは」

「特にそういうことは仰っていませんでした」

返答は明瞭で迷いがない。

「事件当日のことは？　特に八重洲東駅構内のことについては」

「いいえ、なにも。それ以前に何度も聞かれていますし」

「爆発の時は、どちらに」

龍田は不意に話題を変えたが、世間話のようで、特別な意図は感じさせない。

「ホームからの階段を登り切ったところだと記憶しています」

「それは最初の爆発の時ですか」

「何度目かははっきり覚えていません。でも、逃げて来るたくさんの人を見て、来栖さんと清人君の姿を探しました。でもいなくて、思わず階段を下りたんですけど、ホームを見た途端足がすくんでしまって、うずくまってしまいました」

「その時来栖さんは？」

「動転してしまって、あまり覚えていません」

《折り重なる人、逃げる人、うめく人。目の前の光景を現実として受け入れるまで、どのくらい時間がかかっただろう》

あの描写は何だったのだ。著書を読む限り、ホームにいたとしか思えない。

「来栖美奈さんのことはなにか話しましたか。これは十一月の面会の時です」

げた。
だが、龍田は話題を変えた。加野は一瞬押し黙り、龍田の意図を探るように小首をかし

「それが立岡さんとなにか関係が？」

「加野さんと会った前後に、来栖さんとも会っていたようなんです。複数回」

「退職の挨拶ではないのですか？　少し休養されるようですし」

「特別な関係だった、なんてことはありませんか」

阿鼻叫喚のホームから、救出してくれたのだ。

「特別？　どういう意味ですか？」

「男女の関係です」

龍田のストレートな物言いに、加野は苦笑気味に首を横に振った。

「彼女と立岡さんが？」

一瞬だったが笑顔の質が微妙に変化した。それは嘲笑のようにも見えた。「ないと思います。でも、確かに叙情的な記事を書かれる方でしたね」

午前十時前には面談を終えた。

渋谷に向かう加野とは、恵比寿駅前で分かれた。

「来栖さんを取材していないこと、どうしてわかったんですか」

羽生は聞いた。

「洋青書房の担当者に確認した」

『０８１９』の出版元だ。龍田はさらりと言ったが、どんな手管を使ったのだ。

「立岡は、切り取られた八秒の内容について、来栖と加野の両名に確認に行ったのかもしれないな。それで加野千明がホームにいなかったことが確認できた」

龍田としてはその事実確認が第一だったのだろう。だが、裏を返せば、彼女はホームにいなかったにもかかわらず、著書で事実をゆがめるような表現をした。

立岡がその後彼女を取材しなくなったのも、ホームに彼女がいなかったことを知ったからだ。

それでも、加野千明の取材歴や実績は否定できない。彼女は地下鉄八重洲東駅爆破事件を利用し、切っ掛けをつかんだのだろうが、そのあとは実力でのし上がった。向けられる悪意も承知の上で。立岡が嘘を指摘しなかったのも、そんな彼女の〝物語〟の行方を見ていたからなのかもしれない。

「次は黒澤早苗さんですか」

「そのつもりだったが、立岡の情報が入った」

龍田はスマホに視線を落としていた。「不動産屋と貸倉庫、アウトレット業者にも探りを入れていたんだが、ヒットがあったようだ」

都内のトランクルームが、立岡の荷物を預かっているという。

「収納の際、ノートが詰まった箱がいくつかあったそうだ。開けるためにはいくつか書類が必要で、俺は一度社に戻る。弁護士のほうを頼めるか」

「場所は」

「川崎の青少年文化ミュージアムだ」

「自宅じゃないんですか」

「アポは取れていたが、急遽向かったと今朝家人から連絡が来た。仕事らしい」

所在地を検索して、しばし混乱した。

川崎市多摩区。今朝取材した奈良橋杏発見現場から一キロ弱。

青少年文化ミュージアムのHPを確認すると、昨日からゴルフレッスンのイベントが開かれていることがわかった。福祉イベントのようで、協賛団体に《アマリリスの庭》が含まれていた。

「手伝いに行ったのかもしれませんね」

土方に予定変更のメッセージを送り、龍田と別れた。

同日　10:30am　――渡瀬敦子

メイクを落とし、シャワーを浴び、またメイクをして、新たな服に袖を通す。

カーテンの隙間からは、夏の日差し。

川崎から捜査本部に戻ったのは午前九時だった。そこで歩容一致の報告が届き、不審者の画像公開が決定され、即座に実行された。画像も鮮明に加工され、人相もよりわかりやすくなっていた。

これで市民の目も包囲網に加わる。おそらく逮捕は時間の問題。そして、彼がすべてを自白すれば、この事件に関しては始末が付く可能性もある。

そこで一度ホテルに戻り、短時間だが眠ることができた。

タブレット端末には数件のメッセージが着信していた。

捜査本部のメールグループは、捜査情報進捗を知らせている、
さらに千葉県警の鈴木。意外なことに、池袋西署の宇田からも。

まずは鈴木のメッセージを確認した。

《現時点で宿泊者全員に連絡がつきました》

鈴木には七月七日から八日にかけて『ほしぞらの家』に宿泊していた者を、再確認してもらっていた。

メールにはＰＤＦファイル化された名簿が添付されていた。
《全員の身元確認。この中に、越谷の事件関係者はなし》
千葉県警には、越谷のパチンコ店襲撃及び一家殺傷事件の関係者について、七日から八日にかけての所在についても改めて確認してもらっている。
《現時点で八日朝までの所在が確認されていないのは、次の三名》
《内海忠広（37）埼玉県上尾市谷津一丁目××　内海美装　自宅兼事業所》
《白井いずみ（42）　埼玉県川口市南鳩ヶ谷七丁目××－×スカイコーポ鳩ヶ谷　八〇一号》
《山中彩水（17）児童養護施設内》
内海忠広は、篠原規夫の弟分で裁判の際、情状酌量を訴えた。組の再興自体が詐欺まがいの話であり、再興に動いた元兄貴分からの圧力が強く、やむなく強盗に至ったと主張した。内海は胡散臭い話だと篠原を諫めたが、聞き入れてもらえなかったという。
現在は小さいが建設会社を経営。金を集めていた元兄貴分は、二〇一〇年、その再興資金を巡る内紛で刺され、死亡している。
《内海は十九日に関しては神戸に出張。七日夜に関しては自宅にいたと証言。捜査中》
白井いずみは、殺害された山中祥子の妹で、山中彩水の叔母に当たる。岸朗から山中研二との不倫を報じられ、提訴した人物だ。埼玉県内の私立高校で、現在も教鞭を執っている。学科は日本史、世界史。

《白井いずみは十九日夜、同僚の学校職員と会食。確認》

岸朗殺害については、本人たちのアリバイは確認された。《七日夜から八日朝にかけては、自宅に一人と証言。捜査中》

十九日のアリバイがある限り、関連は薄い。

鈴木に電話を入れる。

「素早い対応ありがとうございます」

『こちらこそ、昨日は渡瀬係長の言葉を深く理解せず、事態を混乱させたこと、悔やんでも悔やみきれません』

悔恨にまみれた、低く嚙みしめるような口調だった。

「わたしの説明不足です。その旨を当方の上司に指摘され、深く反省しています」

奈良橋杏はまだ命をつないでいる——渡瀬は即座に切り換える。「奈良橋杏が襲われた以上、山中彩水も重要人物として考えなければなりません」

山中家の唯一の生き残りだ。添付資料によれば、現在は名を変え、児童養護施設で生活。軽度の自傷、他傷、転換性障害が報告されている。転換性障害は、強度のストレスなど心理的要因で運動や感覚機能に異常をきたす症状で、彼女の場合、十四歳まで歩行障害があったという。自傷、他傷も含め回復傾向。

しかし資料自体が三年前のもので、現居所は未記載。情報が公開されていないのだ。

『彼女に関しては情報がブロックされていて、確認が取れていないという状態です』

「白井いずみが知っているはずです。後見人のような立場ですよね」

『福祉団体や弁護士などが間に入っていて、自分の一存で開示できないとしています』

千葉県警は現在、埼玉県警に山中彩水の現在の名と現居所の情報開示を要請している。

『ただし、それは建前で、正式な手続きを踏む場合です。今は時間を優先すべきと小職も考えます』

鈴木の声がわずかに揺れる。『越谷の事件関係者について、埼玉県警と折衝したのは私です』

「できる限り早い開示を先方に……」

『山中彩水の現在の名はウミノ・ミナミ。日本海の〝海〟に野原の〝野〟、南北の〝南〟に〝美〟しい』

鈴木は、ゆっくりと告げた。ここで明かすことは、明らかに倫理違反だった。『居所に関して、私の元に情報はありませんが、これが今の私にできる精一杯の償いです』

これまでの分析で、山中彩水の居所は推定できる。つまり、非公式だが先手を打てる。

「天体観測会の名簿の中に、海野南美の名は」

『ありません』

「その日は近くのキャンプ場からも参加があったんですよね」

『引き続きキャンプの参加者を調べてみます』

電話を切り、予測した児童養護施設のＨＰを閲覧した。そして、自分の分析は間違っていないと確信ができた。

宇田のメッセージを確認し、ホテルを出た。


捜査本部は縣管理官と山根が無線に張りつき、人の動きが慌ただしくなっていた。分析捜査係の島には八幡と日野。八幡はイスに背を預け、うたた寝をしていた。日野は髪とメイクを直し、着替えたようだ。

「状況は？」

デスクに着き、日野に聞く。

「宮前区有馬七丁目で不審者の目撃情報。野球帽を被った若い男。放置自転車を物色し、乗って逃げたって。友田班と神奈川県警が急行中」

不審者の画像公開が早くも効いたのか。

「小山田さんは」

「さすがにもう引き上げた。今頃爆睡中でしょ」

開放された扉から本澤が入ってくるのが見えた。

「本澤さん！」

渡瀬が呼びかけると、本澤は手を挙げて歩み寄ってきた。

「例の場所への鑑識は？」

「許可は得たけど、先方はあんまり機嫌よくないな」

「では、わたしもご挨拶します」


熊田自工の作業場は、シャッターを半分閉じていた。

京島署の鑑識係は、目立たないように一階作業場に入ると、制服に着替え準備を始めた。

渡瀬も本澤とともに、作業場の中で熊田社長と挨拶を交わす。

「悪いな、おっちゃん。確認作業なんだ」

本澤は言った。

「急ぎの修理はないが、ヒマでもねえ。昼までに終わるのか？」

熊田は言った。三日前に訪れたときにあった軽自動車はすでになく、今はオフロードタイプのオートバイが作業台に据えられていた。

「小一時間くらいかな。一階で仕事する分にはかまわないからさ」

熊田以外に、油の染みたTシャツにキャップの男が一人。

「だとさ」

熊田が声をかける、男は肩をすくめて、オートバイの修理を再開した。

鑑識係員たちは、準備を終えると二階に向かった。本澤と熊田も、様子を見るため、鑑識のあとについて階段を上ってゆく。

本澤が写真を撮らせた、線路側の窓際通路を重点的に調べるつもりだった。

ここが〝観客席〟だった可能性が濃厚になったからだ。

「二階はどのくらいの頻度で使うのですか」

作業場に残った渡瀬は、修理を再開した男に聞いた。「作業はしたままでいいです」

熊田自工の従業員の一人で、名は前川(まえかわ)。三十二歳で、熊田自工に勤め始めて三年。京島署も身元を確認している人物だ。

「大型車のエンジン交換とか、塗装の時とか……でも、ほとんどは道具置き場かな」

「掃除はどのくらいの頻度で？」

「気がついたらかな」

「今週は」

「してないよ」

「日曜はお休みなんですか」

「俺たちは休みだけど、社長が趣味で作業続けることはあるよ」

何度も聞かれたのだろう。よどみなく応えた。

「戸締まりも熊田社長が？」

「日曜はそうなんじゃないかな。平日は最後まで残ったヤツが鍵かけて、向かいの新聞受けに鍵を入れて帰るんだ」

路地を挟んだ向かいに、熊田の自宅がある。

本澤のかけ声が響き、二階では鑑識作業が始まった。

「社長を疑ってるんですか。それとも俺たち？」

「いいえ、ここの二階に犯人の仲間がいた可能性を考えているんです」

「ああ、見物するなら特等席だろうね、位置的には」

現場から前後二十メートル程度で条件を満たす建物は複数あったが、トリスタン立花を含めほとんどが住宅だった。捜査の結果、住民が関与している可能性は低いと結論が出ていた。あとは夜無人になる事業所だが、トリスタン立花に隣接した工務店は、結果的にトリスタン立花の建物自体が邪魔をし、現場が見通せないことがわかった。

残ったのが、この熊田自工だった。

「一度ポストに入れた鍵は、外から取ることはできますか」

「そりゃ泥棒みたいに専用の器具でも使えばできないこともないだろうけど、社長ん家の玄関さ、事務所兼居間に面してて、そんなことしたら家族の誰かが気づくさ」

熊田は事件発生時、妻と近所の友人二人と自宅で会食をしていた。前川も、中野区内の飲食店にいたことが証明されている。

「合い鍵を作ることは？」

「さあ、それは専門じゃないからね」

「本澤さん、ここはお任せします」

渡瀬は声をかけ、工場を出ると、川崎にいる佐倉と古崎のチームに指示を送り、京島署へ引き返した。次は、捜査本部に無理を通さなければならない。

「お前にはこの状況が見えていないのか！」

山根の一喝が響いた。

モニターには、蛇行しながら道路を疾走するバイクとキャップを被った運転者の背中。不審者を追っている、車載カメラからの映像だ。

友田班が不審者を発見、追跡に入っていて、連絡と指示が煩雑化していた。

「概要だけでも目を通してください」

渡瀬は、急ぎしたためた報告書を縣管理官と山根に突きつけていた。

「山根は指揮を続行してくれ、私が話す」

縣管理官は、渡瀬の肩を叩くと通信デスクから雛壇前に移動した。

「君の打った手が功を奏して、この状況をつくりだした。それは理解しているな」

急行した友田が、横浜市都筑区北山田四丁目バス停付近で自転車に乗る若い男を発見、防犯カメラに映った男と似ていることから、職務質問をしようとしたところ男は逃走、一〇〇メートルほど先の交差点で、赤信号で停まったスクーターを強奪した。

そして、今まさに警視庁、神奈川県警の混成チームが、逃走バイクを追跡中なのだ。

「五分待て。概要を読む」

縣管理官が報告書に目を通し始めた。

現場が劇場に見立てられ、そこに〝観客〟が存在した。その〝観客〟が越谷の事件に何らかの形で関係していて、犯人グループがその〝観客〟のために犯行を重ねている可能性がある――

読み終えた縣管理官が顔を上げた。

「〝観客〟の推定はできています。今すぐ確認を始めたいと思います」

報告書には、山中彩水＝海野南美が居住しているだろう児童養護施設も記しておいた。

「まもなく不審者は捕まるだろう。それで区切りがつくと思わないか」

不審者が奈良橋杏の拉致及び殺人未遂の実行犯である可能性は高い。

「逃走しているのは一人です」

犯人は最低二人、犯行規模を考えれば三人以上。「それに、犯人グループが犯行を早めているという事実は変わりありません。奈良橋杏で犯行が終了したとも限りません。不審者が逮捕されても、ほかのメンバーが犯行を続ける危険もあります。〝観客〟の線からも犯人グループに迫る必要があります」

「必要があるかどうかは、不審者の逮捕を待って判断しても遅くないと言っている」

自白への期待か。「それに、山中彩水の居所も、勝手に行けば埼玉県警への仁義を欠くことになる」

「もし推定した児童養護施設が埼玉県警の回答と同じなら、それは偶然の一致です」

「それでも向こうは裏切りと考えるだろう」

「山中彩水を〝観客〟と仮定することで、高橋陽介の殺害動画の撮影、掘り返しての再遺棄、岸朗殺害の現場設定と列車を使ったことの合理的な説明が可能になります」

高橋陽介殺害を撮影したのは、彼の死の証拠として。しかし、撮り方に不備があり、確実に高橋陽介が絶命しているのか確認できない代物だった。元動画を入手した異界サイクリングの二人も、フェイクか本物か判断できなかった。〝観客〟はそこに不満を示した。

そこで犯人グループは、殺害の確証を映像から〝実物〟に求めた。

すでに殺害した高橋陽介は、肉眼で確認させるために改めて掘り起こし、新川河川敷に棄てた。その時点で、ある程度腐敗が進み、絶命は明らかだっただろう。七日深夜から八日明け方までに、山中彩水＝海野南美がその周辺にいれば、事実は決定的になる。

そして、岸朗から殺人を〝ライブ〟に切り換えた。ただし、刺殺や絞殺などでは説得力に乏しい。映像同様フェイクが可能だからだ。

「犯行の条件は、〝観客〟にフェイク不可能な確実な死を見せることです。その具体的な方法が、治療不可能なほど激しい身体の損壊をライブで見せることなんです。それが鉄道による轢殺を選んだ理由です」

畢竟、高橋陽介再遺棄現場も、奈良橋杏殺害未遂現場も〝観客〟の都合、条件によって選ばれた。

浮き彫りになるのは、犯人グループの隷属性。あるいは献身。

逆算すれば、山中彩水と岸朗、高橋陽介、奈良橋杏の間に、犯行にいたる何かがあったことになる。

「〝観客〟と岸、高橋の関係は」

「調べます。それも含めて確認しなければ、話は始まりません」

無論疑問はある。心身に障害が出るほど大きなショックを受けた彼女が、主犯たり得るのか。

「山中彩水がデリケートな存在であることは理解しているだろう」

「もちろんです」

「うちには優秀な取調官がいる。その結果、山中彩水の名が出たなら、大手を振って接触できる」

「再度言います。問題はスピードです。省ける手順は省き、打てるうちに手を打つ。それだけです。人がいないなら分析でやります」

「立場を悪くするかもしれないぞ」

「構いません」

「君は本当に人を困らせるな」

縣管理官は人差し指を立てた。「だがその姿勢は嫌いじゃない」

同日　11:31am　——羽生孝之

名刺には《社会福祉法人・アマリリスの庭　副理事長　最上えり》とあった。

「大変なときにお邪魔して申し訳ありません」

窓際のテーブルで向かい合った羽生は、改めて頭を下げた。冷房の効いたラウンジ。大きな窓の外には、鮮やかな緑と木漏れ日。

最上は四十をいくつか過ぎた女性で、人を安心させるような柔らかな眼差しをしていた。プロフィールを見る限り、実績のほとんどが人権保護や労働問題に関する訴訟だった。

『ゴルフ夏合宿&天体観測会・近日点間近のリニア彗星を見よう！』

ここで行われているイベントで、《アマリリスの庭》のＨＰには概要が記載されていた。十歳から十八歳までの少年少女が対象で、日程は二十二日、二十三日の一泊二日。初日はゴルフ練習のほか、キャンプファイヤーや天体観測など、いくつか付属イベントも計画されていた。資料を読む限り、強化合宿のようなものではなく、サマーキャンプ感覚でゴルフとふれ合いながら親睦を深めることが目的のようだ。二日目にプロを招いてのゴルフクリニックと、ハーフラウンドの競技会が予定されていた。

主催は川崎市と神奈川県アマゴルフ連盟。協賛にいくつかの企業と社会福祉ＮＰＯ法人。

「ごめんなさいね、入れ違いになったみたいで」

羽生が到着した時点で、黒澤早苗は不在だった。

今朝の事件を受けて、最上はゴルフ合宿の一時中断を決定、希望する参加者を一度それぞれの施設に退避させた。

「すぐ近くですし、犯人がまだ逃げているというので、即断即決ね」

参加者を送り届けるために、協賛各団体に連絡、複数のスタッフを車輌とともに呼び寄せたのだという。黒澤早苗もその一人だった。

「安全が確認されれば、黒澤も参加者を連れてここに戻ってくるのですが」

失望と手持ちぶさたが表情に出たのかもしれない。「わたしも立岡さんを全く知らないわけじゃありませんよ」

黒澤早苗を通じ、面識があるという。

なにか持ち帰らないと、土方に罵倒される。羽生は気を取り直し、立岡の失踪と不正の疑いについて話した。

「あまり穏やかではない話ですね。熱心に取材をしていたという印象でしたけれど。ほんと、几帳面というか、いつ来てもノートにびっしりと取材したことを書き込んでてね」

「来栖美奈さんにも信頼されていたみたいですね」

「そうね、立岡さん以外の取材は受けていなかったしね」

最上は、黒澤早苗が初めて美奈を福祉イベントに連れてきた日のこと、以降、美奈がボランティアスタッフとして《アマリリスの庭》の運営を手伝うようになったことを滔々と語った。そして、美奈とともに立岡もボランティアの現場に顔を出し、時折その活動ぶりを取材していた。

「先日、我々も会いました。取材ではなく、この調査の一環で」

「そう、美奈さんは元気でしたか？」

でしたか？

「今は営業事務で、外回りも率先してこなしているみたいです」

「仕事に打ち込めているようでなにより」

表情に、わずかだが寂しげな陰が浮かぶ。

「最近は、お会いしていないいんですか？」

「仕事が忙しくなったのなら、納得ね」

聞けば、今年に入り一度もスタッフとしてボランティア活動に参加していないという。

美奈はそれに関し一言も触れなかった。聞かなかったから話さなかったのかもしれないが、なにかが引っかかった。

「いつ頃から来なくなったんですか。できるだけ詳しく教えていただけますか」

最上は多少困惑しながらも、システム手帳を開き、過去のスケジュールを辿る。

「去年の秋頃からみたいね。十一月からあとはスタッフに入っていない……」

立岡が最後に接触した時期だ。「そうそう、その頃から黒澤さんも、体調不良であまり出てこなくなって。本業はきちんとやっているから、深刻なものじゃないんだけど」

土方への報告事案だ。

黒澤清人を巡る、姉・黒澤早苗と美奈の絆。ホームにいた美奈と清人の二人。その瞬間の映像を消去した立岡。

そして、立岡の離職と面会を機に、美奈はボランティア活動に参加しなくなった。

「今日も元々参加されていなかったんですよね」

羽生は確認する。

「ええ、朝の事件で参加者を一時退避させるために呼びました。車が必要だったので」

今は都内の児童養護施設に参加者の一部を送り届けて、待機しているという。

羽生は施設名と住所を聞き、スマホにメモをした。

「話は変わりますが」

我ながら唐突すぎると思いながらも、羽生は切り出す。「立岡と来栖美奈が特別な関係だったということはありましたか」
「男女の関係という意味で？」
最上もわずかに動揺を見せ、しばらく思案したが――「そんな感じはなかったかな」
空振りしたところで、ポケットの中でスマホが振動した。
凜々子からのメールだった。
《横浜市都筑区で警察の動きが激しい》
著作権デスク業務の傍ら、継続してSNSウォッチを続けていたのだろう。いや、彼女の場合、スマホいじりがメインだ。
メールにはSNSのURLが複数張り付けられていた。
《あっちこっちでサイレン鳴ってるけどなに？》
《DQNバイクで逃走中》
《警官がわらわら走ってる！》
三件だけだが動画付きの投稿だ。
土方から着信が入った。
「失礼します」

羽生は席を離れ、通話ボタンをタップした。

『凜々子のメール見た？』

「例の犯人ですか」

カメラの準備はあったが、Ｐキャスは持参していない。ここまでは公共交通機関とタクシーの利用で、自前の機動力はない。

「現場に移動しますか」

『今は龍田氏の仕事を優先して。そっちには社会部からクルーが二班出ているし、横浜支局も、県警本部と多摩南署に張りついている。支局長が下僕だから、こっちでコントロール可能』

いちいち反応するのはやめた。

『で、そっちの収穫は？』

羽生は最上の話と、去年の秋を境に美奈、黒澤早苗の関係が変わったことを伝えた。

『なるほど。黒澤さんがいる施設の場所わかる？　わたしが行く』

「江戸川区平井……」

羽生は住所を伝えた。「施設名は《陽だまり学園》です……」

門から車が進入してきて、駐車場に停まるのが羽生の視界に映り込んできた。合宿の参加者が戻ったのかと目をこらしたが、降りてきたのは男性二人組だった。

『ちょっと聞いてる？』

「新情報」

声を潜める。「たった今渡瀬さんの部下が二人来ました」

一人は主任の佐倉。もう一人は若手の古崎。二人は正面エントランスに向かった。

『玲衣の部下なら……』

今度は土方が静かになる。

「土方さん？　聞こえてます？」

『敦子、確実に〝観客〟のしっぽ捕まえたね』

「いや、このまま不審者が捕まれば終わりでしょう」

不審者が犯人で、自供すれば、それで決着の可能性が高い。「もう捕まりそうだし」

『逃げてるのは一人。陽動の可能性も捨てきれない。それより……』

息を吸う気配が伝わってきて――『陽だまり学園の住所見てなにも思わない？』

「江戸川区……」

『地図に住所ぶち込んでみなさいよ！』

一度通話を中断し、マップに住所を打ち込むと、自動ズームし、赤いピンが立った。

その位置関係に気づくのに十数秒要した。墨田区と江戸川区の違いで気に留めていなかったが……。

「列車殺人の現場に近いですね」

背筋がぞくりとした。

『岸朗が殺された現場から直線距離で一五〇〇メートル。実際に移動するとなれば、二キロ超えになるでしょうけど、近いと言わざるを得ないね』

「ということは……」

『アマリリスの庭の関係者が、三カ所の現場のうち、二カ所の至近にいた可能性がある』

偶然か必然か悪魔の差配か――北上の顔が脳裏をよぎった。『十時間くらい前、わたしと敦子が話し合った事件の構図は覚えてる？』

「現場には観客席があるとか……」

『そう、これで岸朗が殺害された現場の謎に道が示されたと思わない？』

『デルタ・ブレイキング』でコメントしてきた鉄オタでさえも、なぜ侵入すら難しいあの場所を舞台に選んだのか合理的理由を見いだせなかったが――

「線路上には観客席に当たる部分がありませんよ」

『いいえ。絶好の観客席があったからこそ、あの場所にしたの。観客席優先の場所選びね。

だったらアマリリスというより、陽だまり学園の人間が観客？　敦子のことだから、もう特定しているかも』

土方の中では、事実の断片が有機的に組み上がりつつあるのだろう。『もう戻って龍田氏と合流していいよ。なんか荷物運び要員がいるって』

同日　1:02pm　——渡瀬敦子

旧中川にかかる中平井橋を渡り、あえて川沿いの遊歩道に入ると、上流へと向かった。道の両側は芝生で、木陰も多い。今はジョギングやサイクリングを楽しむ人も多いが、街灯は皆無。夜間、人通りは途絶えるだろう。

「ここは人知れず現場に移動できるルートではなかろうか。そう思っているね」

となりを歩く日野が言った。「横顔でわかる」

「防犯カメラもありません」

渡瀬も応える。「しかも、橋より上流は遊歩道だけです」

川に面した建物と川の間に車道がないのだ。

渡瀬が推定した山中彩水＝海野南美の現居所は、江戸川区平井七丁目の社会福祉法人《陽だまり学園》。

三カ所の現場のいずれかの近くに児童養護施設があるか。それが検索条件で、《陽だまり学園》がヒットした。岸朗殺害現場から、直線距離でおよそ一キロ半。京島署からも徒歩十五分ほどの距離だった。

「でも海野南美、本当に陽だまり学園にいたね」

日野は半ばあきれ気味だ。「まあ、縣さんに啖呵切るだけのことはあるか」

佐倉からも、川崎青少年文化ミュージアムのイベント参加者、宿泊者の中に海野南美の名があったと報告が来ていた。

日野を臨時相棒にしたのは、単に山中彩水＝海野南美を怖がらせないためだ。

やがて、右側に塀で囲まれた白い建物群が見えてきた。資料によれば、《陽だまり学園》は、事務所や図書館、食堂、講堂などが収まる中央棟と、男子棟、女子棟の三棟に分かれていた。その背面を通過するとき、塀の高さ、勝手口の位置を確認した。風に乗って、子供たちの声が聞こえてきた。

正面に回り込み、門のインターフォンに、名を告げた。

『うかがっています。そのまま中へ』

穏やかな男性の声が聞こえてきた。

門をくぐる。駐車場には社用車らしいライトバンと、軽ワゴン。

正面玄関で待っていたのは、小柄で髪が半ば白くなった男性だった。園長の蒲田だ。

社会福祉法人《陽だまり学園》は、大手外食チェーンが運営に入り、施設に食事を提供していた。定員は四十名で、現在は二歳から十七歳まで三十八人が暮らしていた。入所者の大半が親側の事情——貧困、心身の疾患、暴力、育児放棄などによって、同居できない子供たちだった。

職員は園長で社会福祉士の蒲田定俊のほか保育士、心理士、栄養士ら常勤スタッフが五人。提携している団体に《アマリリスの庭》も名を連ねていた。

白く広いエントランスホール。正面に階段があり左右に廊下が延びている。右手には受付の窓口があり、手前の小スペースには、ベンチと、様々な冊子が並ぶ大型のマガジンラックが置かれていた。

「こちらへ」

蒲田に案内され、応接室で改めて挨拶を交わし、名刺を交換した。

職員の女性がお茶を出し、退室するのを待って渡瀬は切り出す。

「ある殺人事件の捜査をしています」

「昨夜、埼玉県警さんから南美の安否確認の電話がありました。その件でしょうか」

蒲田が警戒気味に聞いてきた。

「そうです。事件は千葉県八千代市で発生したのですが、殺されたのが、二〇〇九年の越谷の事件に関係していたと思われる人物だったので、一応関係者の方々に変わりがないか、確認した次第です」

埼玉県警からは、問題なしとの回答を得ていた。

「埼玉県警さんには、スタッフと一緒にいるとお答えしましたが」

千葉県警に依頼を受けた埼玉県警も、彼女の安否のみを優先した。昨夜の段階ではそれが正解であり、だからこそ安否不明者として名が上がってこなかった。

「南美さんは今どちらに？」

蒲田にわずかな逡巡。そして——

「ここにおります。本人に変わりはありません」

「ずっといらしたのですか？」

「いえ……今朝、戻った次第で。今朝まで川崎にいたのですが、事件の報道を受けて、危険だと判断しまして」

佐倉の報告通りだった。

「ゴルフ合宿ですね」

渡瀬は言った。この学園のＨＰにも記載されていた。

「滞在先は、生田緑地内にある川崎青少年文化ミュージアム内の宿泊施設です。今資料をお持ちします」

蒲田は立ち上がると、一度部屋を出た。

生田緑地は木々に覆われた小高い丘で、北側は枡形城址公園、歴史遺構があり、南側に航空宇宙科学館、青少年文化ミュージアム、古民家エリアなど文化施設が点在していた。

グランウィンドが映ったコンビニからも近く、不審者が向かった方向でもあった。

そして、根岸陸橋からも数百メートルの距離だ。

蒲田がクリアファイルを持って戻り、渡瀬の前に置いた。

「ここからの参加者は」

「南美を入れて三人です。あとは引率の方が一人。安全を考えて全員を戻したんです」

海野南美のほかに、中学二年の男子と小学五年生の女子が参加していた。

「引率はどなたが」

「滝川さんという女性です。提携している団体の方で、一緒に戻ってきました。まだ南美と一緒に二階にいますよ」

「《アマリリスの庭》の方ですか」

「今回はそうですが、滝川さんはいくつかの団体を掛け持ちで手伝っています」

「運転は彼女が？」

駐車場の軽ワゴンのボディには《社会福祉法人　アマリリスの庭》とマーキングされていた。

「いえ、現地の責任者が急遽スタッフを呼び出して、迎えに行ってもらったんです。黒澤さんという弁護士の方です」

現地の責任者は最上えり。弁護士事務所の共同経営者で、《アマリリスの庭》の副理事長も務めているという。

「《アマリリスの庭》さんだけでなく、協賛してる団体のスタッフに片っ端から連絡して、すぐに車を出せる人を集めて、参加者を退避させたんだから、すごい手腕というか行動力というか」

「では、海野さんについて、いくつか確認を」

「安否確認だけではないんですか」

「事件が発生している以上、知っておくべきことがあります」

海野南美は現在、《アマリリスの庭》の支援で通信制高校に入学、月一回の登校と、交流イベントへの積極的な参加で、社会復帰を目指しているという。

海野南美がゴルフを始めたのは二年前、ここに転居してきてから。それまでは医療設備のある施設にいたと蒲田は説明した。

「手足に心因性の障害がありまして、大分回復したので、とにかく歩こう、手足を動かそうという判断で本人の同意の上でトレッキングやゴルフを始めたんです」

蒲田は慎重に言葉を選んでいた。

「一応ですが、今月の予定を見せていただけますか」

渡瀬の要請に蒲田は「少々お待ちください」と再び中座し、スケジュールが出力されたA4紙を手に戻ってきた。

「先週は川掃除ですね。裏の旧中川の河川敷と、旧中川と北十間川のゴミを拾いました。これはそれぞれの町内会の方々とです。その前は……」

蒲田の指が紙の上をなぞっていき、『七日』のところで止まった。「天体観測会を兼ねたキャンプに参加しておりました。こちら《グリーン・スマイル》さんの引率です。場所は埼玉県越生市の越生の森キャンプ場ですね」

通信制高校の生徒が対象となるキャンプだったが——

埼玉——越生の森?

「トレッキングとバーベキュー主体のキャンプです。原則、イベントには警備員も同行させています」

蒲田は、渡瀬が南美の安全面をチェックしていると勘違いしているようだった。

「参考にさせていただきますので、コピーをいただけますか」

渡瀬の要請に、「これをそのままお持ちください」とA4紙を渡瀬の前に置いた。

高橋陽介が失踪した七月五日に特にイベントはない。

「通常、イベント以外で海野さんが外出することは」

「散歩や買い物程度はありますが……その場合も誰かが付き添います」

陽だまり学園から参加したのは、海野南美とほか二名。

この日はそれぞれ別の社会福祉NPO法人主催のキャンプが二カ所で行われていた。そのもう一カ所が西印旛レイクサイドキャンプ場。鈴木が現在捜査に入っているキャンプ場だ。残りの二人はこちらに参加していた。

改竄。

まずそれが頭に浮かんだ。しかし、改竄したとしても、メタデータを見ればすぐに痕跡、作成者の名が露見する。偽装にしても、稚拙としか言えなかった。そこに無秩序を感じはしたが、

「ご協力ありがとうございました」

渡瀬は頭を下げ、立ち上がった。「無事な姿だけでも確認を。それと滝川さんにお話を

うかがえたら」

蒲田の案内で、エントランスホールの階段から二階に上り、図書室の表示がある扉の前で立ち止まった。

「越谷の事件のことを、直接話しますか」

蒲田は不安げに聞いてきた。

「そのつもりですが、まだ精神的に不安定なんですか？」

「いえ、日常生活に支障はありません。子供たちの世話もしますし、よく笑いもします。ただ、まだよく読めない部分があるのも確かなんです」

「何かあったんですね」

日野が聞いた。相手の表情や態度を読むのは、彼女の仕事だ。

「腕を切りました……自分で。二ヶ月ほど前でしたか」

蒲田は迷ったのち、言った。「心理士とも協議しましたが、自傷と自殺未遂の境界がまだよくつかめていません」

これまでも自傷はあったが、その時の傷は深く、縫合手術を受けたという。

「情報は遮断しているのですか」

殺人など凶悪事件の報道やドラマが、フラッシュバックの引鉄になる可能性はある。

「それはこの二年かけて慣らしてきました。本人もニュースを普通に見ていたのですが、なにが引鉄になったのか……」

「専門家は」

「過渡的なもので、いずれなくなると」

「では、慎重に接します」

彼女が座る席は決まっているという。蒲田はそっと扉を開け、渡瀬と日野を中に入れた。

「奥のテーブルの、手前の子です」

書架の陰から、そっと奥を見遣る。

横顔を見せている少女がいた。柔和な笑み。窓からの反射光で、前髪が白く光っている。鼻筋は美しい曲線で、整った顔立ちをしているが、どこか彫像めいているようにも見えた。

「となりが滝川さんです」

年格好は海野南美とそう変わらないように見えた。「南美も滝川さんには一番心を開いています。まず彼女に南美の状態を聞いてみましょう」

蒲田が合図を送ると、滝川が気づいて小さくうなずいた。

そっと図書室を出て、階段を下り、エントランスホールで待つ。

「滝川さんと海野さんの関係は長いのですか?」

「南美が医療施設にいた頃からです。三年になりますか」

滝川真凜。それが彼女の名だった。「彼女も児童養護施設出身ですが、高校を卒業したあと、同じ境遇の子供たちを支援する仕事に就きました。思いやりがあって、しっかりした子ですよ。外泊の時は、必ず彼女が同行します。早めに犯人が捕まれば、合宿を再開させると連絡を受けているので」

階段を下りてくる足音が聞こえ、踊り場から滝川真凜が姿を見せた。

「滝川さんですね」

ショートの髪。何度も洗濯したようなTシャツに、ハーフパンツ。左目が斜視だった。目尻には直径一センチほどの、崩れた星形のような傷跡。斜視の原因のひとつは眼球、眼窩へのケガ。事故でなければ、暴力か……。

「警視庁の渡瀬です」

「日野です」

日野が名乗ると、滝川は両手で頬を包み「女豹さん」とつぶやいた。

「よく言われる」と日野が応え、滝川の口許に笑みが浮かんだ。

「海野南美さんとお話がしたいのですが」

渡瀬は切り出す。

「今日はちょっと警戒かな」

滝川は反応をうかがうように、蒲田を一瞥する。

「あのニュース見て、いつもと違う反応してる」

「事件はいつ知りましたか？」

「夜中のサイレンには気づいていたんだけど、それが事件だと知ったのは、最上さんから連絡を受けて」

朝七時過ぎに、宿泊している部屋に電話がかかってきたという。

「部屋は南美さんと一緒でしたか？」

「そういうご指名なので」

「夜はなにを」

「寝てましたよ、普通に」

就寝は午後十一時頃。部屋は和室で、海野南美と布団を並べて眠ったという。

「朝までに誰かに会ったり誰かを見たりとか」

渡瀬はスマホに不審者の画像を呼び出し、滝川に向けた。「たとえばこんな人」

「ああ、この写真さっきテレビに出てましたね」

滝川が顔を上げる。「見てないです」

「お迎えが来たとうかがいました」

「一度戻れって最上さんに言われたんで。一応わたしも免許あるんだけど、黒澤さんの車に乗れって。あまり信用されていないみたいで」

滝川は自分の左目を指さした。

「帰りに検問は？」

「受けました。結構物々しかったです。早く戻って正解って感じ」

滝川は検問を受けた場所を告げた。すぐに確認が取れるだろう。

「いつも海野さんと一緒にいるのなら、彼女を監視しているような人物を見かけたりは」

「南美が狙われてるんですか」

「今日襲われたのは、越谷の事件の関係者です。二週間くらい前にも、越谷の事件の関係者に近い人が殺されました」

滝川は「へえ」とつぶやいた。「南美にそれ話すの？」

「そうですね」

「だめだよ、そんなこと」

「だがね……」

蒲田が割り込んできた。「過保護すぎるのも、南美によくないと思うんだ」

「急ぎすぎて、また南美を壊すことにもなりかねないでしょ、この前みたいに」

蒲田はなにか言いたげだったが、それ以上の反論は出なかった。

「この前のキャンプも一緒に？」

渡瀬がぶつけると、滝川の口許が一瞬一文字になり、表情が消えた。

「行ったかな」

笑みが戻る。

「湖畔とか？」

実際には印旛沼だが。

「どこでも一緒です。蒲田園長のご指名なので」

はぐらかされた。

「六年前のことは話さないから、身の回りに変わったことはないか……」

「だから今日は無理！」

滝川は食ってかかるように遮った。が――「ごめんなさい、ちょっと声大きかった。今は無理だけど、落ち着けばたぶん大丈夫」

滝川がなにかに気づいたように、渡瀬の顔を指さしてきた。「その火傷みたいなのなに」

痣のことだと思い当たった。

「誰にやられたの？」

「ああ、これは生まれつき」

渡瀬は指先で前髪をどけてみせた。朝、メイクにあまり時間をかけられず、消しきれなかったようだ。

「顔だけ？」

「胸のほうまであるよ」

耳元から髪をかき上げて見せた。

滝川は首筋から肩にかけての赤黒い紋様を、物珍しげに凝視した。

「痛い？」

「痛くはないけど」

髪を下ろした。

「つらかった？」

「この痣のせいで？」

滝川はうなずく。明らかに向けられる視線の温度が変化していた。

「いろいろあったけど、それだけかな」

「そうなんだ」

口調も、多少フランクになったような気がした。「好き？　その模様」

「仕方ないとは思ってる」

「消せないの？」

医学的には血管腫と呼ばれている。幼少期の早期治療が有効だと聞いたが、それができる環境ではなく、治療できることを知ったのは、高校に入ってからだ。

「時間をかければ消せると思う」

これがあったから、自分はアンタッチャブルな存在でいられた。そして、これがあったから、玲衣と出会い、共犯関係になれた。

「でも消さないんだ。わかるような気がする。生きてるしるしだよね」

痣と自身の眼を重ね合わせているのだろうか。

「お話終わったのでしたら、戻っていいですか？　南美が待ってるんで」

滝川はきびすを返すと、軽やかな足取りで階段を上っていった。

渡瀬の直感は、彼女が犯人グループの一員だと告げていた。

今逃げているのは、動画の流出を許し、無防備に防犯カメラに顔をさらした男。この事件の『無秩序』の一面を生み出しているリーダー。

ならば参謀は彼女か？　確率は五分五分といった印象だ。参謀は別にいるかもしれない。

どちらにしろ、その参謀は、防犯カメラの映像が公開された時点で、顔が割れたリーダーを切り捨てた。

これは、まだ犯行を続ける意思の表れと考えることもできる。

「では、海野さんの写真を提供していただけますか」

渡瀬は言った。「不測の事態が生じた場合、彼女を保護するときにも役立ちます」

「保秘は大丈夫でしょうか」

「心得ています」

海野南美＝山中彩水の現在の写真は、メールで提供を受けることになった。

「最後に、黒澤さんにもお話をうかがいたいのですが」

結果的に、〝観客〟海野南美を、現場から逃がした。ただし、呼び出しは奈良橋杏の拉致事件があったからで、渡瀬自身がリアイルタイムに追跡し、さらにそれを玲衣がリアルタイムで追わなければ、早朝の報道にも繋がらなかった。つまり黒澤早苗が海野南美を乗せたのは偶然。いるからには押さえておく、程度の考えだった。

「食堂で仕事中です」

蒲田に場所を聞き、食堂に足を運んだ。大きなテーブルが六脚並び、セルフサービスのカウンターがあるシンプルな作りだ。昼食の時間が終わったばかりで、カウンターの向こうでは、職員がのんびりと洗い物をしていた。

そのカウンターから最も離れた一角で、白いブラウス姿の女性が、ノートパソコンと、資料を前に作業をしていた。

ショートボブ。理知的で美しい顔立ちだったが、目許に疲れがにじんでいた。

「黒澤さんですか」

声をかけ、事情を話した。「今朝の事件について調べています」

「わたしはなにも」

文書を打つ手は止まらない。

「滝川真凜さん、海野南美さんをここまで乗せてきた経緯を……」

「それが捜査になんの関係があるのでしょうか」

「話を聞かない限り、その判断もできません」

黒澤の手が止まった。

「朝方まで自宅で抱えている案件の準備書面を作成していて……午前七時過ぎに最上から電話があって、急遽川崎へ行くようにと……」

黒澤の勤務先は、西新宿にある《三隈・由良法律事務所》で、そこに築地七丁目にある実家から通っているという。

「直接ではなく、一度市ヶ谷にあるアマリリスの事務局に寄って、そこで車に乗り換えて向かいました。事件の詳細は車内のラジオで知りました」

「乗せたのは何人ですか。できれば乗せた人の名前も」

「滝川真凜さん、海野南美さん……」

黒澤は四人の名を上げた。蒲田の資料と一致した。

「不審者を見たりは」

画像を見せたが、黒澤は首を横に振った。

「海野さんについて、なにか知っていることはありませんか」

「なにかと言いますと」

「言動や情緒の変化です」

「六年前の一家殺傷の生き残りであることはこちらも把握しています」

日野が言い添えた。

「それが、今度の事件と関係が？」

「それも調べる必要があるので」

黒澤は視線を落とし、何度か小さくうなずいた。

「会うのは福祉イベントで、年に数回程度で、詳しいことはわかりません、でも、確実に回復に向かっているのは感じています」

「滝川さんのお陰だと思いますか？」

「そうですね、彼女が真凜を信じたところから始まった気がします」

過覚醒、自傷と他傷を滝川がすべて受け止めたという。

渡瀬はふと資料の脇に置かれている名刺に気づいた。

《DeltaTV　DELTA・BREAKING　土方玲衣》

「テレビ局の記者が来たのですか？」

胸騒ぎがした。

「二十分ほど前まで。全く別の案件です。局内の不正に関わる調査でしたが、詳細は言えません」

黒澤がここに来たのはイレギュラーのはず。

ならば、玲衣はすでに最上弁護士と接触した――

「被疑者は特定できているのですか？」

唐突に、質問が飛んできた。

「捜査情報は、お答えできません」

「ですよね」

黒澤に礼を言って、エントランスホールに戻ると、蒲田が待っていた。

「終了ですか」

「裏手を見せていただけますか」

岸朗殺害現場への経路を確認しておく必要があった。

エントランスホールの階段脇に勝手口があり、蒲田の案内で外に出た。

旧中川に面した一角は、遊具付きの芝生の庭園になっていて、保育士らしきスタッフが見守る中、幼児から小学校低学年らしい子供たちが数人遊んでいた。

この裏庭を含む、陽だまり学園の敷地は、高さ二メートルほどの格子状の木製フェンスで囲われていた。川に面した遊歩道側には裏門があり、門柱には防犯カメラが一台。

その裏門の外に、玲衣が立っていた。

「裏口周辺のセキュリティを見ておいてください」

日野に告げ、庭を迂回し、裏門から遊歩道に出た。

「裏門から直接川沿いの道に出られるし、線路の近くまで、人目なし防犯カメラなしの道が続いてる」

土方が振り返った。「〝観客〟はここの人？」

「どうかな」

「男子棟の裏手にエアコンの室外機が並んでて、その上に乗ると、たぶん女の子でもフェンスを越えられると思う」

「玲衣こそ別件てなんなの」

「質問で返すってことは、認めたな」

満面の笑顔を向けられた。「わたしは元社員の不正を調べてる。敦子のほうは捕まりそう？」

「うん。帳場が楽観論に傾いている」

「敦子はご立腹のわけか。じゃあ、犯人もここの関係者？」

「知らない」

「当たりは付けたわけだ」

「勝手なこといわないで」

「顔見てればわかる。お得意の全方位射撃が始まるのね」

この学園と、提携、協賛、関係するすべての企業、団体の記録を当たるつもりだった。

「だったらこれも必要ね」

玲衣はバッグから小さなプラスチックケースを取り出し、差し出してきた。「犯人追うので精一杯で、基本がおろそかになってたでしょ」

ＵＳＢメモリだった。

「あの現場に集まってた野次馬が映ってる。スマホで隠し撮りしているから、手ぶれとかひどいけど、たぶん全員分撮れてると思う。羽生君もずいぶん粘って、現場歩き回ってたから」

犯人が現場に戻る可能性――放火を始め、あらゆる凶悪事件の現場で野次馬を観察するのは基本だ。派手にサイレンを鳴らしたせいなのか、深夜にしては人が多く集まっていた。しかし、あの時は犯人の追跡、分析に全力を注ぎ、野次馬のことは頭から抜けていた。

「見返りはなに？」

渡瀬は受け取った。

「それが役に立ったらでいい」

「ありがとう」

「でもさ、全く別の調査をしてたわたしと敦子がここで交差するなんて、運命感じない？」

「そんなこと言われても」

「わたしが探ってる不正ってね、元を正せば十八年前の地下鉄八重洲東駅爆破事件に繋がってるの」

胸を、冷えた空気が通り抜ける。

「もしこの事件が越谷の一家殺傷に絡んでいるんなら、やっぱり根源は八重洲東駅に行き着くんだよね。これも運命と思わない？」

「……偶然だと思う」

応えたところでスマホにメッセージが入った。捜査本部からだった。

《逃走の不審者を逮捕》

「捕まった」

玲衣に告げた。

「一人がね」

玲衣は応えた。「じゃあまた連絡する」


エントランスホールに戻り、目を付けておいたマガジンラックの前に立つ。

同じ判型の小冊子が並んでいた。一冊を手に取った。タイトルは『陽だまりの足跡』。

「我々が発行している会報です。支援して頂いている方々への活動報告でもあります」

蒲田が言った。

中を見ると、教育評論家のコラムや法律相談、イベントや研修の記録などが、写真とともに掲載されていた。最新号では主に五月と六月の活動が紹介されていた。

「支援者様以外には、区役所や近隣の小中学校、老人ホームにもお配りしています」

陽だまり学園は、グループで運営されていて、東京のほかに横浜、さいたま市、千葉県柏市に同様の施設があった。柏市の施設が《陽だまりファーム》だった。

同じ判型の冊子はすべてバックナンバーだった。いずれも大量の写真が添えられ、玲衣から提供されたＵＳＢメモリ同様、資料価値は十分にあった。

「購入できますか」

「持って行って頂いて結構ですよ」

「では」

渡瀬は最新号を含め、すべての号を一冊ずつ抜き取ると、二十冊を超える小冊子を日野と分け合って小脇に抱えた。

「全部ですか……」

「ご協力ありがとうございました」

渡瀬は呆気にとられる蒲田に一礼した。

捜査本部に縣管理官と山根の姿がなかった。不審者が連行された多摩南署に向かったのだろう。岸朗との繫がりを公表していない以上、少なくとも今日中の京島署移送はない。取り調べは多摩南署で行われる。

不審者逮捕。友田の殊勲。高揚し、わずかに緊張感の薄れた捜査幹部たちを尻目に、渡瀬と日野は紙袋をデスクに置いた。

「すごい土産だな」

八幡が迎える。

「これ以外にも、陽だまり学園とその系列団体、提携や協力関係にある福祉団体の会報、報告書、パンフレットで、バックナンバーも入手できる限り手に入れてください」

渡瀬は言った。「同じ条件でネット上の情報、画像、動画もできうる限り」

「なにをする?」と八幡。

「掲載されている写真に写っている人物をすべてスキャンしデータ化してください。山中彩水を観客と仮定するなら、この中に不審者が写っている可能性があります。あとは」

渡瀬は玲衣からもらったＵＳＢメモリを、日野の前に置いた。「根岸陸橋の現場にいた野次馬の顔です。ほぼ全員が映っているはずだと、提供者は言ってました」

「野次馬との照合もやると」

八幡は紙袋を指さす。「帽子の兄ちゃん以外の誰かが一致すれば、そいつは犯人グループのメンバーの可能性があるか」

「人海戦術になるね」と日野。「回収班と分析班が必要」

「まず佐倉と古崎を戻すか」

「そうですね。作業は本部で」

機材も熟達した人員も揃っている。「総出でやってください」

「縣には事後報告か。ま、鬼の居ぬ間にということか」

「あくまでも取り調べが不調の時の押さえです」

おそらく犯人は足を止めない。縣管理官に掛け合って、南美と滝川の監視も提案しなければならない。

「班長はどうする」

「池袋に」

八幡は思い当たったのか、両手を広げ「そっちもか」と、満足げな笑みを浮かべる。宇田にはすでに連絡してあった。

「結末が楽しみだ」

同日　1:47pm　――ジュン

区内の小学校に補充するオフィス用品をカートにピックアップしたところで、ポケットのスマホが振動した。

同僚たちの動きに留意しつつ、倉庫の最深部＝十五番ラックの陰に移動する。

通知の確認前に、まずはエゴサーチをするのが手癖になっていた。自分の住所や職場は曝されていない。次に通知を見る。

ＳＮＳの連絡用アカウントにＤＭが来ていた。

《ＫＣさん襲来。七日夜の抜け駆けのこと匂わせてきた。気づかれてるかも》

警視庁のことだ。七日、八日のキャンプについて、探りを入れて来たようだ。

――差し替えのほうはどうなってる？

真凜が勝手にやってしまったイベントスケジュールの改竄のことだ。

《なにも言わなかったけど》

気づいていても、パソコンを調べる法的根拠がまだないだけと受け止めておく。近いうちに露見する前提で動くべきだ。

人生と同じ。物事はすべて思い通りに行くわけではないと思ってはいたが、リアルタイムで追跡を受け、奈良橋杏にとどめを刺せなかったのは計算外だった。

現場からの逃走、南美と真凜の歩道橋からの退避も、ギリギリのタイミングだった。サイレンが遠くに聞こえた時点で動き出さなければ、おそらく間に合っていなかっただろう。警察が奈良橋杏を追うことができたのは、越谷の事件と関係が深いとすでに認識しているからだ。

支援団体に働きかけ、朝のうちに真凜と南美を東京に帰すことはできた。ジュンと相棒は真凜が用意した服に着替え、そのまま通勤のラッシュに紛れる予定だったが、予想よりも大規模で隙のない警察の布陣に、青少年文化ミュージアムに留まり様子を見た。

『お前、仕事何時から』

待機中、相棒が聞いてきた。ジュンも若干の焦燥を感じていた。

『シフトは十一時から』

深夜にすべてが終わっていれば、問題ないはずだった。

『このままだと遅刻やな』

現場には神奈川県警と警視庁両方の車輛があった。警視庁、千葉県警、神奈川県警の連携も明らかだ。

『寝坊したことにする』

『今すぐ出れば間に合う。大事なのは〝普段通り〟やろ?』

相棒の言い分は理解できた。少しでも日常を崩せば、それが疑いの切っ掛けとなる。マックにいた相棒の映像が押収されたことも想定していた。

そして、相棒の画像がテレビとネットで公開された。まだ暗い路上で撮られた画像。おそらく車を棄てた直後に映ってしまったものだ。

『あかんなこれ』

相棒が右手を出した。『お別れや。派手にいったる』

覚悟を決めた顔。無条件に突っ走る一途さ、単純さが彼の痛さ、煩わしさでもあり、美点でもあった。

捕まっても、とにかく黙秘。それで時間が稼げると伝えた。

言葉通り、相棒は派手に逃げ、包囲網に綻びを作ってくれた。

ジュンは通勤通学の群れに紛れ、定時に職場にたどり着いた。

午後の小休憩の時、控え室のテレビで相棒の逮捕を知った。

第九章　情報提供者

七月二十三日　木曜　3:02pm　――羽生孝之

そのトランクルームは西東京市の青梅街道沿いのオフィスビルにあった。管理する会社『セーフスタンド東京・田無店』の営業課長に、地下一階に案内されると、幅二メートルほどの通路の両側に黄色いドアが並んでいた。冷房は弱めで、小型カメラを手にした羽生の額にじっとりと汗が浮き出る。

「ここは小型収納室のブロックです」

通路を進みながら、営業課長が言った。

ここに収められているのは、立岡雅弘が前住居を出た際の荷物だ。

発見したのは龍田と彼の裏部隊で、立岡の両親からの委任状を用意し、都内のトランクルームを片っ端から当たり、ヒットした。

『法的に問題はありません。すべての責任は東都放送が持ちます』

そこへ所蔵物を検めるための、両親と東都放送の委任と要請の書類を新たに提出し、『セーフスタンド東京・田無店』はトランクルームを開けることに同意した。

「我が社は二分の一畳から四畳まで、五種類の広さの収納室を取りそろえています」

営業課長は《S‐17》と書かれたドアの前で立ち止まった。「立岡さんがレンタルしているのは、一畳タイプです」

契約は一年で、解除手続きがなければ自動更新。レンタル料金は、口座からの自動引き落とし。口座の開設は去年十一月。名義人は立岡本人だったが、住所は高崎の実家が登録されていた。

「では、開けますよ」

営業課長は《S‐17》のドアを開けた。

上下二段の収納ルームで、下段に衣装ボックスと蔵書が入った小型の書棚、複数の段ボール箱。上段には書類入れがいくつかと、冬物のコートやブルゾンがかかっていた。

龍田軍団は、同様の方法と手続きで、立岡のマンションから家財道具を運び出した引っ越し業者も特定していた。立岡の引っ越し先は不明。業者は家財道具を運び出し、リサイクルできる物はリサイクルし、できない物は処分しただけだった。

「立岡は数年分の取材ノートを常に自分のデスクに置いていた」

東都在籍時代の同僚からの情報だ。「おそらく、その習慣は他社に移っても変わってない。記者を辞めたとしても、取材ノートを捨てるとは思えない」

つまり情報の宝庫。そして、立岡にもう記者を続ける意志がないという意思も垣間見えた。

羽生が中に入り、一応すべての収納品を検めた。古い型のデジタルカメラ、銀塩カメラ、膨大な量の名刺フォルダ。写真フォルダ。フロッピーディスクに、ハードディスク、SDカード、USBメモリ……。記者としての四半世紀以上の足跡だ。

目的の物は呆気なく見つかった。下段に、『ノート』と殴り書きされた段ボール箱が二つ。通路に出し蓋を開けると、びっしりと詰め込まれていた。上の一冊を取り出すと、表紙に『2008　4.22～6.15』と書かれていた。

一度ノートを取り出し、ざっと見た限り、取材ノートは一九八九年から二〇一四年まで合わせて百十二冊あった。どれも一ページ目から最終ページまで、事細かに書き込まれた情報の渦だ。文字は几帳面で、事実関係、人間関係などは時にチャート図によってわかりやすく整理されていた。

「個人情報も多くて、取扱注意物件だが……」

龍田は手にしたノートを目にしたまま動かない。

「どうしました？」

羽生はノートをのぞき込んだ。

《壊れた物語もまた物語となり、続いてゆく》

そう、立岡の筆跡で書かれていた。

『2014　2.17～』と書かれたノート。立岡が最後に残したノートだ。どのノートも二ヶ月ほどで使い切っていたが、最後の年はあまり取材をしていないようだ。

「この前の何ページかが切り取られている」

四月から五月に来栖美奈を取材、身辺や心境が記されていた。切り取られていたのは、そのあとだ。

龍田の口の端が歪んだ。

「最後の一行は、誰かが読むことを前提としたものだな」

「どういうことですか」

「この物語の続きは、お前たちが紡げということさ」

龍田はトランクルームの中を指さした。「カメラと写真、メモリ類も持って行こうか」

業務企画会議室には、三人の男女が待ち構えていた。名は知らないが、局内で見かける顔だ。これが龍田の裏部隊か……。

羽生は会釈すると、持ち出した箱をテーブルに載せた。

龍田の指示で箱が開けられ、ノートがテーブルに並べられる。龍田の前には、どこから持ってきたのか、フロッピーディスクが使える古いパソコンが置かれていた。

ノートの検分、メモリや写真の確認など仕事を割り当てられた三人が、作業にかかった。

「僕はどうしましょう」

「ノートを頼む」

龍田は言った。「言っておくが、このメンバーのことは口外無用だ」

三人から一斉に視線を向けられた。

「よろしく……」

羽生は一礼すると、黙々とノートの検分をした。

そして一時間後、一九九七年六月分のノートだけがないことがわかった。三人の部下とともに何度も確認したがなかった。

「立岡さんの六月の記録は」

「交通費と宿泊費請求の経理記録がある……新潟に都合三度出張しているな。あと北九州市に一度」

パソコンを前にした龍田が応えた。

「爆破事件で、爆弾の入手経路が焦点になっていた頃だ」

龍田がディスプレイから顔を上げる。「北九州には、手榴弾を売ったとされる九道会系宇和組の本部がある」

——新潟は立岡が真の手榴弾入手ルートとした場所ですね。

——意図的に隠したんでしょうか。

——二〇一四年分の抜け落ちたページとリンクするとか？

三人の部下が検討を始める。

「抜け落ちたページは、ホームの映像をデジタル化したあとかもしれませんね」

羽生が言うと、龍田が首を横に振った。

「去年十月の取材に関わる経理記録はないな」

記録に残せなかった。いや、残したくなかったのか。

「立岡はすべてを隠そうとしているわけではない。俺たちが探し、真相に迫ることも、すべて物語に組み込んでいるのさ」

《壊れた物語もまた物語となり、続いてゆく》

同日　3:52pm　――渡瀬敦子

タクシーを降りたところで、鈴木からのメールが着信した。

《防犯カメラ画像》

添付されている画像を開くと、長袖のTシャツを着た海野南美の姿だった。撮影されたのは七月七日、午後四時十七分。場所は千葉県佐倉市飯野。印旛沼のほとりにあるキャンプ場のロッジの防犯カメラがとらえていた。

すぐに、鈴木からの着信があった。

「ありがとうございます。これで犯行時すべての現場の至近に、海野南美がいたことがはっきりしました」

『参加者の中に海野南美、山中彩水の名はありませんでしたが……』

受付は《アマリリスの庭》団体名で行われていた。《引率スタッフの中に、滝川真凜の名がありました》

「現場までの道程は」

『八キロ弱ですが、印旛沼を周回するサイクリングロードが吾桑橋を経由しています。当該キャンプ場にはレンタサイクルもあって、七日も複数のキャンプ場利用者が自転車を借りています』

自転車なら十分往復できる距離だ。

そして、これが新川河川敷を、高橋陽介の遺棄現場に選んだ理由だ。

早朝、湖畔から河川敷を走る海野南美、滝川真凜の姿をイメージする。端から見れば、ただの通りがかり。若い二人。そう、海野南美は橋から遺体を見下ろし、確認するだけだ。

あとは、陽だまり学園への直接捜査のタイミングだが、早すぎれば未知の犯行メンバーの潜行を許してしまう。勘所は現場経験が豊富な八幡と佐倉に任せるしかない。

頭を切り換え、池袋西署に向かった。


「アホかあんたは」

「すみません、文脈がつかめません」

渡瀬は先導する宇田強行犯一係長の背中に応えた。

駅から伸びる地下街を抜け、再び地上に出た。夏休みに入った池袋は人で溢れていた。

「列車殺し放り投げてってことだ。川崎のアレとも関連があるんだろうが」

ちらりと見せた横顔も、先週と同じく仏頂面だ。

「放り投げてはいません。きちんと手は打っています」

分析通りなら、陽だまり学園の周辺に犯人グループがいる。八幡、佐倉なら短時間でその尾をつかむはず。「それに、来いと言ったのは宇田さんです」

「炊き出しがあると伝えただけだ。それに、あんたが一人で来るとは思ってもいなくてな」

池袋周辺の公園では通常、週末にホームレスのための炊き出しが行われるが、土日にいくつかのイベントが重なるため、今日行われるという。

「今日は古株が何人も来るんですよね。檜山のことも知っている可能性が高いと」

渡瀬は単身池袋に来るだけの価値はあると踏んでいた。

服部幸作が林秀英を襲撃した事件。なぜ檜山は服部に情報を与えたのか。どこで林の情報を手に入れたのか――

今日の炊き出しは生活相談や健康診断などを含む大規模なもので、いくつかの福祉団体が合同で行うという。

「服部幸作は元々上野周辺を根城にしていてブクロじゃ新参。檜山も去年の秋に宮下公園から流れてきたばかりだ」

新参者の服部に、準新参の檜山。「それで、服部の面倒を見たのが、檜山だった」

「では、檜山の面倒を見ていたのは……」

「特定はできていないが、古株の誰かか福祉団体のスタッフだ」

路上生活者にはグループがあり、それぞれリーダー格の古株がいる。

「調べていただけたのですね」

「八幡が毎日嫌みたらしくケツ叩いてきたからな。まったく鬱陶しい」

「八幡さんが？」

それが即アポ即対応の理由だった──

「知らなかったのかよ……」

宇田はため息を吐いた。「あそこだ」

サンシャイン60の足もとに樹木に囲まれた公園が広がっていた。東池袋中央公園だ。ヤマモモや、マテバシイの鬱蒼とした葉の連なりが濃い日陰をつくりだし、涼しげだ。

「炊き出しは六時からだが、四時から相談やらサービスやらが始まる」

公園は中央の広場を樹木が壁のように囲う造りだった。ラクウショウ並木の通路を抜け、中に入ると、広場に路上生活者たちが集まり始めていた。

中央の噴水を囲むように配食のワゴンや食事スペース、医療や福祉の相談、鍼灸治療のテントが整然と並んでいた。

「少し待っててくれ」

宇田が先に会場に入ると、テントの陰から私服姿の男女数人が出てきて、宇田と一言二言交わすと、また散っていった。

宇田は周囲をひとにらみすると戻ってきた。

「あんた聞き込みやったことあるか」

「得意ではありませんが、極力現場に出てはいます」

宇田は小さく肩をすくめる。

「先ほどのは地域課の方々ですか？」

「俺の部下だ。元地域課でこの辺のホームレスに詳しいヤツもいる」

古株と繋がりがある捜査員もいるという。時にそれが捜査に役立つこともある。「あんたはボランティアのスタッフに当たってくれ。悪いが相棒はなしだ」

「構いません」

「服部は五月の半ばに、この公園で檜山に林の情報を聞いたと供述していた。年齢は六十前後、中肉中背で、白髪交じりの短髪」

「わかりました」

宇田と別れ、広場に踏み込んだ。健康診断、歯科検診、生活相談、生活用品の配布――各テントに並ぶ路上生活者たちだが、身なりが崩れている者は少数だった。

渡瀬は端のテントから順番に声をかけていったが、ボランティアも本来の仕事で忙しく、話しかけるタイミングがなかなかつかめなかった。話が聞けても大半が知らなかった。

――名前は聞いたことあるけど、どんな顔だったかな。

――最近来た人だってのは聞いたんだけど。

服部幸作が起こした事件は、多くの人が知っていたが、服部や檜山本人を直接知る人はいなかった。

――先月もずっと警察がヤマさんを探していたけどね、ちょっとわからないな。

炊き出しが始まる午後六時が近づき、食事提供のテントに長い列ができてきた。ボランティアたちも慌ただしくなり、話を聞くどころではなくなった。

中央の噴水で宇田と落ちあった。

「少なくとも今日、檜山は来ていない」

宇田は言った。「もう少し粘ってみるが」

「次の炊き出しはいつですか」

「週三度、ここと西公園、南公園のどこかで何かしらやっている。今日は南公園でもやっていて、そっちにも人を送ってる」

「林の事件の時は、すべて調べたのですか」

「西公園での捜査を終え、南公園で話を聞き始めていた。その途中で、上からストップがかかった。南公園を済ませたら、ここと服部がいた上野近辺を調べるつもりだった」

宇田は口ごもるように言った。宇田のチームは西公園、南公園で合わせて七十人以上の路上生活者、五十人を超えるボランティア、福祉団体のスタッフに聞き込みを行ったという。しかし、宇田の路上生活者に関する捜査の詳細は、資料に記載されていなかった。

「失礼しました」

渡瀬は頭を下げた。「事情を知らず、怠慢だったのではと思っていました」

「おい、頭を上げろ」

顔を上げると、宇田は困惑したように視線をそらした。「服部が早々に完落ちしたんだ。ただでさえ池袋は仕事が多い。無駄な人員は割けないってことさ」

「でも、七十人以上というのは池袋だけの数字ですか？　豊島区の路上生活者は四十人程度のはず」

「それは都が出した数字で、路上生活者のみの数だ。定住先を持たず、ネットカフェや支援団体のシェルター、車で寝泊まりしている人間をカウントしていない。そんな連中も炊き出しに並ぶ」

「統計側と現場の乖離もあるようですね。もう少しここでの可能性にかけましょう」

通行人と変わらない小綺麗な服装が目立つのも、そんな事情があったようだ。

「配食だけに並ぶ連中もいる。もう一度行ってくる」

宇田はまた人混みに消えた。

渡瀬ももう一度広場を回り始めた。

そして、《城北台給食センター》という小さな幟が立つテントの前で立ち止まった。

豚汁の寸胴が並び、おにぎりと、ソーセージやミニハンバーグ、ゆで卵など総菜が詰まったパックが積み上げられていた。

若いボランティアが豚汁と総菜パックを配る背後に、中年の女性が立っていた。最初に回った時にはいなかった。

渡瀬はテントに入り、女性に声をかけた。

「見ない顔だね」

女性は警戒感を見せることもなく応えた。「区役所の新人さん？」

「渡瀬と言います。ここは長いんですか……」

特に否定せず、微笑みかけた。ネームプレートに『佐東』の文字。

「もう十年くらいかな。時間があるときは手伝わせてもらってるよ」

佐東は調理担当で、できあがった総菜パックを届けに、十五分ほど前にテントにやって来たという。

「五月の連休は参加しましたか」

「参加したよ。連休だからね」

佐東は人なつっこい顔で笑う。

「ヤマさん、もしくは檜山という人物は知っていますか」

単刀直入に聞いた。

「ヤマさんがどうかしたのかい？」


「運命かもしれないな」

宇田は唸るように言った。

「偶然です」

つい数時間前も、玲衣とこんな会話をしていた。

「だが、もう一度調べろと言われなかったら、この情報には有りつけなかった」

情報をもたらした佐東は、配食の手伝いを始めていた。

『ヤマさんね、体悪くして田端の施設に入ったって、幸作さんが言っていた』

服部幸作が、ヤマさんの分まで食事を取りに来た際に言ったという。その服部が支援団体に連絡し、ヤマさんの状態を伝え、一時収容になった。

『その支援団体がうちと提携しているところで……』

団体の名は社会福祉NPO法人《アマリリスの庭》。

その名を聞いた瞬間、渡瀬は一瞬混乱しかかった。

なぜここでこの名が？

《城北台給食センター》は練馬区内を中心に、総菜の調理販売、病院や老人ホームなど福祉施設へ給食を提供する事業を展開、それ以外に、福祉団体の補助を得て、炊き出しも行っていた。その提携先が《アマリリスの庭》だった。

服部幸作は犯罪被害者であり、上野にいた頃から《アマリリスの庭》に生活支援を受けていたという。

メモを手にした捜査員がやって来た。

「五月七日、田端四丁目の簡易宿泊所に、該当男性が収容されています」

《アマリリスの庭》事務局に照会したところ、北区田端の簡易宿泊施設、《一歩の家》に檜山良勝なる男性が収容されたことが確認された。年齢は六十代後半。

「喘息の発作が出たようで、薬をもらって一週間ほど療養したあと、宿舎を出ています」

捜査員は言った。

「行き先は」と宇田。

「仕事を探すと言っていたそうですが、行き先までは把握していないと」

「支援の対象にならないのか、檜山は」

「服部に紹介されただけで、檜山のほうもそれ以上の支援を求めなかったと」

ただ、檜山にはカードが発行され、それを提示すれば必要な支援が受けられるように手続きがされたという。

「檜山さんの写真がほしいですね」

渡瀬が言った。「その宿泊所に防犯カメラはありますか」

「それは、確認しないと……」

捜査員が困惑気味に応える。

「人は出せますか」

「ちょっと来てくれ」

宇田に肩を押され、テントの裏に連れ出される。

「あの、人員的に難しければ京島署の帳場から……」

「待て。その前に共通認識として、狙いを聞いておきたい」

宇田が渡瀬を見据えてくる。「檜山を見つけて証言を得たとしても、検察は採用しない。公判には何ら寄与しない。それでも檜山を探すモチベーションはなんだ」

「墨田線の事件との関連を疑っています」

「はぁ？　なんだそりゃ」

宇田は品悪くあごを突き出す。「服部が関わっているのか」

「そうではありません。まだ仮説段階なのですが」

渡瀬はバッグからタブレット端末を出し、自身が作成したメモを表示させた。

●二月・狛江市、蝶野楓夏脅迫ストーカー事件。
●三月・初台、久我原一紀襲撃事件。
●六月・池袋、林秀英襲撃事件。
○七月・墨田線、岸朗殺害事件？

「いま、この事件を抽出しているんですが」

「初台の事件は知ってる。あれも完落ちだろう」

メモを見た宇田が顔を上げる。

「狛江の事件も、一時警察への被害届があったのですが、最終的に示談になっています」

「全部が独立した事件だな。これと列車殺しになんの関係がある」

「関係というより、共通項です」

「関係と共通項じゃ、意味はえらく違うぞ？」

「共通項は狛江、初台、池袋の事件はすべて、過去の犯罪の被害者側の仕返しであること。岸朗もその条件に当てはまる兆候があります。もう一つは、通常の方法では被害者の居場所、住所が調べられない状況にあったことです」

「確かに林の野郎は、車の移動が基本で、俺たちでも動きをつかむのは難しい」

「狛江の蝶野さんも、実家の情報は秘匿していますし、初台の楠本亜季さんは、支援団体によって情報がブロックされていました」

「轢き殺されたヤツもか」

「過去、犯罪に関わってはいませんが、頻繁に住所を変えていて、ネット等で特定することは不可能でした」

「誰かが仕返しを持ちかけ、被害者の住所を教えたとでもいうのか」

「そうですね。個々の事件を解決したところで、同様の事件が続く可能性があると考えています」

「一課や京島署もそれは承知しているのか？」

「なにも知りません。今朝までは妄想段階だったものですから」

渡瀬はタブレット端末をバッグにしまった。「でも、ここに来たお陰で少しだけ自信が持てました。引き続きご協力お願いできますか?」

《城北台給食センター》のテント裏に小さなテーブルを借り、仮設本部とした。

服部幸作と〝檜山〟に、《アマリリスの庭》という新たな情報を加え、再度路上生活者、住所不定者に聞き込みを行っていた。さらに宇田は田端の《一歩の家》に二名、南公園に三名、捜査員を送り込んだ。

「どう考えても、服部と話さなきゃならんだろう、犯行を指示したかもしれないXが存在するならな。だが服部はそんなこと一言も匂わさなかったが……Xの存在を明かさないことが、情報を提供する条件だったのかもしれないな」

楠本亜季については、佐伯友則の無罪判決後、様々な嫌がらせを受け生活に支障をきたし、《オリーブ・ロード東京》という社会福祉法人から、転居や情報ブロックの支援を受けていた。

事務局に電話すると、イベントなどで、《アマリリスの庭》と協力関係にあることがわかった。

「初台の佐伯と楠本、うちの服部が支援団体に頼っていたってことは、そこから情報が漏れていた可能性が高いだろう、どう考えても」

「そうとも言い切れません」

狛江の脅迫・ストーカー事件の被害者、蝶野楓夏＝山田夏美に関しては、福祉団体に支援を受けているという情報はなかった。この事件が無関係という可能性もあるが、リストから外すだけの根拠もない。

渡瀬は現時点でわかったことをメモにまとめ、日野に送信した。

すぐに返信が来た。

《岸朗、高橋陽介、奈良橋杏との関係を調べればいい？》

――まずは岸朗に絞ってください。

《了解。こっちの作業は鋭意進行中。手空きの有志たちが二百冊を超える冊子、パンフレット、チラシをかき集めてきて、てんてこまい》

――写真の中からできうる限り福祉団体の職員、スタッフを分けて抽出できませんか。

《うへ！　めんどうだけどやったげる》

《追伸。奈良橋杏は一進一退。川崎のほうは完黙中。前歴もなし》

まだ逮捕から数時間だが、予測通りの展開だ。〝リーダー〟は安全パイ。だから切り離した。

ほかのメンバーについても時間の問題だろうが、彼らに次の標的がまだいるのなら、実行前に逮捕、もしくは阻止しなければ――

情報提供者Xが存在する場合も、現時点で狙いと動きが読めていない以上、同様にスピード優先で当たるべきだろう。

「支援団体がどうのとは言わないが、情報に接することができる誰かが仕組んでいるなんてことはないか」

宇田は、社会福祉団体への直接捜査を考えているようだ。「犯罪被害者に復讐を勧めるような、捻くれた正義感の持ち主がいてもおかしくはない」

「まずは当事者の話を聞くことです」

「服部には俺が会ってこよう」

服部幸作は東京拘置所、佐伯惇は練馬の鑑別所で公判を待っている。「それと、都内の福祉団体を当たって、檜山を探そう」

宇田は署に連絡を入れ、さらなる動員をかける。渡瀬はテントから離れると、手にしたスマホを見つめた。

逡巡は一瞬。玲衣の番号をタップした。呼び出し表示が、通話に変わる。

「お願いを聞いてくれる?」

挨拶もなく、最初にその言葉が出た。

『いいよ、なに？』

玲衣は間髪容れず、受け入れてくれる。

「雪野雪見って知ってる？」

『知ってるよ。ストーカー事件でしょ』

「彼女がどうやって蝶野楓夏の実家を知ったのか、知りたい」

『きちんと事情を説明して』

渡瀬は情報提供者Xの存在と、疑うに至った経緯、根拠を語った。

「いまはおぼろげに存在が見えてきた段階」

『そこにアマリリスの庭が絡んでくると』

「犯罪被害者、加害者の情報が集まる場所でもある」

『組織ぐるみは考えにくいね』

「個人だと思う」

団体の信用と存続をかける理由がない。

『雪野雪見に関しては、うちには適任者がいる』

「ありがとう」

『ありがとうついでに、今晩のOAで列車殺人と高橋陽介、奈良橋杏との繋がりを放送するよ。約束より五時間くらい早いけど』

夕方のニュースで、別の局が岸朗の事件と、奈良橋杏の事件を結びつける報道をしたという。『多摩南署に警視庁の捜査員が押しかけてんだから、そりゃばれるよね。ま、うちのほうが濃く深く、高橋殺害ビデオの存在から事件の連続性に気づくまでのディテール、加えてリアルタイム追跡ドキュメントのサスペンスと、他の追随を許さない超独走てんこ盛りで行くけどね』

「仕方ないと思う」

不本意ではあったが。

『本線の事件のほうはいいんだ』

「わたしがいなくても、たぶんもう大丈夫」

『アマリリス探るんなら、ついでに立岡っていう記者について探れない？　ちょいと複雑な話だからメモして』

玲衣は立岡記者の失踪、映像素材の消失にからむ立岡記者の不穏な動き、来栖美奈という、地下鉄八重洲東駅爆破事件の被害者であり《アマリリスの庭》のボランティアスタッフである女性との関係など、すべてを語った。陽だまり学園に来ていたのは、立岡記者について、黒澤早苗に聞くためだったことも。

『できれば立岡氏と来栖美奈という女性の接触を確認したい。たとえばボランティアの現場で親密だったとか。とりあえず、立岡氏の写真とか、諸々送っておく』

ギブ・アンド・テイク。玲衣は律儀に守ってくれる。

同日　6:12pm　――羽生孝之

龍田は窓を背に、淡々と話していた。逆光で表情は読み取れないが、元々表情には乏しい。静まりかえった会議室に、時折、通話相手の甲高い声が漏れ聞こえてきた。

――出所はわからんが、版権は問題ないと言っとったからな。

「……わかりました。お忙しいところありがとうございました」

龍田は電話を切った。「写真の出所は不明。立岡本人が持ち込んだそうだ」

電話の相手は、いまは廃刊となった『週刊クレイズ・マガジン』の元編集長だった。

「外堀は埋まったな」

羽生と業務企画室メンバーの前には二〇〇二年の『週刊クレイズ・マガジン』の記事コピーが置かれていた。

《手榴弾は中国→北朝鮮→ロシア→新潟ルートで手に入れた》

《新潟赴任中に、ロシアンレストランに入り浸り》

記事に添えられた中国製手榴弾の比較写真。正規品の九州ルート型と、輸出用とされる新潟ルート型。

九州ルート型は、軍人が手に持った状態で接写、新潟ルート型は、テーブルの上に置かれた状態で接写されていた。

そして、ノートパソコンのディスプレイに映し出されたアンティークテーブルの写真と、フロッピーディスクの中から見つかった新潟ルート型手榴弾の写真。

手榴弾が置かれたテーブルの模様と、アンティークテーブルの模様は酷似していた。

アンティークテーブルの写真は、引っ越し業者と提携した中古家具修理業者から送られてきたものだ。

テーブルは、立岡が引っ越す際に業者に託し、引っ越し業者から修理業者に渡り、そこで修理前の状態を確認するために写真撮影された。引き取りの伝票、引っ越し業者、修理業者それぞれの証言から、それは確認されている。

「結論から言えば、新潟ルート型の手榴弾は、立岡のテーブルで、立岡自身が撮った。つまり、立岡は手榴弾の現物を手に入れた」

メンバーからも異論はない。これは、明確な犯罪。刑法上は時効になっているだろうが。

なくなったノートは、実物の手榴弾を手に入れるまでの経緯が書かれていたのだ。

「立岡は実物を手に入れ、及川が使った手榴弾が新潟で手に入れたものだと証明した。いや、証明にはならないが、九道会からでなくとも手榴弾は入手でき、及川にはその機会があったと証明はできた」

龍田は、さらに金属片の写真を表示させる。「切っ掛けはこれだ」

煤け、千切れた金属片。背は緑色で、パイナップルのような凹凸。そこにハングルとおぼしき文字の一部が見て取れた。新潟ルート型手榴弾の写真と同じく、フロッピーの中に入っていた写真だ。

「立岡は爆発直後のホームで、金属片を拾った。のちに爆発物が手榴弾とわかり、九道会ルートが浮上した。だが、立岡はハングルが気になり、専門家に話を聞き、新潟ルートへ行き着いた」

「犯罪が発覚しないように、六月分のノートを処分したんでしょうか」

羽生は言った。

「だったらフロッピーの写真も処分するはずだ」

「それよりも室長、手榴弾を手に入れたのは、東都放送在籍時の可能性が濃厚です」

メンバーの一人が言った。「発覚すれば大スキャンダルです」

「それよりもと言うなら、その現物の手榴弾は、今どこにあるかだ」

龍田の言葉で、会議室が静まりかえった。

まずは土方に報告しなければならない——そう思ったところで、メッセージが着信した。

土方だった。

《出動指令。いざ四谷三丁目》

薄いメイクで髪を結んだ蝶野楓夏は、所在なげにテーブルに肘をついている。

「事務所から聞いていると思うけど、取材ではなくて……」

「取り調べ？」

羽生の言葉を遮るように、楓夏は言った。現在二十八歳。アイドル時代よりも落ち着き、大人びた雰囲気になっていた。

四谷三丁目の外苑東通り沿いにあるカフェ。所属事務所である『スターリバー』の寮から徒歩数分。脅迫・ストーカー事件以降、転居したという。

デニムにノースリーブのトップスという軽装。マネージャーも事務所スタッフも伴わず、一人でやってきた。

「二月の事件のことで、事実関係をいくつか確認させてください」

社内不正に関する調査であり、見聞きした内容は公表しないとの条件で、龍田が『スターリバー』の諒解を取った。さらに三年前に『スターリバー』を退所し、芸能活動を停止している雪野雪見の居所を確認し、確認が取れ次第龍田が向かう。

楓夏はかつて人気を極めたアイドルグループ『桜通カレン』の初期メンバーだったが、四年前、同じグループの雪野雪見への〝殺害予告書き込み事件〟で無期限謹慎になった。彼女は深く反省し、雪野雪見と〝和解〟。事務所に残り一年の謹慎後、舞台を中心として活動を再開、女優として再出発している。

一方の雪野雪見は、精神的に不安定となり数ヶ月で活動休止。心療内科にも通院し、以後芸能活動は行っていない。

『蝶野楓夏が復帰できたのは、雪野雪見の芸能活動中止の理由がほかにあるからだ。蝶野楓夏の書き込みは遠因であって直接原因ではない』

龍田からの情報だ。『直接的な原因は、当時交際していた相手との破局』

その相手が、大手芸能プロダクションのプロデューサーだったという。蝶野はそれを枕営業と思い、掲示板に書き込んだのだ。

『少なくとも雪野雪見は本気だったが、トラブルになった以上、相手も交際を続けることはできなかった。妻子もいたしな』

「二月の時も雪野さんと話し合いを持ったんですよね」

「いいえ?」

複数のメディアで、話し合いの末、和解。事務所を通じて楓夏の『お互い誤解があって、話すことで解消できました』とのコメントも出されていたが。

「わたし、雪見と会ってないし、コメントも出してない」

被害届の取り下げも和解の段取りも、すべて事務所が行い、楓夏は蚊帳の外だったという。この業界では時にあることで、羽生も特段それで驚きはしなかったが――

「では、雪野さんがどうやってあなたの実家を知ったのか、聞いていないですか」

「事務所からはなにもね」

一方的に、こちらで処理すると告げられたという。

「僕らが確認したいのは、その一点なんです」

「へえ、わたしもそのことは気になっているんだけど」

「どこから漏れたのか、心当たりはありますか」

「事務所に届けてるのは、今住んでるとこ。緊急連絡先として、前のマネージャーに実家の電話番号を伝えたかもしれないけど、ちょっと記憶が定かじゃないかも」

電話番号から住所を割り出すことは可能だ。

「そのマネージャーは信頼できる人ですか」

「うん、一応」

「たとえばテレビ局とか、雑誌の記者とかに実家のことを話したことは？」

「ないない」

「なぜ四年経ってという理由もわからないですか」

「心当たりがあるとすれば……」

去年の夏、一時的にテレビ出演が重なったという。「トラブった人のその後みたいな企画が切っ掛けで、何度かテレビには出れたの。それ切っ掛けで再ブレイクなんてことはないけど、たまたまそれを観て、思い出したのかな」

それでも去年の夏で、翌年二月まで半年近い時間が空いている。

「でも、直接の原因はあなたじゃない」

「知ってるんだ。さすが業界人。と言っても、関係バラしたのはわたしだし、わたしを恨んでいてもおかしくはないと思う」

「それでも、今年に入って突然実家に嫌がらせするのは、不自然じゃないですか」

「それはそうだけど……雪見に直接聞いてみようか」

楓夏が身を乗り出してきた。「そっちで雪見の連絡先聞き出せない？　事務所とかスタッフとかぜんっぜん教えてくれない。別に仕返しの仕返しする気はない。ただ話をするだけ。事務所には内緒にしてさ」

　思いがけない提案だった。

「少し待って」

　羽生は席を立ち、レジ脇で龍田に連絡を入れ、状況を話した。

『こっちは雪野雪見本人に、面会を拒まれたところだ。スターリバーも、本人が断った以上、もうつつくなと言ってきている』

　退所はしているが、今も事務所の管理下にあるようだ。『だが、その提案に乗ろう』

「言い出したのは向こうです」

『連絡先を送る』

　電話が切られると間髪容れず、メールアドレスが送られてきた。

　席に戻り、雪野雪見の連絡先を聞き出したことを告げた。

「僕らが接触することは事務所に止められたけど、君のことについてはなにも言われていない。連絡するなら今ここで。それが条件」

「いいよ」

　楓夏に連絡先を転送した。楓夏はすぐに、メールアドレスにメッセージを送った。

そして、一分と待たず返信が来た。

《わたしは悪くない》

「事件のことはもういい。わたしがばかだったから、雪見が悪いとは思ってない……」

楓夏は文面を口にしつつ、さらにメッセージを打ち込む。「電話で話したい」

《話したくない》

「じゃあこのままでいい。雪見がなぜ実家の場所を知ったのか知りたい。事務所の誰かが教えたの？　教えたやつにむかついてる」

巧みな誘導だった。

《事務所じゃない》

「じゃあ、自分で調べたの？」

《どうしてそんなこと聞くの？》

「雪見に住所を教えた人が悪いと思っているから」

しばらく待っても返信がない。

「テレビ局とか、記者とか？」

楓夏はさらに送った。

《言わないのが約束だから》

やはり、情報提供者が存在した――

「誰かから住所聞いたこと、事務所にも言ってないの？」

《もういいでしょ。許してとは言わない》

「わかってる、これでお相子でいい」

《いいから、もう連絡してこないで》

四年ぶりの対話は終わった。

「雪見も満足はしていないみたい」

楓夏は静かに言い、脱力したように笑った。「でも、局の人とかマスコミの人が今の雪見を相手にするとは思えない。見る？」

楓夏はスマホに、ある動画を表示させた。

液体が入った瓶を手に、塀越しに中の様子をうかがうようにしているジャージ姿の女性。

「防犯カメラに映ってたの。これ雪見だよ」

極端に痩せ、表情をゆがめた幽鬼のような姿。とてもアイドル雪野雪見と同一人物には見えなかった。

事務所側が楓夏と会わせなかったのは、この状態を見たからなのかもしれない。

そこでふと別の疑問が湧く。

「雪野さんがどこに住んでいるのか、蝶野さんは知っていました?」

「まさか」

「探り出すファンもいるでしょう」

「雪見はもうアイドルじゃない。今の状態を知っている人もいる。事務所からも離れて、住所も変わってる」

「じゃあ、彼女に情報を渡した人は、どうやって彼女の住所を知ったんだろう」

同日　8:15pm　——渡瀬敦子

半ば白く、つやのない髪。骨張った顔つきと、浅黒い肌と痩せ細った腕。深く、ゆっくりとした呼吸。

目の前に横たわる男が、檜山良勝だった。

「起きているか」

宇田が声をかけると、檜山は薄く目を開いた。

北新宿にある『青雲荘』という、古いアパートを改装した一時収容施設だった。檜山は体調を崩し、昨日からこの六畳ほどの部屋で寝込んでいた。

田端の施設の防犯カメラから檜山を割り出し、その画像を元に、都内の自立支援施設、福祉団体に連絡を取ったところ、この施設の《ヒヤマ》がヒットした。

渡瀬と宇田がバッジを見せると、檜山は咳を二度、三度した。

「体は大丈夫ですか？」

「ちょっと暑さに参っただけだ」

渡瀬の問いに、檜山はかすれた声で答えた。

「服部幸作さんについて少し聞きたいだけです」

渡瀬は途中買ってきた栄養ドリンクや菓子パン、チョコレートバーの入った袋を、ベッド脇のテーブルに置いた。檜山は袋を一瞥すると――

「コウさんがどうかしたのかい……」

檜山は服部幸作の事件を知らなかった。

「あんた、服部にハヤシバラのことを教えただろう」

宇田が一歩前に出た。「ハヤシバラじゃなかったらハヤシヒデフサ、もしくはリン・シュウエイ、リン・ショウイン」

檜山は仰向けのまま首をひねった。

ここのスタッフからは、檜山に精神疾患や知的障害はなく、記憶力、一般的な判断能力もしっかりとしていると聞いていた。

「五月の半ばくらいですか、服部さんとなにか話しませんでしたか」

「いや、こっちが逆に世話になって……」

喘息の発作で、田端の施設に収容されたときだ。

ともに事業に失敗し、路上生活になった者同士で、共通の話題も多かったという。

「施設を出たあと、服部さんには会いましたか」

「何度か会ったけど、ハヤシなんとかとか、そんなことは話さなかったけどな……」

檜山は額に手を当て、しばらく考えると、「ああ、そうだ……」となにかを思い出したように口を開いた。「一歩さんから戻ってきたとき、手紙を預かったな……」

「体調を崩されたあとですか」

「ああ、そうだ。今度コウさんに会ったら渡してくれって……」

五月上旬に、田端の『一歩の家』で療養したあとだ。出てきたのは一週間後。手紙は『服部幸作様』とだけ書かれた封書だったという。

「それはいつですか」

「一歩さんを出て次の炊き出しの時だな」

「十六日だな」と宇田。「おい、誰だ手紙を託したのは。どんな奴だ」

「顔は憶えてねえ。帽子にマスクだった」

「男か、女か」

「女だった……ような気がする」

「それで手紙は」

「渡したよ、コウさんに」

「場所はどこだ」

「中央公園」

東池袋中央公園だ。

「女の名前は」

「わからねえよ。駄賃に千円もらったが、それは正当な報酬だ」

「手紙は直接受け取ったわけですね」

渡瀬が念を押すと、檜山は「ああ」とうなずいた。

「その手紙を服部さんに渡したのは？」

「その日のうちに渡したよ」

「渡したあと、服部さんはずっと池袋に留まったんですよね」

「それはわからん」

檜山は首を横に振ったが、手紙の受け取りから二週間あまり。服部は林秀英を探し、見つけ、犯行に及んだ。時期的にも整合する。

「手紙の内容はわかりますか？」

「見てねえ。本当だ」

「手紙を預かったとき、なにか言われませんでしたか？」

檜山はしばらく考えると、うなずいた。

「あまりいい知らせではなくて、逆恨みされるかもしれないから、しばらく別の場所ですごした方がいいと言われて、新宿にいたんだ」

渡瀬と宇田のスマホが、同時に通知音を奏でた。

取り出し、確認する。池袋西署刑事課捜査員からの共有メッセージだった。

《来栖美奈が服部と話しているところを見たボランティアスタッフ、路上生活者が複数》

立岡雅弘、来栖美奈の画像は、玲衣から送られてきてすぐ捜査員たちと共有していた。

《彼女以外のボランティアスタッフも、服部の世話をしていた。来栖美奈も福祉団体のスタッフで、炊き出しにも参加していたから、別に不思議ではないと思う》

そんな所感も添えられている。

《最近は見ていないという情報も》

《来栖美奈が参加しているアマリリスの庭によると、彼女の場合、犯罪被害者支援のボラ

ンティアで、服部などかつての犯罪被害者の現状把握、支援を主に行っていたとのこと》

《立岡雅弘は現状目撃情報なし》

渡瀬は来栖美奈の画像を、檜山に見せた。

「手紙を預けたのはこの女性ですか？」

檜山は渡瀬のスマホを手にとって、眼前でじっと眺めた。そして――

「わからねえ」

檜山とスタッフに礼を言って『青雲荘』を出た。

帰路、判明した事実を玲衣に送った。

同日　9:46pm　――羽生孝之

「だからあれに容疑者が乗っているとは限りません！」

「こっちは中継取っているだけでしょうが！」

「今すぐリポートをやめさせなさい！　社会部の確認を待ちなさい」

「映っているものはしょうがないだろう！」

編成デスクを挟んで怒声をぶつけ合っているのは北上貴史と、青葉局次長だ。局次長の背後には社会部長と同デスク、編成デスク、報道番組部長ら。

編成デスク脇のマルチモニターには、京島署の入口に集まるマスコミの記者、カメラの群れが映し出されていた。

──まもなく容疑者を乗せた車がやって来ます！　あ、今ヘッドライトがこちらに曲がってきました。近づいています！

スピーカーからは興奮したリポーターの声。

『デルタ・ブレイキング』のOA画面だ。

多摩南署で取り調べを受けていた〝不審者〟がメディアに連続殺人の容疑者かと報じられたことで、京島署への移送が決まったのだ。

『デルタ・ブレイキング』は番組冒頭から、列車殺人から奈良橋杏の拉致事件までの流れを伝えていた。そこに、容疑者移送の情報が入り、京島署からの中継に切り換えたのだ。

ただし、多摩南署からは複数の車輛が出発し、京島署に向かっていた。重大事件時には、マスコミの追跡をかわすために、警察側がダミーの車輛を走らせることがあった。

そのダミーと本命の区別が、京島署到着寸前まで確認できていない中で中継リポートを続けている『デルタ・ブレイキング』と、確認を取ってから伝えるべきという青葉局次長がリアルタイムで衝突しているのだ。

「だったら早く確認とれよ、社会部！　一台目がもう着くぞ」

北上は社会部デスクを怒鳴りつけた。

「今やってるって！　少し待てないか北上」

「車は待ってくれないぞ。それに……」

北上がスマホを社会部デスクの眼前に突きつける。「今更中継やめられるか？　見ろ、この視聴数！　列車殺人の犯人かもしれないんだぞ。最初から連続殺人と見抜いて取材してきたのはウチだけだコラ！」

民放地上波は報道番組の時間帯ではない。NHKは政治部の記者と政治家との対談を放送している。現時点で中継している報道番組は『デルタ・ブレイキング』だけだった。

「立場上、社会部も編成デスクも報道番組部も、青葉さんの側。でも本心から味方していないのは明らかね」

不敵な笑みを浮かべる土方の横顔。

羽生と土方は、今まさにOAが行われているニュースサブの入口を塞ぐべく並んで仁王立ちしていた。無論、青葉局次長の意を受けた報道局員らが、中継阻止のためサブに乗り込んで来るのを防ぐためだ。

「やめさせなさい！」

青葉局次長の指令とともに、社会部、編成デスクの局員数人がやって来て、対峙した。

「一歩も動くな、羽生君」

「それどころじゃないんですけど」

　スマホに蝶野楓夏からのメッセージが届いていた。

「ま、彼らがわたしを押しのけて、突入するはずがない」

　土方が、突入態勢を取る局員たちを睨みつける。「ね？」

　確かに、姿勢だけで、連中から殺気は感じなかった。

　土方は振り返ると、サブ全体に聞こえるように——

「中継だけどね、車が来たときは〝容疑者が乗ったとみられる車〟という表現を現場に徹底させてね。あれに乗っているとは限らない。上に言質取らせないで」

　中から「りょうかーい」とOAディレクターの泰然とした声が還ってきた。

　やがて、警察のワンボックスが京島署の門にさしかかり、減速する。記者、カメラマンがワンボックスを取り囲み、窓の中にレンズを向ける。まばゆく点滅するフラッシュ。ある程度は撮らせる警察側と、マスコミ側の阿吽の呼吸。十分という頃合いで、進路を開けるために警官が割って入る。

　——今、容疑者を乗せたとみられる車輛が、捜査本部のある京島署に入ってきました。容疑者は若い男性という情報もありますが、その名はまだ警察から発表されていません。

そのリポートで、全員の視線がモニターに注がれた。

——後部座席には……人影が見えますが、逮捕された不審者なのかどうかは確認できません。容疑者ではない可能性もありますが……事件は今転機を迎えています。

現場のリポーターは、上手く対処したようだ。

「いいか北上、今回は大目に見るが、基本は確認があってからだからな！」

社会部長の場を収める一言で、緊張感は一気に解消された。そして、まだなにか言っている青葉局次長を、社会部長と編成デスクがなだめながら、局次長デスクへエスコートしてゆく。ともあれ中継は上手くいった。これでノーサイドだ。

「事件中継の醍醐味だね」と土方。

サブ前にやって来た局員も安堵したように会釈すると、持ち場へ戻っていった。

そして、勝者の笑みを浮かべる土方の前へ、肩を怒らせた北上が戻ってきた。

「なぜ援護しにこん」

「わたしが行ったら余計こじれるでしょ。それに羽生君一人じゃサブの入口は守れない」

北上は羽生を一瞥し、「おう、お疲れ」と早口で言ったあと、近くのイスにへたり込んだ。「俺はもう終わりかもしれん……」

「明日はもっと荒れるかもしれないから」

土方は悄然とした北上の肩をたたくと、羽生を伴ってニュースサブに戻り、後方のテーブルに陣取った。

「こっちも転機だよね」

渡瀬警部との連携で、警察の捜査の途上で来栖美奈の名が浮上したという。

「参考人とか関係者とかじゃないんだけど、事実確認が必要になる感じ。敦子を動かして、わたしたちも同行取材」

「立岡さんの行方は」

「そっちはまだ。でも、いろいろ見えてきた」

土方は台本を裏返し、ペンを手に取る。「順番に整理していこうか」

●立岡は一九九七年の地下鉄八重洲東駅爆破事件のテープ素材をデジタル化する作業の中で、映像に何らかの異変を発見し、列車が入線してくる映像の一部を消去した。

※デジタル化で映像が鮮明化？

※デジタル化作業に立岡本人が当たったのは、運命的な偶然？

※北上ＰのＶＨＳをデジタル化した際、消去部分に映っていた制服が確認可能に。

※兜中学の制服が二人映っていた。

※加野千明ではないことが判明↓映っているのは来栖美奈と黒澤清人？

●作業の直後、立岡は複数回にわたって来栖美奈を訪問。
※映像の内容について事実確認？
※面会の直後、来栖美奈はそれまで続けてきたボランティア活動を停止。
※黒澤清人の姉、黒澤早苗弁護士も、ボランティアと距離を置く傾向に。
※来栖美奈、黒澤早苗の関係に変化が？

●立岡の取材ノートについて、一九九七年六月分が欠けている。八重洲東駅爆破の容疑者、及川一太の手榴弾入手先の取材で、新潟出張部分と見られる。
※立岡の保管物から、手榴弾の写真とデータ↓実際に入手した（できた）と考えられる。
※及川は手榴弾を北九州の九道会系組織から入手したとされ、構成員も逮捕。
※しかし、立岡はそれを否定し、新潟ルートで入手した可能性を記事に。
※自身も犯罪行為をしているから、強く証明できず？
★その手榴弾は今どこに？（証拠提出で警察の捜査可能？）

●最新の取材ノートの最後数ページ分が破り取られている。
※最後の取材。消去部分の映像に関する何か?

●消去された部分に、十八年間に及ぶ〝来栖美奈の物語〟を壊す何かがあった。
※最新ノートの最後の一行《壊れた物語もまた物語となり、続いてゆく》
※それは十八年間に及ぶ取材によって物語られた来栖美奈像の崩壊?

「で、来栖美奈の物語ってなに?」

自分で書いておきながら、土方が問いかけてきた。

「大事件の被害者がショックを受けて、悩みながらも出会いがあり、過去を克服し、救済する側に回っていった物語ですか……」

「龍田氏の言葉を借りれば、わたしたちがこうやって調査してんのも、来栖美奈をめぐる大きな物語の一部。もちろん物語の崩壊も、大きな物語の一部に過ぎない」

「なんだか抽象的すぎて……」

「今から書くことは、現時点でわたしの想像。声に出さないでね」

土方は珍しく固い口調で言うと、ペンを走らせる。

●一九九七年地下鉄八重洲東駅爆破事件時、来栖美奈は何らかの意思を持って黒澤清人の死に関わった。
※殺人行為なのか、あるいは転落する清人を故意に助けなかった?
※その場面が、消去部分に記録されていた可能性大。

羽生は口許を押さえた。龍田との調査の中で頭に浮かび、打ち消してきたこと——

●最新取材ノートの切り取られたページはその裏取り取材か。
※動機に繋がる部分。黒澤清人と来栖美奈の関係など。
●その上で、事実確認のために立岡は来栖美奈と面会。
※だが、告発はしていない→この事実の扱いを、立岡は主人公である来栖美奈自身に委ねた?
※たとえ殺人だったとしても、最後の取材で立岡は納得したのかもしれない。

●欠落した手榴弾の取材部分のノートは、立岡が来栖美奈に預けた可能性。
※黒澤清人を死に至らしめた事実と交換？　罪の共有？
★この十八年の物語の行く末を、来栖美奈自身に委ねた？

犯罪被害者支援のボランティアは、立ち直りの象徴ではなく、罪の意識からだったのだろうか。それを立岡に指摘され、ボランティアが続けられなくなった？

立岡の失踪は、美奈へ物語の続きを託した上での退場なのか？

●立岡は来栖美奈の罪を公表していない。来栖美奈は立岡の罪を公表していない。
★立岡は、手榴弾も来栖美奈に託した？

「それはさすがに処分したんじゃ……」

羽生は半ば抗議する口調で応えた。「トランクルームや倉庫に置いておけるようなものじゃないでしょう」

「託すというのは、管理を託すって意味。保管してるのは、人に危険が及ばない場所かも」

立岡は映像という動かぬ証拠を提示した。だから自分の犯罪と共有するなら、その証拠ごとということか。

「と、ここまではわたしたちの案件。次は……」

池袋の骨董店主襲撃事件と、蝶野楓夏脅迫・ストーカー事件だ。渡瀬警部の捜査と、妙な形でクロスオーバーしてきている。

「敦子が今無関係の事件を追うはずがない。蝶野楓夏の返事は？」

楓夏を脅迫しストーキングした雪野雪見はどうやって楓夏の実家を知ったのか。

楓夏には、渡瀬警部の情報をもとに改めて雪野雪見への接触を要請、報道フロアでの一悶着中にメッセージが着信していた。

《手紙の件、雪見が認めた。一月の下旬に自宅ポストに入っていたって。切手も住所の宛名もなくて、ただ雪見の名前が書かれていたみたい》

「情報提供者は直接投函したわけだ」

土方はメッセージを読みながら言った。「しかも共通点は、犯罪被害者。もしかしたら雪野雪見も支援を受けていたかもしれない」

ネットだけではたどり着けない情報を手にした犯人たち――

「じゃあ、情報の出所は」

「福祉団体かもしれない」

支援のためには、個人情報が必要になる。「それに、敦子が〝観客〟と想定した海野南美も、福祉団体の支援を受けている」

それが《アマリリスの庭》。来栖美奈がボランティア活動をしていた団体だ。

「蝶野楓夏は福祉団体の支援を受けていたの？」

羽生は再び楓夏にメッセージを送った。すぐに返信が来る。

《受けていない》

素っ気なかったが、数分後、楓夏からメッセージが送信されてきた。

《前の事件でバッシングされていたとき、何度か支援団体に相談した。カウンセラーとか紹介された。名刺とか無くしちゃったけど》

《サンシャイン・ネット》という犯罪加害者の更生支援団体だという。

「被害者支援と、加害者更生か。繋がりはあるかもね」

「信じたくないですね、来栖さんが……」

「でも敦子がピックアップした事件の、被害者の個人情報が提供され始めたのが、去年の冬以降。来栖美奈が立岡と面会して、ボランティア活動を休止したすぐあとから」

立岡の所業が、美奈の中に何らかの変化を与え、情報提供者Xに変貌させた？

「偶然の可能性もありますよね」

「もちろん。敦子が急いでるのは情報提供者の動機と目的がわからないから、人と権限が集中する特捜があるうちに探し出して叩こうってこと」

土方のスマホが振動した。「龍田氏のお友達が仕事したみたい」

同日　10:28pm　――渡瀬敦子

ＳＳＢＣフロアの分析捜査係のデスクは、さながら〝大掃除か引っ越しの途中〟という有様だった。

佐倉が渡瀬に気づき、「お疲れ」と声をかけてきた。

古崎以下、数名の捜査員はひたすら冊子を広げ、写真をスキャンしている。日野はスキャナに囲まれ、顔認証ソフトで、送られてきた画像データと防犯カメラに映った不審者との照合作業に没頭している。

捜査本部は不審者の移送で、捜査会議も始まっていないという。

「八幡さんには、一応帳場に行ってもらっている」

一時手を休めた佐倉が言い、古崎が「ここにいてもなにもしないし」とぼやいた。

デスク周辺には過去数年分の会報、報告レポート、パンフレットなど合わせて四百点あまりが集積され、各団体、施設のホームページからダウンロードした画像、動画を加えると、その数は膨大となった。

「現状は」

渡瀬は日野のとなりにイスを置き、座った。

「海野南美の写真はさすがにないね」

日野は応える。「滝川真凜の写真はすぐに見つかった。でも、出てくるのはここ二、三年のだけで、全部がボランティアの活動報告」

ディスプレイを見ると、イベントのスタッフとして活動する滝川の姿が複数表示されていた。スナップの片隅に映った画像がほとんどだ。

「それ以前の経歴はブロック。もちろん突っ込んで調べた」

滝川が最初に活動を始めたのが、《サンシャイン・ネット》という犯罪加害者の更生支援団体だった。

「彼女の旧名は伊東真梨。自身がサンシャイン・ネットの支援を受けていた」

「犯罪加害者？」

「事情がちょっと複雑でね……あ、ちょっと待った！」

日野は目の色を変え、キーボードを叩く。「ヒットっぽいのが来た。『陽だまりの足跡』の二〇一一年夏号」

渡瀬はすぐに手に取った。

「二十二ページ」と小山田が告げる。

福祉団体の支援による就業支援、職業技術訓練の報告だった。

複数の児童養護施設、支援団体が協力し、製造業、運送業、飲食店などが入所者らをインターンとして受け入れ、技術習得の指導をしているという内容で、定期的に報告されているようだ。

「右下の写真」

キャプションに書かれた名は、筧真継。

自動車修理工場に就職し、社会人としての一歩を踏み出したと紹介されていた。

作業用のオーバーオールを着て、満面の笑みを浮かべた坊主頭の少年。

《即戦力！　自動車相手に奮戦中の筧真継君》

陽だまり学園の元入所者ではなく、支援団体の支援を受けながら自活していたようだ。

「筧の写真は二〇一三年秋号にもある」

渡瀬はさらにバックナンバーをひっくり返した。熊田自工で後輩に技術指導をする筧真継の紹介記事だった。熊田自工で働いていたのではなく、そこが技術指導の会場だったようだ。紹介記事によれば、筧真継は母子家庭で、その後両親とも死亡し身寄りを失っていた。

「どう思う？　顔認証ソフトは九〇パーセント同一人物だと言ってる」

ディスプレイの中で、マック、そして生田緑地付近で撮影された男と、筧真継の写真二点が並べられていた。

「帳場と情報を共有します。次は参謀役の割り出しです」

渡瀬はうなずいた。

単身、捜査本部に入ったのは午後十一時十五分。不審者の移送と手続きで、遅れに遅れた捜査会議が始まるところだった。神奈川、千葉両県警の捜査員の姿もあった。

現状、不審者は完全黙秘で、自身の名すら口にしていない。居並ぶ捜査員たちに楽観や弛緩はなく、むしろ苛立ちさえ感じられた。

夜になり、事件の被害者が六年前の越谷パチンコ店強盗殺人事件及び一家殺傷事件の関係者であることが報じられていた。

ネットでは岸朗、高橋陽介、奈良橋杏の過去が掘り起こされつつある。注目が高まる中、犯人グループは早急に動いてくるだろう。

渡瀬は雛壇の端にある自席には着かず、ＯＡ機器の操作卓の前に立った。

「早く席に着け」

異変に気づいた山根が小声で言う。渡瀬は「少し時間をください」と小声で返し、大型モニターと自身のタブレット端末を同期させた。

「どういうつもりかな、渡瀬」

県管理官がテーブルを指先で叩く。「マスコミが騒ぎ出した以上、捜査にはこれまで以上に慎重さが求められる……という訓示をしたいんだけどね」

「逃走中の男は、筧真継という男の可能性があります」

日野と古崎が新たに作成した、情報提供者に関する資料を、捜査員たちに配布した。そして、渡瀬はモニターに不審者の画像と、筧真継の画像を表示させた。

「お配りした資料にも、同じ画像が張りつけてありますが、こちらが鮮明です」

——あごの線が似ているな。

——自動車修理工か。

「二種類の顔認証ソフトを使いましたが、どちらも九〇パーセント以上の確率で同一人物との結果が出ています。科捜研による画像の精査と、所在確認を提案します」

「何者だ、筧という男は」

縣管理官の問いに、渡瀬は画面を切り換えた。

九年前、大阪・高槻市で発生した事件の新聞記事だった。

《十二歳女児父親の死体と三ヶ月》

――父親が娘に性的暴行を繰り返していた事件だ。

――確か娘が父親を殴って、それが死因じゃなかったか？

――いや、証明されていない。

多くの捜査員が、事件を憶えていた。

「筧真継の旧名は、羽根真継。この事件で父親を遺棄した女児の兄で、女児とともに死体遺棄の疑いで一度保護されていますが、父親の死亡時には別居していました。従って、あくまでも事情を聞いただけで、指紋等の採取は行われていません」

渡瀬は胃の疼きを感じながら縣管理官の様子をうかがったが、続けろと目で促された。

「皆さんは山中彩水、現在の海野南美を〝観客〟とする分析報告書に目を通されていると思いますが……」

ディスプレイに、滝川真凜の画像を表示させる。「彼女はわたしが犯人グループの一人と分析している女性で、名を滝川真凜。現在社会福祉団体のスタッフとして、犯罪被害者の支援に当たっていて、海野南美のケアを担当しています」

大阪府警、《サンシャイン・ネット》等に問い合わせ、現状判明した事実――

「その滝川真凜の旧名は、伊東真梨。父親の死体を遺棄した女児、つまり筧真継の妹です」

低い唸り、ざわめきが広がる。

「報告書にある通り、筧真継は熊田自工で自動車整備、修理の技術指導を行っています。熊田自工の熊田社長に確認したところ、ここ二年ほど、三ヶ月に一回のペースで、教えに来たそうです」

熊田自工の内部を知り、周辺に土地鑑がある。

「熊田自工は、夜間施錠していますが、筧真継には合鍵を作る機会があったということです。今回の犯行が目的かどうかはわかりませんが」

「岸朗殺害現場は〝観客〟の居所に近く、かつ観客席から最も見やすいという条件で選ばれ、殺害方法も、線路上という特性と、確実な死を見せるという条件によって導かれた結果ということか」

縣管理官は、口許を引き攣らせた。

「今は、そう分析しています」

当初の制裁論も完全な間違いというわけでもないだろうが。

「筧は妹と連携していたわけか」

「正確には母親が違う妹です」

渡瀬は応える。

真継は幼児期、父親＝羽根和夫（かずお）から虐待を受け、児童相談所も警告を発していた。和夫は妻へも暴力をふるい家庭は崩壊。妻＝真継の母親は包丁で夫を刺し、制止に入った女性にも斬りかかり、二人に重傷を負わせた。

両親は離婚。母親は服役。真継は母方の実家、筧家に引き取られた。

羽根和夫は自らが経営する飲食店の従業員＝一緒にいて刺された女性、伊東某と再婚、この女性にはすでに和夫との子供、真梨がいた。

しかし事件もあり、飲食店は閉店。和夫は酒量が増え、アルコール依存症を悪化させた。

「筧真継は祖母とともに、和夫の目を盗み、幼い異母妹に会っていたようです」

不憫に思った祖母が、衣服や食料品を与えていたという。

「真梨は、真継が兄であることは認識していたようです」

そして真梨が十一歳の時に、一人で家計を支えてきた母が脳梗塞で急死。筧家が、真梨を引き取ると申し出たが、叶わなかった。

父子家庭となり、羽根真梨となった翌年、父親、和夫が死んだ。

「羽根和夫の死因は窒息」

睡眠中に吐瀉物が喉に詰まって死亡したのだが、検死の結果、顔面と腹部に打撲痕、肩口に刺創が見つかった。だが刺創は浅く、死因にはなり得なかった。

真梨は父親を刺し、殴打したことを認めた。病院による検査で、十二歳の真梨に、長期にわたる性的暴行の痕跡が認められた。

真梨が父の死に気づいたのは一週間後。どうしていいかわからず、相談したのが真継だったという。そして二人は、実父の放置という選択肢を選んだ。

「真継の実母が出所後、再び傷害事件を起こしていました」

損害賠償が生じ、筧家の生活も破綻しかかっていた。結果、何事もないように生活し、三ヶ月間死体を放置した。

窒息の原因となった嘔吐が、殴打によるものなのか、死後三ヶ月経った遺体では判別ができなかった。そして、真梨には正当防衛が認められた。

筧家に余裕はなく、真梨は保護観察となり、児童自立支援施設に入った。そして十五歳を機に、更生支援団体の支援を受けることになった。

――今二十一か二十二歳か。

――だが越谷の事件には関係ないだろう。

「真梨、滝川真凜を受け入れたのが、犯罪加害者更生支援団体、NPO法人《サンシャイン・ネット》です。そこでボランティアを始め、十八歳の時に海野南美、越谷一家殺傷事件の生き残り、山中彩水と知り合いました」

多くの捜査員が、〝観客〟に関する報告書を読み返していた。

「岸朗殺害における観客席は、熊田自工の二階窓の可能性が極めて高く、海野南美、滝川真凜の指紋、DNAの採取が必要になります」

「よろしい、その提案に乗ろう」

縣管理官が応える。「ただ君は、犯人グループは少なくとも三人以上と言った。あとのメンバーは」

「急ぎ探さなければなりません。グループのリーダーは筧、滝川は〝観客〟のエスコートが役目だと思われます。残っているのは、参謀役です」

「なぜ筧、滝川の兄妹らが、海野南美のために犯行を計画したのか、納得できる説明は？」

「考えられるのは、情報提供者の存在です。詳細はお配りした資料に」

蝶野楓夏、服部幸作、佐伯惇の各事件。

「以上のことから犯人グループがなぜ岸朗の住居を知り得たのか、確認が必要だと提案します」

「ちょっと待て」

山根が声を上げる。「久我原の事件を担当したのは我々だ。情報提供者なんて話はどこからも出てこなかったし、佐伯は楠本の個人情報を久我原から得たと供述しているが」

捜一殺人犯捜査九係の面々が深くうなずいた。

「狛江の事件の当事者から、言わないのが条件だったと証言を得ています。佐伯惇の場合、久我原の死を前提とした虚偽の供述である可能性もあります」

渡瀬は応え、服部幸作、佐伯惇について、面会の手続きを行っていると告げた。

「なるほど、情報提供者が主犯、もしくは犯罪を誘発させたと言うんだな」

縣管理官が言う。

「主犯と断じるのは早計ですが、誘発させているのは確かです」

「情報提供者の存在についてはいい。独断での面会手続きにも目をつぶろう」

縣管理官が苦笑する。「だが、それは急を要することなのか？」

同意する声があちこちから聞こえてくる。

「情報提供者の目的が不明な以上、本事件同様優先して探し出すのが得策だと思います」

「被疑者をすべて検挙してからでも遅くはない」

「それでは、この帳場が解散してしまいます」

――帳場は便利屋じゃないぞ。

「本事件と情報提供者は密接な関係にあります。ついでに、という表現にあたりません」

渡瀬は、いつものように心を殺す。「ここで情報提供者を摘発すれば、今後起こりうる特捜事件を防ぐことができます」

「要はここにいる全員で、黒幕ごと一網打尽にしろということか」

「黒幕とはまだ……」

「わかってる」

縣管理官は否定しかけた渡瀬を遮る。「では明日からの捜査をどうすればいいのか、渡瀬、君の考えは」

「まずは海野南美と滝川真凜の行確を実施します」

「だとしたら重要事件の被害者が相手だ。相手側弁護士に揚げ足を取られないよう注意して、過剰な行動は慎まないとな」

縣管理官の言葉に、一同がうなずいた。

「続いて情報提供者割り出しですが……」

渡瀬は雪野雪見の実家と、陽だまり学園周辺、檜山良勝が手紙を受け取った東池袋中央公園周辺、仙台市にある佐伯惇の自宅周辺の防犯カメラ映像の収集と分析を提案した。

「情報提供の方法は、自ら投函した手紙です。メール、郵送など発信者の痕跡が残ることを警戒したのでしょうが、自らの足を運んでも、必ず痕跡は残ります」

「よろしい、次は」と縣管理官。

「東池袋中央公園は、池袋西署に要請できます。仙台に関しては、宮城県警に協力要請をお願いします」

そして佐伯惇への面会。

「服部に関しては、池袋西署の宇田係長が手を挙げてくださいましたが……」

「うちの班から出す」

山根が言った。「それでブンセキは」

「来栖美奈の周辺を探ります」


京島署のエントランスを出ると、玲衣がいた。

周辺にはまだ複数の記者や取材班が残っていたが、捜査員に見えないのだろう、渡瀬に気づいても寄ってくる者はいなかった。玲衣も動かない。

ホテルの裏手にある公園に来るようメールを送り、そのまま正門を出た。

ホテルに着くと、上着だけ脱ぎ、タブレット端末を手に、裏の公園に向かった。

すでに、街灯の下に玲衣がいた。住宅に囲まれた、小さな公園だ。

「明日勝負？」

玲衣が手にしていた缶ビールを差し出してきた。「二百五十円」

渡瀬は「たぶん」と応えながら受け取り、引き替えに二百五十円を玲衣に渡し、公務員の倫理を守る。

長く握っていられないほど缶は冷えていた。近くのベンチに並んで座り、傍らにタブレット端末を置き、軽く缶と缶を合わせ、一口目を喉に流し込む。清涼感とともに、肩にまとわりついていた強ばりも流れて落ちてゆく。

玲衣がバッグからノートパソコンを取り出し、電源を入れ脇に置く。

「情報提供者の件、《アマリリスの庭》の関係者だと思うけど、敦子はどう思う？」

「さあ」と肯定する。

「敦子的には、二正面作戦て感じ？」

岸朗、高橋陽介を殺害し、奈良橋杏に重傷を負わせた犯人グループの検挙。そして、複数の事件を誘発させたとみられる、情報提供者の摘発。

「情報提供者のほうは、なんの罪になる？」

「最初は個人情報の不正利用目的の流出になると思う」

一年以下の懲役か、罰金。「各事件の被疑者、被告との関係次第で教唆」

玲衣は起動が完了したノートパソコンを、膝に載せる。

「これは敦子の事件に直接関係ないかもしれないけど」

玲衣はノートパソコンのディスプレイを、渡瀬に向けてきた。

地下鉄のホーム。見覚えがあった。拡張工事前の八重洲東駅の一番ホームだ。

「地下鉄八重洲東駅。十八年前の映像だけど」

混乱。ホームの先に見える人の塊。救助に当たる人、逃げようと階段に殺到する人、倒れて動かない、あるいは蠢く人が折り重なっていた。

「地下鉄爆破……」

「そう。東都放送が持っている爆発直後のホームの映像よ。映像をデジタル化して鮮明にしてある。本当は門外不出なんだけど」

「これがどうしたの」

「真ん中辺に白っぽい制服が見えるでしょう」

人の塊の中央に、小さいが制服を着た少年と少女らしき二人が確認できた。

「拡大するね」

映像が機械的に拡大される。だが、その分映像もやや不鮮明になる。「元が悪いから、AIでもこれが限界だった」

蠢く人たちの間に見え隠れする二人。もみ合っているように見えた。少年が、少女の腕を握っている。

そして、列車が入線してきたタイミングで、少年が線路に落ちた。

「殺人なのか、不可抗力なのかまでは判別できないけど、少女が少年を突き放したように見える」

玲衣が視線を向けてきた。「少女は来栖美奈。少年は黒澤清人」

立岡という記者が、昨秋、この事実を来栖美奈に突きつけた可能性――玲衣たちが調査してきたこととの補足説明を受けた。

「わたしは来栖美奈を疑ってる」

玲衣はバッグから書類束が挟まったクリアファイルを取り、渡瀬の膝に置いた。「少なくとも手榴弾を所持していると疑われるだけの資料」

そして、来栖美奈の変化と、情報提供者に変貌した可能性が、玲衣の口から告げられた。

「来栖美奈は、一連の事件の被害者、加害者の個人情報を手に入れる機会があると思う」

犯罪被害者支援団体《アマリリスの庭》と犯罪加害者更生支援団体《サンシャイン・ネ

ット》は連携関係にあり、人材の交流もあるという。

「ざっと調べたけど、どちらも人権意識が高くて、高い理念のもと運営されてる。サンシャイン・ネットのほうは、加害者の更生よりも、加害者家族の支援のほうがメイン」

「情報の見返りは」

「東都放送から持ち出された、今見た映像のオリジナル。来栖美奈が持っている可能性が高い。それと取材許可」

「拒否しない。それでいい？」

「十分」

玲衣が身を寄せてきた。肩と肩が触れあう。変わらない、ぶれない玲衣の挑戦的で自信に満ちた双眸。「確認だよ。わたしは成果を積み上げる。わたしの成果は、敦子の成果」

寄る辺なき人生を覚悟していた十五歳の自分と、両親を失った玲衣が結んだ約束。

『お互いがお互いを補完し合える世界』

「敦子は現場で成果を上げ、アンタッチャブルな警察官僚になる足がかりとする。わたしは二十五年以内に、東京キー局初の生え抜き女社長になる」

「でも、わたし……」

「平穏に生きたい？　でも、ただ目立たないように縮こまっていて何が起こった？」

理解している。平穏無事に生きられる場所と立場は、勝ち取らなければならない。そのための相互補完。警察官という身分は、出発点だ。

「わたしは敦子の水先案内人となる。その代わり、敦子は時々わたしの駒になる」

玲衣の父親は、会社組織の中央街道から外れ、生きる気力を失った。

玲衣の目指す人生は、決められたレールの上を走ることではなく、自ら道を作ること。

「そろそろ電車なくなるから帰るね」

玲衣は豪快にビールを飲み干すと、立ち上がった。渡瀬も立ち上がる。

「がんばろ」

渡瀬はわずかな上気を覚えながら「うん」と応えた。

同日　11:46pm　――ジュン

恵比寿公園に近いコンビニの前で、人待ち顔でスマホに目を落とす。

人通り、車の通りは大分少なくなってきた。

標的はまだ現れない。得た情報は最小限で、本来はもう一週間ほど調査に時間を割きたかったが、それが許されない状況になった。

警察には最善手を打たれ続けている。しかし、こちらも最善手をもって、計画の四分の三を実行できた。奈良橋杏に関しては、回復の報も死亡の報もない。根岸陸橋の現場でも、警察官の視界には入っていない。まだ勝負はついていない。

そして何よりも、自分はまだ透明のままで、ここにいる。

南美のもとに届いた手紙。

時折、中傷の手紙も来る。先に真凜が内容を検めるのが日常になっていた。

それがすべての発端だった。

岸朗。高橋陽介。奈良橋杏。南美を、一時的にだが絶望の淵に追いやった者たちのうち、三人の個人情報が記されていた。そして、文末に《活用する場合は、手紙の存在を口外しないこと》と書かれていた。

差出人は不明。確認のため記された住所に足を運ぶと、本当に岸がいた。奈良橋がいた。無視するか――ジュンは当初そう考えていたが、真凜と真継が後先考えずに、高橋を、殺してしまった。

『でも、南美がわからないって言うから……』

ジュンが犯行を知ったのは、高橋を掘り返して、南美に直接死体を見せた後だった。

『あいつネットにバイクの写真のっけてたてん。見つけたのは偶然やけど』

真継は高橋の動きを追っていたようだ。『全然反省してないし、なんか色々満喫してるしせっかくだから、始末しようって真凜と話してさ』

――直接届けられたのは、向こうが俺たちのことを知っているって意味だ。下手に実行して、脅迫でもされたらどうする。

『されたところで、別に困らんで』

確かに、失うものは何もないが。

――ミナミの発案なのか？

『まさか。うちらが勝手に始めた』

「始めたって……続けるのか？」

『ああ、岸も奈良橋もやる。始めたもんは、もう止められへんし、止める気もない』

真継も真凜も腹を括っていた。

『ジュンとはもう絶交な。今までありがとうな』

真継は真凜のために、真凜は南美のために生きている。

それがあの兄妹のすべてだ。

――あの女はどうした。女が誰でどこにいるのかわかるのか？

『探すにきまっとるやろ』

――せめて見つけてから始めろよ。

何故か笑ってしまった。

――このままではすぐに警察に捕まる。あとは任せてくれ。

『参加すんのけ？』

――正直、見てられない。

第二、第三の標的の周辺を調べ、状況に応じた複数の計画を立てた。

そして、南美にマイクを突きつけた女。第四の標的となるべき女。真凜が駆けつけ、女を追い払ったが、あの女のせいで、再び南美の自死願望が揺り動かされた。

ただ、この女は自力で探す必要があった。

だから、ネットに晒すことにした。

この記者のせいで、妹が自殺未遂をした。被害者家族への取材と称したマスゴミの暴力は許されない――真実を織り交ぜ、真凜が撮った女の写メをアップした。

去年から今年にかけて、連続殺人、通り魔など凶悪事件がいくつか発生していて、被害者に対するマスコミの強引な取材に批判が集まっていた。

そして、一週間前になり、女の正体がわかった。

『こういうの、皮肉って言うんやな』

真継が言っていた。散々自分たちを弄び、追い込んできたネット民たちが、第四の標的の名と住所を特定してくれたのだ。

『ありがとう共犯者たち、かな』

真凜はどこか冷めた様子だった。

有名な記者だったようだ。

晒された住所は複数。信憑性が高い情報を選別し、実際に足を運んだのはここが三ヵ所目。前の二件はガセと判断していた。

恵比寿南。ヒューベリオン恵比寿。部屋までは不明だが、これが標的の居所。

家賃は、ジュンの月給より高い。

誰かがアップした、酔いつぶれて男に介抱されながら道路を歩く画像。それが恵比寿の街並みであり、住所特定の端緒となった。そして、標的自身がSNSにアップした写真から特定厨がマンションを割り出したのだ。

だが、低層だが高級感のある住宅が並ぶ一帯で、長くいれば目立ち、防犯カメラの目も多いと感じた。

日付が変わる頃、一台のタクシーが眼前を過ぎ、マンションがある路地へと曲がった。

ジュンはあとを追い、タクシーを降りる標的を確認した。

『南美の都合は大丈夫。やってしまおうよ』

真凜も迫る捜査の手を感じていた。『そういえば、女の刑事が陽だまりの足跡を根こそぎ持って行ったよ。渡瀬って女』

女の画像が送られてきた。すらりとした美人だ。

彼女の意図はすぐに読めた――そういえばあの歩道橋の髪の長い女のシルエット。根岸陸橋にやって来て、いち早く歩道橋に上り、現場を見下ろしていた。

すぐ背後から喰らいついてきた敵は彼女だったようだ。

だが、不思議と焦燥はない。相手がわかり、高揚すら感じていた。

この状況下で、どのような最善手を打てるか。興味はそれだけだ。

第十章　無　敵

七月二十四日　金曜　9:22am　――渡瀬敦子

「南美はスクーリングで」

応対に出た蒲田園長は、困惑気味に言った。

南美が受講している通信制高校の、月一回ある登校日だという。
二十二、二十三日のゴルフ合宿は、その後予定を一部変更しながらも続けられたが、海野南美以下、陽だまり学園の三名は参加を見合わせた。
「では、滝川真凜さんは」

渡瀬は聞く。こちらが本命だ。南美と滝川に改めて話を聞き、任意でＤＮＡの採取をするつもりだった。背後にはキットを持った本澤が控えている。

「スクーリングの日は、南美の送り迎えを」

「事務局に連絡したところ、今日は活動予定はないと聞いていますが」

午前八時から足立区東和にある滝川真凜のアパートに捜査員が張り込んだが、すでに外出した後だと報告が来ていた。

「送り迎えは、学園が直接彼女に頼んでいるので」

熊田自工の二階、根岸陸橋の歩道橋からは複数の毛髪、繊維片などが採取され、照合待ちの状態だ。

《海野南美、滝川真凜ともに不在。海野南美は高校へ》

外で待つ八幡にメッセージを送る。不測の事態に備え、陽だまり学園の周囲を八幡と京島署員が固めていたが、必要はなくなった。

「高橋陽介さんの死体遺棄の件で、事情を聞きたいのですが。被疑者に繋がる目撃情報など持っているかと思いまして」

死体が捨てられた七月七日深夜から未明にかけて、海野南美と滝川真凜が近くのキャンプ場にいたことが確認されたと告げた。

「あの日は山に……」

「キャンプ場の防犯カメラで確認できました。しかし、園長のお話と齟齬があるようなので、パソコンを調べさせてもらえませんか」

蒲田は承諾し、渡瀬と本澤を事務所に案内した。

渡瀬は、パソコンの前に座ると、蒲田の使用者権限で七月の月間スケジュールを調べた。七月十日に更新履歴があった。更新者は、若い女性事務員の一人だった。

しかし、その事務員は更新の事実を知らなかった。そして、滝川真凜が、時々その事務員のパスワードでパソコンを使っていたことがわかった。

「真凜ちゃん、イベントの時の写真を整理したり、レポートを作りたいって」

偽装工作であることがはっきりした。あまりに拙いが。

「園長、今日の日中、滝川さんがなにをしているのかわかりますか？」

「アルバイトかと……」

蒲田は渋々ながら滝川に電話をかけたが、留守電になったようで、すぐに連絡をしてくれとメッセージを残し電話を切った。

「今は出られないようです」

蒲田は、不安を隠せないようだ。「これから南美に会いに行くのですか」

「そうなります」

「できれば、真凜と一緒の時にしてください。特に通学日は」

「何かあったのですか」

本澤がやんわりと聞いた。渡瀬は気づかなかったが、蒲田の動揺を感じ取ったようだ。

「五月でしたか、記者の接触を受けたと、学校から連絡がありまして。なぜ情報が漏れたのかはわかりませんが」

南美が腕を切る二日前のことだった。

「その時は真凜の迎えが遅れて、南美一人で対応してしまったと」

「昨日言わなかったのは、どうしてですか」

蒲田は、渡瀬に気圧されたように視線をそらせた。

「緊張しておりまして……」

蒲田は学園内の安全対策の不備を指摘されているようで、頭が飽和していたと語った。

「仕方ありませんね」

記憶を引き出す琴線に触れられなかった自分にも、至らない部分があったと渡瀬は思い直した。

「女だな」

モニターに見入った八幡が言った。「遠くて見えないというより、解像度の問題か」

「敷地外のことですので、警察には届けていません」

諏訪（すわ）と名乗った五十がらみの教務主任は言った。

陽だまり学園に、監視の捜査員を残し、渡瀬は八幡を伴って、墨田区文花一丁目にある清翔学院高校を訪れていた。海野南美が受講している通信制高校だ。全日制の高校でもあるが、別校舎で通信制の授業も行っている。

そして、諏訪立ち会いのもと、事務局で防犯カメラの映像を検めていた。映像は、正面昇降口に設置された防犯カメラのものだった。

五月の登校日だった二十二日の午後四時五分。授業を終えた海野南美が門の前で迎えを待っていたところ、記者らしき女性の接触を受けた。女性は南美の進路を遮るように、何かを語りかけているようだ。遠目でも南美の狼狽ぶりがわかった。

「素性はわかりますか」

渡瀬の問いに、諏訪は「わかりません」と応えた。「とにかく職員が出て追い払いましたが、敷地外なのでそれ以上のことは……」

「海野南美の素性を知っている職員は」

「校長、教頭、私、担任を含めた四人です。守秘義務がありますので、情報を外に漏らすことはありません」

「海野さんの様子はいかがですか」

今は専攻している美術の時間だという。

「落ち着いています。友人とも笑顔で会話を交わしています」
教務主任は、唇を強く結ぶ。「ですが、ネットの拡散が心配で」
昨日から拡散している真贋不明、有象無象の情報。
《被害者は一家惨殺事件の関係者　復讐の始まり？》
《唯一の生き残り山中彩水は精神崩壊、いまだ療養中》
週刊誌、ネットメディア系で使用された山中家の親戚、事件関係者の写真がサルベージされ、アップされていた。山中彩水の顔写真もあったが、幼少時のものだった。
《岸はデタラメ記事書いたから殺された》
《高橋陽介は、法廷で篠原規夫にケンカ売って退廷》
《不倫が原因と報じ、その後沈黙したマスゴミリスト》
複数の記者、リポーター、ジャーナリストの写真がアップされている。こいつ最悪？誰？　リプがつき、特定や詮索が始まる。
「情報はプロテクトされています。万が一……」
渡瀬は学校側に防犯カメラの動画データを提出してもらい、南美に異変があったらすぐに連絡をしてもらえるよう手配すると、清翔学院高校を出た。
「いずれにしろ終業時に滝川はやって来る。DNA採取は、学園に戻ってからでいい」

「まずは記者の特定です」

「この女が次の標的の可能性もあるか」

海野南美に、自殺を試みるほどの衝撃を与えたと考えてもいい。

振り返ると、東武墨田線の踏切。通りは十間橋通りに面していて、踏切のすぐ先で、十間橋通りと曳舟たから通りの十字路があり、その一角にコンビニがあった。

「踏切の防犯カメラと、踏切の先のコンビニの防犯カメラを調べましょう」

コンビニの駐車場には、すでに海野南美行確班二名が車輛とともに待機しているが、行確に専念させるべきだ。

「わたしたちで」

「だろうな。五月の映像が残っているかは微妙だが」

「今から裏門も押さえる必要があります」

南美が終業までいるとは限らない。滝川が終業に合わせて来るとも限らない。「一人か二人、増員しましょう」

八幡が増員要請の電話をかけている間、渡瀬は踏切を渡り、コンビニ駐車場の二名に声をかけ、応援が来るまで正門と裏門を押さえるよう指示を出した。

ＳＳＢＣ本部では分析捜査一係、二係の手空きの捜査員を動員し、羽生が撮った野次馬の映像を解析中だ。暗い上に手ぶれがひどく、全員分の補正に手間取っているが、照合作業は人員を交代させながら、夜を徹して行われていた。

「もう一人分、お願いします」

渡瀬はメッセージを添えて、SSBC映像照合チームに清翔学院高校の防犯カメラの映像を送信し、八幡とともに、コンビニを訪れた。

しかし、二ヶ月前の動画データは残っていなかった。仕切り直しのため、渡瀬と八幡は捜査本部に戻った。

同日　11:12am　――羽生孝之

「まだ半信半疑ですけどね」

羽生は手の甲の冷えを感じた。緊張からなのか、単に長時間カメラを持っているせいなのか。

来栖美奈が事件に関与している――土方と渡瀬警部はそう読んでいた。

「彼女の責任感は本物に感じましたし、キャラに合わない」

情報提供者は女性。渡瀬からの情報だ。

「思い込みを映像に込めないでね」

土方が釘を刺してくる。ロケ車には携帯型中継システムを載せてあり、即応体制も整っていた。

美奈の出社は確認できていた。勤務先、『江東冷凍冷蔵システム』の駐車場で待機すること十五分。約束の時間より三分早く乗用車が進入してきた。

降り立ったのは佐倉と古崎の両名だった。

「兄ちゃん、昨日生田にいたよな。鼻が利くね」

ストライプのシャツ――古崎が声をかけてきた。見られていたようだ。

「班長は許可したかもしれないが、捜査優先。突っ込みすぎるなよ」

佐倉は有無を言わさぬ迫力だったが、「時と場合によりますね」と土方は涼しい顔だ。

「調子に乗んなってことさ。これでも大サービスなんだかんな」

古崎は存外楽しそうだ。

羽生は、事務所に向かう二人の捜査員と、同行する土方の背中を、カメラで追った。

三人の姿がエントランスに消えると、社屋を撮影する。内部は、了解が取れれば土方自身がスマホで撮影することになっているが――三人は十分もせずに戻ってきた。

「どういうことっすか」

羽生はカメラを構えたまま聞く。

「彼女、ついさっき仕事を切り上げて退社してる。ボランティアで急に人手が必要になったんだって」

土方が応える脇で、佐倉が電話をかける。

「来栖さんですか、警視庁の佐倉です……」

来栖家のようだ。佐倉は淡々と事情を説明し、うなずく。古崎もどこかに連絡しているようだ。

「状況は？」

土方が、電話を終えた佐倉に聞いた。

「家族は何も知らない、家族が任意での捜索に応じているが……」

古崎の電話が終わる。

「《アマリリスの庭》に今日該当するボランティア活動なし。嘘言って早退だね」

「来栖家に行こう」

佐倉と古崎は足早に車輛に乗り込む。土方と羽生も、ロケ車に乗り込んだ。

「富岡さん、前のマークX追って」

「あいよ」と運転席の富岡が応え、車を発進させた。

車内で土方が凛々子に連絡を入れ、黒澤早苗の所在を調べるよう指示した。

人形町の来栖商店前には十分ほどで着いた。先着した佐倉と古崎が事務所に入るところだった。土方と羽生も機材をもって、降車した。

事務所では、来栖時雄と多恵が困惑したように二人の捜査員と相対した。

「連絡は取れたんですか」

佐倉が尋ねると、時雄は「携帯の電源を切っているみたいで」と応えた。

「娘さんの部屋を見せてもらいますよ」

佐倉は念を押す。危険物を持っている可能性がある——両親にはそう伝えているはずだ。

「お父さんは同行してください」と佐倉。

時雄と多恵はお互いうなずき合い、佐倉と時雄が奥へと上がり込んでいった。

古崎も「ついてくるなよ」と、土方に釘を刺し、上がり込んでいった。

そこで改めて、多恵と挨拶を交わした。

「美奈が何を持っているか、わかりますか」

「詳しくはわかりませんが……」

土方はごく自然に応える。「単にナイフとかそんなものじゃないはずです。たった二人で任意での捜索となると、警察にも確証がないんだと思います」

完全な嘘だが、説明はいちいち尤もそうだ。

「じゃあ、間違いの可能性もあるんですね」

「ええ、十分に」

実際は手榴弾。住居の安全を考えたら、ここにはないだろうが。

土方と羽生のスマホに、凜々子からのメッセージが届く。

《黒澤早苗には連絡とれず。電話は電源切れてて、名刺のアドレスにメッセージ送ったけど、今のところ返事なし。事務所に確認したら、病欠でSir。黒澤家に電話したら、朝は寝込んでいたけど、今はいないとSir。いつからいないか不明》

土方と羽生は一度通りに出た。

「二人とも姿を消すなんて、ここまで来たら偶然じゃないでしょう」

立岡が美奈の犯罪を暴いたとしたら、立岡が犠牲者の姉にそれを伝えていたとしたら、美奈には立岡と黒澤早苗を排除する動機が生じる。

「あ、敦子？」

土方はスマホを手に、早速異変を伝えていた。「……そっちにも連絡が行ったのね。来栖美奈と黒澤早苗、リアルタイムで追えない？」

防犯カメラのリレーによる、リアルタイム追跡。それがＳＳＢＣの真骨頂でもある。

「あ、もう動いてんの、よろしく」

11:31am ――来栖美奈

泥の川を歩き続けるのも今日が最後となる。

白い日差しの中、ペダルを漕ぐ。清澄三丁目の交差点を左折し、清洲橋通りに入ったところで、自転車を停め、近くの生花店で花を買った。菊とユリを中心とした数種。

円臨寺の裏門をくぐり、曖昧な記憶をもとに、陽炎に揺らめく墓石の間をさまよう。しばらく探し、ようやく見つけた。

『黒澤家の墓』

清人が眠る場所。来たのは中学卒業以来だ。すでに花と、彼が好きだったチョコバーが供えられ、溶けていた。おそらく、早苗だ。

美奈も花を手向け、目を閉じ、手を合わせた。

人には多くの顔がある。

自分にはテロ事件の被害者の顔、一生懸命仕事をする社会人の顔、人を支えるボランティアの顔、そして人殺しの顔。

黒澤清人には優等生の顔、同級生を嬲りものにする悪魔の顔。

そして――

『黒澤清人君を死に至らしめたのは、君だね』

去年の秋、そう告げてきた立岡の顔は、いつもと変わらず穏やかだった。いつもと違っていたのは、痩せた体と、浅黒く張りがなくなった肌。

誰もいない事務所の応接室。父は配達、母は倉庫で検品中だった。

『こんなものを見つけたんだ』

映像を見せられた。あの時、あのホーム。清人の手を振り払う場面。

『局の映像からは消去してきた。残っているのはこれだけだ』

USBメモリを手渡された。『恥ずかしいことに十七年間、これに気づかなかった』

早苗さんには伝えたのですか？　と美奈は聞いた。

『伝えてはいない。伝える気もない』

立岡は、古びたノートを取り出した。『この物語は、君の手に委ねるべきだと思った。これはささやかだが私の犯罪の記録でもある。人質代わりと考えてくれ』

事件から二ヶ月後の取材記録だった。立岡が新潟で実際に手榴弾を入手した経緯が事細かく書かれていた。

『君が清人君に何をされていたのかも、おぼろげながらわかった』

ノートには、ほかのノートから切り取られたページも挟まっていた。

『清人君との関係、黒澤家の執事さんが察していたみたいでね』

あれ以降、立岡からの連絡はない。

目を開ける。

黒澤早苗から連絡が来たのは昨夜だった。

午後から取材が入る。自分にとって大事な取材で、担当記者は加野千明だから、受けてほしい。場所は――

いつもの優しい語り口調だったが、細い糸が張りつめたような声の質に、違和感を覚えた。千明のSNSを見たが、それらしい予定は書かれていなかった。

早苗は考えた末に、来栖美奈を許すことはできないと判断したのだ。

霊園を出て、再び自転車に乗る。最後に、清人との時間を過ごした〝曾祖父の家〟を見ておきたかった。苦痛と恥辱の記憶しかない場所だったが、それがおめおめと生き延びた自分の責務のような気がした。

0:27pm ――ジュン

駐車場に面した乗務員休憩所で、いつものように自前の弁当を食べ終えた。

弁当箱の蓋を閉じ、ボトルの水を飲みながら、通知音を奏でたスマホを手にする。

猫の動画や画像を集め、適当なコメントを添えて、愛でるだけのＳＮＳアカウントに、真凜のＤＭが届いた。彼女との連絡用アカだ。

画像付きで、タイトルは『すてきな飼い主さん』。

画像を開く。撮られたのは七分前。マンションのエントランスを出た女。帽子に、サングラス。デニムにＴシャツ。

朝、南美を高校に送り終えた真凜とマンションの監視を交代していた。

《起きたばっかりって感じ。コンビニで水とアメちゃん購入》

――お散歩の準備かな？

《そんな気配》

真凜の目から見て、外出の兆候ありということだ。

頃合いだ――ジュンは控え室に戻り、私服に着替え、帽子を被ると、通勤用の自転車に乗り、会社を出た。

倉庫街となっている荒川区西尾久の一角。都電荒川線沿いの道を東に進み、熊野前、町屋を経由して、千住大橋から隅田川を渡った。

多少強引でも、ここは臨機応変に――

真継が残した最後の車が残っていた。

1:24pm ――渡瀬敦子

捜査本部には緊張感をはらんだ静けさが漂っていた。

来栖美奈の勤務先周辺、黒澤早苗の自宅周辺にそれぞれ一個班を派遣。

一方で、筧真継の勤務先が、葛飾区高砂に拠点を置く運送会社『新未来ステーション株式会社』であることが判明し、一昨日から欠勤、同区東立石の社員寮にも戻っていないことが確認された。社員寮に捜査員を向かわせているが、事件に関連する証拠品は見つかっていない。さらに滝川真凜の足取りは今もつかめず、不審者も、自身が筧真継である事実を突きつけられても、黙秘を続けていた。

渡瀬のタブレット端末に、SSBC映像分析班から続報が入った。

《清翔学院高前、女性の身長は、海野南美との比較から一六〇センチから一六二センチ》

そして、その身長に該当する女性の記者、ジャーナリストが列記されていた。

――女性に関してはすべてに連絡を入れ、安否と予定を確認してください。

二つの盤面を前に、早指し将棋を差すような捜査指揮は、渡瀬にとっても初めての経験だった。

「同一人物ヒット」

日野の手が挙がった。ＳＳＢＣ映像解析班のデータが、日野のパソコンに直送されてきたのだ。「一三年の天体観測会にいた男が、根岸陸橋の野次馬の一人と顔相相似」

手ぶれが補正され、明度を上げて処理された男の顔と、夜、フラッシュがたかれて撮影されたスナップがディスプレイの中で並べられる。

「正面のモニターに転送してください」

渡瀬が指示すると、並べられた画像が、雛壇脇の大型モニターに表示された。

「九〇パーセントの確率で同一人物」

日野が声を上げ、モニターに視線が集まった。

スナップは、さいたま市西区の荒川沿いにあるスポーツ公園で行われた天体観測会で撮られたもので、出典は《ＪＨＰ》という社会福祉団体のＨＰにある、活動報告アーカイブだった。天体望遠鏡をのぞく子供と、指導員の写真だが、比較対象は中央の子供ではなく、天体望遠鏡の背後で子供を誘導している男の横顔だった。

「この男が写っているスナップは、もう一枚あります」

二枚目に表示されたのは、子供に天体望遠鏡の使い方を教えている写真で、ほぼ正面からの顔。細面で、清潔感を漂わせているが、どこか神経質さも感じさせた。

「この天体観測会には、滝川真凜も参加しています」

日野が同じ会場にいた滝川の写真も表示させた。

――筧の相棒か。

――やはり現場に戻ったんだな。

――偶然にしては出来すぎだ。決まりだな。

捜査員たちを取り巻く空気が熱を帯びてくる、

「JHP、ジャパン・ハート・プロジェクトは加害者家族の支援団体」

八幡が団体のホームページを含むデータを捜査本部のパソコンと共有させた。

「この男が根岸陸橋の現場にいたんだな」

山根が渡瀬に確認してくる。

「正確には五反田川、小田急線の線路のさらに南側。現場からおよそ五十メートルの駐車場です。五十メートルではありますが、数百メートル迂回し、踏切を渡らなければその地点へは行けません」

「警察の目を避けて観察していたと解釈していいか」

「異論はありません」

渡瀬は応えた。

「たいしたものだな、東都の記者も」

縣管理官は興味深げだ。撮ったのは羽生だが、現場分析と犯人の行方しか見えていなかった自分を観察した上での、玲衣の的確なフォローだった。それが、また実を結んだ。

「JHPに連絡、人定を急げ」

山根の指示で、特定班が仕事にかかり、捜査員二人がJHP事務局へと向かった。同時に友田班、小山田班も出動の準備を始める。

「今から写真を送ります。アドレスを……」

JHP事務局に電話をかけている捜査員が、先方に写真を送る。「届きましたか……お宅のイベントにスタッフとして参加しています……ええ、確認してください」

捜査員は一度電話を切った。

「ほかのスタッフと写真を確認、折り返し連絡するそうです」

そして十分後、特定班捜査員は掛かってきた電話を取った。

「確認ありがとうございます……該当者……いた」

応えながら、捜査員が拳を握った。「名前はセト・ナオズミ……住所か勤務先は……」

捜査員は復唱しながらノートに大きく書き記してゆく。

『世戸(せと)直純(なおずみ)　二十三歳』

『住居　足立区千住元町一×　第二ヒカリ荘二〇一号』

「機捜と千住署に連絡、すぐにヤサを固めろ」

山根が小声で指示し、捜査員が動く。

『勤務先　（株）平石流通サービス　荒川区西尾久八丁目××』

新たに書き加えられ、別の捜査員が平石流通サービスに連絡を入れる。

「世戸はすでに動いている可能性があります」

渡瀬も抑えた口調で縣管理官と山根に告げた。「これまでの行動から、登録されていない車輛を使う可能性が高いと思われます。偽造ナンバーで、レストアされた廃車です」

平石流通サービスに電話を入れた捜査員が、受話器を手で押さえた。

「世戸は定時に出社したが、今は姿が見当たらない。昼休みに自転車で外に出た姿が目撃されている」

姿を消してから、一時間が経っていた。

「山根君」と縣管理官が促す。

「二正面同時に行くぞ。小山田班は西尾久に急行、世戸の足取りを追ってくれ」

山根の指示に、小山田が「おう！」と応え、部下を引き連れて慌ただしく出動してゆく。

「友田は小山田班と連携しつつ世戸を追跡」

「了解！」と友田も部下を引き連れ、捜査本部をあとにした。

そして縣管理官の視線が渡瀬に向いた。

「千住元町の世戸のヤサの確認。指揮は八幡」

「八幡さん」

渡瀬が声をかけると、八幡が大儀そうに立ち上がって背筋を伸ばした。

「渡瀬はここに残り、二正面作戦双方の情報を整理の上、取るべき行動を提案してくれ」

八幡が数名を引き連れて出て行ったところで、『ＪＨＰ』からさらに連絡が入った。

『世戸の旧名は志賀直純。越谷一家殺傷事件の志賀直彦の実弟！』

連絡を受けた捜査員の声が、湧き上がる驚愕の声にかき消される。

「どうなっている？」

縣管理官が両手を広げる。「兄を死に追いやった連中への復讐か？」

「基本線は変わりません。彼は海野南美のために動いています」

「罪滅ぼしか？」

「そうとも言い切れませんが」

これではっきりした。世戸＝志賀直純が犯行に加わったのは、高橋陽介殺害以後。だから、千葉県警が事件の加害者側関係者を探った際、その時点で無関係だった世戸は、容疑者リストに入らなかった。

そして、これが高橋事件の稚拙さと、岸事件の緻密さの落差の理由だ。

リーダー・筧真継。その補佐・滝川真凜。参謀・世戸直純。

彼らのこれまでの歩みがどれほどであったか、今は想像するしかない。そして、今回の犯罪を鑑みるに、おそらく彼らには、失うものが何もない。

そう、彼らは無敵だ。

1:45pm ——羽生孝之

佐倉と古崎が、来栖商店から出てきた。

「帳場じゃ捕り物が始まったみたいだぜ。そっちに行かなくていいのかい?」

古崎の言葉に土方が、「お気遣いなく」と応える。

「それで成果は? 佐倉主任」

佐倉は大型の封筒を手にしていた。

「ノートの切れ端が五枚」

立岡のノートは発見できなかったが、美奈のデスクの施錠された抽斗から、数枚の紙が見つかったのだ。

「映像データは？」

地下鉄八重洲東駅爆破事件の映像データだ。

「ハードディスク、ＵＳＢメモリ等外部記憶はなかった。パソコン内も精査したが、当該の映像はなかった」

美奈はパソコンを所持しておらず、ボランティアや仕事で必要なときは、事務所のパソコンを母親のパスワードで使っていたという。

「ノートはもちろん撮らせて頂けますよね」

佐倉は警視庁のマークＸのボンネットで、ノートの切れ端を広げた。

「羽生君、あれ出して」

土方の指示で羽生は一度ロケ車に戻ると、『2014　2.17～』と書かれた立岡の最後の取材ノートを持ち出してきた。

「さあ、切り口照合！」と土方。

「待て待てなんだそれは」と古崎。

「立岡記者の取材ノートです」

羽生はノートを佐倉に手渡した。「後ろのページが切り取られています」

佐倉が、押収したノートの切れ端と立岡ノートの切り口を合わせる。

「五枚ともぴったりですね」

土方の会心の笑み。「立岡氏が、少なくともノートの一部を来栖美奈さんに託したことはわかりましたね」

問題は、その内容だった。

《来栖美奈　一九九七年当時の状況》《陸上部　一五〇〇m　三〇〇〇m》
《クラスでは目立たない存在？》《とにかく走っている印象》

証言者の名前が数名分。名前の下には『3－C』『3－B』と書かれていた。

当時のことならば、中学校のクラスだろう。

「当時の同級生に話を聞いて回っていたようだな」と佐倉。

クラスメイトの多くが、来栖美奈に対し特段の強い印象を持っていなかった。

《黒澤清人と交際？》《美奈を見る清人の目がおかしかった。公然の秘密》

そして、クラスメイトではない人物の記述もあった。

《中屋敷悦司（えつし）　元黒澤家・執事、家庭教師、中屋敷正代（まさよ）（故人）の夫　元沢田通商営業部》
《※黒澤家：沢田通商創業家の分家筋》
《妻からお孫さん（清人）と女子学生が本家に出入りしているのを見たと聞いた》

《正代氏本人は黒澤家にその事実を伝えなかったようだ》
《※当時本家邸宅（中央区湊二）家主入院のため無人　中屋敷正代さんが管理》
そして本家邸宅周辺の聞き込みにより、立岡は、黒澤清人が頻繁に無人の邸宅に来栖美奈を連れ込んでいたと結論づけていた。
《梅田茶房　梅田きみさん　仲がよいようには見えなかった》
「取材の中で、黒澤清人がクラスの主導的な立場にいたことはわかっています」
土方は言った。いつの間に——と羽生は思ったが、表情に出すようなことはない。
「見えてくるのは彼の裏の顔」
土方が一瞬、視線を泳がせる。「でも、大事な映像データがなくて、切り抜かれた取材メモだけが残されていたのはなぜ？」

2:34pm　——渡瀬敦子

現場からの映像が届いた。

世戸が住む第二ヒカリ荘は、路地が入り組み、低層のアパートや木造住宅が肩を寄せあう地区にあった。その周囲の塀や生け垣、建物の陰に八幡率いる急襲班と機捜の混成チーム、八名が取り付いていた。

映像は、各車輛の車載カメラと、八幡が取り付けたボディカメラのものだ。

『包囲完了』と八幡の声。

「では呼び出せ」

山根が指示すると、八幡のカメラが階段を上ってゆく。

午後一時頃、世戸とおぼしき自転車の男を、都電荒川線沿いのコンビニ、駅の防犯カメラがとらえていた。自転車は東へと向かっていた。つまり、帰宅するコースと一致していた。

小山田班は町屋周辺に展開し、それ以降の足取りを追っている。

《世戸らしき男、笑顔》

小山田からメッセージが入った。《町屋駅前通過を確認》

モニターの中では、八幡の指が、古い型の呼び鈴を押した。ドアの反対側には、警棒を手に身構えた京島署刑事課の捜査員。

世戸は中にいないだろう——帰宅するなら、尾竹橋通りを左折し北上、尾竹橋を渡るのが最短距離だ。

モニターの時刻表示が進んでゆく。

『世戸さん！　いらっしゃいますか』

八幡が呼びかけるが、反応はない。『物音もない』

「開けろ」と山根。

別の捜査員が管理会社から預かった鍵で、ドアを開け、待機していた三人が突入した。揺れるカメラ。薄暗い室内。八幡が縦横に移動し、ドアやふすまを開けてゆく。

『バス、トイレ無人』『部屋にもいない』『世戸直純は不在。世戸直純は中にいない』

無駄足ではない、詰めのための経過だ。

「町屋だと？」

モニターに集中していた山根が、小山田のメッセージに気づいた。

「自宅とは反対方向に向かっています」

「予測できるか」と縣管理官。

「誰かの拉致を目論んでいるのなら、車輌が必要です」

彼らはいずれも社会的立場の弱い若者。廃車のナンバーを盗んで保管しておける場所は限られている。月極や時間貸しの駐車場はあり得ない。

「筧の勤務先が関係している資材置き場や駐車場を当たってください」

筧真継の居所は葛飾区東立石。会社は高砂。その周辺に、会社の施設があっても不自然ではなく、世戸が向かっている方向とも矛盾しない。

山根が友田に、新未来ステーションの関連施設を当たるよう、指示を出す。

「班長！」

後方から日野が呼びかける。「黒澤早苗追跡班から」

「こっちは任せろ」

山根が言ってくれて、渡瀬は分析捜査班デスクに着いた。

タブレット端末に届いている佐倉からの情報を、脳内再インストールする。

黒澤清人の死を巡る、早苗と来栖美奈の危険な因縁。示し合わせたかのような行動。

浮かび上がるのは、過去の殺人を隠匿するための口封じだ。

「黒澤早苗は午前十一時四十分に、地下鉄築地駅から日比谷方面に乗ってる」

渡瀬も自身のタブレット端末に情報を共有する。駅の防犯カメラにオンラインでアクセスし、SSBCの顔認証システムを併用したリアルタイム追跡だ。

「日比谷で都営三田線に乗り換える。西高島平行き」

日野がメッセージを読み上げる。

「途中下車は」と渡瀬。

「今のところ確認されてない」

午前十一時四十分に乗ったとすれば、終点の西高島平到着は午後〇時四十分頃か。

「西高島平駅のカメラは？」

「今調べてる」

西高島平に向かったとして何がある？　巨大な集合住宅群のほかには北側に工場街。そのさらに北には荒川の河川敷。西側はすぐに埼玉県和光市で、広大な畑と倉庫街が混在する地域だ。

「来栖美奈は？」

「午前十一時過ぎに越中島の勤務先を自転車で出て以来、いまだに足取りは不明。追跡班が捜索中」

各駅や公共機関、警視庁設置の街頭防犯カメラ以外は、現地での映像収集が基本となる。

「西高島平駅にヒット」

日野がディスプレイに目を落としたまま告げる。「十二時四十七分に改札を出て、五十分にタクシーに乗ってる」

映像が送られてきた。車体のカラーから会社がわかる。

「ただし、現時点に至っても西高島平駅には戻っていない」

「管理官！」

渡瀬は立ち上がり、声を張り上げる。「高島平署に応援要請をお願いします」

『世戸は千住大橋を渡った』

小山田班からの報告。映っていたのは、橋の袂にあるタクシー営業所の防犯カメラだった。『通過時間は十三時十二分』

小山田班から入ってくる情報を元に、機捜と友田班が周辺で世戸の目撃情報を探しているが——

「千住関屋町に新未来ステーションの車輛基地と営業所があるぞ！」

世戸追跡班の捜査員が声を上げた。情報が前線に伝えられる。

『俺が一番近い』

友田が返信してきた。『確認に行く』

工場と住宅が混在する一帯で、千住大橋駅からは直線距離で五百メートルほどだ。

三分後、『現着した』と友田から連絡があり、さらにその十分後——『午後一時二十二分に世戸が来ている。防犯カメラ確認。ただし、正門前カメラの前を素通りしている』

『自転車を発見。色と形から、世戸が乗っていたもののようだ』

友田班捜査員からの報告も入ってきた。『裏門に回りそこから入ったようだ。裏門にはカメラはなく、人もいない』

営業所の裏に車輛基地があるが、実質、故障車輛や廃棄予定車輛の一時保管所、修理作業所があるだけという。

「盗んできた車の一時保管にはうってつけの場所だな」

山根が地図を睨みながら唸る。営業所によると、修理の資格を持つ筧真継も、頻繁に出入りしていたという。

『午後一時二十五分、正門前カメラを軽のワンボックスが通過。ダイシン自動車のセイバーで、色は白。二〇〇九年型。従業員の車ではない。世戸が乗っている可能性濃厚』

車輛に詳しい友田の見立てとともに、映像が送られてきた。

――一番多く走っている色とタイプだぞ。

日野が映像を鮮明化させ、拡大させると、ナンバーまで読み取れた。

「Nシステム照会、急げ!」

縣管理官の裏返った声。

渡瀬はタブレット端末で、素早く現状を整理した。

情報提供者捜索班

●黒澤早苗　午後〇時四十分過ぎ、西高島平駅からタクシー乗車。高島平署が足取り確認

中。

●来栖美奈　午前十一時過ぎ、越中島の勤務先から自転車で出発。捜索中。

連続殺人捜査班

●海野南美　午前九時、清翔学院高スクーリング　現在も授業中。下校は午後四時予定。

※四名にて監視中。

●滝川真凜　午前九時、清翔学院高に海野南美を送り届けたあと足取り不明。

●世戸直純　午後〇時半頃、荒川区西尾久勤務先から自転車にて出立。

午後一時二十二分、千住関屋町車輌基地。

午後一時二十五分、白のセイバーにて出立。

　これを分析捜査三係で共有する。

情報提供者からは一時間半から二時間、世戸からは一時間十分あまり後れを取っていた。

『Nヒット』の連絡は十分後だった。

白のセイバーは、再び千住大橋を渡り日光街道を南下、三ノ輪から国際通りを浅草方面に向かっていた。

『ナンバーに盗難届』

「友田班、機捜、白のセイバーだ」

山根が指示し、追尾班が動き出したが、すぐに春日通りの元浅草付近で、Nシステムのヒットが途絶えた。

「車を乗り換えたとは思えません」

渡瀬は言った。「ナンバーを付け替えた可能性があります」

「どこへ向かう気だ。逃亡か？」

縣管理官が頬の筋肉を引き攣らせる。

「逃亡するなら、昨日のうちにしているはずです。彼は覚悟をもって、次の犯行に臨んでいます」

都心方面に向かうなら、北は捨てていい。上野、王子、赤羽方面に向かうなら、このルートは最初から取らない。渡瀬は無線を手に取った。

「防犯カメラ解析チームは御徒町駅、上野周辺の街頭防犯カメラ、秋葉原駅とその周辺の街頭防犯カメラ、飯田橋駅の防犯カメラを解析、白のセイバーを確認してください」

これで西の新宿方面はある程度押さえることが出来る。そして、南の東京駅方面。世戸は自身に捜査の手が伸びていることも、時間がないことも想定しているはず。ナンバーの付け替えは最後の小細工だ。押さえるべきは、二本の幹線道路。

「小山田班は昭和通り、清洲橋通りの東京方面経路を」

『了解した』

それでも一時間の遅れを詰めることは難しいだろう。だが一気に詰める手はある。

無線を置き、渡瀬は縣管理官と、山根の前に立つ。

「世戸が、女性のジャーナリストか記者を狙っている可能性があります」

該当者になり得る人物が一人いた。

六年前の越谷一家殺傷事件で、遺族への丁寧な取材と、犯人への厳罰要求で話題となった女性ジャーナリスト。そして、十八年前の地下鉄八重洲東駅爆破事件の当事者——

2:40pm ——羽生孝之

「高島平に行かないんですかね」

助手席の羽生は言った。「佐倉主任が電話してるのが見えますね」

警察車輌は、中山道西巣鴨付近の路肩に停止したまま、一分以上動いていない。

「動きがあったの」

土方が降車し、羽生もカメラを手に追った。前方の車輌からも佐倉が降りてきた。

「黒澤早苗の行き先が？」

土方の質問をきっかけにカメラを回す。

「高島平署がタクシーの行き先を特定した。機捜が調べている」

佐倉はわずかに躊躇したが、渡瀬からある程度の情報開示を指示されているのだろう。

「場所は、埼玉県和光市下新倉六丁目の晋平産業資材置き場」

マップを見ると、荒川河川敷近くで、畑の中に資材置き場、倉庫が現存する地区だった。

「保管窓口によると、一時間ほど前に若い女性がやって来て、外の簡易物置から中の荷物を引き取って帰ったそうだ。簡易物置は個人の契約で設置できる物で、中には古い家財道具が入っていたが、女性はしばらく物色し、箱状の物が入った百貨店の紙袋だけを持ち出している。物置の所持者登録は立岡雅弘」

「広い資材置き場の端っこに保管する物なんて、状況的に危険物……それに手で持てる大きさ。つまり手榴弾でもおかしくない」

土方は断言した。「これで来栖家に映像データとノートがなかった意味、逆に来栖さんと黒澤清人との関係を暴く取材ノートが残されていた意味、去年の秋以降、来栖さんがボランティアに参加しなくなった意味が全部繋がったね」

「どういうことっすか」

土方にカメラを向ける。

「主体的に動いているのは、来栖美奈ではなくて、黒澤早苗のほう」

土方は「まだ想像の範囲だけど」と前置きをして――

「去年の秋、立岡氏から黒澤清人を死に追いやった証拠を受け取った来栖さんは、その証拠を黒澤早苗に委ねた。それで審判を待った」

だから、黒澤早苗と行動を共にするボランティアへの参加が出来なくなった？

「黒澤さんが、その審判を下すんすか？」

ならば手榴弾はなんのために使う？　証拠として？　それとも……。

「来栖さんは覚悟を決めて会社を出たのかも」

美奈は自転車で会社を出たと、渡瀬から情報が入っていた。

「黒澤早苗は待たせていたタクシーに乗って、和光市駅で下車」

佐倉が、警視庁専用らしい携帯端末に目を落としながら、新たな情報を告げた。東武東上線と地下鉄有楽町線、地下鉄副都心線が乗り入れている駅だ。「駅への到着は午後二時二十七分。防犯カメラが上りホームにいる姿を確認」

「手榴弾を持ったまま電車にって……」

土方が口許を引き締め、「可能性、の段階だけどね」と佐倉を見遣る。

「彼女が最悪のことを考えているのなら、目的地は八重洲東駅。和光市駅に来たのは、池袋で丸ノ内線に乗り換えて直接東京駅の地下に行けるから。そこから八重洲東駅までは地下街を抜けてすぐ。来栖さんの勤務先と八重洲東駅は最短距離でも三キロ程度。自転車で十分」

「根拠は」と佐倉。

土方の自信と洞察力は、いかなる時もぶれない。「黒澤早苗と来栖美奈はそこで会う」

「勘」

佐倉が一瞬、言葉を失った。

「黒澤早苗と会うにしては、会社出るのが少し早いけど、何か覚悟を決める時間かも。これも勘。黒澤早苗の到着時間は」

すでに調べていた。

「三時には東京駅に着く。あと十五分くらいっすね。そこから徒歩移動でしょう」

羽生は振り返る。「富岡さん、地下鉄八重洲東駅、大急ぎ！」

富岡が運転席から顔を出した。

「この時間からだと、それこそ地下鉄に乗ったほうが速いよ」

都営三田線が、中山道の真下を走っていた。ただし、東京駅は通過しない。

「富岡さんは八重洲東駅に向かって。わたしたちは地下鉄に乗る」

くよ」

土方は決断した。「八重洲東駅だったら、大手町で大手町線に乗り換えて一駅。追いつ

車内はそれほど混み合ってはいなかったが、座れるほどでもなかった。

羽生はロケ車から持ち出したPキャスを背負い、肩からカメラバッグをぶら下げ、あからさまに周囲の迷惑だったが、降ろすわけにはいかなかった。

土方も、車内で電話と迷惑行為中だ。

「……だから段取って。中継回線と、中継ぶち込める番組」

一応小声で、口許を手で覆っている。相手は北上だ。

東都放送は情報番組の時間帯で、午後四時五十分からは『イブニング・ダッシュ』が始まる。

佐倉は、土方を苦々しい目で見ていた。相棒の古崎は富岡同様、地上から八重洲東駅に向かっている。

「もちろん非常事態があったら……なにも起きない可能性もあるけど、準備だけはしておいて」

時計は午後三時五分を回った。

電車が大手町駅に滑り込む。ドアが開くと乗降客が交錯する。送受信状態を確認すると、Pキャスはきちんとｗｉ－Ｆｉを拾っていた。羽生は撮影を再開した。

胸元にカメラを構え、前方とビューファインダを同時に見ながら、人の流れに乗り、ホームから階段、通路と移動してゆく佐倉と土方の姿をとらえる。

中継連絡用のスマホが振動した。羽生は歩きながらイヤフォンを着用した。

「羽生です」

『映像は来ているぞ』

北上の声だった。

「大手町。乗り換えます。『どこだ』北上さんは」

『Bサブだ』

情報番組で使われているスタジオだ。『そっちは何か起きそうか』

「藪から棒になんですか」

『〝ゴゴまる〟に交渉中だ』

午後帯の情報番組で、午後三時五十五分までの放送だ。

「爆発物を持っている女性が、地下鉄に乗っている可能性があるんです」

『警視庁クラブが確認中だ』

不確定な情報でパニックを誘発させる懸念を持っているのだろうが、万が一の安全を考えたら――

「警察はまだ警告していないんですか！」

声を上げてしまった。目の前には佐倉の背中。

「もう動いている」

佐倉は前を見たまま応えた。

「どっちもすべきことはしてる。警察も北上貴史も」

早足の土方が息を弾ませる。「わたしたちもすべきことをする。マイクちょうだい」

「ピンとハンド、どっちにします？」

「どっちも。何が起こるかわからないしね」

羽生は土方にマイクと音声回線用のワイヤレスイヤフォンを渡した。

土方玲衣は、胸を張り、大きく深呼吸した。

いつでも中継に入れる状態を維持したまま大手町線に乗り換え、八重洲東駅に到着した。

扉が開き、降車する。ホームは拡張工事により、一九九七年の事件当時より広くなっていた。そして、東京駅、八重洲の地下街、日本橋、地下鉄他路線へのアクセスがいい八重洲東駅ホームは、人で溢れていた。

乗降客の邪魔にならないよう、壁際に移動した。

「八重洲東駅到着」

佐倉が胸の小型マイクに報告している。

『聞こえるか、土方、羽生』

羽生のイヤフォンマイクにも、北上の声が届いた。『声をくれ』

「もう少し労りのある頼み方できないの？　苦労してこの状況まで持ってきたのに全く愛が感じられない」

土方らしいマイクチェックだ。「どう？　いまので音声チェックできた？」

『危険物を持った女の件、警視庁から発表があった。各局速報を入れている』

「こっちは犯行予測地点。八重洲東駅」

土方は応えながら、注意深く周囲に視線を走らせている。『中継は、地上波と『ニュース・デルタ』と同時で行く』

「がんばったね、北上氏にしては」

『うるさい。異変を察知した青葉局次長が様子を見に来てる』

「そんなこと気にするタマじゃないでしょ、北上プロデューサー」

「で、どうします？　八重洲東駅と言っても、広いですよ」

羽生は言った。八重洲地下街、他路線の日本橋駅との共有部分も多い。

「ポイントがあるとすれば、慰霊モニュメントかも」

爆破テロの犠牲者を慰霊するためのモニュメントが、中央改札口前に設置されていた。

人の流れも、地下街に近い中央改札方面が本流だ。

土方、佐倉、羽生の三人も流れに乗った。右手に階段とエスカレーターが見えてくると、流れの速度がゆったりと減速する。多くの人がエスカレーター前で滞留していた。となりの階段を利用する人は少ない。

まだ、ここには平穏な時間が流れていた。

が、前方で悲鳴が上がった。悲鳴が連鎖的に広がり、流れが乱れた。ざわめきが広がり、

――大丈夫ですか。と声が聞こえてきた。

佐倉が反応し、「警察です。前を開けて頂けますか」と手を挙げながら、流れを縫ってゆく。その背後にピタリと、相棒ですと言わんばかりの表情で土方がついて行く。羽生は謝りながら列を出ると、壁に沿って二人を追った。

――誰か駅員を！

人の壁で、何が起きているのかわからない。

「誰かが倒れてる」

先行している土方が、マイク越しに伝えてきた。

羽生の目にも、誰かを囲むような人垣が見えてきた――が、突然なにかが発光し、白い煙が上がった。

悲鳴と怒号が重なり合い、滞留していた人が波紋のように広がり、逆流し始めた。VTRで見た、一九九七年の八重洲東駅ホームのように。

――皆さん落ち着いて、反対側の階段へ向かってください。

佐倉の芯の太い、落ち着いた声が響いてきた。

――ホームの端に気をつけて、周りと声を掛け合って、落ち着いて歩いて……。

声が非常ベルにかき消された。

『何が起こってる』

「中継を……」

羽生は壁に身を押しつけ、なおも前進を続けながら言った。「早く中継取って。煙が」

『なんかわからんがもう取ってる』

「女性が階段から落ちてきたようです」

声を潜めるような、土方の実況が入った。

人垣を抜け、ようやくエスカレーター前のスペースにたどり着き、カメラを向けた。

階段の下にうずくまっている女性。白煙の中、彼女を囲むように男女数名。彼女を介抱し、離れなかった人々だ。

カメラを左右に振り、煙の発生源を見つけた。発煙筒だった。

誰かが意図して、騒ぎを起こしている？

「来栖さん！」

土方が女性に駆け寄った。来栖美奈――彼女はゆっくりと顔を上げて振り返り、階段を見上げた。

彼女の視線を追うように、カメラを向けた。

煙る階段を下りてくる人影。

――あなたが突き落としたの⁉

介抱している女性が言った。

煙の中から姿を見せたのは、グレーのパンツスーツの女性。

黒澤早苗だった。

「そこをどいてください」

黒澤はバッグから、何かを取り出し、掲げた。「爆弾です。みんな離れてください」

深緑の、金具がついたパイナップル型の物体。誰も動かなかった。

「本物です」と黒澤は付け加えた。

――手榴弾だ。

ようやく、美奈の周囲からじりじりと人が離れていった。

――本物なのか？

――そういえばさっき、危険物を持った女性ってニュースが。

黒澤は階段を下りきり、美奈の脇に立った。

「手榴弾を持った女性発見。八重洲東駅一番ホーム、中央改札口階段下。特殊班、爆発物処理班の急行を……」

距離を取りながら、佐倉が無線で報告している。

「黒澤早苗さんですね」

数メートル距離を取った佐倉が静かに語りかける。しかし、黒澤は口を結び美奈に視線を固定し、美奈もその視線を受け止めていた。

3:28pm　――ジュン＝世戸直純

スピーカーから、深刻な声色で事件を語る女の声。

自分でも驚くほど落ち着いていた。

真凜からの情報が入ったのは一時間前。標的のＳＮＳが更新され、午後三時からのラジオ出演が告知された。情報番組のようで、高橋から奈良橋に至る一連の事件について急遽、語ることになったという。

六年前、南美にハイエナのように食いついてきた女。

二ヶ月前、再び南美の前に現れ、恐怖の記憶を呼び起こし、南美を死へと駆り立てた女。

そして、兄を――

『臨時ニュースが入ったようです』

アナウンサーが、爆発物を持った女性が、駅で人質を取っていると伝える。

『八重洲東駅ですか……十八年前の事件と同じなのですが』

女の声に、好奇と貪欲の周波数が混じる。次に食い散らかすネタを見つけた、ハイエナの唸りだ。

三時半に、女の出演コーナーが終了した。

真凜はすでに清翔学院高に向かっている。計画の構造を見抜かれている以上、警察の監視がついている可能性が高い。真凜にはその確認も要請していた。

程なくして、前方のビルから、パンツスーツ姿の女と、ジャケットの男が出てきた。

ジュンはゆっくりと車を発進させた。

タクシーを止めるためか、男が車道側に出た。少し離れて女。

追い越すときに顔を確認した。

加野千明。

時間は切迫しているが、物事は慌てず騒がず確実に進める。

ジュンはひとつ呼吸し、アクセルを強めに踏み込んだ。体が背中に押しつけられ、男の体が急速に迫り、ゴン、という音と衝撃とともに、前方にはじけ飛んだ。急ブレーキを踏み、路上に投げ出された男に動く気配がないことを確認し、助手席の金属バットを手にして車を降りた。

加野は呆然と立ち竦んでいた。

平日の夕刻。自分の影と標的の影と首都高の高架が落とす影と、熱気の残り香。青空を背景に映える西新宿のビル群。思いのほか静かだ。

多少人通りはあるが――ジュンは早足で加野に近づき、頭に金属バットを振り下ろした。手応えと、金属音。崩れ落ちる体。少し離れたところから悲鳴があがった。構わない。

ジュンは彼女の両脇を抱えると、後部シートに放り込み、車を発進させた。

信濃町駅前から外苑東通りに入り、四谷三丁目交差点の手前で一度車を停め、加野の手足を結束バンドで拘束し、ガムテープで口を塞いだ。頭部からの出血がシートから床に滴っていたが、呼吸はしていた。運転席に戻り、再びアクセルを踏む。

そして、合羽坂から靖国通り。もう防犯カメラに映ろうが、Nシステムに引っかかろうが、警察が追い付く前に事は済む。

『Kさんが何人かいる感じ』

真凜からのメッセージが入った。やはり、学校には警察が張りついていた。

御茶ノ水から蔵前橋通りに入った。渋滞ではないが、心地よい流れでもない。急く心を抑える。まだサイレンの音は聞こえない。差は詰められていない。JRの高架をくぐり、浅草橋に差し掛かる。

「助けて……」

後部座席から、加野の声。振り返ると、口のガムテープが剝がれかけていた。雑に貼った上に、頭からの出血と唾液のせいで、粘着力が弱まったのかもしれないが、今さら貼り直す気はなかった。

「……ごめ……んなさい……わたしは……」

何を言い始める――「本当は……あの時わたし……ホームにはいなくて……」

朦朧としているのか、ジュンには意味不明の言葉だった。

「カメラを向けられたから……つい現場に……いたふりをして……」

「黙っててもらえる?」

「……クルス……何もないくせに……キョトを……」

蔵前警察署の前を過ぎ、隅田川を渡る。ここでハンドルを左に切り、脇道へ入った。いくつかの路地を経由して、徐々に北上してゆく。

再び意識を失ったのか、加野は静かになっていた。

「もう少しがんばれ」

前方に、コインパーキングから車を出そうとしている女性が見えた。

ジュンは速度を緩めた。

同時刻——渡瀬敦子

捜査本部の大半がテレビに見入っていた。

地下鉄のホーム。うずくまる女性と、手に何かを掲げた女性。

黒澤早苗と、来栖美奈だった。

無線には、刻々と状況が入電している。当初は佐倉だけだったが、今は捜査一課特殊班が到着していた。

事態は膠着。『地下鉄八重洲東駅で異変。警視庁警告の女性か』とサイドテロップが入っていた。

そして画面の隅には玲衣の姿。

清翔学院高監視班からは、滝川真凜が学校に入ったと報告が来ていた。

そして、SSBC映像解析班から追加情報が着信した。

現在、連絡が取れない女性記者、ジャーナリストは三人。二人は引き続きコンタクト中。

一人は、ラジオの生番組に出演中だった。

清翔学院高のカメラ映像と三人の顔写真を比べる。SSBCの解析は、ラジオ出演中の女性だと示していた。

「友田さんに連絡を」

渡瀬は山根の耳元で告げた。同時に無線ががなった。

『渋谷区千駄ヶ谷二六の××で女性が殴打されたうえ拉致された』

午後三時三十九分、指令センターに一一〇番通報があった。『拉致されたのは加野千明。フリージャーナリスト。拉致した男は白い軽ワゴンで逃走』

「友田班全車輛、機捜は急行せよ」

山根が指示を出す。「加野千明が標的か、渡瀬！」

「緊配だ！」

縣管理官が叫んだ。

一歩遅れた――犯人グループの目的は、南美に標的の死を見せること。しかし、清翔学院高が監視されているのは、計算に入れているだろう。

何をする気だ――

時計を見た。午後四時を回っていた。渡瀬は無線のマイクを手に取る。

「監視班、状況は」

『生徒が帰宅を始めていますが、海野南美はまだです』

目的を優先するのか、殺しを優先するのか。その違いで一歩の遅れが、致命的な遅れになる。世戸が冷静な参謀なら、南美の前に現れることはない。計画を優先するなら、あるいは――渡瀬は唇をかむ。

世戸、黒澤、両面に対処するために、捜査本部の余剰勢力がすべて代々木方面と八重洲東駅へ差し向けられた。

「山根さん、清翔学院高にもう一班応援を出せますか」

「四人張りついているだろう。もう余力はない」

デスクにまだ日野がいた。

「日野と行きます。八幡さんにも向かうよう、連絡します」

日野が立ち上がって準備を始めた。

「車輌はもうないぞ」

配置担当班長が声を上げる。

「走っていきます」

京島署から清翔学院高まで数百メートルだ。

同時刻——来栖美奈

上半身を起こし、壁を背にした。左膝から下に激痛。足首に対し、つま先があさっての方向を向いていた。胸も痛い。吐き気もひどい。目にも血が入り、視界が半分遮られているが、階段の上とホームに黒い男たちが並んでいるのが見えた。確か、特殊部隊。テレビで見たことがあった。

早苗も階段に座り込み、壁を背にしていた。ホームから警察の説得が続いているが、全く聞いていない。

「昨日、心が決まってね」

早苗は美奈にだけ聞こえる声で言った。「列車の事件と、女の人の拉致事件があったでしょ。あれが越谷の事件の関係者とわかって、迷いが取れたの」

意味がよくわからなかった。

「十人の犯罪被害者に手紙を送って、四人が仕返しをした。微妙な数字だよね」

仕返し——手紙？

「大切なひとを奪われたひとが、どんな反応をするのか、見てみたかったの」

美奈は悟った。列車殺人に始まる一連の事件は、早苗が情報を与えたから起こったのだと。

「一人目はストーカーを。二人目は、相手に大けがをさせて、三人目は、乱暴を働いた」

そして、四人目は人を殺した。自分が早苗にすべてを委ねてしまったから——

「わたしを殺しに来たんですよね」

十八年経っても、彼女の中の悲しみは癒えていなかった。「だったらここで死にます。その爆弾、わたしにください」

警官隊との距離も十分開いている。早苗さえ逃がせば、爆発させても、死ぬのは自分だけだ。

「清人を殺したの？　助けなかったの？」

今でもわからなかった。でも、彼から逃れたいと思っていたことは確かだった。

「わかりません。早苗さんの解釈に任せます」

あの映像がすべてだ。だが、早苗の中の清人を壊したくなくて、立岡の最後の取材ノートは渡していなかった。

「おじいさんのお家で、何か辛いことがあった？」

言葉に詰まった。見られていた？　それとも弁護士という立場から何かを察し、調査したのだろうか。

「清人が初めてだった？」

唐突に、耳元で囁かれた。瞬時に記憶の断片がフラッシュバックし、全身の筋肉を硬直させた。

「やっぱり……そうだったんだ」

悟られてしまった。

「わたしもね……」

早苗の目が遠い記憶を探すように宙をさまよい、そして、表情が穏やかに、優しげに、寂しげに変化してゆく。

「わたしが早苗さんから清人君を奪ったのは事実です！」

聞きたくなかった。「だから、爆弾をください」

「渡してもいいけど……」

早苗が手の上の爆弾に目を落とす。「使い方がわからないの。どうやったら爆発するのか」

言った瞬間、ホームから黒い男たちが押し寄せてきた。

同時刻　――羽生孝之

『わたしが早苗さんから清人君を奪ったのは事実です！　だから、爆弾をください』

羽生のイヤフォンに、美奈と黒澤の会話が聞こえていた。ひどく小さく、ノイズもひどいが、ギリギリ聞き取れる範囲だ。

「それは事実です。だから爆弾をください」

羽生は会話を小声で再現し、すぐ横で佐倉が聞き取っていた。

すべては土方の機転だった。美奈の介抱に当たったとき、上から降りてくる黒澤を見て、咄嗟に美奈のバッグにピンマイクと送信機を放り込んだのだ。

ただし、ピンマイクの音声だけをカットし、中継には乗せていなかった。

数メートル前方ではSITが壁を作り、説得しながら、突入の機会をうかがっていた。

羽生のカメラが映しているのは、警官隊の後ろ姿のみ。安全と、警官隊の配置漏洩を防ぐ観点から、女性二人を映すなと佐倉から厳命されていた。それでも土方は、伝えられる範囲でリポートを続けていた。

『渡してもいいけど……』

そして、続いた言葉。

「使い方がわからない。どうやったら爆発するのか、と言ってます！」

羽生が告げると同時に、佐倉がＳＩＴに合図を送った。

一斉に動き出す黒い塊。

「突入です！」

土方のリポートが、鼓膜を揺さぶった。

数秒後、確保という声がホームに反響した。

4:22pm　――ジュン＝世戸直純

左にスカイツリーを見ながら浅草通りを東進、十間橋交差点を左折し、十間橋通りに入った。いつもの変わらない住宅街と商店街。

結局、警察車輛の姿は一度も見なかった。ここからはタイミングだ――

車はグリーンの軽自動車に乗り換えていた。駐車場に入れたセイバーには、手足を縛った軽自動車の持ち主を押し込んだが、いずれ発見されるだろう。

《今玄関。南美と一緒》

普通に走って一分か二分。下校する小中学生に気を配りながら、慎重に進む。

やがて右手が開け、清翔学院高校の校舎が見えてきた。正門前に目つきが悪いおっさんが二人、裏門に二人と真凜から報告が来ていた。彼らは真凜と南美が連れて行ってくれる。

真凜の携帯に電話をかけ、ワン切りする。

意識を取り戻したのか、加野は薄目を開け、呼吸を荒くしていた。後部座席に放り込む際、窓に頭をぶつけてしまい、頭部からの出血がまた酷くなっていた。

ジュンは速度を緩めた。徐々に正門が近づいてくる。正門から吐き出されてくる生徒たち。その中に、南美と真凜の姿。

二人が立ち止まった。

正門の先にある踏切の遮断機が、鐘の音とともに下がった。タイミングも計算通りだった。徐行し、正門前をすぎる。

真凜と目が合った。南美が後部座席の加野を見たのがわかった。『ありがとう、ジュン』と、真凜の唇がそう動いた。警官には気づかれていないようだ。

前の車が踏み切り前で止まった。加野は浅い呼吸を繰り返している。

真凜と南美が、線路沿いの道へ歩き出すのが見えた。少しずつジュンの車から離れ、男二人がついて行く。

邪魔者は消えた。鐘の音から列車通過までの時間も調査済みだ。

ジュンはアクセルを踏み、前の車を追い越すと、遮断機を折り、踏切に侵入した。始発の曳舟から一駅目の香取神社まで一直線で、列車の速度も一番上がる区間だ。左の窓に、迫る列車が見えた。あと数十メートルか。狂騒的な警笛を聞きながら、運転席から転げ出て、ダイブするように踏切を飛び出し、頭を抱えて道路に突っ伏した。直後、金切り声のようなブレーキ音が響いた。しかし、もう遅い。

僕らの勝ちだ！

同時刻——渡瀬敦子

渡瀬と八幡は、正門と踏切が見渡せる文房具店内で待機していた。日野は踏切を渡ったコンビニの軒先で控えている。

四時を回り、校門からは下校する生徒が次々と吐き出されていた。スマホのテレビ中継では、女性確保の様子が何度も繰り返されていた。まじめくさった顔でリポートする玲衣が頼もしくもあり、少し可愛くもあった。

ただ、今に至っても、セイバー発見の報はない。

「本当に来るのか？」

八幡とは五分前に合流したばかりだ。

「外れなら、負けです」

そして、四時三十七分、滝川と南美が正門から出てきた。

「本当に岸の殺しを再現するのか」

「監視の中で実行するには、それしか方法がありません」

あるいは、最初からその選択肢も準備されていたのかもしれない。

夕方になり、十間橋通りも、車の往来が増え始めていた。

それが見えたのは、偶然かもしれなかった。

店の前を通り過ぎたグリーンの軽自動車。その後部の窓に陽光が反射した瞬間、こびりついた赤黒い液体が見えたような気がした。

目撃情報によれば、加野は拉致される前に、頭を金属バットで殴られていた。

「八幡さんはそのまま監視を」

渡瀬は店を出ると、小走りで軽自動車を追った。

その軽自動車が、正門前をゆっくり通過した。滝川と南美の視線が、後部座席に向けられた。鳴り始める踏切の鐘。降りてくる遮断機。

軽自動車が止まった。中を確認しよう――そう思い一歩を踏み出した瞬間、車が急発進し、前の車を追い越すと、踏切に侵入した。

「止まりなさい！」

渡瀬は走り出していた。車は踏切中央で止まると、運転席から男が転げるように出てきて、コンビニ側へダイブした。左から、列車が迫っていた。

リアウィンドウ越しに、車内でむくりと起き上がる人影を確認した。加野千明。近くに警察官は自分しかいなかった。嫌だ嫌だ嫌だ――平穏を求める心の叫び。運転席の扉は開け放たれたまま。警笛。悲鳴。

意に反して足が前に出た。

列車の運転士の顔が、驚愕に歪んでいるのがはっきりと見えた。だが、渡瀬は止まらなかった。踏切に侵入し、運転席に飛び乗ると、思い切りアクセルを踏み込んだ。

列車のブレーキ音と、甲高いタイヤのスキール音。シートに背中が押しつけられ、コンビニ側の遮断機をなぎ払った瞬間、後部に衝撃を感じ、車体が半回転して渡瀬は運転席から投げ出された。肩、背中、頭を何度も衝撃が襲う。回転する視界の中、軽自動車がガードレールに衝突して減速、対向車線で踏切待ちをしている車に接触して止まるのが見えた。

「あっこちゃん！」

血相を変えた日野が走ってくる。

「車の中に人がいます。救助を！」

渡瀬は痛みを押して立ち上がると、よろめきながら路面に突っ伏している男の前に立った。

列車は数十メートルほど先で止まっていた。目立った損傷はなく、接触はごく一部だったようだ。

男が仰向けになり、むくりと半身を起こした。

「あんた、頭がおかしいのか」

「世戸直純ですね」

言ったはいいが、渡瀬は自分が手錠を所持していないことに気づいた。

「班長！」

八幡が踏切を渡ってきた。

「ケガはないか」

「大丈夫なんですが、わたし、手錠を持ってなくて……」

八幡も世戸を見下ろした。

「列車往来危険と殺人未遂の現行犯です。確保してください」

渡瀬は八幡に告げ、八幡は時刻を確認後、世戸直純を逮捕した。

線路の向こうに、滝川と南美が立っていた。南美はスマホに目を落としていた。

加野千明が救急車に乗せられ、世戸直純がPCに乗せられるのを確認すると、渡瀬は歩いて踏切を渡った。膝が痛かった。肩が痛かった。もう泣きたかった。

「無茶するな、ばかやろう」

八幡が肩を支えてくれた。それでようやく、滝川と南美の前に立つことができた。

二人を挟むように、表情を強ばらせた京島署の捜査員。

「そんなキャラだったの、お姉さん」

真凜は言った。表情はなく、取り乱してもいなかった。「わたしたちの側の人かと思ってた。わたしたちの気持ち、わかるって」

「わかるから、あなたたちを見つけました」

「へえ」と瞳の色が、挑発に変わる。

しかし、南美は他人事のように、スマホでゲームをしている。二人は仲むつまじいが、薄く透明な壁で隔てられているようにも見えた。

それで、はっきりとわかった気がした。

「踏切内でわたしが車を移動させた際の二人の様子を報告して」

京島署員に命じる。

──列車と軽自動車が接触した瞬間も、南美はスマホから視線を上げなかった。

京島署員は、困惑しながらも説明した。

「やっぱりそうなんですね」

「南美は渡さないから」

少しだけ、彼女から余裕が剝がれ落ちる。

「海野南美さんは、あなた方が勝手に祭り上げただけ。あなた方は自らの欲求によって人の命を奪った」

不機嫌を隠さなかった。わずかだが、真凜が怯んだ。「弁解も酌量の余地もない凶悪犯罪です」

「ほんと、何もわかってない！」

「彼女は満足していますか！」

即座に言い返し、南美を指さす。「彼女はあなた方の犯行を、見ていなかった」

恐らく、高橋陽介の時も、岸朗の時も、奈良橋杏の時も。

反駁の言葉が滝川真凜の口から発せられることはなかった。

「高橋を掘り起こしたのは、動画に納得しなかったからじゃない。反応がなかったから。無意味なことに、意味を持たせようとあがいただけ。自分の世界だけでしか通用しない子供の論理」

沈黙の中、爛々と揺らぐ憎悪の双眸。

「どうして邪魔するの！」

理性と余裕が、激情に変わった。滝川もまた、自覚していたのだ。「一度くらい誰かに感謝されて……心から必要とされて死にたいんだよ……だから悪人になろうと決めたんだ……なのにどうしてそんなこと言うの……」

涙の粒が、目尻の傷跡を伝い、頰にこぼれた。

簡単な手当を受け、本澤率いる鑑識班が現場検証に取りかかるのを、ぼんやりと眺める。

「ほんとばか。向こう見ず」

日野が脇で小言をいいながら、手を強く握ってくれている。「もっと自分を大切にしてよ、幹部候補の自覚もってさ」

——こちら、墨田区文花の列車と自動車の接触があった現場です。

テレビ局の女性記者が、踏切前で中継を始めていた。見覚えがあると思ったら、去年の事件で、玲衣と行動を共にしていた女性だった。玲衣はたしか、リリコと呼んでいた。

「来るの早すぎない？」

渡瀬は言った。思い起こせば、世戸の逮捕直後から現場にいたような気がした。

「京島署出たときから、ずっとついてきてたんだけど、気づかなかった？」

カメラマンが踏切へ向かうのに合わせ、記者も踏切へと近づいてゆく。

——容疑者はつい先ほど、女性を乗せた車を踏み切り中央に放置、脱出しましたが、気づいた捜査員が素早く車に乗り込んで移動させ、危機一髪最悪の事態は免れました。その一部始終を、カメラに収めてあります。

「班長の勇姿が映ってるかも」

玲衣もまた抜け目なく、上手くやったようだ。

残像　二〇一三年

――世戸直純

彼女に出会ったのは、荒川河川敷で行われた天体観測会だった。

犯罪加害者更生支援団体の関連ボランティアグループで、スタッフとしての参加は、支援を受けるためのノルマのようなものだった。

慣れない姓を名乗り、笑顔を作る苦行の時間。

世戸が所属していた団体が天体観測会に力を入れていたのは、広い場所で夜空を見上げ、星の世界に臨むことが、ある種のセラピーになると喧伝していたからだ。世戸としては日中の仕事に支障が出ないという理由だけで、天体観測会を選んでいた。

季節ごとの星座、星の配列を覚え、太陽と地球の生い立ち、太陽系の仕組み、銀河の仕組み、ブラックホールの仕組みを頭にたたき込み、子供たちに、優しく解りやすく開陳する。

知識のインプットと読書に興味を持ち、図書館通いを始めたのは、その影響だ。

何度も参加するうちに、常連の顔は覚えた。

その中に、彼女もいた。車イスか松葉杖での参加で、目つきの悪い女の子が世話をしていた。

身動きひとつせず、望遠鏡を使うでもなく、解説員の説明も聞かず、ただ黙って夜空を見上げていた。本当に星を見ているのかも、定かではなかった。

一般的な基準から言えば、目鼻立ちの整った綺麗な子だった。ただ、生気や感情の起伏を感じず、存在自体が無色透明という印象を受けた。

ミナミ。

目つきの悪い世話人が、彼女をそう呼んでいた。

その日はペルセウス流星群の極大日だった。流星が空を横切る度に、あちこちから歓声があがった。

車イスのミナミは、人の輪から少し外れた暗がりにいた。

「どの星が好きなの？」

世話人がいないタイミングを狙った。普段は誰かに声をかけることなどないのだが。

「いつも来てるから、好きなのかなと思って」

反応はなかった。だから、少し離れて直純も空を見上げた。時折、横目で観察した。お盆の季節だったが、膝掛けをかけていた。上も長袖のTシャツだった。

視線に気づいた。

彼女がこちらを向いていた。目が合った。

「人が星になるなんて嘘かな」

虚ろな表情で、口許だけが笑っていた。

「もし星になるなら、わたしも行きたくて」

ミナミは手首だけを動かし、宇宙を指さした。直純はつられて空を見上げた。

——殺してくれる?

小さく、そう聞こえたような気がした。すぐに視線を戻した。ミナミは直純を見ていた。

「自分で死ぬの、なかなか難しくて」

「なんの冗談?」

動揺した。

「冗談じゃないんだけど」

「みんなにそんなこと言っているのか」

犯罪被害者か、加害者の縁者か……。境遇は直純と五十歩百歩なのだろうが、直純にはまだ生きて何かを成したいという渇望があった。

「僕に頼むなよ」

「あなたがいい」

「なんでだよ」

「見た目で」

その言葉で気がついた。途端に呼吸が乱れ、一歩、二歩と後退った。事務局はなにをしていた？　明らかな、マッチングミスだ。

彼女は山中彩水。兄が、彼女の両親と姉を殺した。そして、世戸は兄と容貌がよく似ていた。

「ママとパパとお姉ちゃんのところに行きたくて」

責任を取れというのか。心の栓が抜けたような感覚。

不思議と周囲は気にならなかった。

彼女の正面に立ち、首に手をかけた。そして、固く締まった瓶の蓋を開けるように力を込めた。

彼女が目を閉じる。温かくて、細くて、柔らかな首だった。掌で彼女の脈動を感じ取った。筋肉の動きなのか、酸素を求める器官の動きなのか、脳へ血液を送ろうとする血管の動きなのか。身体は生きようとしている。この子は体と心が乖離している——手から力が抜けた——瞬間にこめかみに強い衝撃を感じ、天地が逆転した。視界がぐるりと回り、星空で止まったところで流星が現れ、消えた。

「どうや、必殺のジャンピングニー！」

見下ろす目つきの悪い世話人。

「誰や」

返す言葉もなく世話人を見上げる。その世話人が目を見開いた。「お前、志賀の弟やな」

足が振り上げられ、顔面に落ちてきた……が、踏みつけられる寸前に止まった。

「なあミナミ、なんでこいつ恐くないん？」

数日後、呼び出された。

荒川河川敷の公園。目の前には目つきの悪い女と、ガラの悪そうな男。

滝川真凜や、と女が名乗り、筧真継や、と男が名乗った。どちらも同世代か、少し下。

「あんたの兄さんは誰も殺してないか、殺したとしても、パチンコ屋の店員だけやと思うねん」

真凜が言った。真継はただうなずくだけ。

「唐突に言われても」

「ミナミの家族は殺してないと思う。ミナミにひどいこともしてないと思う。そうとしか考えられへん」

ミナミ＝山中彩水は、ひどい精神的ショックを受け、ほぼ証言をしていない。兄は早々に自殺し、篠原は黙秘を貫いた。父親を殺し、ミナミに重傷を負わせたのは兄、母親と姉を殺したのは篠原とされているが、警察と検察が状況と証拠から、推察したに過ぎない。

「今更、どうでもいいけど」

兄が死んだために、社会の怒りは世戸ら家族に向けられた。家族が壊れ、生活が壊れ、母は心が壊れた。世戸が働いているのは、賠償のためだ。

「ミナミはな、すぐ死にたがる。家族のところに行きたがる」

真継が言った。「真凜の仕事は、ミナミを死なせないことや」

岸という男が、ミナミの滞在先を突き止め、待ち伏せ、取材と称してつきまとった。何度も近づいては、家族を貶めた。

「岸のせいで、ミナミは死にかけたん」

真凜は言った。自室でパジャマを使って首をつって、意識不明のところを救出された。

岸のあとには高橋という男がやって来て、お前のせいで俺の女が、犯人にされかけたと、恐ろしい形相で迫ってきた。

真凜によると、岸が自身のサイトに『埼玉県内の医療施設』と、名指しこそしていないが南美が収容されている施設を記していたという。高橋は、そのサイトを見て、施設を探し当てたのだ。

「高橋の時は、自分の手首噛み千切った。ミナミ、普段ボッとしているけど、死ぬことに対してはむっちゃアグレッシブやねん」

「岸と、高橋と、申し訳ないけど窪田杏はいずれ殺すリスト入りしとんのや」

真継が言った。

「あとあの女や」

「病室にまで入ってきた記者やな……いやそんなこと話してる場合ちゃう」

真凜が慌てたように手を叩いた。「たぶんあんたは、ミナミにとって精神安定剤やねん。変な話だけど、安心して命預けたのがその証拠や」

「真凜は同じ施設でミナミと一緒に過ごして、ミナミの安定剤になって、真凜もミナミを安定剤にしてる」

「君は」と真継に言った。「君はミナミをどう思ってるの」

「別に」

あからさまに動揺し、頬を紅潮させた。

「惚れてるだけや」

真凜が代わりに言った。「わたしとミナミの両方に」

自分たちは小さな檻に入れられ、そこから出ることを許されなくなった。檻の中がすべて。理不尽だとは思ったが、もうずいぶん前に考えることを放棄した。

だが、真凜と真継と出会い、少し考えが変わった。檻の中で何をすべきか。何ができるか。

彼らの答えは、檻の中で見つけた太陽を、大事にすることだった。真凜と真継にとっての太陽は、海野南美。実に単純明快な世界だ。

直純の「純」の文字から、ジュンと呼ばれるようになった。

だが、彼らとの交流が始まってすぐ、ミナミの心が、もう現実にも檻の中にもないことがわかった。真凜も真継も言葉にはしなかったが、それには気づいているようだった。

それでも愚直にミナミに尽くす真凜と真継。ミナミを守ること自体が、存在意義化していた。一途でいられる彼らに羨望も感じたが、その一途さがいずれ彼らを滅ぼすかもしれない。

だったら自分は、それを防ぐのが役目なのだとそう思い直した。

そして、その年の大晦日。

「ジュン君のお兄さんの人、わたしを守ってくれた」

年越しのイベントで唐突に言われた。いつもと少しだけ大人びたミナミ。

「でも、それを言っちゃいけないって言われたの、病室に来た女の人に」

初めて見せた、理知的な目。そこで初めて気づいた。

死を望むミナミと、生を楽しむミナミがいることに。

その日から彼女のゲームに付き合うことにした。

終章　塵は蝶

七月三十日　木曜　5:09pm　——羽生孝之

黙って、ポータブルテレビを観ていた。

放送されているのは、『イブニング・ダッシュ』。会見場に雁首揃えた東都放送の社長、そして、幹部たち。青葉局次長の姿もあった。

十八年前、東都放送の記者が取材の際に手榴弾を手に入れ隠し持ち、それが黒澤早苗の犯罪に使われた。手榴弾は本物だった。

その事実発表と、謝罪の会見だ。

「結果的に、自分たちが出所の手榴弾事件を、自分で中継したんだから、そりゃ批判されるよね。わたしも反省中」

その割りに、土方は見舞い者用のイスにふんぞり返っていた。

中野にある警察病院の一室だった。ベッドには上半身を起こした渡瀬。

「いい骨休みになったでしょ、敦子」

「いや、骨は折れてるんすよ」

羽生がたしなめると、渡瀬は口許に手を添え、笑ってくれた。

世戸直純、黒澤早苗逮捕後、渡瀬は改めて検診を受け、右肩鎖骨とあばら二本の骨折が判明した。それでそのまま入院となったのだ。警察は事件解決の立役者に、個室を用意した。

渡瀬の上半身は胸部と右肩がプロテクターのようなもので固定され、さながらアメフトの選手のようだった。しかし——彼女が列車が迫る踏切に突っ込み、車を移動させ、危機一髪、加野の命を救ったなど、今でも信じられなかった。

しかも凜々子の中継取材班が、その瞬間をとらえていた。さらに驚くべきは、リポートする凜々子の髪が黒く染められ、パンツスーツ姿だったことだ。前日から準備していなければ不可能だ。どう考えても、土方が指導、画策していた。どこまでも抜け目ない……。

「東都放送は大変だけど、そっちは順調そうね」

捜査は着々と証拠固めが進んでいた。

一昨日、奈良橋杏が奇跡的に意識を回復した。記憶も明瞭で、自分を襲った人物として二人の写真を指し示した。筧真継と世戸直純だった。加野千明の拉致及び殺人未遂に関しては、加野本人が世戸直純の犯行であると証言した。

高橋陽介殺害の現場となった八千代市の雑木林と、再遺棄された新川周辺だが、いずれも筧真継が勤務する『新未来ステーション』の取引先に近く、社員が時折雑木林に不法投棄していたことが判明した。それはそれで別途処罰の対象になるが、これで筧に土地鑑があったことがはっきりとした。

滝川真凜に関しては、熊田自工二階から滝川、海野南美のＤＮＡが発見され、奈良橋杏の拉致事件時に、府中市白糸台の旧甲州街道をバイクで走る滝川の姿が、タクシーのドライブレコーダーに記録されていた。

滝川真凜の逮捕もまもなくだろう。

動機は、海野南美が生きる上で障害となる人物を消すこと。それが現在の警察の見解だ。

海野南美は自殺未遂を繰り返していた。単なる自傷ではなく、本当の意味での自殺未遂と判断されていた。何件かは、発見が遅れれば確実に死んでいたという。

犯人グループの犯行自体が、守るべき海野南美の重荷となるのではないか。そんな意見も出たようだが、彼らの思考と行動規範自体が、現実を基準としていないという分析官の見解が、報道陣に対しオフレコで示されていた。

「動機については、わたしは警察の見解と、少し違うんだけど、聞きたい？」

土方が渡瀬に目配せする。

「ききたい」と素で応える渡瀬も、少しかわいらしい。

「ここで加野千明の告白に注目したい。警察が扱いあぐねている告白ね」

加野は世戸の犯行を証言したが、殺されかけたことが影響したのか、もう一つ、六年前の一家殺傷事件に関して、重大な告白をしていた。

『自分が加野千明であることを利用して、彩水さんが入院している病室へ行きました。そこで話を聞くことができたんです。少し強引だったことは自覚しています。でもその時は、正義を実行しなければと思っていたんです。犯人に正義の鉄槌を下し、家族の仇をとるためには、あなたの証言が必要だと』

当時、加野千明は二人の極刑を声高に主張して、支持を得ていた。しかし、山中彩水の返答は、加野が満足するものではなかった。

『驚きました。篠原と志賀が山中家の中で仲間割れをしていたというんです。状況的に、志賀が篠原に、これ以上罪を重ねることの無意味さを説いていたと。殺人と強姦をしたのは、篠原です。志賀は見張りで殺人には関わっていなかった。最後の最後で殺されそうになった自分を守ってくれた。彩水さんはそう話したんです。これでは二人一緒に死刑にできない。だから証言はするなと言いました。強く、嚙んで含めて』

結果、山中彩水は証言しなかった。あるいは精神的なダメージゆえか、証言できなかった。

結果は二人に対し死刑判決。主張が認められなかった志賀は、自殺した。

「海野南美は、岸朗、高橋陽介、奈良橋杏、加野千明の接触によって、あらがいがたい恐怖とストレスを感じ、死へと走った。死んだ家族に会いたいと常に漏らしていた」

この辺りは蒲田園長への追加取材の結果も反映されていた。「滝川真凜の役目は、海野南美の心を落ち着かせること。つまり自殺を防ぐこと。ここで、逆転の発想」

土方は勿体ぶった表情で、羽生と渡瀬に「おわかり?」と聞く。羽生は首を横に振り、渡瀬は静かにうなずく。

「逆転の発想とは、恐怖の対象をあの世に送り込めば、海野南美は死にたがらないであろうということ」

渡瀬が、大きく息を吐いた。その反応を見て土方は満足げにうなずく。

「海野南美にとって、恐怖の対象の死は重荷にはならない。犯人グループはそう判断したんだと思う」

それが土方の解釈だった。「彼女が生きてさえいればいい。死へ誘うトリガーを消滅させればいい。それが筧真継と滝川真凜のすべてだった。現実では羽を広げることを奪われた兄妹のね。その背中を押したのが、黒澤早苗からの手紙」

渡瀬は自らの過去を思い出したのか、うつむき、口を結んだ。

犯罪レベルのいじめを受け、数ヶ月の準備の上、自らを囮に主犯たちの罪を重ねさせ、暴き、未来を奪った。

その表情から、渡瀬が特別な想いを持って、この事件に相対していたのは明白だった。

「それと、犯人グループが加野千明の告白を事前に知っていたのなら、世戸直純は、加野千明に対して明確な動機を持つことになる」

「じゃあ、海野南美は」と羽生。

「犯人グループのシンボルね」

土方が応えた。

そしてもう一つの事件。

黒澤早苗に関しては、池袋西署捜査員の面会を受けた服部幸作が、手紙の情報を使い、行動を起こしたことを認めた。その条件が、手紙の存在を口外しないことであることも。

佐伯惇はなにも語らなかったが、宮城県警が、山村家付近を歩く黒澤早苗の姿を記録した防犯カメラの映像を、いくつか見つけ出していた。

さらに黒澤早苗が勤務する法律事務所が、林秀英特殊詐欺事件の被害者の会の設立に関わり、林秀英周辺の個人情報などを握っていたこと、蝶野楓夏が引き起こした脅迫事件に関わっていたことが判明、黒澤早苗も事務所の資料から不正に情報を抜き取っていたことを認めた。さらに、海野南美＝山中彩水に手紙を送る際、不倫問題の記事で被告となった岸朗の担当弁護士から、岸の個人情報を入手していたこともわかった。

『弊社は、調査チームを発足させ……』

テレビから音声が流れてくる。

「今日の会見、どこまで言うのかな」

土方は興味津々だ。調査チームとは言うが、それも表向きの建前だろう。

すでに土方、龍田を中心とした〝裏調査チーム〟があらかたの事実を暴き出していた。すべてをそのまま発表すれば、大きな批判を浴びるだろう。たとえ立岡個人の行動で、会社が一切関知していなかったとしても、失った信頼を取り戻すのは容易ではない。

「全部とは言わないだろうけど、八割九割言うでしょうね。来栖さんが先に勇気を出したんですから」

昨日、来栖美奈が名前を公表した上で、十八年前の自らの行いを告白した。

「結局、玲衣が調べていた不正も、地下鉄の爆破事件が発端だったのね」

「そ。わたしも敦子も、及川一太がまいた種に……いや違うか、及川が吹き飛ばした塵にまんまと踊らされたわけ」

土方は、ため息混じりに言った。「思うに、爆破そのものよりも、爆破によって飛び散った因果とか、想いとか、運命がどんなふうに化学変化して、何を引き起こすのか、確かめるための壮大な実験だったんじゃないかな。元々物理教師だし、犯行前に一年かけて、人の動きをシミュレートしているんだし」

「チリハ、チョウ」

渡瀬がつぶやくように言った。

「なに？　チリって塵芥のチリ？」

「多分そうだと思う」と渡瀬は応えた。「及川の部屋に落ちていたメモに、そう書かれていたの。遺書かどうかわからないけど」

「初耳」

「マスコミには漏らしていないもの」

塵は蝶――これが渡瀬の解釈だという。

「ああ、バタフライエフェクトね。塵が蝶の代わりって意味ね」

土方は即座に理解した。

「玲衣の説明で気がついた」

「気づいたところで遅いんだけど」

そして龍田は、土方と羽生が二つの事件で右往左往している間、きっちりと仕事をしていた。立岡の残したノートを解析、関係が深そうな取材先を片っ端からピックアップし、しらみつぶしに連絡した結果、立岡の居場所が判明した。

北九州市内にある緩和治療専門の病院だった。

情報元は、手榴弾の入手ルートを取材した際、親しくなったという、九道会系反社会組織の元構成員だった。彼の伝で入院したようだが、昨日龍田が面会した時点で、死の床にあった。末期の膵臓がんだという。

すでに意識が混濁していて、事件のことは何も知らないだろうということだった。

「そろそろ行こうか」

土方が立ち上がった。「明日までに特集仕上げないといけないし」

〝テロルの残像〟だ。

先週金曜に予定されていた第一回は、世戸と黒澤の逮捕で、吹き飛んだ。その仕切り直しの第一回が明日なのだが、内容は地下鉄八重洲東駅爆破事件に変更となった。

無論、主たる内容は、爆破事件に端を発した越谷の事件と、今回の事件の因果だ。

「今日の謝罪会見も組み込んで、逃げずにやるからね」

「そんなことしたら、また青葉さんに怒られますよ」

羽生も立ち上がった。

「関係ないから、そんなの」

「僕も仲間と思われています。失業したらまた仕事世話してくださいよ」

「その時はその時よ」

土方が左手を差し出す。「がんばったね、敦子」

渡瀬は、動く左手で土方の手を握り返した。

「わたしたちは無敵だから」

「うん」

「じゃ、お大事に。また来るね」

土方はそそくさと病室を出て行った。

羽生は二脚のイスをたたみ、壁際に立てかけた。

「では、僕も戻ります」

一礼する。

「わざわざありがとうございました」

渡瀬も、肩と胸をかばいながら、ぎこちなく一礼した。

「そういえば、土方玲衣被害者の会、まだ何もしていませんでしたね」

「そうでしたね」

「食べて呑んで愚痴るだけですが、全快したら、その時」

「そうですね」

渡瀬敦子は微笑んだ。

本書で使用されている団体名、個人名は、すべて架空のものです。実在するものとは一切関係ありません。

本書は《ミステリマガジン》二〇一八年七月号から二〇一九年九月号にかけて全八回にわたり連載された小説を加筆修正し、まとめたものです。

ダークナンバー

長沢　樹

東京で連続放火殺人事件が発生。警視庁分析捜査係の渡瀬敦子はプロファイリングをするが、犯行予測を外してしまう。一方、東都放送の土方玲衣は記者復帰を目指して、元同級生の敦子を番組で特集しようと企てていた。二人が執念の捜査で辿り着いた「存在しない犯人（ダークナンバー）」とは？　解説／香山二三郎

ハヤカワ文庫

機龍警察〔完全版〕

月村了衛

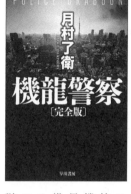

テロや民族紛争の激化に伴い発達した近接戦闘兵器・機甲兵装。その新型機〝龍機兵〟を導入した警視庁特捜部は、搭乗員として三人の傭兵と契約した。警察組織内で孤立しつつも彼らは機甲兵装による立て籠もり現場へ出動する。だが背後には巨大な闇が……〝至近未来〟警察小説シリーズ第一作を徹底加筆した完全版

ハヤカワ文庫

著者略歴　1969年生，作家　著書『消失グラデーション』『夏服パースペクティヴ』『龍探　特命探偵事務所ドラゴン・リサーチ』『ダークナンバー』（早川書房刊）他多数

HM=Hayakawa Mystery
SF=Science Fiction
JA=Japanese Author
NV=Novel
NF=Nonfiction
FT=Fantasy

イン・ザ・ダスト

〈JA1466〉

二〇二一年一月二十日　印刷
二〇二一年一月二十五日　発行

（定価はカバーに表示してあります）

著者　長沢樹（ながさわ いつき）
発行者　早川浩
印刷者　草刈明代
発行所　株式会社 早川書房

郵便番号　一〇一 - 〇〇四六
東京都千代田区神田多町二ノ二
電話　〇三 - 三二五二 - 三一一一
振替　〇〇一六〇 - 三 - 四七七九九
https://www.hayakawa-online.co.jp

印刷・中央精版印刷株式会社　製本・株式会社明光社

ISBN978-4-15-031466-8 C0193

本書は活字が大きく読みやすい〈トールサイズ〉です。